太陽召喚

2

圍城風暴

SIEGE AND STORM

Leigh Bardugo

莉・巴度格——著　林零——譯

太陽召喚　書評推薦

作家好評

「背景設定迷人、充滿獨特的細節，我從來沒讀過像《太陽召喚》這樣的作品。」

——《分歧者》系列暢銷作家　薇若妮卡・羅斯（Veronica Roth）

「一個讓人陶醉的奇幻、浪漫、冒險混合體。」

——《波西・傑克森》系列暢銷作家　雷克・萊爾頓（Rick Riordan）

「豐富、令人滿意、華麗，充滿著驚心動魄的動作場面和完美的浪漫情節。無論主角或反派，每個角色都層次豐富且複雜。我會一直回味這個故事。」

——暢銷奇幻作家 Cinda Williams Chima

《圍城風暴》

「巴度格創作的完整世界中充滿了有吸引力的立體人物，以及節奏穩定的引人入勝故事情節……絕對會大大轟動。」

——《書單》（*Booklist*）

「這個以海洋為舞台的史詩故事充滿動作和引人入勝的戰爭、冒險和愛情……也是備受期待的三部曲的誘人前奏。」

——《VOYA》（*VOYA*）

「巴度格在首部曲的基礎上，擴展了精心設計的奇幻世界，其中獨創的魔法元素、眾多英俊的男主角，以及大量適合青少年的浪漫焦慮。」

——《號角圖書》（*The Horn Book*）

「充滿陰謀和行動，讓讀者不禁屏息邁向本集結尾，這個結尾可能會讓他們感到驚訝，但肯定會讓他們渴望看到系列的完結篇。」

——《科克斯書評》（*Kirkus Reviews*）

《影與骨》

「極度迷人。」

——《衛報》（*The Guardian*）

「令人著迷……巴度格的設定有趣又多樣，讓人不禁起雞皮疙瘩。這就是奇幻小說存在的意義。」

——《紐約時報》（*The New York Times*）

「這世界真實到讓人覺得它該有自己的護照戳章。」

——NPR書評網站

「奇幻傑作。」

——《哈芬登郵報》（*The Huffington Post*）

「豐富的描述、迷人的魔法，還有大量的轉折，這場讓人難忘的冒險為讀者提供了動作與陰謀，底下更有著浪漫與危險的暗流。」

——《出版人週刊》（*Publishers Weekly*）

「充滿讓人信服的轉折、美麗的景色，還有一位你絕對會想支持的主角。對喜愛喬治．馬汀與托爾金的年輕讀者來說，會是個很棒的選擇。」

——RT Book Review網站

「每當讀者們以為故事被寫進死局時，巴度格會寫出一個令人驚艷的轉折，讓讀者們忍不住瘋狂翻頁。」

——《科克斯書評》（*Kirkus Reviews*）

「動作感十足，心碎的結局會讓年輕讀者們在最後一幕屏息。」

——《學校圖書館學報》（*School Library Journal*）

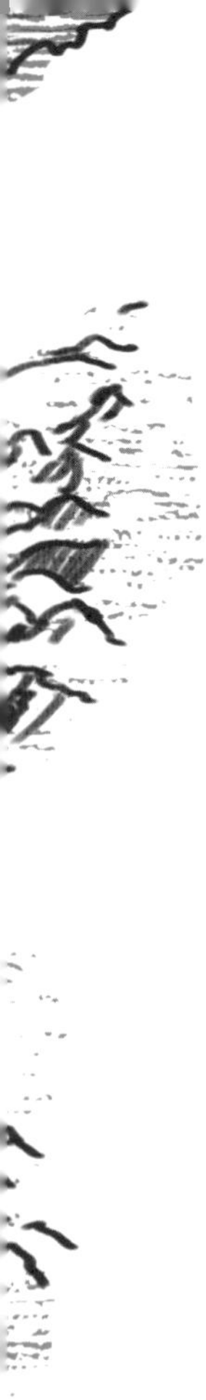

地圖插畫　黃靄琳

Fjerda
斐優達
Djerholm
第爾霍姆
Permafrost
永凍區
Chernast
切納斯特
Tsibeya
茲貝亞
Unsea
異海
Petrazoi
佩塔索
Ravka
拉夫卡
Ryevost
雷沃斯特
Novokribirsk
新奎比爾斯克
Os Kervo
歐斯科佛
Kribirsk
奎比爾斯克
The Vy
維道
Balakirev
巴拉基列夫
Os Alta
歐斯奧塔
True Sea
真理之海
Poliznaya
波利茲那亞
Sikurzoi
斯庫左山脈
Shu Han
蜀邯

太陽召喚 2 圍城風暴

目次

獻給母親
即使我不信，她仍深信

之前

很久很久以前，男孩和女孩在見到真理之海前就夢過船。它們是滿載故事的船艦，是魔法之船，有著用甜雪松木鑿製成的桅杆，以及少女以純金線紡成的船帆。船員是會唱歌的白色老鼠，用粉紅色的尾巴擦洗甲板。

維黑德號不是魔法船，而是克爾斥的商船，載了滿出來的小米和糖蜜；瀰漫著沒洗澡身軀的氣味，還有船員聲稱能防止壞血病的生洋蔥臭。船員亂吐口水、滿口髒話，賭博瓜分蘭姆酒配量。男孩和女孩分到的麵包爬滿象鼻蟲，艙房只是狹小的櫥櫃，甚至不得不和另兩名乘客外加一桶鹽漬鱈魚共享。

可他們不在意。他們習慣了報時鐘聲的叮叮噹噹，還有海鷗的叫聲及克爾斥人晦澀難懂、急促含糊的話語。這船就是他們的王國，海則是讓敵人不越雷池一步的巨大護城河。

男孩就像適應其他一切那樣，輕而易舉適應登船後的生活。他學會綁繩結、修船帆，傷癒後，他加入船員行列，與他們並肩工作。他丟了自己的鞋子，赤腳到處攀爬，無畏無懼地綁上索具。水手都讚歎他一眼就能瞥見海豚、大批魟魚，以及身上有鮮明條紋的虎魚。此外，寬廣背脊上長了許多藤壺的鯨魚破浪而出的前一刻，他甚至預測到牠出現的位置。他們說，自己要是有一丁點他的好運，絕對能坐擁財富。

女孩則讓他們緊張。

出海三天，船長就要她盡可能待在甲板底下。他推諉說是船員迷信，宣稱他們認為女人登船會帶來惡風。這倒是真話，不過水手卻可能歡迎愛笑又快樂，或會說笑話、願意嘗試錫口笛的女孩。這個女孩總是一動也不動，安靜地站在欄杆旁，緊抓著圍在脖子上的圍巾，像個以蒼白木頭雕成的船首像般凍結靜止。女孩會在睡夢中尖叫，吵醒在前桅樓打瞌睡的人。

因此，女孩大多出沒於船的暗黑肚腹中。她數著一桶桶糖蜜，研究船長的航海圖。晚上，和男孩一同站在甲板上時，她會躲進男孩臂彎形成的避風港，辨認無邊無際、廣闊星海中的星座：獵人座、學者座、三傻兒，還有紡車座明亮的輪輻，以及南方皇宮六根歪斜的尖塔。

她盡可能讓他在那裡待得久一點：說故事、問問題。因為她知道，只要自己一睡著就會作夢。有時夢到黑色船帆的損毀沙艇，甲板上鮮血滑溜，還有在黑暗中哭喊的人們。但是最糟的夢中會有個慘無血色的王子，他將嘴唇貼在她頸子上，雙手放在圈住她喉嚨的那副項圈，喚出她的力量，化為一道熊熊燃燒的燦亮日光。

如果夢到他，她會顫抖著醒來，力量的殘響仍震顫著貫穿她全身，她仍能從皮膚上感覺到暖暖的日光。

男孩會將她抱得更緊，輕聲呢喃一些話語，哄她入睡。

「只是惡夢，」他低聲說，「夢會停止的。」

可他不懂，如今唯有在夢中，她才能安然使用力量，而她渴望著這力量。

維黑德號靠岸那日，男孩和女孩一同站在欄杆旁，看著諾維贊的海岸越來越近。船在如林矗立、歷經風雨的桅杆和綁起的船帆中間駛入港口。那兒有來自蜀邯岩石海岸、雅致漂亮的單桅帆船和小舢板；有全副武裝的軍艦及遊樂用的雙桅帆船；大噸位的商船及斐優達捕鯨船。一艘要前往南方殖民地、上頭塞滿人的監獄船揚著紅色尖端的旗幟，警告大家船上有殺人犯。它們行經時，女孩敢發誓自己聽見了鐵鍊匡噹聲。

維黑德找到所屬泊位，放下舷梯，碼頭工人和船員相互高喊招呼，綁好繩索，準備好貨物。男孩和女孩掃視碼頭，在人群中尋找有無一閃而過的破心者猩紅，或召喚者的藍，還有拉夫卡槍枝與日頭相映發出的精光。

時間到了。男孩的手溜進她手中。在船上幹活，他的手掌粗糙且滿是老繭。當他們雙腳踏上海堤的木板，陸地似乎在腳下翻滾湧動。

水手大笑。「*Vaarwel, fentomen!*」他們喊著。

男孩和女孩往前走，在新世界踏出踉蹌搖晃的第一步。

拜託。女孩無聲地對所有會豎耳聆聽的諸聖祈禱。讓我們在這裡平安無事。讓我們安住於此。

第一章

我們在寇夫頓待了兩週，我仍會迷路。這是位於諾維贊海岸以西的內陸城鎮，離我們登陸的港口很遠。不要多久，我們會再走更遠，深入贊米前線的荒原。也許直到那時，我們才會覺得安全一些。

我檢查著自己畫的小地圖，重新確認一次我走的路。瑪爾和我會在每天工作結束後碰面，一起走回寄宿處。但是今天我繞路去買晚餐時徹底迷失方向。小牛肉羽衣甘藍派正塞在我的肩背包中，不斷散發出詭異氣味。店家老闆說，那可是贊米美食（我十分懷疑）。可是這都無所謂。這陣子我吃什麼都像在吃土。

瑪爾和我來到寇夫頓，尋找能讓我們攢到錢往西去的工作。這兒是約韃交易市場的中心，周遭圍繞著大片原野，上面種滿人們會大量嚼食的小橘花。這種興奮劑在拉夫卡被當成奢侈品，但是維黑德號上有些水手靠著這玩意兒在漫長的守夜時保持清醒。贊米男人喜歡把這種曬乾的花朵塞進嘴唇和牙齦間，就連女人都會把花收進掛在腕上的繡花小袋隨身攜帶。我經過每家店的櫥窗都掛著不同牌子的廣告——像是朗葉、澤華、背叛或魁。我曾見過打扮華美、穿著蓬襯裙的女孩俯身一啐，將鐵鏽色汁液直接吐進家家都會放置門外的黃銅痰盂，而我只能壓下一陣反胃。我大概永遠習慣不了這個贊米習俗。

我鬆一口氣、大大嘆息，轉上城市主要大道。至少我知道自己在哪裡了。寇夫頓有那麼一點不加修飾和未完成感，對我來說仍有些不真實。街道大多都沒有鋪路，我老覺得那些木牆脆弱不堪的平頂建物隨時會倒下來把我壓扁，可是就連它們都有玻璃窗。女人身穿天鵝絨和蕾絲，店家展示著滿到要溢出來的甜食與小飾品，還有各種各樣的華服艷飾——而非步槍、刀子和錫鍋。在這個地方，就連乞丐都有鞋穿。如果一個國家並未長期處於鎖國狀態，就該長這個模樣。

經過一家琴酒店時，我的眼角餘光瞥見一道猩紅閃過。破心者。我立刻躲避，死命縮進兩棟建築中間的陰影處，心臟狂跳不止，一手已往放在臀部的手槍伸去。

先用匕首，我提醒自己，讓刀從袖口滑出。盡量別引起注意。若有必要再用手槍，格里沙力量當作最後殺手鐧。我好想念那副不得不留在拉夫卡的造物法師製手套——而且不是第一次這樣想了。它們內襯鏡子，能讓我輕而易舉在肉搏戰中弄瞎對手——這個替代方案也滿不錯的，這樣就不必用黑破斬將人砍成兩半。但是，如果我被驅使系破心者看到，恐怕也沒有別的選擇。他們是受闇之手垂青的士兵，能夠不碰到我的就停下我的心臟或捏扁我的肺。

我等待著，握匕首柄的手滑溜溜——然後才終於敢繞過牆壁偷看一眼。我看到一輛桶子疊得高高的載貨車，馬夫停下來和個女人講話，女人的女兒在她身旁，百般不耐地跳著舞，暗紅裙子翻飛飄揚。

只是個小女孩，觸目所及，不見一名驅使系。我又回去貼靠著建築物，深呼吸，努力冷靜。不會一直這樣的，我對自己說，妳自由的時間越長，就會越來越容易。

總有一天，我會從沒有惡夢的睡眠中醒來，會毫無畏懼地走在街道上。在那之前，我只能暫且緊抱著不堪一擊的匕首，遙想過往是如何握著格里沙鋼鐵令人安心的重量。我一路推擠，回到喧嚷的街上，揪著脖子上的圍巾，拉得更緊一些。這已成為我緊張時的習慣。圍巾底下有莫洛佐瓦的項圈，那是有史以來最強大的增幅物，同時也是唯一會暴露我身分的物品。沒有它，我就只是另一個餓肚子又髒兮兮的拉夫卡難民。

我也不曉得氣候變化後該怎麼辦。到了夏天，我實在不能再戴著圍巾、穿著高領外套到處行動。可是我只能暗自希望，在那之前瑪爾和我已將擁擠城鎮及各種不想回答的問題拋諸腦後，在逃離拉夫卡後第一次獲得兩人世界。這個想法讓我竄過一陣不安。

我越過街道，避開馬車和馬匹，仍在掃視人群，老是覺得隨時會看見一整隊格里沙或闇衛從天而降、朝我撲來。又或者，搞不好會是蜀邯傭兵，或斐優達刺客，或拉夫卡國王的士兵——甚至闇之手本人。想捕捉我們的人那麼那麼多。是想捕捉我，我修正。如果不是因為我，瑪爾就還是第一軍團的追蹤師，不是逃離人生正軌的逃兵。

某個記憶不請自來從心中湧上，黑髮、板岩般的雙眼，闇之手釋放影淵力量那瞬間勝利而狂喜的面容——不過那是在我一把奪走那勝利以前。

在諾維贊很容易聽到風聲，但沒有一個是好的。謠言浮上檯面，說闇之手不知怎麼從影淵之戰中生還，並且遁入地下、聚集兵力，準備對拉夫卡王位發動另一次攻擊。我也不想相信這種可能性，可是我知道，無論怎樣都不能低估他。其他傳言也同樣令人不安：影淵開始氾濫越過邊界，逼得難民往東西走避；有個邪教興起，以一名能夠召喚太陽的聖人為信仰中心。可是我不願多想。瑪爾和我現在有新的生活；我們將拉夫卡拋在腦後。

我加快腳步，很快來到瑪爾和我每天傍晚會合的廣場，我看見他靠在一座噴泉邊，和他在倉庫工作認識的贊米人朋友聊天。我想不起對方叫什麼……賈普嗎？還是賈夫？

噴泉由四個巨大注水口將水灌入，與其說是裝飾，實用度反而更高，這樣的巨大水池能讓女孩和家中僕役來洗滌衣服，雖然目前沒有任何一個洗衣婦專心在洗衣上——她們全瞠目結舌望著瑪爾——我不怪她們。他的頭髮早就從原本的軍隊平頭長長了，在頸背處鬈起來；噴泉的水花弄濕他的襯衫，使得衣服貼在因長日待在海邊而曬得古銅的皮膚上。他一個仰頭，因為朋友說的某件事哈哈大笑，似乎對那些朝他投去的會心笑容渾然無覺。

*他可能早就習慣了，甚至已經懶得去注意。*我厭倦地想。

他一看到我立刻綻開笑容，揮起手來。洗衣婦轉過頭看，相互交換著不敢置信的眼神。我知道她們看到了什麼：一個乾巴巴的女孩，黯淡無光的棕髮黏成一條條，還有灰黃的臉頰，手指全是因為包裝約韃染上的橘黃。我向來沒什麼姿色，數週不使用力量更是雪上加霜。我吃不好也睡不好，惡夢對此毫無幫助。那些女人的表情在在透露了同一件事：瑪爾這樣的男孩，怎麼會和我這樣的女孩扯上關係？

我挺直背脊，在瑪爾一把抱住我、將我拉近時努力予以無視。「妳跑哪裡去了？」他問，「我好擔心。」

「我被一群憤怒的熊埋伏了。」我貼著他的肩膀咕噥。

「妳又迷路了？」

「你怎麼會這樣想呢？」

「妳記得賈斯吧？」他邊說邊朝他朋友點點頭。

「還好嗎？」賈斯用破破的拉夫卡語問，對我伸出手，表情似乎凝重得有點誇張。

「謝謝，我很好。」我用贊米語回答。他沒有回應我的笑容，只是輕拍我的手。賈斯這傢伙絕對是個怪咖。

我們又聊了一會兒，但我曉得瑪爾看得出我的焦慮漸增。我不喜歡暴露在公共場合太久。所以我們開口道別，賈斯離開前又用陰暗的眼神瞪了我一下，靠向瑪爾，低聲說了點話。

「他說什麼？」當我們注視著他悠哉橫越廣場，我問。

「嗯？噢，沒什麼呀。妳知道妳眉毛上沾到花粉了嗎？」他伸手輕輕把花粉抹掉。

「說不定我不想弄掉啊。」

「抱歉。」

我們離開噴泉時，其中一名洗衣婦往前靠，胸部幾乎要從衣服掉出來。

「如果你玩膩了瘦巴巴的女人，」她對瑪爾喊道，「我有些好東西給你嘗嘗。」

我僵在原地。瑪爾回過頭，慢慢將她從頭打量到腳。「沒有，」他不帶感情地說：「妳沒有。」

當其他人開始嘻嘻笑著出言嘲弄、對她潑水，女孩臉湧上憤怒的鮮紅。我努力揚起眉毛擺出高傲的表情，但實在很難壓抑硬是讓我咧開嘴角的傻笑。

「謝謝。」越過廣場朝寄宿處走去時，我低聲咕噥。

「謝什麼？」

我翻翻白眼。「謝謝你守護我的名譽，笨蛋殿下。」

他猛地將我拉到一片遮蔭棚下方。我有一瞬驚慌，以為他看見了什麼天大麻煩，但接著他緊緊攬住我，嘴唇與我相貼。

他終於退開時，我的臉頰熱呼呼、雙腿軟綿綿。

「話說在前頭，」他說，「我對守護妳的名譽沒有太大興趣。」

「瞭解。」我勉強開口，希望不會上氣不接下氣得太誇張。

「此外，」他說：「在我們回到那個臭洞前，只要有機會都要好好利用。」

臭洞是瑪爾對我們寄宿處的稱呼。那兒擠得要命也髒得要命，而且一點隱私也沒有，可是它就是便宜。他咧嘴一笑，一如往常那樣驕傲自信，然後再將我拉回街上的人流。儘管我疲憊不堪，但腳步確實感到輕盈了些。我還不太習慣我們在一起的事實，此時全身又竄過另一陣輕顫。在前線區不會有什麼好奇的寄宿者或不必要的阻礙。我的心臟小小跳了一下——然而我也不曉得這到底是出於緊張，還是興奮。

「所以賈斯說了什麼？」我趁著腦袋感覺沒那麼亂七八糟的時候發問。

「他說我應該好好照顧妳。」

「只有這樣？」

瑪爾清清喉嚨。「還有……他說他會向勞動之神祈禱，希望妳的重病快快痊癒。」

「我的什麼？」

「我那個……好像對他說妳有大脖子。」

我絆了一下。「你說什麼？」

「呃，我總得解釋妳為什麼總死抓著那條圍巾呀。」

我放下手。我甚至在無意識的時候也這樣做了。

「所以你就對他說我有大脖子？」我不敢置信地悄聲說。

「我總得給點理由吧。所以這讓妳變成某種悲劇人物：漂亮的女孩，巨大的不幸——妳知道的。」

我用力往他手臂一擰。

「噢！欸，在一些國家大脖子可是很時髦的。」

「他們也喜歡閹人嗎？因為我可以處理一下。」

「太殘忍了啦！」

「都是大脖子害我腦子壞掉了。」

瑪爾大笑，但我注意到他一直按著手槍。臭洞位在寇夫頓較沒那麼體面的區域，我們身上帶了很多錢幣，那是為了開始新生活存下的薪水。只要再過些日子，我們就能存夠錢，將寇夫頓遠遠拋在腦後，拋下那些喧擾而瀰漫花粉的空氣，還有避無可避的恐懼。我們可以待在安全的地方，那裡不會有人在乎拉夫卡發生什麼事。在那個地方，格里沙既稀有又少見，而且沒人聽過什麼太陽召喚者。

也沒人需要這種東西。這想法讓我心中一陣酸澀，但是最近卻越來越常湧上。在這個陌生國度我到底有何貢獻？瑪爾能打獵、追蹤，會用槍，我唯一擅長的就是當格里沙。我想念召喚陽光。我不使用力量的每一天，身體就越虛越病弱。只不過是和瑪爾一起走路，我就氣喘吁吁，就連背包的重量都讓我苦苦掙扎。我如此虛弱笨拙，連在其中一間田園別莊打包約韆的工作都做得勉勉強強。那只不過賺個幾毛錢，但我堅持繼續、努力幫忙。我覺得彷彿回到童年——什麼都會的瑪爾，還有什麼都不會的阿利娜。

我拋開那想法。也許我再也不是太陽召喚者，但也不是原來那個可悲小女孩。我會找到自己能派上用場的地方。

說老實話，我們的住處看起來也不怎麼能提振精神。那是一棟兩層樓高的建築，而且非常需要重新上漆。窗戶招牌上的廣告以五種語言寫說這裡可以洗熱水澡、床鋪沒虱子。然而體驗過浴缸和床之後，我深知不管你怎麼翻譯那塊招牌，總之它就是在說謊。但是不管怎樣，只要有瑪爾在身邊，沒有什麼是太糟的。

我們踩上下沉式門廊的階梯，進入占了房子一樓大半的酒館。在經過煙塵繚繞的嘈雜街道後，這裡顯得冰冷且安靜。在這時段，通常只會有幾名工人在坑坑巴巴的桌子那兒拿今天的薪水買酒、喝個精光。但是今日，除了站在吧檯後方的臭臉房東，空無一人。

他是克爾斥移民，而我非常明確地感受到他不喜歡拉夫卡人。又或者，他只是認為我們是小偷。兩週前，我們來到這裡，一身破爛髒兮兮，沒帶行李，除了一根金髮夾——他應該覺得那是我們偷來的——沒有任何東西能支付住宿費。不過即使這樣也沒阻擋他一把搶去髮夾，然後給了我們得和其他六名房客共享的房間中的兩張床。

我們靠近吧檯時連嘴都還沒張，他就將房間鑰匙啪地扔在櫃檯，朝我們推過來。鑰匙綁在一根有雕刻的雞骨頭上。又是另一個迷人特色。

瑪爾用他在維黑德號上學來的生硬克爾斥語要了一大罐熱水，用以洗漱。

「額外付費。」房東咕噥著說。他是個魁梧大漢，嚼約韃嚼得牙齒橘黃，頂上光光沒幾根毛。然而我發現他在冒汗。雖然今天並不特別暖和，他的上唇卻不斷冒出大粒小粒的汗水。

當我們朝這杳無人煙的酒館另一側的樓梯走去，我回頭看了他一眼。他仍望著我們，雙臂交叉在胸前，瞇著晶亮的雙眼。他的表情中有些什麼讓我心中莫名拉起警報。

我在樓梯底部舉棋不定。「那傢伙好像真的很討厭我們。」我說。

瑪爾已經走上樓梯。「確實，但他倒是很喜歡我們的錢，而且我們很快就能離開這裡了。」

我甩開心中不安。畢竟我一下午都這樣神經兮兮。

「好吧。」我跟上瑪爾時咕噥著說，「但我還是事先準備一下好了，要怎麼用克爾斥講『你這王八蛋』？」

「*Jer ven azel.*」

「真的嗎？」

瑪爾笑出來。「水手教你的第一堂課就是罵髒話。」

住宿處的二樓比樓下的公共空間還糟上百倍。地毯褪色、破爛不堪，昏暗的走道散發卷心菜和菸草臭味，私人房間的門全部關上，我們經過時，門後一點聲音都沒傳出來。這種死寂實在令人毛骨聳然。可能今天所有人都出去了吧。

唯一的光線來自門廳盡頭一扇髒兮兮的窗戶。瑪爾摸索鑰匙時，我透過髒污的玻璃俯視底下轆轆經過的運貨車和四輪馬車。街道對面，有人正站在某座陽台下方抬頭窺看這棟房子。他扯著領子和衣袖，彷彿這套衣裳還新，穿起來不怎麼合身。他透過窗戶與我對上目光，便急忙別開。

我突然明確地感到一陣恐懼。

「瑪爾。」我低聲開口，伸手要抓住他。

然而太遲，門颼地打開。

「不！」我大喊，雙手劃出，擲出令人眼盲的光瀑，炸開來貫穿走道。一雙粗魯的手將我抓住，把我的雙臂扳到身後。我被拖進房中，不斷掙扎亂踢。

「放輕鬆，」某個角落傳來冷酷的嗓音，「我不想太早將妳朋友開腸剖肚。」

時間似乎慢了下來。我看見了這個低矮天花板下的破舊房間，有裂痕的臉盆擺在千瘡百孔的桌上，塵埃在一束纖細的日光中飛旋，閃亮的刀刃邊緣緊貼著瑪爾喉嚨。抓住他的人臉上掛著熟悉的獰笑。艾凡——還有其他人，有男有女，全都穿著合身的外套及贊米商人、工人穿的那種束口褲。因為從前在第二軍團度過的日子，我認得一些人的面孔。他們是格里沙。

位於他們身後、裹在陰影中，有如棲居王位般慵懶端坐在搖晃椅子上的，正是闇之手。

一瞬間，房中一切陷入寂靜，一動也不動。我能聽見瑪爾的呼吸和腳步移轉；我聽見有人在下方街道出聲招呼。我無法控制，只是一直盯著闇之手的雙手看，那又長又白的手指隨意擱在椅子兩邊扶手。我突然冒出個愚蠢的想法，我從沒見過他穿普通人的衣服。

然後面前的現實突然排山倒海湧上。所以就要這樣畫上句點嗎？一點掙扎都沒有？一槍也沒開？也沒人大喊大叫？我壓抑不住，喉中逸出一聲混合憤怒與挫折的純然哀鳴。

「拿走她的手槍，搜身看看有沒有其他武器。」闇之手輕聲說。我感到臀部那令人安心的武器消失，手腕上的匕首從刀鞘被抽走。「我會叫他們放開妳，」他們搜完時，他說：「前提是，只要妳稍微舉起雙手，艾凡就會宰了那名追蹤師。如果懂了，就表示一下。」

我僵硬地點了點頭。

他舉起一指，抓住我的那些人便放開手，我往前一個踉蹌，然後僵著身體站在房間中央，雙手緊握成拳。

我可以用我的力量將闇之手砍成兩半，可以一舉將這整棟諸聖遺棄的建築物從中劈開——但在那之前，艾凡就會割開瑪爾的喉嚨。

「你怎麼找到我們的？」我啞著聲音說。

「妳留下了非常昂貴的足跡。」他懶洋洋地把某個東西扔到桌上，那個物品匡噹一聲落在臉盆旁邊，我認出那是娟雅好幾個禮拜前別在我髮上的金髮夾之一。我們用髮夾支付許多費用，橫越真理之海的旅費、前往寇夫頓的馬車費，以及我們那可悲至極、還是有不少虱子的床位。

闇之手起身，一股惶惶不安又詭異的感覺劈啪瀰漫整個空間，好像每一個格里沙都倒抽了一口氣，然後屏息等待。我感到他們散發出恐懼氣息，而那使我渾身湧起一陣明顯的戒心。闇之手的手下總是敬畏待他，可是這種狀況前所未見，就連艾凡看起來都有些不舒服。

闇之手走進光中，我見到他臉上布滿花紋般幽微難辨的傷疤。這些傷雖由軀使系格里沙治好，仍肉眼可見。所以有翼鷹人確實給他留下了印記。非常好，我有些小心眼地覺得心滿意足。雖然只是小小慰藉，不過至少他不像以前那樣完美了。

他暫停片刻，打量著我。「妳覺得躲在這裡的生活怎麼樣，阿利娜？妳好像不太好。」

「彼此彼此。」我說，而且不只因為那些疤痕。他像披著優雅外套那樣裹著一身疲憊，但那東西就是無法忽視。他眼下有著微微黑影，尖削顴骨的凹陷似乎更深。

「這是一點不得不付出的代價。」他說，嘴唇似笑非笑。

一陣寒意從脊髓蜿蜒而上。為了做什麼才付出的代價？

他伸出手，我得使盡全身力量才不至於往後縮，但他只是抓住了我圍巾一角，輕輕扯了扯，簡陋的羊毛圍巾旋即鬆開，滑過頸子飄落在地。

「我懂了，妳又在隱藏自己真正的模樣。這麼惺惺作態，實在不適合妳。」

一陣不自在的刺痛流竄我全身。不久前我不是才有過類似想法嗎？「多謝你的關心。」我咕噥道。

他以手指沿著項圈描繪。「這屬於我，就如同它也屬於妳，阿利娜。」

我拍開他的手，格里沙中升起一陣焦慮的窸窸窣窣。「那麼你就不該把它掛在我脖子上，」我厲聲回答，「你到底想要什麼？」

但我當然早就知道了，拉夫卡、全世界、影淵的力量——他都想要。他做何回答並不重要，我只要讓他繼續講話就好。我一清二楚這一刻遲早會來，也對此有所準備。我不打算再被他抓住了。我瞥向瑪爾，希望他瞭解我的打算。

「我想要謝謝妳。」闇之手說。

這倒是意料之外。「謝謝我？」

「謝謝妳給我的禮物。」

我的眼神轉往他蒼白臉頰上的疤痕。

「不是的，」他稍微笑了一下。「不是那些，但它們確實成為了不錯的提醒。」

「提醒什麼？」我問，忍不住好奇心。

他的眼神猶如灰色的打火石。「無論是誰都可能被愚弄。阿利娜，然而妳給我的禮物了不起多了。」

他轉過身。我又朝瑪爾望了一眼。

「我不像妳，」闇之手說，「我懂得感激，而且想要有所表示。」

他舉起雙手，滾滾黑暗翻騰房中。

「現在！」我高喊。

瑪爾肘擊艾凡身側，同一瞬間，我伸出雙手，光芒隨之炸開，令周遭所有人變成睜眼瞎子。我專注在自身力量上，將之鍛造成鐮刀般的純粹光束。我只有一個目的：這次我絕不打算讓他毫髮無傷。我望進翻騰的黑暗，努力找到標的。可是好像有什麼不對勁。

我看過闇之手施展力量無數次，可是這次不同。暗影在我的光圈周遭旋繞飛掠，轉得更快，有如一群飢餓昆蟲，變成一朵喀喀答答、呼嘯作響的旋繞雲團。我試圖用我的力量將之逼退，但牠們蠕動扭轉，反而逼得更近。

瑪爾在我身旁，他不知怎麼搶下了艾凡的刀。

「待在我身邊。」我說。與其傻在原地什麼也不做，不如賭一把，往地上開個洞。我集中注意力，感到黑破斬的力量震顫著貫穿全身，然後舉起一臂……卻有什麼從黑暗中步出。

只是花招，在那東西朝我們靠近時，我這麼想。一定是某種幻象。

那是用影子打造成的生物，牠臉上沒有表情，也缺少五官。牠的身體似乎不斷在顫動、模糊難辨，接著又再次成形：雙臂、雙腿，長手末端隱約可見爪子，寬大的背脊頂部生著翅膀，有如黑色污漬般舒展開，攪動、飄散著。牠幾乎就像有翼鷹人，但外貌更像人類，而且牠不害怕光，也不害怕我。

只是花招，我一陣驚慌，但堅持這麼想，這是不可能的。這違反了我對格里沙力量的一切認知。我們不會製出物質、不會造出生命。但是這個生物朝我們上前，而闇之手的格里沙全露出貨真價實的恐懼神情、縮在牆邊。讓他們怕成這樣的就是這個生物。

我壓下心中恐懼，再次集中在力量之上。我揮動一臂，喚出一道無情的炫目弧線往下劈砍。光劃過那頭生物。有一瞬間，我以為牠會繼續靠過來，牠卻搖晃一下，像一朵被閃電照亮的雲那樣亮了一下，啪地化為烏有。可是我只勉強放心那麼一會兒，闇之手旋即舉臂，另一隻怪物又冒出來替上，接著再一隻、又一隻。

「這就是妳給我的禮物，」闇之手說，「我在影淵得到的禮物。」他的表情充滿活力，因為這分力量，以及某種令人畏懼的喜悅——可是我也看見了負荷。不管他在玩什麼花招，都得消耗不少精力。

當那些生物跨出大步、靠得更近，瑪爾和我往門的方向後退。突然之間，其中一隻以風馳電掣的速度往前撲。瑪爾持刀揮砍，那東西暫停腳步，微微搖晃，接著便抓住了他，將他像玩偶似地往旁一扔。這可不是幻象。

「瑪爾！」我喊道。

我猛地使出黑破斬，那頭生物立刻燃燒殆盡、消失無蹤，但下一頭怪物在轉瞬間朝我撲來。牠攫住我，我全身因強烈反感而顫抖。牠的碰觸好比上千隻蠕動昆蟲成群爬上我雙臂。

牠將我舉起離地，我便看見自己錯得多麼離譜。牠真的有嘴巴，我見到一個敞開而扭曲的洞，大張著露出一排又一排的牙齒。當那玩意兒深深咬進我肩膀，我以切膚之痛體驗到每顆利牙。

這分疼痛前所未見，在我體內不停迴盪、不斷複製，將我開膛破肚、深刻入骨。我彷彿從遠方聽見瑪爾喊我的名字，聽見自己在尖叫。

那生物放開了我，我落到地上，無力地癱成一團。我仰天躺在那兒，疼痛仍像無止境的浪潮在全身造成反響。我看到有著水垢的天花板、影子怪物以威壓之姿高踞上方、瑪爾跪在我身旁時蒼白的臉。我看見他的嘴形在叫喚我的名字，卻聽不到聲音。我的神智已然遠遊。

我最後聽到的是闇之手的聲音——清楚至極，好像就躺在我身邊。他的嘴唇貼著我的耳朵，呢喃著只有我能聽見的話：謝謝妳。

第二章

又是一片黑暗。有些什麼在我體內沸騰。我尋找著光，卻觸手不能及。

「喝。」

我睜開眼睛，艾凡怒氣沖沖的臉孔逐漸聚焦。「換妳來。」他火大地對著某人咕噥。

然後娟雅靠過來。即使穿的是破爛的紅色柯夫塔，她仍比以前更加美麗。我在作夢嗎？

她將某個東西貼到我嘴邊。「喝吧，阿利娜。」

我試圖打掉杯子，雙手卻動不了。

我的鼻子被捏住，嘴巴被迫張開。某種湯水流下喉嚨，我咳嗽著噴了出來。

「我在哪裡？」我試圖說話。

另一個冰冷而清亮的聲音說：「讓她繼續昏迷。」

□

我坐在小馬拉的車上，和阿娜·庫亞一起從村落回去。每一次，只要我們在回卡拉錫的路上震動一下，她瘦骨嶙峋的手肘就會戳一下我的肋骨。瑪爾坐在她另一邊，不管我們看到了什麼，他都邊笑邊用手指著。

那匹小胖馬沉重又緩慢地前進，在我們爬上最後一座山丘時，粗粗的馬鬃一抽一抽。上到一半，我們經過路旁的一對男女，兩人邊前進，男人邊吹口哨，配合節奏揮動拐杖，女人步履艱難地行走，彎低了頭，背上綑著一塊鹽。

「他們很窮嗎？」我問阿娜．庫亞。

「沒有像其他人那麼窮。」

「那他爲什麼不買頭驢子？」

「他不需要驢子，」阿娜．庫亞說，「他有老婆。」

「我要娶阿利娜。」瑪爾說。

馬車轆轆駛過。男人對我們脫帽致意，愉快地打招呼。

瑪爾歡欣鼓舞地回應，揮手微笑，幾乎要從座位上跳起來。

我回過頭，伸長了脖子去看那個在丈夫身後腳步蹣跚的女人。說實話，她只是個小女孩，但眼神早已老邁滄桑。

阿娜．庫亞不放過任何機會。「如果沒有公爵的善意眷顧，做個農奴女孩就會是那種下場。所以妳才要心懷感恩，夜夜爲公爵祈禱平安。」

□

鎖鍊鏗鏘。

娟雅面帶憂慮。「一直這麼做會危及她的生命。」

「不要對我指手指腳。」艾凡厲聲回答。

一身黑衣的闇之手立於陰影之中，我身後傳來海的韻律。這分領悟對我使出一記重擊：我們在船上。

求求老天，希望這是一場夢。

□

我再次回到前往卡拉錫的路，在小馬拚命爬上山坡時看牠彎著脖子。當我回頭，那個因爲鹽塊重量而步履艱難的女孩變成了我的臉。巴格拉則在馬車上，坐在我旁邊。「牛會感受到軛的存在，」她說，「但鳥會感覺到翅膀的重量嗎？」

她的眼睛猶如黑玉。要心懷感謝，他們說。要心懷感謝。她揮動韁繩。

□

「喝。」更多湯水。現在我不抵抗了，我不想再嗆到。我往後躺，任憑眼皮闔上、神智遠颺。我太虛弱了，無力掙扎。

有手放在我臉頰上。

「瑪爾。」我努力發出沙啞的嗓音。

那手收了回去。

空無。

□

「醒來。」這一次，是我不認得的聲音。「把她喚醒。」

我顫動著眼皮睜開眼。我還在作夢嗎？有個男孩俯身靠來；他有一頭紅髮、斷過的鼻梁，讓我想到過於狡黠的狐狸。那是阿娜．庫亞的另一個故事。狐狸太聰明，雖逃得出一個陷阱，卻蠢得不明白牠逃不過第二個。他身後站著另一個男孩，是個巨人，說不定是我這輩子見過最巨大的人類。他的金色雙目如蜀邯人那樣上揚。

「阿利娜。」那頭狐狸說。他怎麼知道我叫什麼名字？

門打開，我看到另一張陌生的臉孔，有個留深色短髮的女孩，和巨人有相同的金色眼睛。

「他們要來了。」她說。

狐狸出口咒罵。「再讓她睡。」巨人靠近，黑暗再次滲入。

「不要，拜託——」

太遲。黑暗已將我吞噬。

□

我是個女孩，正艱苦地爬上山坡，靴子在泥濘中咂咂響，背因爲鹽塊的重量疼痛不堪。當我覺得自己連一步也無法前進，就感到自己被抬起離地。鹽從肩膀滑下，我看著它在地上摔成碎片。我飄得越來越高，看見下方小馬拉的馬車，三名乘客抬頭看我，訝異地張大了嘴巴。我看見自己的影子飛掠過他們身上，越過道路和荒蕪的冬天原野。某個女孩黑色的身影，正被她自己展開的雙翅越帶越高。

□

我意識到的第一個現實，就是搖搖晃晃的船、嘎吱作響的索具，以及打在船身的浪花。

當我試圖翻身，肩上橫過一陣刺痛，我倒抽一口氣，猛地坐起身，瞬間睜開眼睛，心跳加速，完全清醒過來。反胃感翻騰滾動，我得狂眨眼才能逼退視線中飄來飄去的金星。我在乾淨整齊的船艙中，躺在一張狹窄的床上。日光透過側舷窗灑入。

娟雅坐在我床邊，所以我不是夢到她——還是說，我現在也在作夢？我拚命想甩掉糾纏著神智的迷霧，得到的回饋則是另一陣反胃。空氣中令人不適的氣味對於讓肚腹停止翻攪也毫無幫助。我逼自己顫抖著深吸一大口氣。

娟雅穿了件繡著藍色花紋的紅色柯夫塔，那是我從沒在其他格里沙身上見過的組合。這件服裝髒兮兮，有些磨損，但是她的鬈髮梳成完美無瑕的一綹綹，看起來比任何王后更美麗。她將一個小杯舉到我唇邊。

「喝吧。」她說。

「那是什麼？」我充滿戒心地問。

「只是水而已。」

我努力從她手中接過杯子，便意識到我兩個手腕都上了銬。我用不自然的姿勢舉起雙手。水嚐起來有股淡淡金屬味，然而我渴到整個人都要枯萎，因此不管三七二十一張口啜飲、咳嗽，然後貪婪狂喝。

「慢點，」她說，溫柔地伸手將頭髮從我臉上往後拂。「不然妳會害自己吐出來的。」

「過多久了？」我注視著艾凡，他正靠在門邊看我。「我昏睡了多久？」

「一週多一點。」娟雅說。

「一週？」

我陷入驚慌。艾凡竟然慢下我的心跳，讓我失去意識整整一週。

我使勁想站起來，血液卻在瞬間直衝腦門。要不是娟雅出手扶穩我，我一定會跌倒。我用意志力逼退暈眩，將她甩開，踉踉蹌蹌跑到側舷窗，透過霧茫茫的圓形玻璃往外看。什麼也沒有，除了湛藍大海之外什麼也沒有。沒有港口、沒有海岸。諾維贊早不見影蹤。我拚命壓抑從眼中湧上的淚水。

「瑪爾在哪裡？」我問，沒人回答，於是我轉過身。「瑪爾在哪裡？」我逼問艾凡。

「闇之手要見妳。」他說：「妳目前狀態能走嗎？還是得要我抱？」

「給她一點時間，」娟雅說：「讓她吃點東西，至少洗個臉。」

「不，帶我去見他。」

娟雅皺起眉。

「我沒事。」我堅持道。儘管非常虛弱、頭暈眼花又害怕，但我不打算再躺回那張床，而且我現在要的是答案，不是食物。

離開船艙時，我們彷彿被惡臭團團包圍。這與之前搭乘維黑德號時會有的臭味——就是一般船上會有的污水、魚隻和體臭——不同，而是某種更糟的玩意兒。我反胃欲吐，只能一把將嘴摀住。我突然慶幸自己什麼都沒吃。

「這是什麼東西？」

「血、骨頭、提取的鯨脂。」艾凡說。看來我們登上了艘捕鯨船。「妳會習慣的。」他說。

「你才有辦法習慣。」娟雅回嘴，皺起鼻子。

他們帶我到通往上面甲板的艙口。艾凡爬上梯子，我手忙腳亂地跟在他身後爬，恨不得快點逃離暗黑的船內部，脫離腐敗的臭味。在雙手上了銬的狀態下實在很難行動，艾凡很快就失去耐心，勾住我的手腕，一把將我往上拉過最後幾呎。我則狠狠大吸好幾口冷空氣，對著燦亮的光芒猛眨眼。

捕鯨船張著滿帆、由三名格里沙風術士驅策，沉重緩慢地前進。他們舉起雙臂站在桅杆旁，藍色柯夫塔在腿旁不斷拍打。元素系格里沙，隸屬召喚法師團。不過短短幾個月前，我還是他們的一員。

船員則著破爛的粗布衣，許多人赤著腳，這樣更能在滑溜溜的甲板上站穩。我發現沒人穿制服，也就是說，他們不是軍人，船上也沒見到可辨識的旗幟。

在船員中，闇之手麾下其餘的格里沙都很好認。不只因為他們穿著顏色鮮明的柯夫塔，更因為那在欄杆旁一派清閒的模樣。他們或遠眺海洋，或在一般水手工作時談天說地。我甚至看見一名穿著紫色柯夫塔的造物法師靠在一綑繩索上看書。

我們經過甲板上兩只巨大鑄鐵鍋，一陣強烈惡臭立刻撲鼻而來，這味道光是在底下就已經很誇張了。

「提煉鍋，」娟雅說，「他們在這裡把油提煉出來。雖然在這趟旅程還沒用上，可是氣味怎麼也散不掉。」

我們走在船上時，格里沙和船員都轉過頭來盯著我們看。當我們經過後桅下方，我抬起了頭，見到夢中見過的深髮男孩、女孩高踞上方，有如懸於索具上的兩頭猛禽，用同一個模子印出來的金色雙瞳注視我們。

所以那不完全是場夢；他們確實來過我的船艙。

艾凡帶我前往船首，闇之手就等在那兒。他背對我們站著，目光越過船首斜桅，遠眺再過去的藍色海平線，黑色柯夫塔猶如墨黑戰旗在他身旁翻飛。

娟雅和艾凡鞠躬後便逕自離開。

「瑪爾在哪裡？」我嗓子粗嘎，喉嚨依舊沙啞。

闇之手沒轉身，只是搖搖頭說，「至少妳很好預測。」

「抱歉讓你覺得無趣了。他在哪裡？」

「妳怎麼知道他不是死了呢？」

我的腹部一陣緊縮。「因為我很瞭解你。」我用虛張聲勢的自信說。

「如果他真的活著呢？妳會自願跳進海裡嗎？」

「除非能拉你和我一起死——他在哪裡？」

「看身後。」

我轉過身。在主要甲板遠端，越過糾纏扭結的繩子和索具，我看見了瑪爾。他被兩名驅使系守衛夾在中間，目光卻緊緊跟隨著我。他一直注視著，等我轉身。我欲走上前，闇之手便抓住我手臂。

「就到這裡。」他說。

「讓我和他說話。」我懇求，並痛恨自己聽起來有多走投無路。

「想都別想。你們兩個的習慣實在不怎麼好，老把愚勇當英雄。」闇之手舉起一手，抓瑪爾的守衛就帶他離開。「阿利娜！」他喊道，一名守衛狠狠摑他一巴掌，他痛得發出一聲悶哼。

「瑪爾！」當他們將拚命掙扎的他拖到甲板下，我出聲大喊。「瑪爾！」我縮著身子想從闇之手的掌握中掙脫，並因為憤怒不禁喉嚨一哽。「你要是傷害他——」

「我不會傷害他的，」他說，「至少在他對我還有用處的時候。」

「我不要他受傷。」

「阿利娜，目前他會很安全，可是最好不要試探我。只要妳越線一次，其他人就得受罰。我也是這樣對他說的。」

我閉上眼，努力壓下翻湧而上的怒火與絕望。我們又回到了起點。我點了一下頭。闇之手再次搖頭。「你們兩個讓這一切變得好容易，只要我戳他，妳就會流血。」

「但是你還是無法理解，對不對？」

他伸出手點了點莫洛佐瓦項圈，指頭摩挲過我喉嚨的皮膚。即便只是這般輕如鴻毛的碰觸，我們之間的連結都在一瞬開啟，一股力量震顫著貫穿我，有如敲響的鐘聲。

「我理解的程度足夠了。」他輕聲說。

「我要見他。」我勉強說出口。「每天都要，我要確定他平安無事。」

「當然，我沒那麼殘酷，阿利娜。我只是做事謹慎。」

我簡直要笑出來。「所以才讓你的怪物來咬我？」

「不是。」闇之手眼神沉穩。他望向我的肩膀。「痛嗎？」

「不痛。」我撒謊。

他唇上揚起微乎其微一抹笑意。「會好起來的，」他說，「但那道傷痕永遠不會完全痊癒，就連格里沙都束手無策。」

「那些怪物——」

「是尼契沃亞。」

虛獸。我抖了一下，想起牠們發出的喀答聲響、敞開的血盆大口。我的肩膀一陣抽痛。「牠們是什麼玩意兒？」

他的嘴唇歪了歪，臉上細微的疤痕紋路難以看清，有如地圖的殘影。其中一道離他右眼之近，可謂千鈞一髮。他差點失去那隻眼睛。他一手捧著我的臉頰，開口時，嗓音幾乎是溫柔至極。

「牠們只是開胃菜。」他低喃著。

他留我站在前甲板，我仍能從皮膚上清楚感覺到他手指的觸碰，腦中瘋狂地轉著一堆問題。

然而，我還來不及釐清，艾凡就出現，拖著我越過主要甲板回去。「慢一點。」我抗議著，但他只是又狠扯了我袖子一下。我失去重心、往前栽倒，膝蓋碰一聲狠狠撞在甲板上，根本沒有時間伸出上了銬的雙手，緩衝摔下去的動作。當一根碎片插進肉裡，我縮了一下。

「快走。」艾凡下令，我拚命想跪起身，他則伸出一腳用靴尖推我一下，我的一邊膝蓋又是一滑，讓我再次摔倒，發出震天價響的咚聲。「我說快走。」

一隻巨手一把將我撈起，小心翼翼讓我立定站好。當我轉過身，訝異地見到那名巨人與棕髮女孩。

「妳沒事吧？」她問。

「這與妳無關。」艾凡火大地表示。

「她是史鐸霍恩的囚犯，」女孩回答，「應該按規矩處置。」

史鐸霍恩。這名字好熟。那麼這就是他的船囉？這些人也是他的船員？維黑德號上也有些關於他的傳說，他們說他是拉夫卡的私掠船船長、走私販子，說他惡名昭彰——因為他闖過斐優達封鎖線，還靠著俘虜敵船搶到鉅款財富。不過，他船上揚的可不是雙鷹旗幟。

「她是闇之手的囚犯，」艾凡說，「也是叛國賊。」

「在陸地上可能是吧。」女孩回馬一槍。

艾凡用蜀邯語含糊地說了些我聽不懂的話，巨人只是大笑出聲。

「你講起蜀邯語活像個觀光客。」他說。

「此外，無論用什麼語言，我們都無須聽你命令。」女孩補充。

艾凡冷笑一聲。「是這樣嗎？」他將手一振，女孩立刻揪住自己胸口，單膝跪下。

我還來不及眨眼，巨人手中轉瞬間出現一把殺氣騰騰的彎刀，他撲向艾凡。艾凡懶洋洋地揚起另一隻手，巨人便痛苦地皺起臉——可是仍繼續前進。

「不要傷害他們。」我出聲阻止，無助地扯動手銬。雖然手被束縛，我還是可以召喚光，然而我怎麼也無法專注。

艾凡不理我。他將一手緊握成拳，這名巨人前進到一半，停下腳步，刀從手中掉落。當艾凡從巨人心臟擰出生命，他的額頭隨之爆出滴滴汗水。

「*ye zho*【註】，我們還是注意一下分寸，好嗎？」艾凡指責道。

「你會殺死他的！」我開始慌了。我用肩膀衝撞艾凡身側，試圖將他撞倒。

說時遲那時快，響亮的兩聲喀啦傳來。

艾凡僵住，臉上的輕蔑笑容消散無蹤。他身後站了一個和我差不多歲數的高大男孩——可能就大幾歲吧。一頭紅髮，斷過的鼻梁。是那隻狡黠狐狸。

他手上有把扳機拉起的手槍，槍管就抵在艾凡頸子上。

「放血人，我這主人算是親切的，可是家家都有自己的規矩啊。」

主人。所以這位一定是史鐸霍恩了。可是不管是哪一種船長，他看起來都太年輕了。

艾凡垂下雙手。

巨人吸入空氣，女孩則站了起來，仍抓著自己胸口，他們都粗重地呼吸著，雙眼燃燒恨意。

「識相、很識相。」史鐸霍恩對艾凡說。「現在呢，我會把囚犯帶回她的牢房，你呢，可以閃一邊去……去做其他人工作時你在做的事。」

艾凡沉下臉。「我不覺得──」

「一點也沒錯，所以還有什麼好說呢？」

艾凡的臉憤怒地漲紅。「你不──」

史鐸霍恩傾身靠近，聲音中笑意盡失，原先悠哉的舉止霎時變為刀刃般銳利的態勢。「我不在乎你在陸地上是什麼身分，只要上了船，就不過是船上的一件貨物──除非我把你扔下去，那樣一來，你就是鯊魚餌。我愛鯊魚，牠們很難煮，但是可當作小小的餘興節目。下次你再異想天開威脅這船上任何人，別忘了這件事。」他往後退，玩世不恭的姿態再現。「去吧，鯊魚餌，滾回你主人身邊。」

「史鐸霍恩，我絕對不會忘記的。」艾凡啐了一口。

船長翻翻白眼。「我就是這個意思好嗎？」

艾凡一個轉身、踱步離開。

史鐸霍恩將武器收回皮套，露出愉悅的笑容，轉向我。「船上怎麼這麼快就擠成這樣啊，好意外，妳說是吧？」他伸出手，朝巨人和女孩肩膀各拍一下。「幹得好。」他輕聲說。

譯註：蜀邯語的混帳、混蛋。

他們的注意力還在艾凡身上。女孩仍緊握拳頭。

「我不想惹麻煩，」船長出聲警告。「懂了嗎？」

他們交換眼神後才不情不願地點點頭。

「很好，」史鐸霍恩說，「回去工作，我會帶她到甲板下。」他們再次點頭。讓我訝異的是，他們都在離開前對我快速粗略地鞠了個躬。

「他們有血緣關係嗎？」我看著他們離開，開口問。

「雙胞胎，」他說，「托亞和塔瑪。」

「然後你是史鐸霍恩。」

「在我心情好的時候。」他回答。史鐸霍恩穿著皮革馬褲，臀部兩側掛有一對手槍，外加明亮的藍綠色長大衣外套，上頭有著俗艷的金鈕釦和超大的袖口。這件衣服應該出現在宴會廳或歌劇的舞台，而非船上甲板。

「一個海盜跑到捕鯨船上做什麼？」我問。

「我是私掠船船長。」他予以糾正。「我有很多船，闇之手想要捕鯨船，我就給他找來一艘。」

「你的意思是『偷來』一艘。」

「是弄來一艘。」

「你來過我的船艙。」

「很多女人都夢過我。」帶我走在甲板上時，他輕聲說道。

「我醒來的時候看到你了，」我堅持，「我需要——」

他舉起一手。「小可愛，不要白費力氣。」

「但你甚至還不知道我要說什麼。」

「妳要向我據理力爭，妳要告訴我妳需要我幫助，雖然無法付錢，但妳有真心誠意——司空見慣啦。」

我眨了眨眼。我確實打算那麼做。「但是——」

「都是白費力氣、白費時間、白費這美好下午。」他說：「我不喜歡看囚犯遭受不當對待，不過關心程度就到此為止。」

「你——」

他搖搖頭。「我這人對於不幸的免疫力可以說是眾所周知。所以，除非妳的故事裡有隻會說話的小狗狗，不然我不想聽——妳有嗎？」

「有什麼？」

「會說話的小狗狗啊。」

「沒有。」我火大地回答。「我的故事裡有一個王國，還有王國中所有子民的未來。」

「好可憐喔。」他邊說邊抓住我的手臂，帶我去船尾艙口。

「我想你應該是為拉夫卡辦事吧。」我火氣爆表。

「我是為最肥的錢包辦事。」

「所以你願意為了一點黃金把國家賣給闇之手？」

「不對，是為了很多點黃金。」他歡快地說，「我向妳保證，我的價碼可不便宜。」他指指艙口。「妳先請。」

我在史鐸霍恩的幫忙下又回到艙房，已有兩名格里沙守衛等在哪裡，準備把我關回去。船長鞠了個躬，沒再多說一字就逕自離開。

我坐在床鋪上，頭埋進雙手。史鐸霍恩想怎樣裝傻都無所謂，我非常確定他進過我的船艙，而且這麼做一定有原因。又或者，我只是任何救命稻草都想抓。

當娟雅帶晚餐托盤來給我，發現我在床鋪上蜷著身子、面對牆壁。

「妳得吃點東西。」她說。

「不要管我。」

「生氣會長皺紋喔。」

「撒謊會生疣。」我怨恨地回應。她笑出來，進來將托盤放下，走到側舷窗，望著自己在玻璃上的倒影。「也許我該換成金髮，」她說，「軀使系紅和我頭髮超級不搭。」

我回頭瞥了一眼。「妳應該很清楚，就算妳渾身泥漿，還是美過兩塊大陸上所有女孩。」

「這倒是。」她咧嘴一笑。

我沒有回應她的笑容。娟雅嘆了口氣，注視著自己的靴尖。「我很想妳。」她說。

令人驚訝的是——我意識到這些話竟這麼傷人。我也想念她，而我覺得這樣的自己像個笨蛋。

「妳有當我是朋友過嗎？」我問。

她在床鋪邊緣坐下。「那有什麼差別？」

「我想知道我之前有多蠢。」

「我很喜歡和妳當朋友，阿利娜。但我對於自己做的事並不抱歉。」

「即使在他幹出那些事情後？」

「我知道妳當他是禽獸，但他努力要做出對拉夫卡、對我們所有人都好的事。」

我撐著手肘起身。我知道闇之手撒謊的事實太久，很容易忘記一件事：嚴格說來，沒有太多人知道他的真面目。「娟雅，是他創造影淵的。」

「黑異教徒——」

「根本沒有黑異教徒。」我說，並將巴格拉幾個月前在小行宮對我揭露的真相毫無保留地告訴她。「他責怪前人造出影淵，可是闇之手一直以來都只有一個，而他只在乎力量。」

「那是不可能的，闇之手這輩子都致力從影淵中解放拉夫卡。」

「在他對新奎比爾斯克做出那種事後，妳怎麼還能這樣說？」闇之手用異海的力量摧毀了一整座城鎮，那是一場能力的演示，目的是威嚇敵人、宣示他一統世界的時代就此開始——而我讓這一切成真。

「我知道當時發生了……一場意外。」

「意外？他殺死上百個人——說不定有上千人。」

「那沙艇上那些人又怎麼說？」她平靜地表示。

我猛地倒抽一口氣往後靠，注視著上方的木板良久。我不想問，卻知道非問不可。這問題伴我越過好幾哩的海洋，困擾了我數週之久。「有……有其他生還者嗎？」

「除了艾凡和闇之手？」

我點點頭，默默等待。

「有兩個幫他們逃走的火術士，」她說，「幾個第一軍團的士兵成功脫身，還有一個叫娜莎利亞的風術士逃了出來，但幾天後就因傷重過世。」

我閉上眼睛。有多少人登上那艘沙艇？三十？四十？我好想吐。我仍能聽見那些尖叫及有翼鷹人的嗥吼。我聞得到火藥和鮮血的氣味。為了救瑪爾、為了我的自由，我犧牲了那些人的命。而到最後，他們的死只是白費。我們又回到闇之手的掌握，而他變得比先前更加強大。

娟雅一手蓋住我的手。「妳做了該做的事，阿利娜。」

我發出一聲猶如狗吠的刺耳大笑，將手抽回。「闇之手是這樣告訴妳的嗎，娟雅？這樣會讓一切更輕鬆嗎？」

「其實不會。」她低頭望著大腿，將柯夫塔的衣褶摺起又展開。「阿利娜，他給了我自由，」她說，「不然我該怎麼辦？跑回王宮嗎？回國王身邊？」她用力搖頭。「我絕不要，我作出了自己的選擇。」

「那其他格里沙呢？」我問，「不可能全和闇之手站同一邊吧？有多少人留在拉夫卡？」

娟雅一僵。「我恐怕不能和妳談這件事。」

「娟雅——」

「吃點東西吧，阿利娜，盡可能多休息。我們很快就會進入冰天雪地了。」

冰天雪地。那麼我們就不是要回拉夫卡，一定是往北去。

她站起身，將灰塵從柯夫塔上拂去。也許她會開這些顏色的玩笑，但我知道這對她來說意義多麼重大，這證明了她是真正的格里沙——受到保護、受到愛戴，再也不是僕役。我還記得闇之手發起政變不久，那使國王身體欠安的神祕疾病。娟雅是少數能和王室家族接觸的格里沙，她用這件功勞，爭取到披上紅色的資格。

「娟雅，」她走到門邊時，我開口。「我再問一個問題。」

她停下腳步，一手放在門閂上。

這似乎不太重要，過了這麼久還舊事重提也有些傻氣。可是這真的困擾了我好久、好久。

「我在小行宮時寫給瑪爾的信——他說他從來沒收到。」

她沒轉過身，但我看見她雙肩一垮。

「因為那些信從沒寄出。」她輕聲說。「闇之手說，妳得將過往人生拋在腦後。」

她關上門，我聽到門閂喀一聲回到原位。

那些和娟雅一同談笑、又是喝茶又是試穿漂亮衣服的時光，她都在騙我。最糟的是，其實闇之手說得沒錯。如果我一直牽掛著瑪爾及對他的愛戀，很可能永遠無法駕馭我的能力。可是娟雅不知道這件事，她只是遵照命令、任我心碎。我不曉得這叫什麼，可是絕對不是友誼。

我轉成側躺，感到身下船隻正輕柔搖曳。這是否就像在母親懷抱中被搖著入睡？我想不起來。在卡拉錫的入夜時分，阿娜．庫亞有時會用比氣音更小的音量哼歌，一面將油燈盞盞熄滅、關上一間間宿舍的門。那是對瑪爾和我而言最接近搖籃曲的事物。

上方某處，我聽見一名水手在風中吶喊著些什麼。鐘聲響起，示意該換人值班。我們還活著，我提醒自己，我們之前成功逃跑過，再逃一次也沒問題。可惜沒用，而且到最後我還是棄守，任憑眼淚湧上。史鐸霍恩已被收買，錢也入袋；娟雅選擇了闇之手。瑪爾和我就如以往那樣孤立無援，沒有朋友或盟軍，周遭除了無情的海洋外一無所有。這一次，就算我們逃跑，也無處可去。

第三章

不到一禮拜我就看到第一塊浮冰。我們遠達北境，那裡的海洋顏色深暗，深海中浮現大量致命的尖銳冰椎。雖然時節已至初夏，冰風依舊咬噬皮膚。早上繩索全因結霜而硬邦邦。

我在艙房中走來走去好幾小時，眺望著無邊無際的海洋。每天早上我都會被帶上甲板，讓我有機會伸展雙腿，並遠遠看著瑪爾。闇之手總會站在欄杆旁掃視海平線，像在尋找著什麼。史鐸霍恩和他的船員則保持著一定距離。

第七天，我們從兩座板岩島嶼間經過。因為過往擔任製圖師，我認出了它們是亞卡和比其——叉子和刀子。我們進入了白骨路。這是一道長長的黑水區，有無數船隻在此撞上於霧中若隱若現的無名島嶼，因而失事。地圖上，它標記了水手頭顱、張大著嘴的怪物，以及白髮如冰雪、黑眼深邃如海豹的美人魚。只有經驗最豐富的斐優達獵人會來這裡尋找獸皮毛皮，冒著喪命危險取得價格不斐的獎賞。但是，我們想取得的究竟是怎樣的獎賞？

史鐸霍恩下令修正船帆方向，我們在迷霧中航行時速度減慢，一股令人不安的死寂籠罩全船。我研究著捕鯨船上的划艇，以及一架架尖端鑄有格里沙鋼鐵的魚叉——不難猜測是做什麼用。闇之手要尋找某種增幅物。我審視了一下格里沙的派系，忍不住猜想又是誰雀屏中選，成為闇之手的另一個「天選之人」。然而，我心中有個恐怖的猜想開始生根。

這太瘋狂了，我對自己說，他絕對不敢這麼做。可是這念頭也沒帶給我多少安慰。他沒有什麼事不敢做。

□

第二天，闇之手命人帶我去見他。

「要給誰的？」當艾凡把我丟在右舷欄杆旁，我問道。

闇之手只是眺望著浪花，我則認真思考要把他從欄杆推下去。他確實是好幾百歲了，不過他會游泳嗎？

「請告訴我你沒有在盤算我想的那件事，」我說，「告訴我那個增幅物是要給另一個蠢笨又好騙的女孩。」

「像某個比較不固執的人？比較不自私的人？比較不渴望當個鄉巴佬的人？相信我，」他說，「我也希望找得到這種人。」

我一陣反胃。「一個格里沙只能擁有一個增幅物，你自己告訴我的。」

「莫洛佐瓦的增幅物不同。」

我目瞪口呆地望著他。「還有其他類似雄鹿的生物嗎？」

「這本來就是註定要一起使用的，阿利娜，它們獨一無二，就和我們一樣。」

我想起讀過的那些格里沙理論，每本的說法都相同：格里沙力量並不能無止境延伸，得設下界限。

「不，」我說：「我不想要這樣，我想要——」

「妳想要，」闇之手用嘲弄的語氣說，「我想要用我的刀插進妳那位追蹤師的心臟，看他慢慢死去；我想要海洋吞噬你們兩個。可是如今，我們的命運已經糾纏在一起，阿利娜，而且無論妳或我都對此束手無策。」

「你瘋了。」

「我知道妳喜歡這麼想，」他說，「但是，如果我們真想有一絲一毫控制影淵的希望，就一定要把增幅物聚集在一起——」

「你控制不了影淵的，那東西非摧毀不可。」

「小心啊，阿利娜，」他輕笑一下，「我對妳也抱持同樣想法。」他對艾凡做了個手勢，後者謹慎地等在一段距離之外。「把男孩帶過來。」

我的心臟幾乎要從喉嚨蹦出來。「等一下，」我說：「你對我說過不會傷害他。」

他無視，而我像個笨蛋一樣轉過身，彷彿在這艘諸聖遺棄的船上真有誰能聽見我的懇求。史鐸霍恩站在舵旁，面無表情地看著我們。

我伸手去抓闇之手的袖子。「我們說好的，我什麼都沒做，你說過——」

闇之手用石英般的冷酷雙眼注視我，我要說的話便死在口中。

一會兒後，艾凡帶著瑪爾一起出現，領他來到欄杆旁。瑪爾站在我們面前，對著陽光瞇起眼睛，雙手被縛。這是數週來我和他最靠近的一次。雖然他一副疲憊蒼白，不過毫髮無傷。我從他警戒的神情中看見疑問，然而我並沒有答案。

「好，追蹤師，」闇之手說，「你來追蹤吧。」

瑪爾從闇之手看向我，再看回來。「追蹤什麼？我們人在大海正中央。」

「阿利娜告訴過我，你能在石堆裡揪出兔子，我也親自問過維黑德號上的船員，他們說你在海上能力也一樣高超。那些人似乎認為，憑你的專長能讓走運的船長賺到鉅富。」

瑪爾皺眉。「你要我捕鯨魚？」

「不是，」闇之手說，「我要你捕海鞭。」

我們驚駭地望著他，我差點笑出來。

「你是要找龍嗎？」瑪爾不敢置信。

「是冰龍，」闇之手說，「拉索伊。」

拉索伊。在故事裡，海鞭是受詛咒的王子，被迫變成海蛇，守護白骨路的冰寒水域。這就是莫洛佐瓦的第二個增幅物嗎？

「那只是童話，」瑪爾說出我心中想法。「講給小孩聽的故事，並不存在。」

「多年來在這片水域目擊海鞭之說時有所聞。」闇之手說。

「也有人看過美人魚，還有白海豹。那是神話傳說。」

闇之手揚起一眉。「就像雄鹿嗎？」

瑪爾看我一眼，我非常輕地搖了一下頭。不管闇之手要做什麼，我們都不會出手幫忙。

瑪爾望向一波波的海浪。「我甚至不知道要從哪裡開始著手。」

「為了她好，我希望你這話不是認真的。」闇之手從柯夫塔衣褶中抽出一把細細刀刃。「因為，只要我們一天找不到海鞭，我就削下她一片皮膚——慢慢地削。再讓艾凡把她治好，第二天，我們再重來一次。」

我感到臉上血色盡失。

「你不會傷害她。」瑪爾說，但我從他語調中聽見恐懼。

「我不想傷害她，」闇之手說，「我要你照我說的做。」

「我花了好幾個月才找到雄鹿，」瑪爾絕望地說，「而且至今都不確定是怎麼找到的。」

史鐸霍恩上前一步。從頭到尾，我的注意力一直在瑪爾和闇之手身上，差點忘了他。「我不允許在我船上有女孩子遭受刑求。」他說。

闇之手的冷冷目光轉向那位私掠船船長。「你為我工作，史鐸霍恩，所以給我默默幹活兒，不然你最要擔心的恐怕不只拿不拿得到錢了。」

險惡且不安的漣漪在船上擴散。史鐸霍恩的船員開始打量格里沙——表情可不怎麼友善。娟雅則一手摀嘴，但什麼話也沒講。

「給這追蹤師一點時間，」史鐸霍恩平靜地說，「一週，或至少幾天。」

闇之手的指頭順著我手臂往上爬，推高袖口，露出光裸蒼白的皮膚。「該從手臂開始嗎？」他問，放下袖口，接著以指節拂過我臉頰。「還是臉呢？」他對艾凡點點頭。「抓好她。」

艾凡緊扣住我的後腦勺，闇之手舉刀，我從眼角餘光看見刀子閃爍的精光，拚命想往後縮，卻被艾凡抓得牢牢，動彈不得。刀刃碰到臉頰，我驚恐萬分地倒抽一口氣。

「住手！」瑪爾喊道。

闇之手靜靜等待。

「我……我做得到。」

「瑪爾，不要。」我說，拚命擠出根本沒有的勇氣。

瑪爾吞嚥一下，「改成西南向，朝我們來時的方向。」

我靜靜地不敢動。瑪爾真的看到什麼了嗎？或者只是不想讓我受傷害？

闇之手的腦袋一偏，細細打量他。「追蹤師，我想你應該很清楚最好不要對我耍花招吧？」

瑪爾猛一點頭。「我做得到，我找得到。只要……只要給我時間。」

闇之手將刀收回皮套，我慢慢吐出氣息，努力壓抑顫抖。

「給你一週。」他轉過身，走進艙口。「帶她過來。」他對艾凡喊道。

「瑪爾——」當艾凡抓住我手腕，我說。

瑪爾舉起被綁住的雙手，朝我伸來，手指就那麼短暫刷過我手一下，艾凡已將我拖回艙口。

當我們下到潮濕陰冷的船艙，我的心思不斷瘋狂運轉。我跟在艾凡身後、踉蹌行走，努力想釐清剛剛發生的一切。闍之手曾說，只要他需要瑪爾一天，就不會傷害他。我本以為他只想利用瑪爾讓我乖乖聽話，而今，很明顯他留瑪爾一命另有用處。瑪爾真的覺得能找到海鞭嗎？或者只是在拖延時間？我不確定自己希望哪個是真的。我並不喜歡遭到刑求，但要是真的找到了冰龍，那怎麼辦？獲得第二個增幅物意味著什麼？

艾凡將我拖進一間頗為寬敞的艙房，看起來像船長室。史鐸霍恩一定是去和其他船員一塊兒擠了。有張床被推到一角，大弧度的船尾壁嵌了一排玻璃挺厚的窗戶。窗戶下方，闍之手坐的那張桌子灑落粼粼的水光。

艾凡行完禮，立刻飛也似地離開房間，將門在身後關上。

「他等不及想離你遠一點。」我逗留在門口。「他很害怕現在的你，他們全都是。」

「那妳怕我嗎，阿利娜？」

「正合你意，不是嗎？」

闍之手聳聳肩。「恐懼是強大的盟友，」他說，「而且十分忠誠。」

他用評估的冷酷目光看著我，那眼神總讓我覺得他在讀我的心，就像讀書上的字句。他的手指在文本上移動，一點一滴擷取著一些我只能瞎猜的神祕訊息。我努力不要坐立不安，可是腕上的手銬擦破了我的手。

「我想給妳自由。」他平靜地說道。

「給我自由、給我剝皮。選擇還真多。」我還清晰記得他的刀貼著臉頰的感覺。

他嘆了口氣。「那只是威脅，阿利娜，也達到了該達到的目的。」

「所以你沒打算割傷我？」

「我沒這麼說。」他一派愉悅，一如往常就事論事。可能是在威脅要把我開膛剖肚，也可能只是在點晚餐菜色。

在幽暗光線中，我只能勉強看見他傷疤的細緻紋路。雖然我知道自己應該閉上嘴，逼他率先開口，可是我實在太好奇了。

「你是怎麼活下來的？」

他一手拂過下巴尖削的線條。「有翼鷹人似乎對我嚐起來什麼味道不感興趣。」他語氣悠哉。「妳注意過嗎？牠們不會以彼此為糧。」

我一陣顫抖。牠們是他創造出來的，一如那頭牙齒深深咬進我肩膀的玩意兒。我那裡的皮膚仍陣陣搏動。「同類相喚。」

「我對重複體驗這種事沒什麼興趣，我受夠有翼鷹人的憐憫了——還有妳的。」

我橫過房間、走到桌前。「那為什麼還要給我第二個增幅物？」我豁出去發問，拚命想抓住這個據理力爭的機會，好像只要這麼做就能讓他清醒過來。「容我提醒，我曾想殺死你。」

「但妳失敗了。」

「現在我又獲得第二次機會。所以為什麼要讓我變得更強？」

他又聳了聳肩。「沒有莫洛佐瓦的增幅物，拉夫卡必定滅亡。妳註定要擁有它們，就像我註定要登上統治大位。沒有別的可能。」

「你這麼說未免太敷衍。」

他揚起一眉。「阿利娜，只要和妳有關，就沒有所謂敷衍。」

「你融合不了增幅物的，所有書上都這樣說——」

「不是所有書。」

我好想發出挫敗的尖叫。「巴格拉警告過我。她說你很傲慢、被野心蒙蔽。」

「她是這麼說的嗎？」他聲如冰霜。「她還在妳耳邊說過哪些叛國大罪？」

「她說她很愛你，」我極度憤怒，「她說她相信你能改過贖罪。」

於是他別開了眼神。但在那之前，我從他臉上看見一閃而過的痛苦神情。他對她做了什麼？那讓他付出了什麼代價？

「贖罪，」他低喃著，「拯救、悔過。我母親那些八股的舊想法。也許我應該更注意一點。」他伸出手從書桌抽出一本細長的紅色書冊，舉起時，光映射在書封的金色字體上：*Istorii Sankt'ya*。「妳知道這是什麼嗎？」

我皺眉。《聖人生平》。腦中浮現模糊記憶。導師幾個月前在小行宮給了我一本，我扔進梳妝桌的抽屜後就沒再多花時間想它。

「那是小孩看的書。」我說。

「妳看了嗎？」

「沒看。」我承認，然後突然希望自己看了。闇之手望著我，靠得有點太近。一本蒐羅宗教圖畫的古書到底有什麼重要的？

「迷信，」他垂下眼神望著書封，「對農奴的宣教——又或者只是這麼假設。莫洛佐瓦是個怪人，和妳有點像，他迷戀平凡和弱者。」

「瑪爾不弱。」

「他身懷天賦，這我可以確定，但他不是格里沙，而且永遠比不上妳。」

「他比得上我，甚至比我更強。」我啐了一口。

闇之手搖頭。如果我不是那麼瞭解他，可能會誤以為他臉上的表情是憐憫。「妳以為妳遇見了他，可以當他是家人，以為妳找到了未來。可是妳將越來越強大，他則越來越衰老。他會過他屬於被棄者的人生，而妳將看著他死去。」

「閉嘴。」

他微笑。「繼續啊，就盡量跺腳發脾氣，反抗妳的真實本質。與此同時，妳的國家仍在受苦受難。」

「那都是因為你！」

「這都是因為我——信任了一個承受不了天賦潛能的女孩。」他起身繞過桌子。儘管我憤怒不已，仍退了一步，撞上身後的椅子。

「我知道妳和那個追蹤師在一起時是什麼感覺。」

「我才不信。」

他輕蔑地一揮手。「我說的不是目前還沒把妳壓垮的那股莫名其妙的倦意。我知道妳心裡的真相——是寂寞。妳越來越清楚自己有多與眾不同。」他更靠近。「還有因此而生的痛苦。」

我努力隱藏那貫穿全身令我驚愕不已的領悟。「我不知道你在說什麼。」我說，但是這些話聽在耳中實在太假了。

「那是不會消失的，阿利娜，只會更糟。不管妳躲在多少條圍巾後面，不管撒多少謊，不管妳跑得多遠或多快，都是一樣。」

我試圖別過頭，但他伸手捏住我下巴，逼我與他對看。他靠得那麼近，我簡直能聞到他的呼吸。「阿利娜，從來沒有像我們這樣的人。」他低聲說，「以後也不會有的。」

我踉蹌著腳步離他遠些，撞翻了椅子，差點失去平衡。我用被上了銬的雙手狂敲門板，在闇之手冷眼旁觀時喊著艾凡。

可是他在闇之手下令之後才出現。

我隱約意識到艾凡將手放在我背上，還有走廊上的惡臭，讓路給我們過的一名水手，接著是我那間狹窄艙房中的一片靜謐，門在我身後鎖上，床鋪的感覺，我臉貼上床單時有粗糙布料刮過，然後我渾身顫抖，努力將闇之手說的話從腦中驅逐。瑪爾的死，我眼前漫長的人生，永遠不會消滅、屬於他者的痛。每分恐懼都深陷進心中，帶著倒鉤的爪子狠狠刺進心臟。

我知道他根本就是騙子，可以假造出任何情緒，玩弄任何人性缺陷。但我否認不了在諾維贊時產生的感覺，或者闇之手讓我看見的真相：我的悲傷、我的渴望，皆從他的蒼涼灰眼倒映在我眼中。

□

捕鯨船上的氣氛變了。船員越來越不安、越來越警戒。他們的船長遭到輕視仍記憶猶新。格里沙則在自己人之間竊竊私語。我們在白骨路上進度遲緩，他們被磨得失去耐性。

每一天，闇之手都會將我帶到甲板上方，和他一起站在船首旁。瑪爾仍在船的另一端受到嚴密看守。有時，我會聽見他對史鐸霍恩喊著羅盤方位，或在經過某個巨大冰棚時，見他作勢比畫著稍微在吃水線上方某個像是深刻刮痕的東西。

我注視著粗糙參差的溝槽。可能是爪痕，也可能什麼也不是。但我仍目睹了瑪爾在茲貝亞展現的能力。我們追蹤雄鹿時，他只給我看斷裂的樹枝、被踩扁的雜草。他指出來的時候，那些痕跡似乎明顯到不行，然而片刻之前肉眼幾不可見。船員似乎心存懷疑，格里沙則毫無保留地流露輕蔑。

薄暮時分，一天再次來了又走。闇之手會像遊街似地帶我走過甲板、從艙口下去，直接帶我到瑪爾面前。我們不可以開口說話。我試著與他對上眼神，想無聲傳達我一切都好，然而我見到他的憤怒與絕望漸增，我卻毫無能力給他安慰。

有一次，當我在艙口一個踉蹌，闇之手親自接住我。他其實可以不管我，卻仍遲疑了。我還來不及抽身，他的手已碰到我的下背。

瑪爾往前撲來，要不是看守他的格里沙守衛將他抓住，他早就衝向闇之手。

「再三天，追蹤師。」

「不准碰她。」瑪爾厲聲說道。

「我會遵守承諾，她目前仍毫髮無傷。但也許你怕的不是這個？」

瑪爾的理智已經繃到斷裂邊緣。他的臉色蒼白，嘴巴拉成一條繃緊的線。他拚命想掙脫束縛他的繩索，前臂肌肉如小山般隆起。我終於忍不住了。

「我沒事，」我輕聲開口，冒著闇之手揮刀的危險。「他傷不了我。」這是謊話，但說出口的感覺真好。

闇之手的目光從我看到瑪爾，而我瞥見他眼中洞開的蒼涼裂縫。「別擔心，追蹤師，要是交易破局，你一定會知道。」他將我往下甲板推，但我仍聽見了他留給瑪爾的臨別字句：「我讓她尖叫的時候，保證一定讓你聽見。」

□

這週緩慢推進。第六天，娟雅早早將我叫醒。我還在試圖集中精神，並意識到現在才日出不久，一股恐懼貫穿我全身。說不定闇之手決定提早結束緩刑，打算實踐他的威脅。

可是娟雅在微笑。

「他找到了！」她開心高喊，歡天喜地直跳腳，在扶我下床時根本跳起了舞。「追蹤師說我們很近了！」

「他的名字叫瑪爾。」我咕噥著，和她隔開距離，無視她受傷的眼神。

*是眞的嗎？*娟雅帶我往上走時，我不禁想。*還是瑪爾純粹想幫我爭取更多時間？*

我們沐浴在幽微且蒼茫的破曉光線中，甲板上擠滿眺望海面的格里沙，風術士同時調整風向，史鐸霍恩的船員操縱著上方的船帆。

大霧比前一天更濃，厚厚一片貼著水面，恍若帶著濕氣的煙卷一下一下地扒著船的外殼。時不時，只有瑪爾喊的方向和史鐸霍恩的號令打破寂靜。

當我們進入一片開展的寬闊海域，瑪爾轉向闇之手，「我覺得我們很近了。」

「你覺得？」

瑪爾只是點了個頭。

闇之手思考半晌。如果瑪爾是在拖延，這個努力恐怕無法持久，而且付出的代價會很高昂。

彷彿過了永恆那麼久，闇之手對史鐸霍恩點點頭。

「修正船帆方向。」船長下令，桅樓船員則奉命行事。

艾凡點點闇之手的肩膀，指向南邊的海平線。「有一艘船，吾主（*moi soverenyi*）。」

我瞇眼看著那個小點。

「有揚什麼旗幟嗎？」闇之手問史鐸霍恩。

「很可能是漁夫，」史鐸霍恩說，「但為了以防萬一，我們會密切注意。」他對著一名船員打手勢，那人拿了望遠鏡，快速爬上主頂桅。

划艇已準備好，不到幾分鐘就翻過了欄杆從右舷放下，上面載了史鐸霍恩的手下，魚叉也準備就緒。闇之手的格里沙一個個擠在欄杆旁想看進展如何。霧氣似乎放大了划槳穩定向前的拍浪聲。

我朝瑪爾靠近一步。此時此刻，所有注意力都在海上那些人身上，只有娟雅看著我。她遲疑一下，然後刻意轉過身，加入欄杆旁的其他人。

瑪爾和我看著前方，但是距離夠近，能肩膀相碰。

「告訴我妳沒事。」他悄悄說道，嗓音粗啞。

我點點頭，把喉中那股堵住的感覺吞下。「我沒事。」我輕聲說。「那東西……在那裡嗎？」

「我不知道，也許吧。我追蹤雄鹿時有時會覺得我們很近，然後……阿利娜，要是我弄錯——」

我轉過身，一點也不在意有誰在看，或者可能會受到什麼懲罰。霧現在從水面升起，鬼鬼祟祟爬上甲板。我抬頭望著他，將他臉上一切細節收進眼中，他虹膜明亮的藍色，嘴唇彎曲的弧度，橫過整個下頷的疤。在他身後，我瞥到塔瑪在繩索上奔跑，雙手提了盞燈。

「這一切都不是你的錯，瑪爾，真的不是。」

他垂下頭，前額與我相碰。「我不會讓他傷害妳的。」

我們都曉得他也無力阻止，但真相太教人痛苦，所以我只是說：「我知道。」

「妳只是順著我的話講罷了。」他淺淺咧嘴笑開。

「誰教你那麼需要人照顧。」

他的嘴唇貼在我頭頂。「我們會找出解決辦法的，阿利娜，我們向來都能找到。」

我將被手銬束縛的雙手貼上他胸口，閉起眼睛。我們孤立無援待在冰寒的海域，而且成為能直接製造出怪物之人的囚犯。然而不知怎麼，我卻深信真能找到解決辦法。我靠向他，而且——這是這麼多天來第一次，我容許自己懷抱希望。

一聲喊叫響起：「右舷前方兩個羅經點！」

我們同時轉過頭，我整個人僵住。有東西在霧中移動，某個閃爍發光、上下起伏的白色形體。

「諸聖啊。」瑪爾用氣音說。

那個瞬間，那頭生物的背脊破浪而出，身體畫出一個弧、由水面現身，彩虹在牠背上色彩斑斕的鱗片上閃爍著。

拉索伊。

第四章

拉索伊是民間傳說、童話故事，是出沒在地圖邊緣、屬於夢裡的生物。不過無庸置疑——冰龍確實存在，還被瑪爾找到了，就和他找到雄鹿一樣。但感覺不太對，彷彿一切發生得太快，好像我們硬是這麼急就章去做些根本不瞭解的事。

划艇上傳來一聲喊叫，吸引了我的注意力。最靠近海鞭的船上有個人站起身，手拿魚叉，正在瞄準著什麼。然而龍的白尾掃過海面、劃破浪濤，啪地迎頭劈下，送來一波翻騰滾滾的水牆擊打船殼。划艇岌岌可危地傾斜，並在千鈞一髮之際才導正，那個拿魚叉的人一屁股坐了下去。

很好，我想，反抗他們。

接著另一艘船的魚叉齊放。第一根射偏，什麼也沒傷到，只是嘩啦一聲墜入水中。第二根則刺入海鞭的皮膚。

怪物猛地弓起背，尾巴來回狂掃，像蛇一樣暴跳起來，身體彈出海面。有一瞬間，牠飄在半空，翅膀似的半透明魚鰭、閃爍發光的鱗片、憤怒的紅眼。串串水珠從牠的鬣毛揮灑而出，巨大下頷張開，露出粉紅色的舌頭與成排森然發亮的牙齒。牠朝最近的一艘船撲去，製造出震天價響的木頭碎裂聲。細長的船隻斷成兩半，船上的人傾流入海。龍張開血盆大口，冷不防咬住一名水手的雙腿，他放聲尖叫，身影驟然消失在浪濤裡。在這樣猛烈的攻擊下，其餘船員皆在被鮮血染紅的水中泅泳，拚命朝划艇的殘骸游去，一個一個掛在船邊。

我回頭看著捕鯨船上方的索具，此時此刻，桅杆頂端正不祥地裹在霧中，不過我仍能看見塔瑪的提燈穩穩地在主頂桅帆上方發光。

另一根魚叉找到目標，海鞭卻開始歌唱，那是我有生以來聽過最動聽的歌聲，宛如合聲般隨著哀傷且沒有歌詞的曲子爬升。不對，我在瞬間領悟，這不是歌。海鞭是在哭喊。當一艘艘划艇群起追捕，牠在浪濤中痛苦翻滾、拚命扭動，掙扎著想將尖端有倒鉤的魚叉甩掉。加油，我無聲懇求，一旦被他抓住，他永遠不會放你走。

但我已見到龍的速度變慢，隨著吶喊與顫抖，逐漸變成哀鳴，牠的動作越來越遲緩，聲調逐漸蒼涼、變得虛弱。

一部分的我希望闇之手直接給牠一個痛快。為什麼不？為什麼不直接對海鞭使出黑破斬，就像對付雄鹿那樣，將我和牠綁死在一起？

「網子！」史鐸霍恩喊道。但是霧太濃，我有點無法判斷他的聲音究竟是從哪裡傳來。在靠近右舷欄杆的某處，我聽到一連串乒乒乓乓聲。

「把霧弄散，」闇之手下令。「我們要失去划艇了。」

我聽見格里沙相互呼喊，然後感到風術士的翻湧強風掀動我外套的褶邊。

霧散開，我的下巴簡直要掉到地上。闇之手和他的格里沙仍站在右舷側，將全副注意力放在似乎正搖槳遠離捕鯨船的划艇。但是，左舷側，另一艘船彷彿憑空冒出。那是一艘雙桅縱帆船。

它光芒四射、桅杆閃亮、旗幟飄揚——旗子的藍綠原野上有頭紅狗，下方的淺藍和金色正是拉夫卡雙鷹。

我聽見另一連串的乒乓聲響，看見鐵爪扣住捕鯨船的左舷欄杆。爪鉤，我剎時頓悟。一切似乎全在同個瞬間發生，某處傳來一聲吼叫，有如孤狼嗥月；大批胸前配手槍、手握短彎刀的人馬翻過欄杆衝上捕鯨船甲板，猶如一群野狗般亂吼亂叫。我看見闇之手轉過身，表情中有困惑也有憤怒。

「現在到底是怎麼回事？」我們小心翼翼後退，躲進沒什麼保護作用的後桅下。瑪爾走到我面前。

「我不知道，」我回答，「可能非常棒，也可能非常——非常糟。」我們背貼背站著。我的雙手仍被銬著，他也還被綁著，當甲板上爆發戰鬥，我們完全無力自保。槍聲到處響起，在火術士的火焰中，整個境況彷彿突然有了生命。「獵犬，集合！」史鐸霍恩喊道，霎時加入戰局，雙手執一把軍刀。

四面八方——狂吼、尖叫、咆哮的人從天而降，跳到闇之手的格里沙身上——不只從雙桅帆船，就連捕鯨船的繩索上也有人。那是史鐸霍恩的人馬。史鐸霍恩背叛了闇之手。

這位船長很顯然是失心瘋了。沒錯，格里沙確實寡不敵眾，但是只要對上闇之手，數量就算不上什麼。

「快看！」瑪爾喊著。

下方水中，在划艇殘骸上的人正拖著海鞭前進。他們升起了船帆，輕快的風帶著他們往前——不是向著捕鯨船，而是直接投入雙桅帆船的懷抱。拉著他們前進的強風似乎憑空吹來，我觀察得再細一點，划艇上站了個船員，正高舉雙臂。我絕對不會看錯——史鐸霍恩的麾下有風術士。

突然之間，有隻手扣住我的手腕，我突然被提離地面，整個世界彷彿上下顛倒。被拋上巨大的肩頭時，我不禁放聲尖叫。

我抬起頭，拚命抵抗那個像鋼圈一樣牢牢攫住我的手臂，然後見到塔瑪衝向瑪爾，她的雙手中有刀光閃爍。「不要！」我尖叫。「瑪爾！」

為了保護自己，瑪爾舉起雙手，可是她僅是將他的束縛一把割斷。「上！」她喊道，並將刀扔給他，再從臀部位置抽劍出鞘。

托亞在甲板拔足飛奔，同時將我扣得更緊一些。塔瑪和瑪爾緊跟在後。

「你在做什麼？」我啞著嗓子喊，腦袋一下一下地撞在巨人背上。

「跑就對了！」塔瑪回答，揮刀劈砍撲來擋路的一名軀使系格里沙。

「我跑不了，」我喊回去，「妳的白痴兄弟把我像火腿一樣揹在肩上！」

「妳到底想不想獲救？」

我根本沒時間回答。

「抓好，」托亞說，「我們要下去了。」

我緊緊閉上雙眼，做好墜入冰寒海水的準備，但是托亞沒跑幾步就悶哼一聲，單膝跪地鬆開了我。我滾下來，笨拙地側倒在甲板上。抬起頭時，只見艾凡和一名身穿藍袍的火術士正俯視著我們。

艾凡伸長一手，想粉碎托亞的心臟，而這一次沒有史鐸霍恩出面阻止他。

火術士逼近塔瑪和瑪爾，手捏一顆打火石，已舉臂劃出一道火弧。還沒開始前就將結束。我悲哀地想。但是下一刻，火術士卻停下來倒抽一口氣，火焰憑空熄滅。

「你是在拖拖拉拉什麼？」艾凡火大不已。

火術士唯一的回應是彷彿窒息地嘶一聲。他的雙眼暴凸，一個勁兒撓抓喉嚨。

塔瑪右手握劍，但緊捏著左拳。

「這招不錯，」她說，一把揮掉那名癱瘓火術士的打火石。「不過我也會。」她舉起劍。當火術士束手無策地站在那裡拚命想呼吸，她使出全力一擊將他刺穿。

火術士頹倒在甲板上，艾凡困惑地注視正居高臨下望著那具屍體的塔瑪，她的劍淌下鮮血。艾凡的注意力一定有毫秒渙散，因為就在那一刻，托亞發出一聲恐怖怒吼，從跪姿站起。

艾凡再次捏緊拳頭，重新專注。托亞露出痛苦神情，卻沒有倒下。緊接著，這名巨人單手出擊，艾凡因疼痛和迷惘而面容一陣扭曲。

我從托亞看向塔瑪，恍然大悟。他們是格里沙，而且是破心者。

「喜歡這樣嗎，小傢伙？」當托亞大步走向艾凡時出口問道。艾凡絕望地又揮出另一隻手。

他不斷顫抖，而我目睹他努力想吸進空氣的模樣。

托亞有些搖晃，但仍持續前進。「現在我們很清楚誰的心臟比較強了。」他咆哮著說。

托亞緩緩大步上前，有如頂著強風行走，臉上冒出大顆小顆的汗水。他齜著牙齒，咧出凶狠卻愉快的笑。我忍不住想，他和艾凡會不會一起倒下死掉。

接著，托亞將伸長的手一收，手指握起、捏成拳頭。艾凡立刻一陣痙攣，雙眼往腦後一翻，嘴巴噗地綻開一顆血泡，倒在甲板上。

我隱約注意到了身周洶湧肆虐的亂況。塔瑪正和一名風術士纏鬥，另外兩名格里沙躍向托亞。我聽見槍聲，意識瑪爾拿到了手槍。可是在我視線所及，只見到艾凡失去生氣的身軀。

他死了。闇之手的親信，第二軍團中最強的破心者之一。他在影淵和有翼鷹人的攻擊之中存活，如今卻這樣死去。

一聲細微的嗚咽將我從沉思拉回現實。娟雅站在那裡望著艾凡，雙手摀住嘴巴。

「娟雅——」我說。

「阻止他們！」甲板另一邊傳來一聲吶喊。我轉過身，看見闇之手正在和一名全副武裝的水手扭打。

娟雅顫抖著。她將手伸進柯夫塔的口袋，抽出一把手槍。托亞朝她撲去。

「不要！」我擋在他們之間。我不會眼睜睜看著他殺死娟雅。

那把沉重的手槍在她手中抖個不停。

「娟雅，」我平靜地說，「妳真的要對我開槍嗎？」娟雅六神無主、環顧周遭，不確定該瞄準哪裡。我一手碰觸她衣袖，她瑟縮一下，將槍管轉向我。

如雷貫耳的喀啦聲響撕裂了空氣，我立刻意識到闇之手已然脫身。我回過頭，見到波濤洶湧的黑暗翻騰撲向我們。都結束了，我想，我們沒戲唱了。但在下一瞬間，我瞥見一道閃光、聽見一發槍響。洶湧的黑暗便消散於無形。我看見闇之手緊抓住手臂，因憤怒和疼痛整張臉扭曲。雖然難以置信，但我突然意識到，他中槍了。

史鐸霍恩拿著手槍快步衝向我們。「快跑！」他大喊。

「快點！阿利娜！」瑪爾喊著，要來抓我的手。

「娟雅，」我不顧一切地說，「和我們一起走。」

她的手狂抖不已，我覺得手槍簡直就要從她手中飛出去了。淚水在她臉上肆虐狂流。

「我不能，」她抽抽噎噎，放下武器。「走吧，阿利娜，」她說，「妳走吧。」

下一刻，托亞又將我扛上肩頭，我徒勞無功地敲打著他寬廣的背。「不要！」我大喊著。「等一下！」

可是沒有人理我。托亞先助跑，再一鼓作氣跳過欄杆。我們將一頭往下墜入冰水，我放聲尖叫、做好撞擊準備，卻被某個東西一把撈起（我想只可能是風術士的風），砰咚一聲被拋上展開猛攻的雙桅帆船甲板，摔得骨頭都快要散了。塔瑪和瑪爾接著登船，史鐸霍恩緊跟在後。

「放信號。」史鐸霍恩喊道，一躍起身。

銳利的哨聲吹響。

「派耶特，」他對著一個我不認得的船員喊著，「我們還有幾個？」

「掛了八個，」派耶特回答，「四個還在捕鯨船上，貨物正在上來。」

「諸聖啊，」史鐸霍恩出聲咒罵，回頭看著捕鯨船，內心天人交戰。「火槍手，」他對著位於雙桅帆船主桅樓的人喊道，「掩護他們！」

火槍手開始對著捕鯨船甲板開火，托亞扔給瑪爾一把步槍，將另一把甩上背後，接著跳上繩索開始爬。塔瑪則從臀部抽出一把手槍，我仍以毫無尊嚴的姿勢在甲板上四仰八叉，雙手被手銬束縛，毫無用處。

「海鞭抓到了，船長！」派耶特大喊。

又有兩名史鐸霍恩的手下翻過捕鯨船欄杆、飛向半空，雙臂像風車一樣狂揮，然後在雙桅帆船的甲板上摔成一堆，其中一人手上的傷流出大量鮮血。

接著又是隆隆雷聲。

「他來了！」塔瑪喊道。

黑暗朝我們翻騰而來，吞沒雙桅帆船，將擋在它面前的一切盡數覆蓋。

「放開我！」我懇求地說。「讓我幫忙！」

史鐸霍恩將鑰匙扔給塔瑪、高喊一聲。「放了她！」

塔瑪摸索著我的手腕，因遭黑暗襲捲，她只能胡亂摸索鑰匙。

我們都看不見。我聽見有人尖叫，接著鎖頭喀一聲鬆開，手銬從腕上掉下，在甲板敲出鈍鈍的聲響。

我舉起雙手，光芒隨之炸開、劃過黑暗，將那片黑色往捕鯨船的方向推回去。史鐸霍恩的船員爆出歡呼，然而，當另一個聲響——刺耳的尖叫——瀰漫空氣，所有聲音都在他們唇上死去。那聲音是如此突兀尖銳，有如門晃開時的嘎吱聲響——而且是一扇永遠不該打開的門。我肩膀的傷口狠狠抽痛。虛獸。

我轉向史鐸霍恩。「我們得離開這裡，」我說，「現在就離開。」

他遲疑著，天人交戰。他還有兩個手下在捕鯨船上，史鐸霍恩表情一凜。「瞭望水手揚帆！」他喊道，「風術士方向正東！」

只見一整排水手站在桅杆旁舉起雙臂，緊接著，我們上方的船帆盈滿強風，然後是碰一聲。這位船長手下到底有幾名格里沙？

但是闇之手的風術士選擇待在捕鯨船甲板上，送出他們的風來攻擊我們。雙桅帆船不穩地左右搖晃。

「左舷砲！」史鐸霍恩大吼。「聽我號令、各砲輪發！」

我聽見炸彈一樣的兩聲尖銳鳴嘯，震耳欲聾轟的一聲，撼動船隻，然後又一聲，再一聲。同時間，雙桅帆船的大砲在捕鯨船船殼打出大大敞開的洞。闇之手的船上升起一陣驚慌喊叫，史鐸霍恩的風術士搶得先機，雙桅帆船向前猛衝。

待砲火造出的濃煙散去，我便看見一道穿著黑色的身影踏上失去抵抗力的捕鯨船欄杆，另一波黑暗朝我們衝來。但是這波並不一樣。它在水面上蠕動前進，彷彿正匍匐而來，此外還伴隨著喀喀聲響，有如上千憤怒昆蟲令人毛骨聳然的爬行音。

那片黑暗噗嚕噗嚕地起著白沫，像是打在巨石上的浪濤，並自行分裂成某種形體。瑪爾在我身邊低喃禱告，將步槍舉到肩上。我則專注在我的力量上，一擊祭出黑破斬，燒穿那片黑雲，試圖在虛獸完全成形前摧毀牠們。然而我不可能阻止到每一隻，牠們持續幻化為一大團呻吟嗥叫、由黑色利齒與尖爪組成的生物。

史鐸霍恩的手下開火。

虛獸抵達雙桅帆船的桅杆，以船帆為中心打轉，摘水果似地將水手一個個從繩索拔下，接著又往下飛掠到甲板。船員抽出軍刀時，瑪爾射出一發又一發的子彈。但是子彈和刀刃似乎只能減慢怪物的速度，牠們以影子做成的身體僅是晃動一下，又再次成形，繼續前進。

雙桅帆船仍在向前，持續拉開與捕鯨船之間的距離，然而速度並不夠快。我聽見尖聲唳叫，接著另一波變幻莫測、滑溜無形體的黑暗朝著我們而來，霎時分裂出兩道帶翅膀的身軀，為這支影子士兵增添生力軍。

史鐸霍恩也看見了。他指向仍在召喚風盈滿船帆的其中一個風術士。「閃電。」他喊。

我瑟縮一下。他不是認真的吧？風術士從來不允許召喚閃電，因為太無法預測，也太危險——我們甚至還在開放海域上！在木頭船上！但是史鐸霍恩的格里沙毫無遲疑，那風術士雙掌一拍合起，來回搓揉手掌。當氣壓直直下降，我耳中啵啵作響，空氣隨著氣流發出爆裂聲響。

當一道參差分岔的閃電迂迴著劈開天空，我們沒剩多少時間趴到甲板上。新的一波虛獸就困惑那麼一瞬間，立刻作鳥獸散。

「上！」史鐸霍恩大吼，「風術士全力出擊！」當雙桅帆船往前猛衝，瑪爾和我被拋出去、撞上欄杆。這艘流線型的快船有如飛在浪上。

我看見另一道黑色波濤從捕鯨船側大舉翻騰而來，便巍顫顫站起，做好準備，聚集渾身力量，以迎接另一波強烈攻勢。

但沒有——闇之手的力量似乎也有極限，我們正逐漸遠離他的觸及範圍。

我傾身靠上欄杆。當闇之手的船和他的怪物消失在視線，風和浪花刺痛我的皮膚，某種介於笑聲與啜泣的事物使我胸口陣陣疼痛。

瑪爾一把將我抱進懷中，我也緊抱住他，感覺他濕答答的襯衫緊貼我的臉頰，聽著他心臟一下下跳動，並緊緊體認到一個令人難以置信的真相：我們還活著。

然後，儘管身負重傷、失去戰友，雙桅帆船上的船員仍爆出歡呼。他們高聲吶喊、狂吼號叫。托亞在索具上單手舉起步槍，一個仰頭發出勝利的號吼。那個聲音令我手上寒毛直豎。

瑪爾和我分開，目瞪口呆地望著身旁的船員又是尖叫又是大笑，而我知道我倆腦中都想著同一件事：我們到底讓自己捲入了什麼情況？

第五章

我們脫力地靠著欄杆，一點一點挪到彼此身邊，直到坐在對方身旁，筋疲力盡、頭暈腦漲。我們成功逃離了闇之手，卻上了一艘陌生的船，被一群穿成水手模樣、瘋狗似地亂叫、瘋瘋癲癲的格里沙圍繞。

「妳沒事吧？」瑪爾問。

我點點頭，肩膀的傷口好似著火，但我沒有受傷，而且因為再次使用了力量而渾身悸動不已。

「你呢？」我問。

「毫髮無傷。」瑪爾用不敢置信的語氣說。

船由風術士，還有——我突然意識到——浪術士驅策，乘浪前進，速度快得不可思議。當戰鬥的恐懼與激動消退，我發現自己渾身濕透，牙齒開始格格發顫。瑪爾一手攬住我。不知道什麼時候，有個船員拿了件毛毯披在我們身上。

終於，史鐸霍恩出聲喊停，下令修正船帆方向。風術士和浪術士放下雙臂，歪歪倒倒靠在一塊兒，氣力用盡。但他們因這分力量而容光煥發、眼神熾烈。

雙桅帆船慢下速度，緩緩在突然令人有些不適的死寂中搖晃。

身。

「派人守望。」史鐸霍恩下令，派耶特立刻命一名水手帶望遠鏡上側支索。瑪爾和我慢慢起

史鐸霍恩巡視那排筋疲力盡的元素系格里沙，拍拍風術士和浪術士的背，對幾個人輕聲說了些話。我看見他指示受傷的水手到甲板下，猜想他們應該會在那裡接受船醫或軀使系療癒者的治療。這位私掠船船長手下的格里沙似乎一應俱全。

然後史鐸霍恩朝我大步走來，從腰帶抽出一把刀。我舉起雙手防禦，瑪爾則舉步擋在我面前，對著史鐸霍恩的胸口舉起步槍。我立刻聽見四面八方響起船員掏武器的聲音，刀子抽出、扳機扣起。

「放輕鬆啊，奧列捷夫，」史鐸霍恩說，慢下步伐。「為了把你們弄到我船上，我真的是花了大錢外加大麻煩，現在把你們打成蜂窩就太可惜了。」他刀子一彈轉向，換成刀柄遞給我。

「這是要用在怪物身上的。」

海鞭。由於處在戰鬥的興奮感，我差點忘了。

瑪爾遲疑猶豫，然後小心翼翼放下步槍。

「退下。」史鐸霍恩命令船員，他們紛紛收手槍回槍套或收劍入鞘。

史鐸霍恩對塔瑪點了個頭。「拖上來。」

塔瑪一聲令下，一批水手俯身靠在右舷欄杆，解開一張錯綜複雜的繩網。他們用力地拉，慢慢將海鞭的身體抬上來，翻過船側、拖上雙桅帆船。那玩意兒重重摔在甲板上，仍在銀色網羅中

徒勞掙扎。牠使勁兒翻動一下，巨大的牙齒一咬，我們全往後跳了一步。

「就我所知，得由妳動手。」史鐸霍恩說，再次將刀子遞給我。我打量著這位私掠船船長，不禁思忖著他對增幅物——或說這個特定的增幅物——理解到什麼程度。

「來吧，」他說，「我們得繼續，雖然闇之手的船有所損傷，但不會一直都那樣。」

史鐸霍恩手中的刀在太陽下閃著沉沉暗光——那是格里沙鋼鐵。不知為何，我並不驚訝。但還是躊躇。

「我才剛失去十三個好伙伴，」史鐸霍恩靜靜說道。「別告訴我這全是白忙一場。」

我看著海鞭，牠躺在甲板上抽搐，空氣從鰓噗噗噴出，紅眼已然混濁，可是仍滿溢憤怒。我還記得雄鹿深邃而鎮定的目光，還有生命最後時刻安靜卻恐慌的神色。

雄鹿在我想像中活了好久好久，而當他終於從林中踏出，走入下雪的林間空地，對我來說便再熟悉、再親切不過。可是海鞭很陌生。與其說是現實中的生物，更像神話裡的怪獸。儘管眼前牠傷痕累累的身軀如此悲哀，卻又如此真實。

「不管怎樣，牠都必死無疑。」私掠船船長說。

我抓住刀柄——這東西握起來十分沉重。這算是慈悲嗎？然而，這和我給予莫洛佐瓦雄鹿的慈悲絕對不同。

拉索伊，受詛咒的王子，白骨路的守護者。在故事中，他將孤獨的少女誘惑到自己背上，一面笑著一面帶她們破浪而去，直到離岸太遠，少女開始哭喊求救。然後他會一個下潛，將她們拖到他位於水面下的宮殿。女孩會日漸消瘦，因為那裡除了珊瑚和珍珠之外沒有其他東西可吃。拉索伊會對著她們的屍體啜泣，唱出悲切的歌聲，然後再次回到水面上，掠奪另一名王后。

只是故事罷了，我對自己說，那不是什麼王子，只是頭痛苦不堪的生物。

海鞭的身側起伏，徒勞地張開下頜在空氣中咬著。兩根魚叉從牠背上凸出，傷口淌下細細稀薄血水。我舉起刀，不確定該怎麼做，也不曉得該往哪裡刺，雙臂一逕顫抖。海鞭氣喘吁吁吐出令人憐憫的嘆息，恍若是魔法歌聲的孱弱回聲。

瑪爾大步上前。「給牠一個痛快，阿利娜，」他沙啞著說，「看在諸聖的分上。」

他從我手中拿走刀子，扔在甲板上，帶著我的雙手緊握住一根魚叉的握柄，然後乾淨俐落一刺、直戳到底。

海鞭一陣亂顫，接著靜止，鮮血在甲板聚積成池。

瑪爾低頭看著自己的雙手，接著往撕破的衣服上擦了擦，別開眼神。

托亞和塔瑪上前，我腹部一陣翻攪，知道接下來會發生什麼事。這不是眞的，我腦中有個聲音說。妳可以就這樣走開，什麼都不要管。我再次冒出一種感覺，覺得一切似乎進展太快。但是我不能把這麼一個增幅物扔回海裡。這頭龍已獻出生命。儘管我接受了增幅物，並不代表會使用。

海鞭斑斕的白鱗散發微微彩虹光芒，除了一條起自兩顆巨眼間，延展至頭顱隆起處、直入柔軟鬣毛裡的帶狀鱗片——這塊部位邊緣是金色的。

塔瑪從腰帶抽出一把匕首，在托亞的協助下撬掉鱗片。我逼自己不要別開目光。當他們完事，把七片完美無瑕的鱗片遞給我，上面仍濕漉漉染著鮮血。

「讓我們對今日失去的兄弟致敬，」史鐸霍恩說，「優秀的水手、優秀的士兵。請海帶著他們前往安全港口，並祈求諸聖在光明的岸邊領受他們。」

他以克爾斥語重複給水手的禱詞，接著塔瑪低聲以蜀邯語喃喃念禱那些字句。有一瞬間，我們就這樣站在搖晃的船上，低下頭。我突然一陣哽咽。

更多人死了，又一頭古老魔法生物身體受格里沙鋼鐵褻瀆，消失在世上。我一手放在海鞭閃耀光澤的硬皮上，它摸起來冰冷而滑溜。海鞭的紅眼已變得渾濁空洞。我緊抓住掌中那些金色鱗片，感到邊緣刺進肉裡。將會有哪些諸聖在等待這些生物呢？

過了好久，史鐸霍恩才低聲說，「諸聖領受他們。」

「諸聖領受他們。」船員紛紛應和。

「我們得動身了。」史鐸霍恩靜靜說道。「捕鯨船的船殼雖然破損，但闇之手有風術士，還有一、兩個造物法師。而且就我所知，他能訓練他那些怪物使用錘子和釘子。因此最好別冒任何風險。」他轉向派耶特。「讓風術士稍微休息一會兒，然後給我損害報告，接著就揚帆。」

「是，船長。」派耶特乾脆俐落地回答，但又遲疑了一下。「船長……可能會有人願意花大錢買龍鱗——不管揚的是什麼旗。」

史鐸霍恩雖皺眉，不過簡要地點了個頭。「想拿什麼隨你，然後清空甲板、出發前進。你有座標。」

好幾名船員立刻跳上海鞭的屍體、撬下鱗片。這我就看不下去了。我轉身背對他們，胃裡纏結成團。

史鐸霍恩來到我身旁。

「不要太苛責他們。」他回頭瞥了瞥。

「我苛責的不是他們，」我說，「你才是船長。」

「他們得養家活口，有父母手足，我們才剛失去快要一半的船員，還只拿到不怎麼樣的獎賞貼補一點損失——不是說妳不怎麼樣喔。」

「我到底在這裡做什麼？」我問。「你為什麼要幫我們？」

「妳確定我是在幫你們嗎？」

「史鐸霍恩，回答問題。」瑪爾加入。「如果你只是要把牠交給阿利娜，為什麼還要獵捕海鞭？」

「我不是在追捕海鞭，我是在追捕妳。」

「就是因為這樣你才對闇之手窩裡反？」我問。「為了讓我倒向你這邊？」

「在自己的窩裡好像不太能搞窩裡反吧。」

「隨你怎麼形容，」我不禁一陣惱火，「總之給個解釋。」

史鐸霍恩往後靠，雙肘朝欄杆一擱，環視甲板。「如果闇之手願意迂尊降貴、開口問一聲，我一定也會給出一樣的解釋——所以謝天謝地他沒問。雇用榮譽可以賤賣的人，最大的麻煩就是隨時可能有人出價高過你。」

我目瞪口呆看著他。「你為了錢背叛闇之手?」

「說『背叛』太重了啦,我和那人根本不熟。」

「你這瘋子,」我說,「你明知道他有什麼能耐。沒有任何獎賞值得你這麼做。」

史鐸霍恩咧嘴一笑。「我們等著看囉。」

「闇之手會一輩子追著你不放的。」

「好吧,那麼妳和我就有了共通點,對吧?此外,我喜歡強大的敵人,這樣讓我覺得自己很重要。」

瑪爾交叉雙臂,打量私掠船船長。「我實在拿不定主意你是瘋子,還是呆子。」

「我有很多不錯的特質,」史鐸霍恩說,「要從中選一個可能很難喔。」

我搖搖頭。這位船長真的是瘋了。「如果真有人出價高於闇之手,那是誰雇用你的?你要帶我們去哪裡?」

「首先回答我一個問題,」史鐸霍恩邊說邊將手伸進長外套,從口袋抽出一小本紅色書冊扔給我。「闇之手為什麼隨身攜帶這個?在我看來他不像有宗教信仰。」

我接住、翻過來,可只不過早就曉得這是什麼。書上的金色字體在陽光中閃閃發亮。

「你偷來的?」我問。

「外加他艙房裡一大堆其他文件。雖然——我重申——嚴格來說那其實是我的艙房,我覺得應該不能叫偷。」

「嚴格來說，」我惱怒地表示，「那間艙房屬於被你偷走船的捕鯨船船長。」

「算妳有理。」史鐸霍恩承認。「如果這整個太陽召喚者啥鬼的東西行不通，搞不好妳可以考慮去當訴訟師。妳似乎很喜歡雞蛋裡挑骨頭——不過我可能得澄清，這書其實是妳的。」

他伸出手將書翻開，我的名字就題在封面裡側：阿利娜．史塔科夫。

我努力面無表情，腦袋卻突然開始狂轉。這是我的那本《聖人生平》，也就是導師幾個月前在小行宮圖書館給我的那一本。闇之手一定在我逃離歐斯奧塔後搜了我的房間，但是為什麼要拿這本書？他又為什麼這麼在意我有沒有讀過？

我用拇指翻過書頁。這本書的插圖非常漂亮，雖然是要給孩子讀的，圖片卻極度可怕。部分的聖人繪圖是畫他們行使奇蹟或善行的模樣：聖斐利克在蘋果樹林間；聖安娜塔西亞幫助阿勒克斯卡擺脫奪走人命的瘟疫。但是大多圖案畫的都是殉難的聖人：聖利札貝塔遭處車裂之刑、聖利伯夫被斬首、遭鍊的聖伊利亞。我渾身僵硬。這一次，我掩飾不了自己的反應。

「不覺得有趣嗎？」史鐸霍恩說，伸出纖長手指點點書頁。「除非是我誤會——而且誤會很大，『那個』就是我們剛抓到的怪物。」

無庸置疑——聖伊利亞後方，在一座湖或海洋的波濤中濺起水花的，正是海鞭那不容錯認的形貌。但還不只這樣。我刻意忍住不要無意識地去摸頸子上的項圈。

我啪一聲闔上書，聳了聳肩。「不過是另一個故事。」

瑪爾困惑地看我一眼。我不知道他有沒有看到書頁上的內容。

我不想將《聖人生平》還給史鐸霍恩，但是他已起了很大的疑心。我逼自己將書還給他，只能期望他沒看見我顫抖的手。

史鐸霍恩細細打量我，然後一把撐起身體、抖開袖子。「留著吧，畢竟那是妳的。我很確定妳應該發現了，我對個人物品都抱持深深敬意。此外，在我們抵達歐斯科佛前，妳會需要一點東西打發時間。」

瑪爾和我一同大吃一驚。

「你要帶我們去西拉夫卡？」我問。

「我要帶你們去見我的客戶——我就只能告訴你們這麼多。」

「那傢伙是誰？他想對我怎樣？」

「妳就這麼確定那是個『傢伙』？搞不好我是要把妳交給斐優達王后呢。」

「所以是她嗎？」

「不是。但保持開放心態總是比較睿智。」

我挫敗地吁出一口氣。「你這輩子有直接回答過任何問題嗎？」

「難說呀難說——唉呀呀，我又這樣了。」

我轉向瑪爾，捏緊拳頭。「我要宰了他。」

「回答問題，史鐸霍恩。」瑪爾怒氣沖沖。

史鐸霍恩揚起一邊眉毛。「你們得認清兩件事，」他說。而這一回，我聽見他語調中若隱若現的一絲冷酷。「第一，在自己的船上，船長不喜歡被人命令。第二，我想和妳做個交易。」

瑪爾嗤了一聲。「我們為什麼要相信你？」

「因為你們也沒什麼選擇。」史鐸霍恩愉快地說，「我非常清楚妳有能力弄沉這艘船、把我們全丟進深海，但我希望妳能給我的客戶機會，先聽聽他要說些什麼。如果妳不喜歡他的提案，我發誓會協助妳逃走，妳想去世界上任何一個地方我都帶妳去。」

我難以置信自己聽到了什麼。「所以你耍了闇之手，現在又要直接反過來背叛你的新客戶？」

「完全不是這樣，」史鐸霍恩一副真心受到冒犯的語氣。「我客戶付錢給我，把妳帶到拉夫卡——不是把妳關在那裡——那樣要加收錢的。」

我看向瑪爾，他聳聳一邊肩膀，說：「他是個騙子，精神可能也不正常，但他說的也沒錯。我們沒什麼選擇。」

我揉著太陽穴，覺得頭就要痛起來。我又累又迷惘，而史鐸霍恩的講話方式足以讓我想對人開上幾槍——而且這個人最好是他。但是，他幫我們逃離闇之手，而一旦瑪爾和我離開他的船，說不定也能找到方法逃脫。就目前而言，我最遠只能考慮到這兒。

「好吧。」我說。

他露出微笑。「確保妳不會把我們全淹死真是再好不過。」他示意旁邊一名甲板水手。「去找塔瑪，對她說她要和召喚者共用房間。」他下完令，便指著瑪爾。「他可以和托亞住。」

瑪爾還來不及張口反對，史鐸霍恩就先發制人。「這就是這艘船上的規矩。在抵達拉夫卡前，我讓你們能在沃夫尼號上自由行動，但我誠心希望你們好好把我的慷慨當一回事。這船有自己的規矩，我也有我的極限。」

「彼此彼此。」瑪爾咬緊牙關。

我將手放在瑪爾手臂上。若能待在一起，我是會比較有安全感，但現在不是和船長耍嘴皮子的時候。「算了，」我說，「我不會有事的。」

瑪爾沉下臉，一個轉身在甲板上邁開大步，在繩索和船帆自成一格的混亂中消失身影，我也想跟過去。

「妳應該會想讓他靜一靜，」史鐸霍恩說，「那種個性的人很需要生悶氣和責怪自己的時間，不然他們會亂發火的。」

「你有對任何事情認真過嗎？」

「如果可以我盡量不要，那種人生有夠無聊。」

我搖搖頭。「你這個客戶——」

「不用再問了。無庸置疑，我有超級多個出價者。打從消失在影淵，妳就變得炙手可熱。當然，大多人都認為妳死了，所以意圖把價格往下壓——盡量別放在心上啊。」

我遠遠望向甲板，船員正抬起海鞭屍體、打算翻過船欄杆把牠丟出去。他們一個使勁、出力一提，海鞭便滾過雙桅帆船一側、被扔下船，發出巨大的嘩啦聲撞擊水面。沒多久，拉索伊便消失無蹤、被海吞噬。

一長聲哨音吹起，船員各自解散，回到自己崗位上，風術士就定位，船帆很快便膨得飽滿，像朵巨大白花——雙桅帆船再次上路，航向東南，朝拉夫卡——朝家的方向去。

「妳打算怎麼用那些鱗片？」史鐸霍恩問。

「我不知道。」

「是嗎？雖然我生了一張迷惑眾生的臉，但我可不是像外表這樣只是個漂亮花瓶耶。闇之手那麼堅持要妳戴上海鞭的鱗片。」

那他為什麼不殺了牠呢？當闇之手殺死雄鹿，將莫洛佐瓦的項圈掛在我脖子上，便將我們永永遠遠束縛在一起。我顫抖著想起他是如何透過這道連結抓住我的力量，同時我只能無能為力地站在一旁。龍鱗也能賦予他同樣的掌控力嗎？如果是那樣，他為什麼不拿走呢？

「我已經有一個增幅物了。」我說。

「而且是超級強大的那種——如果故事不是騙人的。」

這是世上最強大的增幅物，闇之手這麼告訴我，我也這麼去相信。可是，如果不只這樣呢？要是我只碰觸到雄鹿力量的冰山一角呢？我搖搖頭。那太瘋狂了。

「增幅物不可以一起使用。」

「我看過書了，」他回答，「看起來是可以。」

我感到《聖人生平》在口袋中沉甸甸的重量。闇之手難道會怕我從一本童書裡得知莫洛佐瓦的祕密嗎？

「你不曉得自己在說什麼，」我對史鐸霍恩說，「沒有任何格里沙用過第二個增幅物。這種風險——」

「我說啊，這詞最好別在我旁邊講。我個人超愛風險的。」

「不是這種風險。」我陰鬱地說。

「可惜，」他低聲呢喃，「要是闇之手追上我們，我不確定這艘船——或這批人——撐得過另一場戰鬥。第二個增幅物說不定能均衡一下情勢。更棒的是可以讓我們占上風。我最討厭公平競爭了。」

「又或者可能會把我弄死，或把船弄沉，或製造出另一片影淵——或比那更糟的東西。」

「妳真的超級悲觀欸。」

我的手悄悄溜進口袋，摸索著鱗片濕淋淋的邊緣。我手邊的資訊是那麼少，對格里沙理論的認識最多就是些皮毛。但是這條規則——一個格里沙搭配一個增幅物——向來清楚無誤。我還記得他們指定我讀的那些晦澀複雜的原理中有一段話：「為什麼一名格里沙只能持有一個增幅物？我會用以下問題來回答：何謂無限？宇宙，與人心之貪婪。」我要有時間思考。

「你會信守承諾嗎？」最後我說，「你真的會幫我們逃跑？」我不知道自己為什麼要問，如果他想背叛我們，當然不會承認啊。

我本以為他會用某種玩笑回答問題。所以，他回應時我相當驚訝。「妳就這麼想再一次拋下妳的國家嗎？」

我不禁僵住。與此同時，妳的國家仍在受苦受難。闇之手曾指控我拋棄拉夫卡。他對很多事情的認知都是大錯特錯，但是，我忍不住覺得，在這件事上他說的其實沒錯。我丟下我的國家，任由影淵、任由軟弱的國王，還有闇之手和導師這樣貪得無厭的暴君擺布。如今，如果謠言都是真的，那麼影淵就在漸漸擴散、拉夫卡分崩離析。而且是因為闇之手、因為這副項圈。因為我。

我仰頭凝望太陽，感到陣陣海風拂過皮膚。「我很想得到自由。」

「只要闇之手活著一天，妳永遠無法自由，妳的國家也是一樣。這妳自己也清楚。」

我想過史鐸霍恩可能是十分貪婪之人，或十分愚蠢，不過沒意料到他也十分愛國。不管怎樣他都是拉夫卡人，即使這些輝煌事績讓他荷包滿滿，但比起那些不堪一擊的拉夫卡海軍，搞不好他對國家的幫助還更大。

「我想要有得選擇。」我說。

「妳會有的。」他回答，「我以騙子和殺人犯之名向妳承諾。」他在甲板上邁開步伐，又轉回頭對我說。「召喚者，有一件事妳說得沒錯。闇之手確實是強大的敵人，因此妳可能要考慮交些強大的朋友。」

□

我一心只想把那本《聖人生平》從口袋抽出來，花個一小時研究聖伊利亞的插圖，但是塔瑪已經等在那裡，護送我去她的艙房。

史鐸霍恩的雙桅帆船與載瑪爾和我去諾維贊的堅固商船，或者剛拋在身後的笨重捕鯨船一點也不像。它精緻漂亮，還配備重裝武器，造型完美無瑕。塔瑪說，這船是史鐸霍恩從南方海岸港口一名對拉夫卡船隊開火的贊米海盜那兒弄到手的。史鐸霍恩非常喜歡這艘船，便將它納為己有，掛上自己的旗幟，重新命名為沃夫尼號——「海上之狼」。

狼、史鐸霍恩、船旗上的紅犬【註】。至少這樣我就理解為何船員總是又吠又叫。

雙桅帆船的每吋空間都有用處。船員睡在火砲甲板。而為了預防發生交戰，他們的吊床可以快速收起、讓砲管安插就位。而且我的猜測也沒錯，因為有軀使系格里沙在船上，他不需要被棄者的外科醫士。醫士的房間和庫房也改成塔瑪的鋪位。艙房很小，只能勉強放下兩張吊床和一只箱子。牆上有一整排櫥櫃，裡面滿是未使用的油膏、藥膏、砷粉，以及鉛銻染料。

我小心保持平衡爬上其中一張吊床，腳放地上，清楚感覺到塞在外套裡的紅色書冊，一面注視塔瑪打開她的行李蓋，一一剝下身上的武器，橫在胸口的一對手槍，腰帶裡的兩把細斧，靴裡一把匕首，再從緊綁在大腿上的刀鞘抽出一把刀。這人簡直是會走路的軍火庫。

「關於妳那位朋友，我很抱歉。」她說，從其中一個口袋抽出——那東西看起來像是裝滿滾珠軸承的襪子。那玩意兒發出巨大的咚一聲，落在箱子底部。

「為什麼？」我問，用靴尖在木板條上畫圈。

「我兄弟打起呼和喝醉的熊沒兩樣。」

我笑出來。「瑪爾也打呼。」

「那他們可以比賽了。」她消失片刻，然後帶了只水桶回來。「浪術士把集雨桶裝滿了，」她說，「想盥洗的話不用客氣。」

在船上，新鮮用水通常是奢侈品，不過既然船員中有格里沙，就沒必要定量配給了。

她把腦袋泡進桶中，揉搓深色短髮。「那個追蹤師——他長得不錯。」

我翻翻白眼。「還用妳說。」

「不是我的菜，但長得不錯。」

我揚起眉頭。就我經驗，瑪爾是所有人的菜。但我不打算問塔瑪什麼私人問題。如果史鐸霍恩不可信，他的手下也一樣，而我不必和他們發展任何關係。我已在娟雅身上學到一課，一次破碎的友誼已經足夠。所以我轉而發問，「史鐸霍恩的手下有克爾斥人。對於女人上船，他們沒什麼迷信嗎？」

「史鐸霍恩有他做事的方式。」

「他們不會……來煩妳嗎？」

譯註：史鐸霍恩（Sturmhond）名字中的hod有獵犬之意，Strum則是暴風雨。

塔瑪咧嘴一笑，閃亮的白牙與古銅色皮膚交相對映。她點了點掛在脖子上亮晃晃的鯊魚牙齒，我便意識到那是增幅物。「不會。」她言簡意賅地說。

「啊。」

我還來不及眨眼，她又從袖中抽出另一把刀。「這也滿派得上用場的。」她說。

「妳通常選擇用哪個？」我幾乎不敢呼吸。

「看我心情。」接著，她將刀在手中轉過來、遞給我。「史鐸霍恩下令不能去打擾妳，不過以防萬一，要是有人喝醉酒、腦子不管用……妳應該知道怎麼保護自己吧？」

我點頭。就算身上沒有藏著三十把刀到處走，我也不是個廢物。

她又低下頭泡進水裡。「他們正在甲板上擲骰子，我也打算去拿配給食物。想要的話妳可以來。」

我其實不在乎什麼賭博，還是蘭姆酒，卻仍受到誘惑。因為使出力量對抗虛獸，我全身生氣蓬勃，覺得躁動不安，而且是數週來第一次明確感到飢腸轆轆。但我搖搖頭。「不了，謝謝。」

「隨妳囉，我還有債要收呢。派耶特打賭我們回不來。我敢發誓，我們翻過欄杆的時候他一臉家裡死人的樣子。」

「他賭你們死？」我震驚不已。

她大笑著。「我不怪他。我們竟敢挺身對抗闇之手和他的格里沙？大家都覺得這等同自殺。最後船員是抽籤決定看誰中大獎。」

「然後妳和妳兄弟不幸走壞運？」

「我們？」塔瑪在門口停下腳步，她的頭髮濕淋淋，油燈的光將這名破心者的燦笑照得耀眼炫目。「我們什麼籤也沒抽，」她走出去時這麼說，「我們是自願的。」

□

一直到當天很晚，我才有機會單獨和瑪爾說話。我們受邀到史鐸霍恩房間用餐，那頓晚餐實在是很詭異。一名侍者負責上菜，這名僕役的禮儀可說無懈可擊，他也比船上所有人都大上好幾歲。這些食物比我們幾個禮拜來吃得好太多了，新鮮麵包、炙烤鱈魚、醃漬小蘿蔔，還有甜冰酒。我喝了幾小口，立刻天旋地轉。

我的食欲極度猛烈，和每一次使用力量後一樣，但瑪爾吃得很少、話說得更少，直到史鐸霍恩提及要運回拉夫卡的武器，他才突然回過神。吃飯剩下的時間他們都在談論槍砲、手榴彈，還有各種進行爆破的刺激方法。我有點無法集中精神。他們一面嘰哩呱啦狂講贊米前線用的連發步槍，我的腦子卻一個勁兒想著口袋裡的鱗片，還有我打算怎麼處置它們。

我敢直接把第二個增幅物拿來用嗎？我親手殺死了海鞭，那表示牠的力量確實屬於我。而要是鱗片和莫洛佐瓦的項圈具有相同作用，那麼，我要將冰龍的力量交給誰也是由我來決定。我可以把鱗片轉給史鐸霍恩其中一個破心者，甚至可以給托亞，就和闇之手曾經控制我那樣，也試著控制他。說不定，我還可以逼這位私掠船船長帶我們回去諾維贊。但是，我得承認自己的期望不是這樣。

我又喝了一口酒。我得和瑪爾談談。

為了分心，我在心中將史鐸霍恩艙房中的裝飾品分門別類。這裡的每個物品都是用閃亮的木頭和拋光過的銅做成，桌上亂七八糟散著航海圖、解體的六分儀各個部件，還有一張奇怪的圖畫，看起來像一只有鉸鏈的翅膀，屬於某隻機械鳥。桌上的克爾斥瓷器和水晶閃閃發光，酒瓶上的酒標用我不認得的語言寫成。全是搶來的，我頃刻領悟。史鐸霍恩還真是事業有成。

而對於這位船長，我則趁此機會第一次好好打量他。他可能比我大個四或五歲，臉上有些詭異之處，下巴過尖，雙眼色澤是泥巴綠，頭髮的紅色頗為罕見。他的鼻子看起來斷了又接好幾次——而且接得不怎麼完美。不知何時，他發現我在研究他，而我敢發誓他旋即將臉從光源轉開。

當我們終於離開史鐸霍恩的艙房，時間已過午夜。我把瑪爾趕到船頭甲板旁邊的隱蔽位置。我知道還有人在我們上方的前桅樓守望，可是我已經不曉得還什麼時候有機會讓他落單。

「我喜歡他。」瑪爾說，因為喝了酒腳步有些不穩。「他確實話很多，而且很可能會偷走你靴子上的釘釦，但他不是壞人，而且好像很懂——」

「你可以閉嘴嗎？」我咕噥。「我要給你看個東西。」

瑪爾恍惚地注視著我。「不用這麼蠻橫吧。」

我不理他，直接將那本紅書從口袋抽出來。「你看。」我把書頁打開，對著聖伊利亞的狂喜面孔投下一道光。

瑪爾整個人僵住。「雄鹿，」他說，「還有拉索伊。」我看著他仔細檢視那張圖，並目睹他恍然大悟的瞬間。「諸聖啊，」他吸了一口氣。「還有第三個。」

第六章

聖伊利亞赤腳站在一片黑色海洋的岸邊，身穿破爛到沒剩幾塊布的紫袍，伸出雙臂，手掌轉朝向上。他臉上掛著繪畫中的聖人都有的至福寧靜表情——往往是在他們以某種駭人方式遭到殺害的前一刻。他頸子上掛了一副鐵項圈，項圈上本有粗粗的鐵鍊，連至他手腕上沉重的手銬。而今鍊子斷開，垂在他的身側。

聖伊利亞身後有一隻盤曲纏繞的白色蟒蛇，正在海中激盪浪花。

一頭白色雄鹿躺在他腳邊，以深邃平穩的雙目凝視我們。

但吸引我們注意力的並非這兩頭生物。位於聖者左肩後方，背景中群山簇擁，在那裡，在幾乎看不清的遠處，有一隻鳥正繞著屹立高聳的石拱門盤旋。

瑪爾的手指沿著牠長長的尾羽描繪，白羽毛上渲染了聖伊利亞的光環散發的一抹淺金。「不可能吧。」他說。

「雄鹿是真的，海鞭也是。」

「但這個……這是不一樣的。」

他說得沒錯。火鳥不屬於單一故事，而是上千個傳說。這是拉夫卡神話的最終核心，是啟發無數戲劇民謠、小說歌劇的靈感。據聞，拉夫卡邊界線是由火鳥飛行的路徑描繪而成，河水中奔流的則是火鳥的眼淚。首都落腳處依憑的正是火鳥羽毛掉落之處。有一名年輕戰士撿起那根羽毛，帶上戰場，於是沒有任何士兵能戰勝他，他便成為拉夫卡的第一位國王——總之故事就是這樣流傳。

火鳥等於拉夫卡。那不是能用追蹤師的箭射下的事物，牠的骨頭也不是區區初露頭角的孤兒能夠佩戴，得有更偉大的榮耀才能匹配。

「聖伊利亞。」瑪爾說。

「伊利亞．莫洛佐瓦。」

「格里沙聖人？」

我用指尖碰觸書頁、碰觸項圈，碰觸莫洛佐瓦雙腕的手銬。「三個增幅物，三頭生物，現在我們已經有了兩個。」

瑪爾堅定地搖了一下頭，很可能是要甩掉喝酒帶來的醉意。突然間，他倏地將書闔上。有短短的一瞬間，我還以為他想把書扔進海裡。但接著他就還給了我。

「我們該拿這個怎麼辦？」他幾乎是憤怒地說。

整個下午、整個晚上，在那彷彿沒有盡頭的晚餐之間，我都在苦惱這件事。我一次又一次不由自主伸手去摸海鞭的鱗片，好像不碰就會焦躁不安。

「瑪爾，史鐸霍恩手下有造物法師，他覺得我可以使用這些鱗片……而且我覺得他可能是對的。」

瑪爾一下子轉過頭。「什麼?」

我緊張地吞一口口水，衝口而出。「雄鹿的力量仍然不夠——如果想對抗闇之手，或摧毀影淵。」

「而妳的答案就是用上第二個增幅物?」

「目前來說。」

「目前來說?」他一手耙過頭髮。「諸聖啊，」他不禁咒罵，「妳三個都想要;妳想去追火鳥。」

我突然覺得自己既愚蠢又貪婪，甚至還有一點異想天開。「那張插圖——」

「阿利娜，那只是張圖片，」他憤怒地低聲說道，「只是某個翹辮子的僧侶畫的東西。」

「但要是不只這樣呢?闇之手說，莫洛佐瓦的增幅物不一樣，他說它們應該要一起使用。」

「所以現在妳要聽殺人犯的建議嗎?」

「不是，但是——」

「妳和闇之手一起躲在甲板下時，有和他一起討論什麼其他計畫嗎?」

「我們沒有躲在一起，」我尖著聲音說，「他只是想激怒你而已。」

「這倒是做得挺成功。」他抓住船欄杆，指節用力到都變成白色。「總有一天我要一箭射穿那混帳的喉嚨。」

我聽見闇之手的嗓音迴盪。從來沒有像我們這樣的人。我努力擺脫那個聲音，伸手擱在瑪爾手臂上。「你找到了雄鹿、找到了海鞭。說不定也註定要找到火鳥啊。」

他毫無保留又悲傷地大笑出聲，然而那抹苦澀已然消失。我不禁鬆了口氣。「阿利娜，我是很厲害的追蹤師沒錯，但也沒那麼厲害。我們總要有個起點，火鳥可能在世上任何一個角落。」

「你做得到，我知道你可以。」

他終於嘆了一口氣，伸手蓋住我的手。「關於聖伊利亞，我什麼都不記得了。」

不意外。聖人有上百個，拉夫卡每個小村和落後地區都有一個。此外，在卡拉錫，宗教信仰被當成鄉下人才熱衷的事物，我們每年只去教堂一、兩次。我的思緒不禁飄向導師。他給了我《聖人生平》，但我無法推知他究竟是何意圖，或者他是否明白其中承載何種祕密。

「我也是，」我說，「但那道拱門一定有什麼含意。」

「妳認得嗎？」

我第一次看到那張插圖就覺得拱門十分眼熟。但是我早在製圖師的訓練中看過無數地圖書。拉夫卡和它之外的世界那些山谷啊、紀念碑什麼的，在我記憶裡早就模糊成一團。我只能搖搖頭，「不認得。」

「也是，如果妳認得不就太容易了嗎？」他吐出一口大氣，把我拉靠近些，在月光下仔細打量我的臉。他碰了碰我頸子上的項圈。「阿利娜，」他說，「我們要怎麼判斷這些玩意兒會給妳帶來什麼影響？」

「我們沒辦法。」我承認道。

「儘管如此，妳還是想要——雄鹿、海鞭、火鳥。」

我想起那時，在對抗闇之手大軍的戰鬥中使用力量帶來的狂喜。當我使出黑破斬，身體是如何興奮鼓動。如果擁有兩倍，甚至三倍的力量，會是什麼感覺？那想法令我頭暈目眩。

我抬頭望著繁星點點的天空。夜空絲滑柔順，有如黑天鵝絨上鑲滿珠寶，那股飢渴突然湧上。我想要它們。我想著。那些光亮、那些力量。我全都想要。

一股躁動不安的震顫流竄全身。我的拇指順著《聖人生平》的書背往下滑。是否因為這分貪婪，我才只看得見自己想看見的？也許正是這股貪婪，在許多年前驅策著闇之手；是這分貪婪將他變成了黑異教徒、將拉夫卡撕成兩半。但我無論如何都無法忽視的事實：沒有增幅物，我不可能是他的對手。瑪爾和我其實沒多少選擇。

「我們需要它們，」我說，「三個都要。如果我們真的不想再逃亡，如果我們真想要自由。」

瑪爾撫摸著我的頸子線條、臉頰弧度，目光從沒離開過我的雙眼。我猜他似乎希望從中找到答案，但是當他終於開口，卻只是說：「好吧。」

他溫柔地親了我一下，儘管我試圖無視，他輕輕掠過的唇上卻帶著些許悲傷。

□

我不曉得我是渴望，還是單純怕自己沒了勇氣，我們不管當天時間已晚，馬上直接去找史鐸霍恩。那位船長以一貫歡欣鼓舞的姿態接納我們的請求，瑪爾和我則回到甲板，在後桅底下等待。幾分鐘後，船長帶著一名質化系格里沙出現。由於她編了辮子，又像個愛睏的孩子一樣直打呵欠，起先我對她沒什麼期待。不過，如果史鐸霍恩說她是他最強的造物法師，我就得相信他此話不假。托亞和塔瑪跟在後頭，帶著提燈，好讓造物法師大展身手。不管接下來會發生什麼事，如果我們能夠撐過，沃夫尼號上的每個人都會知道第二個增幅物的事。我不喜歡，可是目前也無計可施。

「各位晚安啊。」史鐸霍恩說，雙手一拍合起，對眾人散發的陰沉氛圍視若無睹。「現在正好可以來把世界捅出個大洞，大家說對不對啊？」

我沉著一張臉看他，從口袋拿出鱗片。我先在一桶海水中把它們洗得乾乾淨淨，現在鱗片在提燈下閃耀著金色光芒。

「妳知道該怎麼做嗎？」我問造物法師。

她讓我轉過來，好檢視項圈後方。我只在鏡子裡稍微看過一眼，但我很清楚那裡的表面一定近乎完美。大衛把兩根鹿角融合為一，我當然從未摸到任何接縫。

我把鱗片遞給瑪爾，他遞了一片給造物法師。

「你確定這樣做真的好嗎？」她邊問邊超用力地咬著嘴唇，我覺得都要流血了。

「當然不好啊，」史鐸霍恩說，「但是所有值得放手一搏的事情都是這樣開始的。」

造物法師從瑪爾手中一把拿走鱗片，擱在我手腕上，再伸手拿另一片，接著便俯身動工。起先我感到一陣熱，鱗片邊緣開始分解、散發熱氣，又再次成形。然後一片接著一片，融合在一塊兒，相互重疊熔接成一整排。這副手銬逐漸包覆我手腕。造物法師不發一語地進行工作，雙手移動幅度微乎其微。托亞和塔瑪將提燈拿得四平八穩，臉上表情平靜肅穆，簡直自成聖像。甚至連史鐸霍恩都沒有出聲。

終於，手銬兩端就要碰到，鱗片也只剩一片。瑪爾低頭注視著。它就捧在他掌心之中。

「瑪爾？」我說。

他沒有看我，只是用一根手指碰了碰我光裸的手腕皮膚，是我脈搏跳動的位置、亦是這副手銬將接合之處。然後，他將最後一塊鱗片遞給造物法師。

轉眼之間，一切結束。

史鐸霍恩望著那副閃閃發亮的鱗片手銬。「嗯哼，」他低喃道，「還以為世界末日會更刺激呢。」

「退後。」我說。

一干人等緩步移往欄杆。

「你也是。」我對瑪爾說，他心不甘情不願地照做。我看著派耶特從掌舵位置望著我們。上方，負責守望的水手為了看更清楚伸長了脖子，繩索因此嘎吱作響。

我深呼吸一口氣。我一定得小心。不能有熱、只能有光。我在外套上抹了抹濕漉漉的手掌，張開雙臂——召喚的念頭還沒成形，光已直奔而來。

光自四面八方而來，以勢不可當的速度、以強烈的意圖，從百萬繁星、從仍藏在海平線之下的太陽湧來。

「噢，諸聖啊。」我只勉強得空低喃出這幾個字，便被熾熱的光貫穿；夜晚一分為二，天空中炸開萬丈金光，水面如巨大的鑽石般燦爛閃耀，映射著炫目日光的白色碎片。儘管我努力制止，空氣中依舊蒸騰著滋滋熱氣。

我因這道亮光閉上雙眼，拚命專注，試圖重新拿回控制權。我腦中聽見巴格拉嚴厲的嗓音，要求我相信自身力量：它不像動物，不會避開妳，或在妳呼喊它時選擇要不要回應。但這和我過往所有體驗都不同。它確實是動物，呼吸著雄鹿的力量與海鞭的憤怒，是擁有無限火焰的生物。它流竄我的全身、偷走我的呼吸、將我分裂，消融我的稜角，直到我只剩下純然的光。

超出負荷了。我手足無措地想。但在同一瞬間，我腦中卻充斥著——我還要更多。

我聽見遙遠某處傳來呼喊。熱度如巨浪般在身周翻騰，掀起我的外套，微微燒到手臂上的寒毛。可我一點也不在乎。

「阿利娜！」

當海水開始劈啪嘶嘶響，我感到船也一同搖晃。

「阿利娜！」突然之間，瑪爾將我摟住，拉回來。他用足以分筋錯骨的力量緊抱著我，因為周遭的烈焰緊閉雙眼。我聞到海的鹽味、汗水，還有——在這一切底下是他熟悉的氣味——卡拉錫、原野上的草、森林深綠色的心臟。

我再次意識到自己的手臂和雙腿。當他將我抱得更緊，施加在我肋骨上的力道將我一一拼湊回來。我重新想起我的嘴唇、牙齒、舌頭——我的心臟，而項圈和手銬這些新事物成了我的一部分。它們是骨架與呼吸、肌肉和軀體。它們是——屬於我的。

鳥會感覺到翅膀的重量嗎？

我吸氣，覺得感官都回來了。我不必掌控力量；它緊緊將我抓牢，好像因為能夠回家而心懷感激。一陣壯觀的光芒轟然炸開，我鬆手釋放，明燦的天空裂成片片，使夜晚再次回歸。我們身邊火花像黯然消散煙火四處紛落，像閃亮花瓣從上千花朵被掃落的一場夢。

熱度和緩，海面也平靜下來。我將最後一小點光芒聚集收攏，織成一道柔和光芒，在船的甲板上輕輕搏動。

史鐸霍恩和其他人縮在欄杆旁瞠目結舌，可能出於敬畏，也可能出於恐懼。瑪爾簡直要把我在他胸口壓碎。他的臉緊貼著我的頭髮，斷斷續續喘著粗重的呼吸。

「瑪爾，」我靜靜地說，他把我抱得更緊，我哼了一聲。「瑪爾，我不能呼吸了。」

他慢慢張開眼睛，低頭看我。我垂下雙手，於是光便完全消失。直到這個時候，他才鬆開懷抱。

托亞點燃提燈，其他人紛紛站起來。史鐸霍恩拍掉那件俗艷藍綠外套衣褶上的灰塵，造物法師則一副快吐出來的模樣。然而，現在雙胞胎的表情就更難理解了。他們的金色眼睛好似有火，燃燒著的卻是我不認得的神情。

「好啦，召喚者，」史鐸霍恩說，嗓音微微顫抖。「妳還真是很懂怎麼表演一場好戲呢。」

瑪爾雙手捧著我的臉，親吻我的額頭、鼻子、嘴唇、頭髮，然後再一次緊緊將我抱住。

「妳沒事嗎？」他粗著聲音問。

「沒事。」我回答。

但這不算百分之百的真話。我感到喉嚨上的項圈、手腕上的手銬的壓迫。另一隻手臂則十分赤裸。我還不完整。

□

史鐸霍恩叫醒船員。破曉時，我們已順利出航。我們並不確定我製造的光能延伸到多遠，但有很大機率我已走漏船的位置，如今得快馬加鞭。

每個船員都想看看第二個增幅物。有些一臉戒慎恐懼，其他則只是好奇。但是我擔心的其實是瑪爾。他不時注視著我，好像擔心我任何時刻都可能失去控制。當暮色沉落，我們去甲板下方，我把他逼到其中一條狹窄通道上。

「我很好，」我說，「真的。」

「妳怎麼知道？」

「我就是知道；我能感覺到。」

「妳沒看見我看到了什麼。那實在是——」

「它突然暴衝，我沒有心理準備。」

他搖搖頭。「阿利娜，妳變得很陌生。雖然美麗，」他說，「卻也很可怕。」

「不會再發生了。手銬現在變成我的一部分，就像我的肺——或者心臟。」

「心臟嗎。」他不帶情緒地說。

我握起他的手貼到我胸口。「還是一樣的心臟。瑪爾，仍然屬於你。」

我舉起另一手，對著他放出一道柔和的日光，瑪爾瑟縮一下。他永遠都不可能理解妳的力量。如果他理解，就會漸漸害怕妳。我把闇之手的聲音從腦中趕走。瑪爾有充分的理由感到害怕。

「我做得到。」我輕輕地說。

他閉上眼睛，將臉轉向從我手中放出的日光，然後把頭一偏，臉頰貼著我的手掌。光就抵在他的皮膚，閃耀著暖意。

我們就安安靜靜地站在那兒，直到守望值班的鐘聲響起。

第七章

沃夫尼號帶著我們一路航向東南，往拉夫卡前進。風變暖了，海水從灰色變藍色。史鐸霍恩的船員由水手和野生格里沙組成，雙方通力合作，讓船順利航行。儘管關於第二個增幅物的力量流傳開來，他們也沒對瑪爾和我投以太多注意，雖然人們不時會來船尾看我練習。我謹慎小心，不過於躁進，總在中午進行召喚——那時太陽高掛天空，我努力的成果絕對不會被人看見。瑪爾仍充滿戒心，但是我確實說出了真相，海鞭的力量現在成為我的一部分。它讓我振奮、給我鼓舞。我並不害怕這股力量。

我對那些野生格里沙著迷不已，他們身上都帶著不同的故事。有一個格里沙的阿姨寧可把他偷偷送走，也不願把他交給闇之手；另一個人逃離第二軍團；還有一個，她在格里沙檢驗官來檢驗時藏進了地窖。

「我母親告訴他們，我在上個春天熱病肆虐村莊時得病死掉了。」那名浪術士說，「鄰居剪短我的頭髮，假冒成他們過世的被棄者兒子，直到我年紀大到能離開村子為止。」

托亞和塔瑪的母親遇見他們的蜀邯商人父親以前，曾在拉夫卡南境邊防駐紮。

「她過世的時候，」塔瑪解釋，「要父親承諾不讓我們被第二軍團徵召。我們次日就動身前往諾維贊。」

野生格里沙最後大多去了諾維贊。除了拉夫卡，只有在那裡他們才不用害怕被蜀邯的醫士拿來做實驗，或被斐優達的獵巫人燒死。即便如此，關於展現力量，他們仍得謹慎小心。格里沙是高價奴隸，有些不太正直的克爾斥商人會像賣牲口一樣把他們集中起來，在祕密拍賣會上賣掉。

使許多格里沙前往拉夫卡避難，並在最一開始加入第二軍團的主要原因，就是上述威脅。但是野生格里沙有不同想法。對他們而言，就算這輩子得瞻前顧後，為了不被發現而不斷到處遷徙，也比服侍闇之手和拉夫卡國王好上許多。我非常理解這樣的選擇。

在船上度過平淡無奇的幾天後，瑪爾和我詢問塔瑪，是否能使幾招贊米格鬥術給我們看看，至少能排解一下船上的枯燥乏味，以及即將回到西拉夫卡的可怕焦慮感。

史鐸霍恩的船員證實了我們在諾維贊聽到的不安謠言：跨越影淵的旅程幾乎全面終止；難民不斷從影淵持續擴張的邊界逃離；第一軍團瀕臨群起造反，第二軍團則潰不成軍。而最讓我害怕的消息，則是導師的太陽聖人邪教持續壯大。沒人知道在闇之手政變失敗後他如何逃出大宮殿，但在遍布拉夫卡各地的修道院網絡某處，他再度浮出水面。

導師不斷複述我在影淵死去、又以聖人之身復活的故事。一部分的我想捧腹大笑，可是當我在夜深人靜時翻閱《聖人生平》中那些血腥內容，我就連呵呵乾笑都發不出來。我想起導師的氣味——那股混合線香與霉味的難聞味道——不由得將外套拉更緊些。他給了我那本紅書，而我忍不住要想到底為什麼。

儘管滿身是瘀青和傷痕，和塔瑪對練至少能淡化揮之不去的擔憂。只要年紀一到，女孩也會和男孩一起接受徵召，加入國王的軍團，所以我看多了女孩的打鬥場面，也和她們一同受訓。可是無論男女，我從沒見過任何人像塔瑪這樣戰鬥。她擁有舞者般的優雅，還有幾乎毫無偏差的直覺本能，能百分之百預測對手的下一個動向。她選用的武器是兩把雙刃斧，一前一後揮動，刀刃閃爍如水面映出的光芒。然而，無論她使的是軍刀或手槍——甚至赤手空拳——仍危險異常。只有托亞能與她匹敵。而當他們對打時，所有船員都會停下來看。

那名巨人話不多，大多時候只是和大家並肩工作，或靦腆地站在一旁。然而三不五時，他會來幫我們練習。巨人不怎麼擅長指導。「快一點」大概是最常從他口中聽到的話。塔瑪更懂得教學，而當史鐸霍恩抓到我們在前甲板練習，這課程的挑戰度馬上大幅降低。

「塔瑪，」史鐸霍恩會斥責道，「拜託別弄壞我的貨物。」

塔瑪則馬上立正稍息，乾脆俐落地應聲，「是，船長。」

我不快地瞪他一眼。「史鐸霍恩，我不是你的什麼航運包裹好嗎？」

「好可惜，」他一派從容地慢慢踱過。「包裹還不會說話呢，而且不管把它放在哪裡，就會乖乖待在那裡。」

不過，當塔瑪教到刺擊劍和軍刀，就連史鐸霍恩都下海加入。瑪爾日日進步，雖然史鐸霍恩仍在每次對決輕取勝利，瑪爾似乎毫不在意。他以某種談笑風生的態度接納每一次慘敗，我大概永遠都做不到。打輸令我火大，瑪爾卻只是一笑置之。

「妳和托亞到底怎麼學會使用力量的？」某個下午，我和塔瑪看著瑪爾和史鐸霍恩在甲板上用鈍劍對打，我開口問。她給我弄了根穿索針。如果她沒有把我打得滿地找牙，就是在教我編繩和打結。

「手肘收起來！」史鐸霍恩斥責瑪爾，「不要像雞一樣拍來拍去。」

瑪爾咯咯發出雞叫，真是像到令人坐立不安。

塔瑪揚起一眉。「妳這位朋友似乎很自得其樂啊。」

我聳聳肩。「瑪爾都這樣。妳可以把這人丟進滿是斐優達刺客的營地，他也能和他們勾肩搭背走出來。不管把他種在哪裡他都可以開花。」

「那妳呢？」

「我比較像雜草。」我冷冷地說。

塔瑪咧嘴一笑。戰鬥時，她就像冷酷無聲的火焰；不過沒在打鬥時，就很容易看見她的笑容。「我喜歡雜草，」她抵著欄杆撐起身體，收拾散落滿地的一段段繩索。「它們是倖存者。」

我發現自己也回以笑容，趕忙又回去忙手上正在綁的繩結。最大的問題就在這裡，我滿喜歡待在史鐸霍恩的船上。我喜歡托亞、塔瑪，還有其他船員。我喜歡和他們一起坐下來吃飯，也喜歡派耶特輕快而高亢的男聲；我喜歡下午時分一起進行打靶訓練，將空酒瓶排排擺好、射擊鳥尾羽毛，打一些無傷大雅的賭。

這和在小行宮有一點像，可是沒有亂七八糟的政治鬥爭，或為了保住地位的勾心鬥角。這批船員相處起來有種隨和而開放的態度。他們都很年輕、都很貧窮，這輩子大多時間都在躲躲藏藏藏。在船上，他們找到了歸屬，而且以平常心歡迎瑪爾和我加入。

我不知道在西拉夫卡會有什麼等著我們，也十分確定單是回去那裡簡直就是瘋了。但是登上沃夫尼號，感受微風吹襲，見到白色船帆在浩瀚藍天切出俐落線條，我似乎就能遺忘未來與恐懼。

而且我得承認我也喜歡史鐸霍恩——他狂妄無禮。明明兩個字就能說完的話，他偏要用十個字。可是我對他帶領團隊的方式相當激賞。我親眼見過闇之手玩弄的花招，他一概懶得用。然而這群人卻二話不說跟隨他到底。他得到的是這些人的尊敬，而非畏懼。

「史鐸霍恩真正的名字是什麼？」我問塔瑪。「就是他的拉夫卡名字。」

「不曉得。」

「妳沒問過？」

「為什麼要問？」

「可是他是從拉夫卡哪裡來的？」

她對著天空瞇起眼睛。「想再來練一輪軍刀嗎？」她問，「在我輪班守望開始前還有一點時間。」

每次我提起史鐸霍恩，她都會改變話題。「塔瑪，他不是直接從天上掉到船上的。妳不在乎他從哪裡來的嗎？」

塔瑪拿起劍，遞給托亞。他是這船上的武器負責人。「不怎麼在乎。他讓我們航海，也讓我們打鬥。」

「而且不會叫我們穿上紅色絲綢扮哈巴狗。」托亞用戴在粗頸子上的鑰匙打開武器架的鎖。

「你扮的哈巴狗一定很蠢。」塔瑪大笑。

「不管是什麼，都比聽某個趾高氣昂的黑衣傻子的命令好。」托亞咕噥道。

「你就聽史鐸霍恩的命令啊。」我指出。

「只有在他心情好的時候。」

我跳了起來，而史鐸霍恩就站在我身後。

「妳可以試試命令那頭牛，看會發生什麼事。」私掠船船長表示。

塔瑪嗤了一聲。她和托亞開始收拾剩下的武器。

史鐸霍恩靠過來悄聲說：「親愛的，如果妳想知道我的事情，問我不就好了？」

「我只是好奇你從哪裡來，」我的防衛心升起，「只有這樣。」

「那妳又是從哪裡來的？」

「卡拉錫——你不是知道嗎？」

「但妳到底是從哪裡來的？」

我腦海中閃過一些模糊的記憶——一淺盤的煮甜菜，它們把我雙手染紅，指間有種滑溜溜的感覺；雞蛋粥的氣味；騎在某人——也許是我父親——肩膀上，走在滿是塵土的路上。在卡拉錫，即便只是提起自己的父母，都被認為是背叛了公爵的好心，更是不知感恩的行為。我們受的教導是永不提起來到莊園之前的人生。到最後，大部分記憶就這麼消失無蹤。

「不知道哪裡，」我說，「我出生的村莊小到甚至沒有名字。好了，那你呢？史鐸霍恩？你是從哪裡來的？」

私掠船船長咧嘴一笑。我又一次深刻感到他的五官有些不對勁。

「我的母親是牡蠣，」他眨了下眼，「而我則是珍珠。」

船長悠哉走開，口哨吹出走音的調子。

□

兩天後晚上，我醒過來，發現塔瑪俯身搖著我沒受傷的那邊肩膀。

「該走了。」她說。

「現在？」我恍惚地問，「現在幾點？」

「要敲三聲鐘了。」

「早上的？」我打著呵欠，從吊床旁邊跨出雙腿。「我們在哪裡？」

「距離西拉夫卡岸邊十五哩處。快點，史鐸霍恩在等了。」她已經穿好了衣服，帆布雜物袋揹在肩上。

我沒什麼行李要收，所以只是穿上靴子，拍拍外套內袋，確認紅書還在，便跟著她走出去。

甲板上，瑪爾和一小群船員一起站在船右舷欄杆旁。當我意識到派耶特穿著史鐸霍恩的俗豔藍綠連身外套，頓時有一瞬困惑。要不是史鐸霍恩正在發號施令，我恐怕認不出他。史鐸霍恩裹著一件超大的雙排釦正裝長外套，領子翻起，羊毛帽拉低，壓過耳朵。

一陣冷風吹過，天空中星星仍亮，鐮刀似的一勾彎月低垂在海平線上方。我的視線穿越被月光照亮的波浪，聽著海洋穩定的嘆息。就算陸地真在附近，我也看不到。

瑪爾摩擦我的手臂，試圖為我帶來一絲溫暖。

「發生什麼事？」我問。

「我們要上岸了。」我能從他語調中聽見警戒意味。

「在三更半夜？」

「沃夫尼號會在斐優達海岸附近揚起我的旗幟，」史鐸霍恩說，「還不必讓闇之手知道妳已回到拉夫卡的土地。」

當史鐸霍恩低頭對派耶特講話，瑪爾把我拉到左舷欄杆。「妳真的確定要這麼做嗎？」

「完全不確定。」我承認。

他雙手擱在我肩膀。「阿利娜，要是我們被找到，我很可能會被逮捕。雖然妳是太陽召喚者，但我只是個抗令的小兵。」

「是抗闇之手的令。」

「那恐怕沒差。」

「我會讓它有差。此外，我們不會被找到，我們要進入西拉夫卡、見史鐸霍恩的客戶，然後決定下一步該怎麼走。」

瑪爾把我拉得更近。「妳這傢伙總是這麼麻煩嗎？」

「我更喜歡把自己當成甜蜜的負擔。」

他彎身吻我時，史鐸霍恩的嗓音從黑暗中傳來。「可以等會兒再抱抱嗎？我希望能在破曉之前上岸。」

瑪爾嘆口氣。「總有一天我會忍不住揍他。」

「如果你出手，我絕對支持。」

他握住我的手。我們回到那群人那兒。

史鐸霍恩給了派耶特一只用淺藍色蠟封緘的信封，然後拍拍他的背。也許是月光的緣故，但是這名大副一臉快哭出來的模樣。托亞和塔瑪溜到欄杆那兒，抓緊牢牢架上雙桅帆船的沉重梯子。

我偷偷越過邊緣觀望，以為會看到一艘普通划艇。因此，當我看到在沃夫尼號旁邊上下起伏的小船艦，心中十分驚訝。這和我以前見過的船都不一樣，它的兩側船殼看起來像一雙中心挖空的鞋子，並由正中央有個大洞的一塊甲板連接在一起。

瑪爾爬下去，我跟進，小心翼翼踏上其中一邊彎弧的船內。我們放慢步伐小心行走，下到中央甲板，在兩根桅杆之間，有一塊下陷的座艙區。史鐸霍恩接在我們後面跳下，大搖大擺走上座艙後方的一座高起平台，來到船舵就定位。

「這是什麼玩意兒？」我問。

「她叫作蜂鳥號，」他檢視著某種航海圖，但我看不到。「不過，我在想要把名字換成火鳥號。」我不禁猛地倒抽一口氣，但是史鐸霍恩只是咧開嘴，下達命令。「切錨啟航！」

塔瑪和托亞解開抓鉤繩結，那正是將我們和沃夫尼號連在一塊兒的繩子。我看見錨索像活蛇一樣迅速溜過蜂鳥號船尾，末端無聲墜入海中。我本以為入港時會需要錨，但我想史鐸霍恩應該知道自己在做什麼。

「揚帆。」史鐸霍恩喊道。

船帆展開。雖然蜂鳥號的桅杆比雙桅帆船上的短，其雙帆卻呈現巨大的長方形，而且各自需要兩名船員才能調整到位。

一陣悠然微風吹拂船帆。我們離開了沃夫尼號，我抬起頭，見到史鐸霍恩目送雙桅帆船遠去。我看不見他的表情，但很確定他必定是在道別。他振作精神、高聲喊：「風術士！」

兩邊船身上各配置一名格里沙。他們舉起雙臂，狂風便在我們身周翻湧、盈滿船帆。史鐸霍恩調整路線，大喊加速，風術士遵命行動，這艘奇異的小船便一躍往前猛衝。

「戴上。」史鐸霍恩說。他把一副護目鏡丟上我大腿，再丟另一副給瑪爾。這東西看起來很像小行宮工坊裡造物法師戴的那種。我環視四周，包括史鐸霍恩，所有船員似乎都戴了。我們戴上護目鏡。

當史鐸霍恩再次下令加速——我立刻感謝起護目鏡。上方繩索綁的船帆隆隆響，而我心中湧上一陣銳利的緊張感。他為什麼要趕成這樣？

蜂鳥號在水上疾駛狂奔，輕薄的雙船身從一道浪尖飛上另一道，幾乎沒碰到海水表面。我緊緊抓著座位。每彈一下，我的胃就跟著往上跳一下。

「好，風術士，」史鐸霍恩下令，「聽我倒數，把我們送上去。水手至側翼。」

我轉向瑪爾。「他說『把我們送上去』是什麼意思？」

「五！」史鐸霍恩高喊。

船員開始以逆時針方向移動、拉扯繩索。

「四！」

風術士雙手大大展開。

「三！」

兩根桅杆間傳來轟的一聲，船帆乘勢展開成全長。

「二！」

「起！」水手高喊，風術士舉起雙臂，雷霆萬均往下一劃。

「一！」史鐸霍恩大喊。

船帆上揚、一鼓作氣向外翻開，有如兩片巨大翅膀，啪地在甲板上方拉高展開至定位。我的腹部一陣翻攪，難以想像的事情發生了，蜂鳥號飛了起來。

我抓著座位，無聲唸著一些古老禱詞。當風抽打我的臉頰、我們飛上夜空時，我緊閉雙眼。

史鐸霍恩笑得像個瘋子，風術士正連番相互呼喊，確認上升氣流維持穩定。我還以為我的心臟會直接從胸口蹦出來。

噢，諸聖啊，我快要吐了，這種事不可能發生吧。

「阿利娜。」瑪爾壓過呼嘯的風放聲大喊。

「怎樣？」我拚命從緊抿的唇中擠出字句。

「阿利娜，睜開眼睛，妳一定得看看。」

我簡短地搖了下頭。我最不需要的就是睜眼。

瑪爾一手溜入我手中，握住我無法動彈的手指。「試試看吧。」

我顫抖著吸入一口氣，逼自己睜開眼皮——我們身邊圍繞著星星。上方的白色船帆展成兩道巨弧，有如弓箭手的長弓繃出的線條。

我知道自己不該，卻實在忍不住要伸長脖子、越過艙邊探看。風的嘷吼震耳欲聾。下面——遙遠的底下——被月光照亮的海面蕩漾，有如緩慢移動的蟒蛇身上閃亮的鱗片。如果掉下去，我們定會在它背上摔成碎片。

我噗地冒出大概介於興高采烈和歇斯底里之間的小小笑聲——我們在飛——在飛啊。

瑪爾輕捏我手一下，發出狂喜的喊叫。

「這怎麼可能啦！」我大吼。

史鐸霍恩高聲吶喊。「如果有人說不可能，他們的意思通常是好像不可能。」由於燦亮月光映在他護目鏡的鏡片上，正裝外套在他身周瘋狂翻飛，史鐸霍恩看起來完全像個神經病。

我努力想呼吸。風勢被控制得很穩，風術士和船員全神貫注，沉穩鎮定。慢慢——非常緩慢地，我胸口的死結鬆開。我放鬆下來。

「這玩意兒到底打哪兒來的？」我對著史鐸霍恩扯開嗓子。

「我設計、我打造的——不過摔爛了幾艘原型。」

我困難地吞了口口水。摔爛是我最不想聽到的兩個字。

瑪爾俯身探過座艙邊緣，想把配置在船身最前方的巨砲看得更清楚。

「那些砲，」他說，「砲管不只一個。」

「而且是重力供給，無須暫停裝填；每分鐘可射擊兩百發砲彈。」

「這怎麼——」

「可能？唯一的問題是過熱，但這個型號倒不會很嚴重。我有個贊米槍匠正在努力解決這些瑕疵。那些野蠻的小混帳呀——但他們對槍砲就是有一套。後排座椅可以旋轉，這麼一來就能從四面八方射擊。」

「並且砲如雨下地轟炸敵人，」瑪爾有些輕飄飄地喊道，「要是拉夫卡有這種船艦——」

「就會是頗大的優勢，對吧？但是這麼一來，第一和第二軍團就得攜手合作。」

我想起闇之手好久以前對我說的話。*格里沙力量的時代已經走到盡頭。*他對此的解答則是將影淵變為武器。但要是格里沙力量能由史鐸霍恩這樣的人進行轉化呢？我眺望蜂鳥號的甲板，看著那些並肩作戰的水手和風術士，注視托亞和塔瑪坐在那些嚇人火砲的後方。這並不是不可能。

他可是私掠船船長。我提醒自己。而且他會在轉眼間加入戰場，變成牟取暴利的奸商。史鐸霍恩的武器能讓拉夫卡占上風，可是那些槍砲也能輕易被拉夫卡的敵人拿來使用。

映在左舷艏的明燦亮光吸引了我的注意力。那是阿坎姆灣的巨大燈塔。我們已經很靠近了。如果伸長脖子，就能輕易認出歐斯科佛港口閃閃發光的高塔。

史鐸霍恩沒有朝那方向去，而是轉換航道、駛向西南。我推測我們會停泊在某個離岸的近海位置。光是登陸的念頭就令我反胃。因此我決定閉緊眼睛，不管瑪爾怎麼說。

我很快就看不見燈塔的光芒。史鐸霍恩到底打算把我們帶到多南的位置？他說想在破曉前抵達岸邊，而距離破曉已不到一或兩個小時。

我的思緒飄忽不定，迷失在環繞周遭的繁星，以及飛速橫過廣闊天空的雲朵。晚風彷彿噬咬著我的臉頰，並且一面呼嘯一面直接透進我薄薄的外套。

我低頭看了一眼，立刻拚命將尖叫聲吞回肚裡。我們已不在海水上方，而是在陸地——堅固且無情的陸地之上。

我扯扯瑪爾的袖子，崩潰地比畫著底下的鄉間。月光下，那裡描繪出黑與銀的色彩。

「史鐸霍恩！」我慌張高喊。「你在做什麼？」

「你說要帶我們去歐斯科佛——」瑪爾吼道。

「我說我要帶你們去見我的客戶。」

「別管那個了，」我哀號著說，「我們為什麼跑到了陸地上？」

「不要擔心，」史鐸霍恩說，「我想去一座可愛的小湖。」

「多小？」我尖著聲音，看見一臉憤怒的瑪爾正從座艙爬出來。「瑪爾，坐下！」

「你這撒謊又偷雞摸狗──」

「如果我是你，一定會待在原地──我要是你，絕不會想在進入影淵時到處亂竄。」

瑪爾整個人僵住，史鐸霍恩又開始吹那首走調的曲子，樂聲就這麼被風帶走。

「你不是認真的。」

「我確實不常認真。」史鐸霍恩說。「奧列捷夫，你座位後方有步槍，你應該會想拿好，以防萬一。」

「你不能把這東西帶進影淵。」瑪爾大吼。

「為什麼不行？就我理解，和我一起旅行的可是那位能百分百保我平安通過的人呢。」

我捏緊拳頭。突然之間，怒意將我腦中恐懼驅散。「搞不好我會直接讓有翼鷹人把你和你的船員吃了當宵夜！」

史鐸霍恩一手穩穩放在船舵，確認他的錶。「那其實比較像是提早吃早餐。我們行程真的落後了。此外，」他說，「就算對太陽召喚者而言，這裡依舊算滿高的。」

我看了瑪爾一眼，深知他臉上的憤怒一定和我如出一轍。

整片地景在下方以驚人的速度展開。我站起身，試圖搞清楚我們身在何方。

「諸聖啊。」我罵了一聲。

我們身後有星星、月光，以及一整個生龍活虎的世界；前方則空無一物。他真的這麼幹了。他要把我們帶進影淵。

「火砲手就定位，」史鐸霍恩高喊，「風術士準備就緒。」

「史鐸霍恩，我要殺了你，」我怒吼，「馬上就把這東西掉頭！」

「我真希望能乖乖聽話呀，但是呢，如果妳真想殺我，可能得等到我們著陸。準備好了沒有？」

「沒有！」我放聲尖叫。

然而，下一瞬間，我們已進入黑暗。那就像是一片前所未見的暗夜——一個完美、深沉且令人不適的漆黑，將我們團團包圍，彷彿被收進令人窒息的拳頭中。我們進入了影淵。

第八章

一進入異海，我就知道有些情況已經改變。

我迅速用腳掌使力踩在甲板上，高舉雙手，放出大片金色日光罩住蜂鳥號。儘管我對史鐸霍恩非常火大，也不會只為了證明一些沒用的事，放任大群有翼鷹人將我們擊潰。

有了兩個增幅物的力量，我幾乎無須多想就能召喚陽光。我小心翼翼測試力量的極限——這和我第一次使用手銬時完全不同。我沒有被脫韁野馬似的強大擾力壓倒，但還是有些不對勁。影淵好像變了。我告訴自己那只是我的想像，可是這黑暗感覺像有了某種質地，我幾乎能感到它從我皮膚掠過。肩膀傷口的邊緣開始發癢，彷彿有東西在扯，猶如那塊皮肉正焦躁不安。

我曾二度進入異海，兩次都覺得像個無比脆弱的外人，闖入一個不希望我入侵的危險又反自然世界。可是現在，影淵彷彿對我伸出雙臂，歡迎我來。我知道這種感覺根本毫無來由。畢竟影淵是沒有生命的空盪地方，不是活物。

它認得我，我想，同類相喚。

我腦子一定出了問題。我清空思緒，將光投放得更遠，讓力量維持在身邊，溫暖且撫慰的搏動。我應該是這樣的，並非黑暗。

「牠們要來了，」瑪爾在我身旁說，「妳聽。」

在急促的風聲中，我聽見一聲吶喊在影淵迴盪，接著是有翼鷹人翅膀的規律拍振。牠們轉眼間就被人類獵物的氣味吸引而來，找到我們。

有翼鷹人的翅膀在我製造的光圈周遭拍打，敲出一圈圈漣漪，將黑暗朝我們推來。如今，跨越影淵的行動已然叫停，牠們許久沒有食物來源，因為飢餓的欲念，牠們變得大膽。

我展開雙臂，讓光燃燒得更強烈，將牠們逼退。

「不，」史鐸霍恩說，「讓牠們靠近。」

「什麼？為什麼？」我問。有翼鷹人是絕對的獵食者，可不是能耍著玩的。

「既然牠們把我們當獵物，」他說，並且提高音量，讓所有人都聽見。「也許該換我們獵捕牠們了。」

船員中響起戰吼般的高呼，緊接著是一連串號吼吠叫。

「把光收回來。」史鐸霍恩對我說。

「他腦袋真的壞了，」我對瑪爾說，「快對他說他腦袋壞了。」

瑪爾卻有所遲疑。「但是……」

「但是什麼？」我不敢置信，「你好像忘記了是不是——其中一隻還試圖吃掉你！」

他聳聳肩，唇上竟露出一抹微笑。「可能就是因為這樣，我才想看看這些火砲有何能耐。」

我搖頭。我不喜歡，一點也不喜歡。

「就一下下，」史鐸霍恩催促，「讓我開心一下嘛。」

開心一下。好像他只是想多要一塊蛋糕。

船員都在等，托亞和塔瑪有如背部覆蓋皮革的昆蟲，在突出的砲管上方屈著身。

「好吧，」我說，「但別說我沒警告過你。」

瑪爾將步槍扛上肩膀。

「那就來了喔。」我喃喃唸著並屈起手指，光圈隨之沿著船周漸漸縮小、收回。

有翼鷹人興奮尖叫。

「全部收回！」史鐸霍恩下令。

我挫折地咬緊牙關，照他的話做。影淵暗了下來。

我聽到翅膀沙沙拍動，有翼鷹人俯衝下來。

「阿利娜！現在！」史鐸霍恩喊道，「火力全開！」

我沒有停下來思考，便直接製造出一道熾熱光浪，奮力投出。光彷彿刺眼而無情的正午陽光，照亮了周遭的可怕光景。到處都是有翼鷹人，牠們飛在船周圍的空中，長了翅膀且扭動不停的巨大灰色軀體，看不見的奶白眼睛，還有擠滿牙齒的口顎。牠們和虛獸的相似可說無庸置疑，然而醜怪程度更甚，笨拙程度亦然。

「開火！」史鐸霍恩喊道。

托亞和塔瑪開火。那是我這輩子從沒聽過的聲音，有如震耳欲聾、不間斷的落雷，震盪著周圍空氣，撼動我的骨頭。

這是場大屠殺。有翼鷹人胸口被炸開、翅膀從身體被扯斷，紛紛從周遭空中筆直墜落。空彈匣匡匡噹噹落在甲板，刺鼻的火藥燒焦味四處瀰漫。

每分鐘兩百發。所以這就是現代武器的能耐。

那些怪物似乎搞不清發生什麼事，無頭蒼蠅般亂打空氣，被逼得陷入嗜血殺戮、飢餓和恐懼組成的驚慌，並在困惑和逃亡的欲望中相互撕扯。牠們的尖叫……巴格拉曾告訴我有翼鷹人的祖先是人類，而我發誓，我從牠們的哭喊中確認了此事。

砲火聲漸息，我的耳朵嗡嗡作響。我抬起頭，在船帆上看見黑色血漬與一塊塊碎肉，眉頭迸出一滴冷汗。我覺得自己快吐了。

平靜只維持了一會兒，托亞旋即將頭一仰，發出勝利的狂嘯，其餘船員也加入，又是咆哮、又是嗥叫。我好想尖喊叫所有人閉嘴。

「你覺得我們可以再引來另一群嗎？」其中一名風術士問。

「也許，」史鐸霍恩說，「不過我們可能該往東。快破曉了，而我不希望被人發現。」

沒錯，我想，快點往東，我們快點離開這裡。我的雙手顫抖，肩膀的傷口熱燙抽痛。我到底是怎麼回事？有翼鷹人是怪物，會毫不考慮直接把我們撕成碎片，我一清二楚。然而我仍能聽見牠們的哭聲。

「還有更多，」瑪爾突然說，「非常多。」

「你怎麼知道？」史鐸霍恩說。

「我就是知道。」

史鐸霍恩遲疑著。然而實在難以讀到他藏在護目鏡、帽子和高領後方的表情。「在哪裡？」最後他問。

「稍微往北的地方，」瑪爾說，「那裡。」他指著黑暗之中，我有一股想巴他頭的衝動。就算他真能追蹤到有翼鷹人，也不代表非這麼做不可吧。

史鐸霍恩指示方位，我的心一沉。

當瑪爾喊出方向、史鐸霍恩調整路線，蜂鳥號翅膀一斜、掉轉過頭。我試圖專注於光，全心全意放在這股力量令人安心的存在，拚命忽視腹底的反胃感。

史鐸霍恩帶我們降得更低，我的光芒在影淵的無色沙礫上閃耀微光，並輕輕掠過隱約可見的一艘擱淺船身。

更靠近時，一陣顫抖流竄我全身。那艘沙艇斷成兩半，其中一根桅杆從中折斷，我勉強認出三副黑色船帆的破爛殘骸——瑪爾將我們帶到闇之手輕艇的殘骸。

我拚命維持的一丁點鎮定就此煙消雲散。

蜂鳥號又下降了一些，我們的影子掠過碎成片片的甲板。

我微乎其微地鬆了一口氣。儘管於理不合，但我本來以為會看見被我丟下的格里沙屍體四仰八叉倒在甲板上，國王特使與外國使節的骨骸依偎在一塊兒縮在角落。他們當然不在那裡，鐵定早被有翼鷹人吃掉，骨骸散落在影淵荒蕪的領域中。

蜂鳥號朝右舷側轉彎，我的光穿入破裂船身的深邃黑暗中。尖叫聲開始響起。

「諸聖啊。」瑪爾咒罵道，舉起步槍。

三頭巨大的有翼鷹人蜷縮在沙艇船身底下，背對我們，翅膀大大展開。但是讓我湧上恐懼與嫌惡、身體一陣哆嗦的，是牠們試圖用身體擋住的東西。那是一團扭來扭去的蠕動形體，閃著光澤的迷你手臂，小小的背部裂開縫隙，伸出只是透明薄膜、尚未成形的翅膀。牠們彷彿貓哭般發出嗚嗚咪咪聲，滑溜溜地疊在一起，試圖避開光線。

我們發現了一座巢。

船員陷入死寂。現在聽不到咆哮，也聽不到嗥叫了。

史鐸霍恩讓船又壓低繞了另一個弧，喊道：「托亞、塔瑪，手榴彈。」

雙胞胎滾出兩顆鑄鐵的砲彈，一舉抬上欄杆邊緣。

另一波驚懼衝擊我整個人。*牠們是有翼鷹人*，我提醒自己。*看看牠們。牠們是怪物。*

「風術士，聽我號令，」史鐸霍恩冷冷地說，「引信！」他喊，接著說：「火砲手，全力攻擊！」

砲彈射出的瞬間，史鐸霍恩吼道：「現在！」將船舵猛地朝右方一轉。

風術士伸開雙手，蜂鳥號噴上天空。

經過一秒死寂，轟一聲震天巨響從我們下方傳來。爆炸的熱度和力度帶來強烈風壓，衝擊蜂鳥號。

「穩住！」史鐸霍恩大喝。

這艘小小的船艦瘋狂搖撼，在船帆翅膀下晃得像顆鐘擺。瑪爾的兩手穩穩地立於我的兩側，當我努力維持平衡、同時維持放出環繞我們的光時，瑪爾用他的身體護住我。

終於，小船不再搖晃，穩定地畫著軌道弧，在燃燒的沙艇殘骸上方繞著大圈。

我受到嚴重驚嚇。空氣中瀰漫焦黑血肉的惡臭，我的肺有些燒灼感，每一口呼吸都使胸口燒燙不已。史鐸霍恩的船員又開始亂吼亂吠，瑪爾也加入，以勝利之姿將步槍高舉到空中。在這些歡呼中，我聽見有翼鷹人的尖叫，聽在耳中不僅無助，還與人類極為相似，有如母親哀悼幼子發出的慟哭。

我閉上眼，因為不想用力捂住耳朵而頹倒在甲板，我只能這麼做。

「夠了。」我低喃著，卻好像沒人聽見。「拜託，」我啞著聲音說，「瑪爾——」

「妳變成了滿厲害的殺手呢，阿利娜。」

那個冷酷的聲音；我倏地睜開眼睛。

闇之手站在我面前，黑色的柯夫塔在蜂鳥號甲板上翻飛。我倒抽一口氣、往後退，狂亂地打量四周。但沒有人注意我這裡。他們又是高喊又是吼叫，全都低頭看著那團火。

「別擔心，」闇之手輕柔說，「隨著時間過去，會變得越來越容易。來，我教妳。」

他將刀從柯夫塔袖中抽出，我還來不及喊出聲，他已朝我臉面劈砍而來。我舉起雙手防禦自己，喉中不禁逸出一聲尖叫。光芒消失，船轉瞬被黑暗籠罩。我腿軟跪地，蜷縮在甲板上，準備承受格里沙鋼鐵的尖銳刺痛。

但是沒有。人們在周遭的黑暗中大喊，史鐸霍恩呼喚我的名字，我聽到有翼鷹人尖叫的迴盪。好近，太近了。

有人哀號，船大幅傾斜，當船員倉促試圖站穩，我聽見靴子的重踏聲。

「阿利娜！」這次我聽到的是瑪爾的聲音。

我感到他在黑暗中跌跌撞撞朝我走來，我恢復了一點知覺，再次投出閃亮的光瀑，重新喚回陽光。

適才從天而降的有翼鷹人慘叫著回到黑暗中，但是有名風術士渾身是血躺在甲板上，手臂幾乎從腋窩被扯下，他上方的船帆無力翻飛，蜂鳥號歪向一側，大幅朝右舷傾斜，高度不斷往下掉。

「塔瑪，快幫他！」史鐸霍恩下令。但是托亞和塔瑪早就爭相朝著倒下的風術士衝去。另一名風術士仍舉著雙手，拚命召喚足以讓我們留在空中的氣流，並因為使盡全力、表情緊繃嚴肅。船上下左右晃動，史鐸霍恩堅守在船舵，對正在處理船帆的船員發號施令。

我的心臟狂跳，崩潰失控地望向甲板，在恐懼和困惑間進退維谷。我看見闇之手了，我真的看見他了。

「妳沒事吧？」瑪爾在我旁邊問。「妳受傷了嗎？」

我無法和他對望。我顫抖得太厲害，覺得自己可能會整個人四散。我把所有力氣專注在光芒上，讓它繼續在周遭維持熾熱。

「她受傷了嗎？」史鐸霍恩喊。

「快點帶我們離開這裡！」瑪爾回答。

「噢，這難道是我要努力的嗎？」史鐸霍恩狂吼回應。

有翼鷹人正在尖叫盤旋，衝擊這圈光芒。也許牠們是怪物，但我忍不住覺得牠們說不定也懂復仇。蜂鳥號搖晃抖動，我低頭看見下方的灰沙正急速朝我們接近。

突然間，我們脫離了黑暗，暴衝穿越影淵的最後一縷黑色，一頭闖入甫破曉的蒼藍亮光。隱約可見的地面和我們實在近到讓人恐懼。

「把光收掉！」史鐸霍恩下令。

我放下雙手，絕望地抓住座艙處欄杆。我看到一條長長延伸的道路，某座小鎮的燈光在遠方發出光芒。就在那裡，在微微起伏的山丘再過去，有座細細的藍湖，晨光映射著水面的粼粼波光。

「再往前一點就好！」史鐸霍恩喊著。

風術士使盡全力，悶哼一聲，雙臂顫抖。船帆往下掉了一點，蜂鳥號繼續墜落。我們掠過樹頂，樹枝刮著船身。

「所有人趴下、抓緊！」史鐸霍恩喊道，瑪爾和我蹲下來縮進座艙，手臂雙腿緊靠船側，死死牽著手。小船隆隆作響、瘋狂搖撼。

「我們沒辦法！」我嘶啞著嗓子說。

他什麼也沒說，只是更用力把我的手捏緊。

「做好準備！」史鐸霍恩吼道。

最後一秒，他整個人手腳蜷在一起，身子一低縮進座艙。當我們以撼動渾身骨架的強烈力道撞擊地面前，他只勉強說，「噢，還算穩穩的啦。」

船一頭撞進地面、乒乓作響，船身破開碎裂，瑪爾和我被甩到座艙前端。一陣震天巨響後，我們猛地掠過水面。我聽見可怕的扭絞聲，並意識到其中一側船身已然脫離。我們粗暴地在水面上彈跳，然後恍若奇蹟地巍顫顫停了下來。

我努力想弄清楚東南西北。我仰躺著，緊貼座艙一側。有人在我身旁粗重地呼吸。

我小心翼翼移動，腦袋撞了很重的一記，雙手手掌也割破，但除此之外，我似乎毫髮無傷。水透過座艙地面漫延滲入，我聽到水濺聲，人們相互呼喊。

「瑪爾？」我試著喊道，聲音聽起來顫抖而尖細。

「我沒事，」他回答。他在我左邊某處，「我們得離開這裡。」

我四處張望，卻到處找不到史鐸霍恩的身影。

我們爬出座艙時，損壞的船開始岌岌可危地傾斜。我們聽見慘然的嘎吱聲，其中一根桅杆棄守，因船帆的重量一頭栽進湖中。

我們跳入水裡，在湖水試圖將我們和船一起吞噬時拚命踢水。

有個船員被繩索纏住，瑪爾往下潛，出手解救。當他們一同冒出水面，我差點因為鬆一口氣哭出來。

我看見托亞和塔瑪掙脫、划水泅泳，後方跟著其他船員。托亞還帶著那名受傷的風術士，史鐸霍恩游在後頭，臂中扣著一名失去意識的水手。我們朝岸邊去。

我瘀傷的四肢好沉重，被濕透的衣服直往下拉，但最終我們都抵達了淺灘，拖著身軀離開水中，步履艱難地走過一片泥濘蘆葦地，最後脫力倒在彎如新月的岸邊。

我躺在那裡狂喘，聽著清晨稀鬆平常到詭異的聲響，草中的蟋蟀、林中某處傳來的鳥叫、青蛙低沉而躊躇的呱呱呱。托亞照料那名受傷的風術士，治療完他的肩膀後，叫他伸展一下手指、彎一彎手肘。我聽到史鐸霍恩上岸，將最後那名水手交給塔瑪處理。

「他沒有呼吸，」史鐸霍恩說，「我也沒感覺到脈搏。」

我逼自己坐起來。太陽在我們身後升起，溫暖了我的背部，將湖面和森林邊界鍍上金色。塔瑪雙手貼著那名水手的胸口，使出力量將水從他肺部抽出、把生命力灌回他的心臟。當水手毫無動靜地躺在沙上，分分秒秒彷彿無盡延伸——然後他倒抽一口氣，雙眼眨了眨、睜開。他將湖水吐到衣服上。

我大大鬆一口氣。至少我良心上的死亡名單又少了一個人。

另一個船員揪著身側，試探肋骨是否斷掉；瑪爾前額橫著一道不忍卒睹的傷口。但我們都在這兒，我們成功了。

史鐸霍恩又回頭涉水。他站在水深及膝處，對著湖水平靜的表面仔細思忖，他的外套呈傘狀在身後展開。除了一長條被弄得一團亂的湖岸區域，放眼所及不見蜂鳥號的蹤影。

沒受傷的風術士朝我轉頭。「到底發生了什麼事？」她啐了一口。「寇夫差點掛了——我們都差點掛了！」

「我不知道。」我腦袋靠向膝蓋。

瑪爾來抱我，但我不想要安慰，我想要解釋；我想知道自己看到了什麼。

「妳不知道？」她不可思議地說。

「我不知道。」我重複，同時也有點驚訝——隨著這句話，怒意也一同湧上。「說要一頭闖入影淵的人不是我，要找有翼鷹人打架的人也不是我。妳怎麼不去問你們船長發生什麼事？」

「她說得沒錯。」史鐸霍恩涉水而出，上岸朝我們走來，一面剝掉破破爛爛的手套。「我應該事先多給她一點警告，也不該去追巢穴。」

他竟然同意我的看法，不知為何這卻令我更加憤怒。接著，史鐸霍恩拿掉帽子和護目鏡，我的怒火頓時消失，被徹底的迷惑取代。

瑪爾立刻站了起來。「這到底是什麼鬼？」他壓低音量，語氣散發危險氣息。

我渾身癱軟地坐在那兒，與眼前的詭異景象一比，無論疼痛或疲憊簡直黯然失色。我不知道自己看到了什麼，但我很高興瑪爾也看到了。經歷發生在影淵的事情後，我實在很難信任自己。

史鐸霍恩嘆了口氣，一手抹過臉——那是張陌生人的臉。

他的下巴沒有顯著的尖角，鼻子仍有點歪，但和之前那種斷過而隆起的模樣截然不同。他的頭髮不再是紅棕色，變成了深金，俐落地剪成軍人長度，那雙詭異的泥綠色眼睛現在變成清澈明亮的榛果色。他看起來完全不一樣，但毫無疑問確實是史鐸霍恩。

而且他很好看。我火大又挫敗，心裡彷彿扎了一下。

只有瑪爾和我死盯著看，史鐸霍恩的船員好像一點也不訝異。

「你有塑形者。」我說。

史鐸霍恩縮了一下。

「我不是塑形者。」托亞憤怒道。

「當然了，托亞，你的天賦在別的地方，」史鐸霍恩安慰著說，「而且絕大部分是人見人怕的殺人放火領域。」

「你為什麼要這麼做？」我問，仍在努力適應史鐸霍恩的聲音從不同人口中冒出來的衝擊。

「讓闇之手認不出來非常重要。從我十四歲他就沒再見過我，可是我不想拿這件事來冒險。」

「你是誰？」瑪爾憤怒地問。

「這是很複雜的問題。」

「事實上，這是個直截了當的問題。」我一股腦兒站起來。「但是會需要你據實以答，可是在我看來你好像欠缺這個能力。」

「噢，我可以的，」史鐸霍恩把水從一隻靴子甩出來。「我只是不太擅長。」

「史鐸霍恩，」瑪爾咆哮著走上前逼近他。「我給你十秒鐘好好解釋，不然托亞恐怕就要幫你做一張全新的臉了。」

然後塔瑪跳起來。「有人來了。」

我們全部安靜下來、豎耳聆聽。那聲音從圍繞湖的樹林再過去的位置傳來，馬蹄聲——而且很多。大批人馬穿越林子朝我們過來，斷掉的樹枝發出劈啪和沙沙響。

史鐸霍恩呻吟一聲。「我就知道我們被看到了，都是因為在影淵花了太多時間，」他煞有其事地發出一聲刺耳的嘆息。「一艘失事的船，外加一堆活像是溺水負鼠的船員——我本來想的可不是這樣啊。」

我真心很想知道他本來想的是怎樣，但沒空發問。

林子分開，一群騎著馬的人衝向水邊。十名……二十……三十名第一軍團的士兵，國王的人馬，而且全副武裝。這些傢伙都是從哪兒冒出來的？

歷經有翼鷹人的屠殺和墜機後，我還以為自己的恐懼已經所剩無幾，但我錯了。當我想起瑪爾提到他擅離職守，驚慌感貫穿我全身。我們要被當成叛國賊抓起來了嗎？我的手指抽搐。我再也不要被囚禁了。

「放輕鬆，召喚者。」私掠船船長輕聲說。「讓我來處理。」

「因為你每次都把事情處理得很好嗎，史鐸霍恩？」

「如果妳可以先不要這樣稱呼我，可能比較明智。」

「這又是為什麼？」我衝口而出。

「因為我不叫那個名字。」

士兵讓馬放慢速度，在我們面前停下，燦亮晨光映著他們的步槍和軍刀。一名年輕的隊長抽刀。「以拉夫卡國王的名義，我命你們放下武器。」

史鐸霍恩走上前，以肉身擋在敵人和受傷的手下之間。他舉起雙手，做出投降姿勢。「我們的武器都沉進湖裡了，我們手無寸鐵。」

基於我對史鐸霍恩和雙胞胎的認識，對此我非常懷疑。

「說出你們的名字和來意。」那名年輕的隊長說。

史鐸霍恩慢慢將那件濕透的外套從肩上脫下，交給托亞。

一股不安的騷動在士兵間散開——史鐸霍恩穿著拉夫卡的軍裝，雖然從裡濕到外，但屬於拉夫卡第一軍團的橄欖褐與銅鈕釦不容錯認——甚至還有代表軍官階級的金色雙鷹。這個私掠船船長葫蘆裡到底賣什麼藥？

一個年紀較長的人從行列中走出，將馬調轉方向，正面面對史鐸霍恩，我則訝異地認出那人是奎比爾斯克軍營的指揮官——拉耶夫斯基上校。我們墜落的地方離城鎮這麼近嗎？那就解釋了士兵為什麼能這麼快趕到這裡。

「小鬼，給我好好解釋！」上校命令道，「在我把那件制服從你身上扒下來、把你高高吊到樹上之前，給我說出名字和來意。」

史鐸霍恩似乎並不擔心。當他開口時，嗓音中有著一股我從未聽過的氣勢。「我是尼可萊・

藍索夫。第二十二軍團的少校、國王軍團的士兵、烏達法大公爵，同時也是至高無上的國王陛下、雙鷹國度統治者亞歷山大三世的次子。願國王萬壽無疆、統治恆長。」

我的闔不攏嘴。驚愕有如一波浪潮般掃過整排士兵，行列某處傳來一陣緊張的竊笑。我不知道這個瘋子以為自己是在開什麼玩笑，但拉耶夫斯基似乎不覺得有趣。他從馬上躍下，將轡繩拋給一名士兵。

「你這無禮的小兔崽子給我好好聽著，」他已將一手按上劍柄，當他大步朝史鐸霍恩走去，那張飽經風霜的面孔刻畫著憤怒的線條。「尼可萊．藍索夫人在北方邊境，隸屬我的麾下，而且……」

他的聲音消失無蹤，此時正和船長的鼻子相隔咫尺。但史鐸霍恩眼睛眨也沒眨。上校張開嘴，又閉上。他退後一步，細細掃視史鐸霍恩的臉孔。我看著他的表情從輕蔑變成不敢置信，最後變成——沒錯——是恍然大悟。

他突然單膝跪地、將頭垂下。

「原諒我，王子殿下。」他說，死盯著眼前的地面。「歡迎歸國。」

士兵交換困惑的視線。

史鐸霍恩將那雙冷漠又帶著期盼的眼神轉向他們，整個人散發出領導風範。彷彿一陣脈動掃過整列士兵，然後，一個接著一個，他們翻身下馬、單膝跪地、紛紛垂下腦袋。

噢，諸聖啊。

「這一定是在開我玩笑。」瑪爾喃喃地說。

我追捕過魔法雄鹿，手腕上佩戴了被屠殺的冰龍身上的鱗片；我看過一整座城市遭黑暗吞噬。然而，這卻是我目睹過最詭異的事。這一定是史鐸霍恩的另一場騙術，是絕對會害我們沒命的騙術。我瞪著這名船長。真的有可能嗎？我的腦袋似乎無法順暢運作。我太疲倦，已經沒剩任何力氣恐懼或驚慌。我在記憶中搜索對拉夫卡國王兩個兒子的稀薄印象。在小行宮，我短暫見過長子，但小兒子已經多年沒出現在宮中。他應該在外頭某個地方當槍匠的學徒或學造船才對。

又或許他兩者皆是。

我覺得好暈。*Sobachka*。娟雅曾這樣稱呼王子，那是小狗狗的意思。他堅持在步兵團服兵役。

史鐸霍恩，風暴之犬，浪潮之狼。

Sobachka。不可能吧。這怎麼可能。

「起身。」史鐸霍恩下令——不管這個人到底是誰，他整個舉止姿態似乎都變了。

士兵起身，立正站好。

「我上次歸國已是許久之前，」船長雄渾有力地說，「但我並非空手而歸。」

他站到一旁，伸出一臂，指向了我。每張臉孔都轉了過來，企盼等待。

「各位兄弟，」他說，「我將太陽召喚者帶回了拉夫卡。」

我實在忍不住了。我退後一步，一拳揍向他的臉。

第九章

「他們沒開槍射妳算妳走運。」瑪爾火大地表示。

他正在一座裝飾簡樸的帳篷裡來回踱步。這是奎比爾斯克旁留下的少數幾座格里沙營帳。闇之手華麗的黑絲綢大帳早已拆除，留下來的只有散落在大片枯死草地上被扳彎的釘子，還有曾是拋光木地板的破碎殘骸。

我在粗製濫造的桌旁坐下，向外眺望著由托亞和塔瑪夾道看守的帳篷入口。他們到底是在保護我們，還是不讓我們逃走？我無從確定。

「很值得啊，」我回答，「此外，才不會有人對太陽召喚者開槍。」

「妳揍的是王子，阿利娜。我們大概可以在叛國清單上再多加一條了。」

我甩甩那隻痠痛的手，我的指節痛死了。「首先，我們百分之百確定他是王子嗎？第二，你只是嫉妒我。」

「我當然嫉妒，我還以為我會有機會揍他。可是這不是重點。」

在我理智斷線後爆發了一團混亂，要不是因為舌燦蓮花的史鐸霍恩和托亞下重手進行群眾控制，我才沒被上鍊上銬直接拖走，或者遭到更慘的對待。

史鐸霍恩護送我們經奎比爾斯克來到軍營區。當他將我們留在帳篷時，只是平靜地說，「我只希望妳留下來，讓我能好好解釋。如果妳不喜歡我的解釋，隨時可以離開。」

「就這樣？」我語帶嘲弄。

「相信我。」

「每次你說『相信我』，我就更不相信你。」我啞著聲音說。

但瑪爾和我仍留了下來，不確定下一步該怎麼走。史鐸霍恩沒綁我們，也沒派重兵看守。他提供我們潔淨又乾爽的衣服。如果想要，還可以試圖溜過托亞和塔瑪，直接逃回去穿越影淵。畢竟，恐怕不會有人能跟過來。我們可以隨便在西岸挑個位置跑出去。但是接下來又要去哪？史鐸霍恩也許變了個樣，但我們的狀態並沒有。我們沒有錢，沒有盟友，而且仍遭闇之手追捕。此外，在蜂鳥號上發生那些事之後，我一點也不想再回影淵。

我壓下冰冷笑意。如果我竟然開始考慮要躲到異海避難，這事態就真的非常非常嚴重了。

一名僕人帶著大托盤進來。他放下一只水瓶、一罐科瓦斯酒與酒杯，還有幾小盤開胃菜，每只盤子邊緣都鍍了金，並裝飾著雙鷹紋樣。

我打量著食物，放在黑麵包上的煙燻鯡魚、醃漬甜菜、填料蛋。打從前晚登上沃夫尼號後我們就沒吃任何東西，使用力量讓我簡直餓到要發瘋，但我太緊張，吃不下去。

「剛剛到底怎麼回事？」僕人一離開，瑪爾立刻問。

我再次扳動指節。「我就是突然失控了。」

「我不是在問那個。影淵裡面發生了什麼事？」

我捧著盤子轉動，研究著那一小罐調過味的奶油。我看見他了。

「我只是累了。」我輕描淡寫道。

「我們逃離虛獸時妳用了更多力量，也沒有累到脫力。是因為手銬嗎？」

「手銬是讓我更強大。」我說，拉扯衣袖邊緣，蓋住海鞭的鱗片。此外，我已經戴了它好幾個禮拜，我的力量沒有任何問題——但我本人可能有些問題。我沿著桌面上某些看不見的紋路撫摸。「我們和有翼鷹人打鬥的時候，你覺得牠們的聲音聽起來有沒有不一樣？」我問。

「怎樣不一樣？」

「就是更像……人類？」

瑪爾皺眉。「沒有，牠們聽起來就和以前沒兩樣，就像想吃掉我們的怪物。」他蓋住我的手。「阿利娜，到底怎麼回事？」

我看見他了。「我不是對你說我累了嗎，就是精神有點渙散。」

他抽回手。「如果妳要騙我，隨便妳。但是我不會假裝相信。」

「為什麼不？」史鐸霍恩問，走進帳篷。「這不過是常見的禮儀。」

我們馬上站起身，做好戰鬥準備。

史鐸霍恩立刻煞車，舉起雙手表示為和平而來。他已換上乾爽制服，臉頰上那片瘀青漸漸浮現。他小心翼翼拿下配劍，掛在帳篷入口遮布旁的柱子上。

「我只是來談談的。」他說。

「那就談啊，」瑪爾立刻回嘴，「你是誰？到底在玩什麼把戲？」

「我是尼可萊．藍索夫，但是請不要再叫我重複一次頭銜，沒有人愛聽，而且唯一重要的頭銜只有『王子』。」

「那史鐸霍恩呢？」我問。

「我也是史鐸霍恩，沃夫尼號的總司令，真理之海的天譴。」

「天譴？」

「怎說呢，我至少算是個大麻煩呀。」

我搖頭。「這不可能。」

「是好像不可能。」

「現在不是嘻嘻哈哈的時候。」

「拜託一下，」他用安撫的語氣說，「請坐好嗎？我是不知道你們怎麼樣，但我發現大家坐好時，不管什麼都會比較好理解，大概和血液循環有關吧，我猜。當然要是能躺下更棒，但我想我們還沒有那麼要好。」

我不讓步，瑪爾也交叉雙臂。

「好吧，好，那我要坐了。我發現扮演歸國英雄是最累人的任務，而我絕對已經累到沒力。」他走到桌前給自己倒杯科瓦斯酒，滿足地歎一口氣，坐到椅子上。他啜了一口，皺起臉。

「有夠難喝，」他說，「從來沒喜歡過。」

「那就點些白蘭地啊，王子殿下。」我不耐地說，「他們一定會對你有求必應的吧。」

他表情一亮。「一點也沒錯，我搞不好還可以弄一缸來泡澡——說不定真的可以。」

瑪爾火大地把雙手一舉，走到帳篷門口，看著外頭的營地。

「你不會真以為我們相信這一切吧？」我說。

史鐸霍恩蠕動手指，讓我們把他的戒指看得更清楚。「我真的有王家紋章欸。」

我嗤了一聲。「搞不好你是從真的尼可萊王子那裡偷來的。」

「我隸屬拉耶夫斯基麾下，他認識我。」

「搞不好你也偷了王子的臉。」

他嘆氣。「妳要理解，我唯一能安全揭露身分的地方就是在這兒，在拉夫卡。我手下只有最值得信任的成員——托亞、塔瑪、派耶特、幾名元素系格里沙，才知道我是誰。其他的……唔，他們是好人，但也是傭兵和海盜。」

「所以你連自己的手下都騙？」我問。

「在海上，尼可萊．藍索夫當人質比當船長的身價更高。當你三不五時就要擔心大半夜腦袋上被打一記，被拿去向你的王家老爸要求贖金，這樣很難指揮船啦。」

我搖頭。「這一切都太不合理。尼可萊王子應該要在某個地方學習船的相關知識，或者——」

「我確實在跟著一名斐優達造船匠當學徒，還有贊米槍匠，以及蜀邯渤省的一個土木工程師。我也在詩歌藝術領域小試牛刀，結果呢……有點悲慘。這些日子，扮演史鐸霍恩需要我投注大部分的注意力。」

瑪爾靠著帳篷支柱，交叉雙臂。「所以有一天你就突然決定拋下奢華生活，嘗試一下海盜遊戲？」

「我是私掠船船長，」他說，「而我也不是在玩遊戲。我知道，與其在宮廷懶散度日，我用史鐸霍恩的身分可以為拉夫卡做更多事。」

「所以國王和王后到底以為你在哪裡？」我問。

「克特丹大學，」他回答，「那地方很棒，非常高級。我們講話的同時，有個拿極高報酬的船務員正在代替我上哲學課，他就用尼可萊的大名考個尚可合格的成績，有事沒事多喝酒，這樣就不會有人起疑心。」

這傢伙會不會太誇張？「為什麼？」

「我努力過，真的努力過。但我實在不擅長坐著不動。這性格真是把我的奶媽——嗯，其實是好幾個奶媽弄到心力交瘁。在我的印象裡，她們簡直是奶媽軍團。」

我應該更用力揍他才對。「我是說，為什麼非得搞這套扮裝遊戲？」

「我是拉夫卡王位的第二繼承人，差不多算是用逃跑的方法才得以加入軍隊服役。我不認為我父母會准我去和贊米海盜單挑，或是闖進斐優達封鎖線。雖然他們頗中意史鐸霍恩。」

「好，」瑪爾在門口側說，「你是王子，也是私掠船船長，還是白痴。你想要我們怎樣？」

史鐸霍恩又試探似地啜了口科瓦斯酒，抖了一下。「我想要你們的幫助，」他說，「局勢變了，影淵在擴張，第一軍團瀕臨全面反叛。闇之手的政變也許失敗，卻粉碎了第二軍團，而拉夫卡正在四分五裂的邊緣。」

我有一種胃部下沉的感覺。「讓我猜猜看喔，所以正好可以由你來匡亂反正？」

史鐸霍恩往前傾身。「妳在宮中見過我哥哥瓦斯利嗎？比起他的人民，他更在乎他的馬及下一杯威士忌在哪裡。我父親對於治理拉夫卡只有三分鐘熱度，而且據聞現在他就連三分鐘都沒了。這個國家就要分崩離析。總得有人在為時已晚前把它挽回吧。」

「繼承人是瓦斯利。」我表示。

「我想可以說服得了他讓位。」

「就是因為這樣，你才把我們拖回這裡？」我嫌惡地說。「因為你想當王？」

「我把妳拖回這裡，是因為導師基本上把妳變成活聖人，而人們愛妳。我把妳拖回來是因為妳的力量是拉夫卡能否存活的關鍵。」

我雙手用力往桌上一拍。「你把我拖回來這裡，是因為這樣你才能帶著太陽召喚者盛大登場，然後偷走你哥哥的王位！」

史鐸霍恩往後靠。「我可不會為了野心道歉。即使這樣也不會改變我是王位最適任者的事實。」

「你最好是。」

「和我一起回歐斯奧塔。」

「為什麼?這樣你就能把我像某種得獎寵物一樣拿來到處展示?」

「我知道妳不相信我，妳也有很好的理由。但是我會遵守我在沃夫尼號上對妳的承諾。先看看我端出什麼菜，如果妳還是不感興趣，史鐸霍恩的船會把妳帶到世界任何地方。而我覺得妳會留下，我覺得我可以給妳一些沒人能給妳的東西。」

「最好是真的很棒。」瑪爾咕噥著說。

「我可以給妳機會改變拉夫卡，」史鐸霍恩說，「我可以給妳機會，帶給妳的人民希望。」

「喔，只有這樣嗎?」我酸溜溜，「所以我到底是要怎麼做到呢?」

「幫助我統合第一和第二軍團，成為我的王后。」

我眼睛都還沒眨，瑪爾已經把桌子推到一旁，逼近史鐸霍恩，揪著他離開地面，摜在帳篷柱子上。史鐸霍恩縮了一下，但是沒做出任何反擊。

「那個，小心點，可不能讓制服染到血，讓我解釋一下——」

「等我揍到你說不出話再看你怎麼解釋。」

史鐸霍恩扭動身軀，並在轉眼間從瑪爾的箝制中溜走。他一手握刀，似乎是從袖中某處抽出來的。

「退後，奧列捷夫，現在我是為了她才不發脾氣，但我已經快忍不住要把你像解剖鯉魚那樣開膛破肚了。」

「你來啊。」瑪爾厲聲說。

「夠了！」我放出一道炫目刺眼的碎光，讓他們兩人都看不見。他們舉起雙手擋住強光，分心片刻。「史鐸霍恩，把武器收起來，不然被開膛破肚的就會是你；瑪爾，退下。」

我一直等到史鐸霍恩將刀收起才慢慢讓光散去。

瑪爾垂下雙手，拳頭依然緊握。他們以警戒姿態注視對方。不過幾小時前，他們還是朋友——當然了，那時候的史鐸霍恩完全是另一個人。

史鐸霍恩理了理制服的兩袖。「你這讓人頭痛的大笨蛋，我並不是在提議什麼真愛配對好嗎？只是政治結盟。你只要停下來想個一分鐘，就會看出這對國家而言是非常合情合理。」

瑪爾發出刺耳的笑聲。「你的意思是對你而言非常合情合理。」

「這兩個不能都為真嗎？我在軍隊服役，很瞭解戰爭，而我也瞭解武器。我知道第一軍團會跟隨我，也許我是第二順位繼承人，但身上的王家血脈名正言順。」

瑪爾的手指戳進史鐸霍恩的臉。「你對她可沒有這種名正言順。」

史鐸霍恩的鎮定似乎蒸發了些。「你到底以為可以怎麼發展？你以為你可以強行帶走全世界最強大的格里沙，以為只是去搶個偶然在穀倉認識的農奴女孩嗎？在你心中這故事會是這種結局嗎？我是要努力讓一個國家不要分崩離析，可不是偷走你最愛的女孩。」

「夠了。」我靜靜地說。

「你可以待在宮殿裡，」尼可萊繼續說，「說不定擔任她私人護衛隊的隊長？反正這種安排也不會是第一次。」

瑪爾下巴一條肌肉跳動著。「你讓我想吐。」

史鐸霍恩心不在焉地揮了一下手。「我是墮落的禽獸，我知道。總之還是稍微考慮一下我剛剛說的話。」

「我不必考慮，」瑪爾吼道，「她也不必。這件事情不可能發生。」

「那只會是名義上的聯姻。」史鐸霍恩堅持。然後，好像他無法控制自己，他對瑪爾拋去一個譏諷的咧嘴笑。「除了製造繼承人之外。」

瑪爾衝上前，史鐸霍恩伸手拿刀，但我早就預測到，於是上前擋在他們中間。

「住手！」我大喊，「給我住手，然後不要在旁邊講得一副我人不在場的樣子！」

瑪爾吐出一聲挫折的咆哮，又開始來回踱步。史鐸霍恩扶起一張倒下來的椅子，重新坐好，用浮誇的動作煞有其事地伸展雙腿、並給自己再倒一杯科瓦斯酒。

我深呼吸一口氣。「殿下——」

「尼可萊，」他出言糾正，「不過妳喊我『親愛的』或『大帥哥』我也會回答。」

瑪爾迅速轉過身，但我用眼神拜託他安靜。

「你得立刻停止這一切，尼可萊，」我說，「否則我就親手把你高貴的牙齒打下來。」

尼可萊揉揉顏色轉深的瘀青。「我知道妳很擅長。」

「我確實是，」我堅定地說，「而且我絕對不會嫁給你。」

瑪爾吐出一口氣，肩膀的緊繃也消散了一些。但他竟然真有那麼一點點認為我會接受尼可萊的提議，讓我多少有些不開心，而我知道他鐵定不會喜歡我接下來要說的話。

但我心智堅定地說，「但我會和你一起回歐斯奧塔。」

瑪爾猛抬起頭。「阿利娜——」

「瑪爾，我們一向都說會找到回拉夫卡的方法，說我們會找到方法幫忙。如果我們什麼也不做，很可能就不會還有拉夫卡等我們回去。」他搖搖頭，但我轉向尼可萊，走過去。「我會和你一起回歐斯奧塔，我會考慮幫助你競爭王位繼承權，」我深呼吸一口氣。「但我要第二軍團。」

帳篷變得非常安靜。他們看著我，眼神好像覺得我發瘋了。說老實話，我確實不覺得自己狀態正常。可是我真的受夠了被一些想利用我和我力量的人硬拽著橫越真理之海與半個拉夫卡。

尼可萊發出緊張兮兮的笑聲。「人民愛妳，阿利娜，但我想的其實是更有象徵性的頭銜——」

「我不是什麼象徵，」我出言反駁，「我也不想再當卒子了。」

「不行，」瑪爾說，「那樣太危險，根本像是在妳背上畫箭靶。」

「我背上已經有靶了，」我說，「而且，不管是你或我，在闇之手被擊潰前都不可能安全。」

「妳有當指揮官的經驗嗎？」尼可萊問。

我曾經帶過新進製圖師的討論會，但我想他的意思應該不是那樣。

「沒有。」我承認。

「妳沒有經驗，沒有先例，也沒有權力，」他說，「第二軍團打從創立就由闇之手一系領導。」

沒有什麼一系，只有一個人——但現在不是解釋的時機。

「對格里沙而言，年齡和含著什麼湯匙出生毫無意義。他們在意的只有力量。我是有史以來唯一佩戴兩個增幅物的格里沙，而且是活著的格里沙中，唯一強到能和闇之手或他那些暗影士兵匹敵的人。沒有人有我的能耐。」

我盡可能在聲音中增添自信，即便我不確定自己到底是怎麼回事，只知道我已經受夠活在恐懼中。我厭倦了逃跑。如果瑪爾和我想要有一絲找到火鳥的希望，我們就需要答案。小行宮可能是唯一能找到的地方。

好長一段時間，我們三人只是站在那裡。

「喔唷，」尼可萊說，「好唷。」

他的手指打鼓似地在桌面敲，一面思考。然後他站起身，對我伸出一手。

「好，召喚者，」他說，「幫我贏得民心，格里沙就是妳的了。」

「真的嗎？」我不禁衝口而出。

尼可萊笑出來。「如果妳打算帶一支軍隊，最好學會一點表面工夫。更適當的回應是，『我就知道你很明理』。」

我握住他的手，上面布滿粗糙老繭。那是海盜的手，而非王子。我們相握。

「那關於我的求婚——」他開口。

「不要得寸進尺。」我說，一把將手抽回。「我說會和你一起去歐斯奧塔，就那樣。」

「那我要去哪裡？」瑪爾靜靜地說。

他站在那裡，雙臂交叉，用鎮定的藍色眼睛看著我們。他的眉毛上有著因為蜂鳥號墜毀沾到的血，整個人看起來疲憊不堪，而且非常、非常漠然。

「我……我想你可以和我一起。」我結巴地說。

「用什麼身分？」他問，「妳的私人護衛隊隊長？」

我的臉紅了起來。

尼可萊清清喉嚨。「那個，儘管我非常想看這齣劇會怎麼演下去，但我確實有些事情得安排。除非呢——」

「出去。」瑪爾用命令的語氣說。

「好吧，我就讓你們自己解決。」他趕緊走開，中途只有要拿劍的時候暫停腳步。

帳篷裡的死寂彷彿無限延伸。

「這一切到底會怎麼發展，阿利娜？」瑪爾問，「我們拚死拚活逃出這個諸聖遺棄之地，現在卻又不偏不倚沉回這個沼澤。」

我身子一沉坐到吊床上，腦袋埋進雙手。我筋疲力盡，體內每根骨頭都在痛。

「不然我該怎麼辦？」我語帶懇求。「發生在這裡的事、發生在拉夫卡的事——有一部分要怪在我身上。」

「不是這樣的。」

我發出空洞的笑聲。「哈，就是這樣。如果不是因為我，影淵不會變大，新奎比爾斯克就還會存在於世。」

「阿利娜，」瑪爾在我面前蹲下，雙手擱在我膝蓋，「就算擁有所有格里沙和一千支史鐸霍恩的火砲，要阻止他，妳依舊不夠強。」

「如果我們拿到第三個增幅物——」

「但我們拿不到！」

我抓住他的雙手。「我們會的。」

他直勾勾地看著我。「妳都沒有想過我可能會拒絕妳嗎？」

我的胃一沉。確實沒有。瑪爾可能會拒絕我的念頭一次都沒有進入我腦中，而我突然一陣羞愧。他放棄了一切陪在我身邊，但不代表他就很樂意。也許他也受夠了打鬥、恐懼和不確定。也許他受夠了我。

「我以為……我以為我們都想幫助拉夫卡。」

「我們兩個想要的是這個嗎？」他問。

他站起來，轉過身背對我。我困難地吞了口口水，努力逼退喉中突然冒出的疼痛。

「所以你不會去歐斯奧塔？」

他在帳篷門口暫停腳步。「妳想戴第二個增幅物，妳就得到；妳想去歐斯奧塔，好，我們就去。妳說需要火鳥，我會想出辦法幫妳弄到。但是等這一切結束，阿利娜，我忍不住會思考，妳是否還需要我。」

我猛地站起來。「我當然需要你！瑪爾——」

不管我可能要說什麼，他都沒留下來聽完。他一腳踏入外面陽光，消失身影。

我用力拿掌根壓著雙眼，試圖把岌岌可危要流出來的眼淚壓回去。我是在做什麼？我不是王后，也不是聖人。而我也絕對不知道該怎麼帶領軍團。

我從靠在床邊桌上、士兵用來刮鬍子的鏡子瞥到自己一眼，將外套和衣服撥到一邊，露出肩膀上的傷口。虛獸牙刺下的傷痕鮮明顯眼，與我皮膚交相對照，皺巴巴又深沉。闇之手曾說這些傷永遠無法完全痊癒。

有什麼傷口無法用格里沙力量治好？那便是由打從一開始就不該存在的東西弄出的傷口。

*我看見他了。*闇之手的臉孔，蒼白卻美麗，一閃而過的刀光。那實在好真實，影淵裡面到底發生了什麼事？

回去歐斯奧塔，掌控第二軍團，其實和宣戰差不了太多。闇之手會知道該去哪裡找我，而當他夠強大，就會找來。不管有沒有準備好，我們除了頑強抵抗，別無選擇。這是個可怕的念頭，但我很訝異地發現，這也帶給我些許慰藉。

我會和他正面對決，而不管如何，事情都會有個結束。

第十章

我們沒有立刻動身前往歐斯奧塔，而是利用接下來的三天把那些裝載上船的貨物運過影淵。我們在奎比爾斯克殘存的軍事營地操作。部隊大多在影淵開始擴張時被召回，新建起一座高高的瞭望塔以監視異海的黑色岸邊，只留最小限度的人手待在那裡負責運作旱地碼頭。

沒有任何格里沙留在營地。在闇之手試圖政變並摧毀新奎比爾斯克後，一波反格里沙情緒橫掃拉夫卡與第一軍團上下。我並不驚訝。一整個鎮消失無蹤，鎮上人民淪為怪物糧食。拉夫卡不會那麼快忘記，我也一樣。

有些格里沙逃到歐斯奧塔尋求國王保護，其他則躲藏起來。尼可萊猜想大部分應該都投奔闇之手，找他當靠山。但在尼可萊的野生風術士協助下，我們第一天就成功進行兩趟跨越影淵的旅行，第二天甚至完成三次，最後一天則四次。空的沙艇前往西拉夫卡，帶著巨大貨櫃歸來，滿載贊米步槍、裝滿彈藥的條板箱，以及和尼可萊在蜂鳥號上用的武器類似的連發步槍零件，外加幾噸的糖和約韃——史鐸霍恩以這些走私品當見面禮。

「賄賂。」我們看著那些樂歪的士兵撲向卸到碼頭的貨物時，瑪爾說。那些人嗚嗚叫囂，讚歎著那一大批閃閃發光的武器。

「是禮物，」尼可萊糾正，「你會發現呢，不管我的動機是什麼，子彈都非常有用。」他轉向我，「我想我們今天可以再塞一趟旅程。要不要賭？」

我不想，但我點了頭。

他微笑，往我背上一拍。「我去下命令。」

我能感到瑪爾在我轉身眺望影淵風雲變換的黑暗時注視著我。蜂鳥號上發生的意外沒再發生。不管我那天看見的是什麼——難以說明的預視未來？瘋狂幻覺？——都沒有再發生過。然而，我在異海中的每分每秒仍繃緊神經警戒，努力藏起我其實多麼害怕。

尼可萊想利用跨越的過程獵捕有翼鷹人，但是我拒絕。我告訴他我仍虛弱，不夠確定力量能否保證我們平安，這分恐懼如假包換，其餘則是漫天大謊。我的力量前所未有強大。它化為一股純粹且鮮活的浪潮流竄過我，輻射般讓雄鹿與鱗片的力量擴散開。但我一想到要再聽到那些尖叫就無法忍受。我讓光形成一座巨大而耀眼的圓形遮罩包住沙艇，雖然有翼鷹人不斷尖叫、拍振翅膀，卻只遠觀不靠近。

瑪爾每一次跨越都陪著我們，緊緊待在我身旁，步槍隨時準備就緒。我知道他感覺得到我的焦慮，但沒有逼我給個解釋。事實上，打從在帳篷爭執之後，我們幾乎沒說什麼話。我甚至害怕要是他真的開口，我恐怕不會喜歡他要說的話。我對於回去歐斯奧塔的想法並未改變，但我擔心他會。

我們拔營前往首都的早上，我在人群中尋找他的身影，害怕他可能突然決定不出現。當我瞥到他挺直背脊靜靜坐在馬鞍上，等著加入一縱隊的騎士，我低聲祈禱感謝。

我們在拂曉前出發，長長一列蜿蜒的馬匹和運貨馬車隊伍從營地離開，走上人稱維道【編按】的寬廣大路。尼可萊為我找了件樸素的藍色柯夫塔，但那件衣服收進了行李。在他找到更多他自己的人來保護我前，我只是王子隨扈中的一名士兵。

太陽升到地平線最高處時，我感到一絲希望。要取代闇之手的地位、試著再次召集格里沙並指揮第二軍團，仍讓人極度望之卻步。可是至少我做了點什麼，而不只是單純逃避闇之手，或者等他來把我抓走。我有莫洛佐瓦的兩個增幅物，而且正朝著也許暗藏解答、能帶我找到第三個增幅物的地方前進。瑪爾是不開心，但當我看著晨光從樹頂綻開，我覺得自己一定能說服他。

這種心情沒能在行經奎比爾斯克的路上延續。我們墜毀在湖上後，曾經過這個破敗的港口鎮，但當時我太驚嚇，無法專注，所以沒有真的注意到這地方變成怎樣。而這一次則避無可避。

雖然奎比爾斯克也沒有多少漂亮地方能推薦，但以往人行道上有滿滿的旅客和商人，國王的人馬和碼頭工。熙熙攘攘的街道上成排的繁忙商店，踏上遠征影淵的裝備一應俱全，連帶還有為軍營中的士兵提供所需的酒吧和妓院。但那些街道現在安安靜靜，幾近空盪。大多旅店和商店都被木板封起。

當我們來到教堂，真相於是揭露。在我印象中那是座頂上有亮藍色圓頂的乾淨建築，而今刷

編按：The Vy這條大道在《影與骨》中，譯者因爲拉夫卡語中不少部分取自俄羅斯語，而借用其中Vy之意譯作「汝道」。但作者在出版後提醒，拉夫卡語雖受俄羅斯語啓發，仍應當作獨立語言，建議音譯，故改譯爲「維道」。

白的牆上蓋滿字跡，用紅漆寫的一排排名字乾燥後，變成血一般的顏色。階梯上散落一堆堆枯萎的花朵、小小的彩色聖像、祈願蠟燭融化的殘根。我看見一瓶瓶科瓦斯酒、一堆堆糖果、被丟棄在那兒的小孩玩偶。這是給死者的獻禮。

我掃視了一下名字。

史戴凡・魯斯金，57
安雅・賽倫卡，13
米卡，拉斯奇，45
瑞碧卡・拉斯奇，44
佩塔・奧澤羅夫，22
瑪麗娜・科斯卡，19
瓦倫汀・永奇，72
莎夏・潘金，八個月

名字無限延伸。一隻冰冷拳頭捏住我的心臟，我抓韁繩的手揪緊，記憶不請自來地回到腦中：有個母親懷中抱著小孩奔跑；有個男人絆倒，黑暗追上了他，他張口做出尖叫的嘴形；有個老女人困惑且害怕，被驚慌失措的人群吞沒。我全程目睹；我讓這一切成真。

那些都是新奎比爾斯克的人民，是曾位於影淵另一邊、奎比爾斯克的對角線城市，裡面住滿這裡人們的親戚、朋友和商業夥伴的姊妹城市；在港口工作、駕駛沙艇的人，有些人必然多次活著穿越影淵。他們依靠恐懼的邊岸生活，認為若在自己家中，走在他們小小港口的街道，一定安全無虞。而今因為我無能阻擋闇之手，他們全都不在了。

瑪爾把馬騎到我旁邊。

「阿利娜，」他輕輕說，「走吧。」

我搖頭，「我想記得。」塔莎·史鐸，安德利·巴欽，舒拉·萊欽科。能記多少是多少。這些人被闇之手殺害，他們也會像侵擾我夢境那樣，讓他不能入眠嗎？

「瑪爾，我們得阻止他，」我啞著嗓子說，「我們一定要找到方法。」

我不曉得自己希望他說什麼，但他閉口不言。我不知道瑪爾還想不想對我做出任何承諾。

最後，他繼續騎向前，但我逼自己去讀每一個名字，直到讀完，才容許自己轉身離開，帶著我的馬回到荒蕪街上。

我們離影淵越來越遠後，才稍微看見奎比爾斯克恢復一點生氣。有些店家開了，仍有小販在從維道延伸而出、人稱小販路的路上叫賣貨品。沿路都是搖搖欲墜的桌子，桌面蓋了鮮艷的布料，亂七八糟散著一堆商品雜貨，靴子、祈禱巾、木製玩具，收在手製刀鞘裡的廉價假刀。許多桌上都雜亂扔著好像一顆顆石頭和雞骨的東西。

「*Provin'ye osti!*」小販高喊，「*Autchen'ye osti!*」真的骨頭，如假包換的骨頭。

我掉轉馬頭，靠近一點想看清楚，有個老人突然大喊，「阿利娜！」

我嚇一跳、抬起頭。他認識我嗎？

尼可萊突然出現在我身旁，他的馬挨近我的，然後一把抓住我的轠繩、猛力一扯，將我拖離桌旁。

「*Net, spasibo.*」他對老人說。

「阿利娜！」小販大喊，「真的阿利娜！」

「等一下。」我在馬鞍上扭過身，試圖把老人的臉看清楚。他正在整理桌上的展示陳列。現在做成生意的可能性沒了，他似乎對我們失去了所有興趣。

「等一下，」我堅持道，「他認識我。」

「他不認識。」

「他知道我的名字。」我憤怒地把轠繩從他手中搶回來。

「他是想賣妳聖人遺物——指骨。真的聖阿利娜。」

我整個人僵住，一股深沉的寒意慢慢湧上，然而對此渾然無覺的馬兒仍繼續前進。

「真的阿利娜。」我麻木地重複。

尼可萊不自在地動了動。「謠傳妳死在影淵。好幾個月來，人們在拉夫卡和西拉夫卡到處賣妳的身體部位，某種程度，妳變成了挺不錯的幸運符。」

「你說那些是我的手指頭？」

「指節，腳趾，肋骨碎片。」

我好想吐。我環顧四周，想找到瑪爾的蹤影，我需要看見一點熟悉的事物。

「當然了，」尼可萊繼續說，「如果這些有一半真的是妳的腳趾，妳大概有一百隻腳吧。但是迷信是非常強大的。」

「信仰也是。」我身後傳來一個聲音，當我轉身，訝異地見到那是托亞。他騎在一匹巨大的黑色戰馬上，寬臉淨是肅穆神情。

這超出了我的負荷。不過一小時前感到的樂觀全然消失。突然之間，好像天空整個掉下來壓在我身上，像某種陷阱從四面八方進逼。我踢了馬，讓牠小跑起來。我騎馬向來笨拙，但我緊緊抓牢，直到奎比爾斯克落在身後遠處，再也聽不見任何骨頭格格聲才停下。

□

那晚我們待在維諾斯特這個小村莊的旅店，在那裡和第一軍團的一隊重裝士兵會合。我很快得知他們很多人都是來自第二十二軍團，亦即尼可萊服役的單位，並且最終協助領導北方戰事。很顯然，王子希望在進入歐斯奧塔時身邊圍繞朋友。我也不能怪他。

有這些人在，他似乎放鬆了下來，而我再一次注意到他整個儀態的轉變。他不費吹灰之力從油嘴滑舌的投機之徒，轉換成高傲王子，現在又搖身一變成了備受愛戴的指揮官，能輕易和友伴開懷大笑，而且知道每個平民的名字。

士兵帶來一輛鋪張奢華的四輪大馬車，塗上代表拉夫卡的淺藍油漆，一側裝飾國王的雙鷹紋章。尼可萊已下令在另一側加上金色日輪符號。這輛馬車由一隊六匹、搭得恰到好處的白馬拉著。當這閃閃發亮的新奇玩意兒轆轆滾進旅店庭院，我真的忍不住翻了白眼，想起大宮殿的過度裝飾。這糟糕的審美觀大概是遺傳的。

我本來希望在房間和瑪爾一起吃晚餐，尼可萊卻堅持我們要在旅店的公共空間一起用餐。所以我們沒有平和地在火旁放輕鬆，而是肩踵相貼地坐在擠滿軍官的吵鬧桌前。瑪爾整個吃飯過程一個字都沒說，但是尼可萊一人就說了三人份的話。

當他開始大吃一道燉煮牛尾，迅速講了一遍他打算在去歐斯奧塔的路上暫停的地方，而這名單彷彿沒有盡頭。光是聽他講話我就筋疲力盡。

「我真沒想到『贏得民心』的意思是和每一個人民見面，」我抱怨，「我們不是很趕嗎？」

「拉夫卡需要知道我國的太陽召喚者回來了。」

「還有我國的不羈王子？」

「也是沒錯。八卦會比官方公布更有用，而這提醒了我，」他壓低音量，「從這裡開始，妳做任何舉動都得預設無時無刻受人注視。」他用叉子在我和瑪爾之間來回比畫，「你們私底下怎麼樣是你們自己的事，低調就好。」

我差點嗆到酒。「什麼？」我急到噴口水。

「妳和王室的王子有關係是一回事，但是對那些以為妳和農夫上床的人，則是另一回事。」

「我沒有——這不關別人的事！」我火大地低聲說，迅速瞥了瑪爾一眼。他咬緊了牙關，而且好像把刀捏得太緊了。

「力量就是結盟，」尼可萊說，「所以關所有人的事。」在我不敢置信怒瞪著他的時候，他又啜了一口酒。「而妳應該穿上妳的顏色。」

我搖頭，被他這樣改變話題惹火。「現在你還幫我挑衣服了？」我已經穿上藍色柯夫塔，但很顯然尼可萊還不滿意。

「如果妳打算領導第二軍團、取代闇之手的位置，至少要看起來有模有樣。」

「召喚者穿藍色。」我不耐地說。

「可別低估浮誇的力量，阿利娜。人人都愛華麗大秀。闇之手很清楚這點。」

「我會考慮。」

「我可以建議金色嗎？」尼可萊繼續說，「非常華麗、非常合適，非常——」

「俗氣？」

「金色和黑色會最好，是完美的象徵，也是——」

「不要黑色。」瑪爾說。他推了桌子一把，起身，沒再多說一個字就隱入擠滿人的房中。

我放下叉子。「我實在搞不清楚你是故意找麻煩，還是本來就是個王八蛋。」

王子又吃了一口晚餐。「他不愛黑色啊？」

「因為那顏色屬於一直想殺他，而且三不五時抓我當人質的人。我那位不共戴天的死敵？」

「那更有理由把那顏色搶過來了。」

我伸長脖子看瑪爾到底去了哪。透過門口，我看見他獨自一人在酒吧坐下。

「不行，」我說，「不要黑色。」

「悉聽尊便。」尼可萊回答。「但妳還是要為自己和妳的護衛選個什麼吧。」

我嘆口氣。「我真的用得著護衛嗎？」

尼可萊在椅子往後靠，打量著我，表情一瞬間變得嚴肅。「妳知道我怎麼得到史鐸霍恩這個名字嗎？」他問。

「我以為是某種玩笑，小狗（*Sobachka*）的文字遊戲。」

「不是，」他說，「這是我爭取來的。我登上的第一艘敵船是從第爾霍姆來的斐優達商船。當我命船長將劍放下，他當著我的面大笑，叫我滾回家找媽媽。他說斐優達人都拿乾巴巴的拉夫卡男孩的骨頭來做麵包。」

「所以你殺了他嗎？」

「沒有，我告訴他，愚蠢老船長的肉對拉夫卡男人而言無法下嚥，然後切下他的手指，讓他眼睜睜看我拿去餵我的狗。」

「你……什麼？」

整個空間擠滿吵吵嚷嚷的士兵，唱歌、高喊、大講各種軼事，但在我震驚而無聲地瞪著尼可萊時，那些聲音全部消失無蹤，我看著他彷彿再次變換面貌，那張迷人的面具轉變，顯露出一個危險分子。

「妳聽到了，我的敵人很懂得殘酷，我的手下也一樣。在那之後，我和我的人一起喝酒，均分戰利品，然後我回到艙房，把管家準備的所有上好晚餐吐出來，痛哭到入睡。但就是在那天，我成為真正的私掠船船長。那天，也是史鐸霍恩誕生的日子。」

「對『小狗』而言還真壯烈。」我說，自己也有些想吐。

「我是個試圖領導一群與烏合之眾無異的小偷盜賊的男孩，而且我要帶他們對抗年紀更大、更聰明、更強悍的敵人。我要他們怕我，全部都要。如果他們不怕，會有更多人死。」

我把餐盤推開。「所以你到底要我切誰的手指頭？」

「我是要妳認清，如果想要成為領導人，妳就得開始用領導人的方式思考和行動。」

「你知道嗎，我以前也聽過這種話——從闇之手和他的支持者那裡。要殘酷、無情。長遠來看可以拯救更多生命。」

「你覺得我像闇之手嗎？」

我打量著他——金色頭髮、俐落制服，那雙太聰明狡獪的榛果色眼睛。

「不像，」我慢慢地說，「我不覺得你像，」我站起來去加入瑪爾，「但我以前也看錯了人。」

□

前往歐斯奧塔的旅程不太像行軍，反而像一趟緩慢而折磨人的遊行。我們在維道上的每個鎮都停下，停在農場、學校、教堂和酪農場。我們和當地顯貴招呼問候，巡視醫院每間病房。我們和退伍老兵一同用餐，為女孩組成的唱詩班鼓掌。

很難不注意到村落人口幾乎都由年紀極少或極老的人組成。每個有力青年都被徵召入伍，加入國王的軍團，在拉夫卡永無止境的戰爭中打仗。墓園之大，與城鎮無異。

尼可萊送出金幣和一袋袋的糖。他與商人小販握手，讓一個叫他小狗狗、滿臉皺紋的女士親吻臉頰，並迷倒方圓兩呎內的所有活人。他好像永遠不會累，永遠不會疲乏。不管我們騎了多少哩路、見了多少人，他都準備好再見下一批。

他好像永遠都知道人們想從他那裡得到什麼，什麼時候該當個笑呵呵的男孩，什麼時候要當英氣煥發的王子；什麼時候則是疲憊的士兵。我想這種專業訓練大概是因為他誕生在王室，並在宮中被養大，但從旁觀看依舊令人畏懼。

關於華麗大秀，他真不是開玩笑的。尼可萊總是盡量把抵達時間安排在拂曉或黃昏，不然就是將我們的隊伍停在教堂或者小鎮廣場深暗的陰影中——在在為了讓太陽召喚者更能大放異彩。

當他發現我在翻白眼，只是眨了下眼睛，「親愛的，所有人都以為妳死了。所以這樣高調登場非常重要。」

所以我履行義務，扮演我的角色。我親切地微笑，召喚光出來照耀屋頂、尖塔，並且讓每張敬畏驚奇的臉孔沐浴在溫暖中。人們啜泣，母親把她們的孩子帶來讓我親吻，老人對著我的手鞠躬彎身，臉頰上老淚縱橫。我覺得自己像個徹底的詐欺犯，我也如實對尼可萊這麼說。

「妳是什麼意思？」他真心困惑。「人民愛死妳了。」

「你的意思是他們愛死了你養的這隻得獎寵物。」從一座小鎮騎馬離開時，我抱怨。

「所以妳真的有贏得什麼獎嗎？」

「不好笑。」我火大地咕噥。「你看過闇之手有何能耐。這些人是把自己的兒女送去對抗虛獸，而我不會有辦法拯救他們。你是在拿謊言餵他們。」

「我們是在給他們希望，這比一無所有好。」

「不要一副懂得什麼是一無所有。」我說，掉轉馬頭離開。

□

夏天的拉夫卡最為美麗，原野是飽滿的金色和綠色，空氣因為暖暖的乾草味而甜美宜人。儘管尼可萊反對，我仍堅持拋下舒適的大馬車。當我每天晚上從馬鞍緩慢爬下，屁股痠痛至極，大腿也瘋狂哀號，但坐在我自己的馬上表示能呼吸到新鮮空氣，還有機會在每天騎馬的時候找到瑪爾。他話不多，但似乎有所軟化。

尼可萊不斷散播闇之手在影淵是如何試圖處死瑪爾，這讓瑪爾立刻在士兵之間贏得信任，甚至變成某種程度的名人。時不時，他會和單位裡的追蹤師一同偵察，也教托亞怎麼狩獵，雖然那名大塊頭格里沙不那麼擅長在林中無聲無息進行追蹤。

在離開薩拉的路上，我們經過一片白榆樹，瑪爾清清喉嚨說，「我在想……」

我坐挺起來，馬上全心放在他身上。這是打從離開奎比爾斯克他第一次主動開啟對話。

他在馬鞍上動來動去，不和我對上眼睛。「我在想可以找誰組成護衛隊。」

我皺眉。「護衛隊？」

他清清喉嚨。「妳的護衛隊。有一些尼可萊的人似乎沒問題，我覺得托亞和塔瑪也可以考慮。他們是蜀邯人，但也是格里沙，所以應該不會有問題。而且還有……呃……還有我。」

我覺得這輩子應該沒看過瑪爾臉紅。

我咧開嘴笑。「你是說，你想要當我私人護衛隊的隊長嗎？」

瑪爾看我一下，嘴角揚起，變成笑容。「這樣的話，我可以戴華麗帽子嗎？」

「最華麗的，」我說，「搞不好還可以來個披風。」

「會有羽毛嗎？」

「一定有喔，好幾根。」

「那我加入。」

我想就此打住，但好像阻擋不了自己。「我在想……我在想也許你會想回你的單位，再回去當追蹤師。」

瑪爾研究著韁繩上打的結。「我不能回去。我只能祈禱尼可萊可以別讓我被吊死——」

「祈禱？」我發出刺耳的聲音。

「我拋棄了我的崗位，阿利娜，就連國王都無法再讓我成為追蹤師。」

瑪爾的語調穩定，其中並無困擾。

他調適了。我想。但我知道一部分的他永遠都會哀悼他本能擁有的人生——如果沒有我，他就能擁有的人生。

他朝尼可萊的方向點點頭。他在這一縱隊的騎士中幾乎連後背都快要看不到。「留妳單獨和完美王子在一起也是想都不要想。」

「你不相信我能抵擋他的魅力？」

「我連我自己都不相信。我從沒見過有人能像他一樣人見人愛，我相當確定就連石頭和樹木都會心甘情願對他宣示效忠。」

我大笑著往後靠，感到太陽穿透上方枝椏形成的斑駁樹蔭，溫暖我的皮膚。我用手指去碰海鞭的手銬；它安全地藏在我袖子裡。目前為止，我想先將第二個增幅物當作祕密。尼可萊的格里沙宣誓保密，而我只能期望他們能管得住自己的舌頭。

我的思緒恍惚飄向火鳥。一部分的我仍不太相信那是真的。我不曉得牠會不會長得像那本小紅書裡那樣，羽毛精細地交織著白色和金色？也不曉得牠的翅膀尖端會否綴著火焰？又會是怎樣的怪物舉箭搭弓射下牠？

我曾拒絕奪走雄鹿生命，然而有無數的人因此喪生——新奎比爾斯克的市民、被我丟棄在闇之手沙艇上的格里沙和士兵。我想到那些高聳的教堂牆壁上寫滿了死者名字。

莫洛佐瓦的雄鹿、拉索伊、火鳥。傳說在我眼前活了過來，卻只是為了在我眼前死去。我記得海鞭大力起伏的身側，牠最後一口氣若游絲的呼吸。牠已在垂死邊緣，我卻仍躊躇猶豫。

我不想成為殺手。但慈悲可能不是太陽召喚者能承擔得起的天性。我狠狠搖了一下頭。首先我們要找到火鳥。在那之前，所有希望全賭在一個不能信賴的王子身上。

□

第二天，第一批朝聖者出現，他們看起來就像每一個鎮上都有的人，等在路旁要看王室隊列轆轆經過。但他們佩戴臂章，攜帶裝飾了旭日昇起的旗幟。他們舉著塞了稀少行李的背包和粗布袋，因為多日旅程骯髒不已，而當他們一看到身穿藍色柯夫塔、脖子上有雄鹿項圈的我，便朝我的馬簇擁而來，低聲唸著「聖人、聖人」，並試圖要抓我的袖子或衣褶。有時他們會往地上一跪，而我就得特別小心，不然馬可能會有踏到他們的風險。

我以為自己即便被陌生人撓來抓去，也已經習慣了這些注視。可是這感覺不一樣。我並不喜歡被喊「聖人」，他們的表情中也有某種飢渴，使得我不禁精神緊繃。

我們更深入拉夫卡內部，人群便跟著越來越多。他們來自四面八方，從城市、小鎮、港口。他們成群聚集在村裡廣場及維道旁，有男有女、有老有少。有些步行，有些騎驢，或者擠上載乾草的車。不管我們去哪裡，他們都大聲呼喊著我。

有時我叫聖阿利娜，偶爾是正義的阿利娜，或光明或慈悲的阿利娜。他們也會喊卡拉錫的女兒、拉夫卡的女兒、影淵的女兒。他們也叫我利貝德娃斯芭——意是雙磨坊的女兒，源自我出生的無名村落所在的山谷。我對那個依據某遺跡命名的山谷有著微薄到不行的記憶——兩座細長如紡錘的岩石夾著一條泥濘路。導師顯然忙著公開揭露我的過往，從瓦礫中仔細篩選出各種好物，打造出一名聖人的故事。

朝聖者的期待嚇到了我。在他們的認知裡，我是來拯救拉夫卡擺脫敵人、影淵、闇之手；擺脫窮困、飢餓；擺脫潰瘍的雙腿、蚊子及任何可能困擾他們的事物。那些人懇求我的庇佑、治癒，但我只能召喚出光和揮手招呼，或讓他們摸我的手。這全是尼可萊大秀的一部分。

朝聖者不只是來見我，而是來跟隨我。他們逕自接上王室隊列，每過一天，這一班衣衫襤褸的人群就持續長大。他們從一個鎮接著一個鎮跟在我們身後，在休耕田地紮營，輪班祈禱直至黎明，祈求我的安全與拉夫卡的救贖。他們的人數幾乎要超越尼可萊的士兵。

「都是導師搞的。」某天晚餐，我對塔瑪抱怨。

我們傍晚臨時投宿一間旅館。透過窗戶，我能看到朝聖者煮食升起的火光，聽見他們唱著農民的歌。

「這些人應該在家裡，耕種他們的田，照顧他們的孩子，而不是跟著什麼假聖人。」

塔瑪把盤中一塊煮過頭的馬鈴薯推來推去。「我母親告訴我，格里沙的力量是天賜禮物。」

「妳相信嗎？」

「我找不到更好的解釋。」

我放下叉子。「塔瑪，我們沒有天賜禮物。格里沙力量只是妳與生俱來的某樣事物，就像腳很大，或者很會唱歌。」

「蜀邯人就是這樣認為。他們覺得這是某種屬於身體的東西，藏在心臟或脾臟裡，某種可以被分割並解剖的。」她瞥了窗外那些朝聖者的營地一眼。「我不認為那些人會同意。」

「拜託別告訴我妳覺得我是聖人。」

「妳是什麼其實不重要，妳能做什麼才重要。」

「塔瑪——」

「那些人相信妳能拯救拉夫卡，」她說，「很顯然妳也相信，不然妳就不會去歐斯奧塔。」

「我去歐斯奧塔是為了重建第二軍團。」

「然後找到第三個增幅物？」

我的叉子差點掉下來。「妳小聲一點啦。」我急得噴出唾沫。

「我們看到了《聖人生平》。」

所以史鐸霍恩沒有對那本書保密。「還有誰知道？」我問，努力重拾平靜。

「我們不會告訴任何人，阿利娜。我們很清楚哪些東西不安全。」塔瑪的杯子在桌上留下濕答答的圓圈。她用手指一面沿著圓圈畫一面說，「妳知道嗎，有些人認為最初的那些聖人原來都是格里沙。」

我皺眉。「哪些人？」

塔瑪聳聳肩。「人數多到他們的老大被逐出教會，有些甚至在火刑柱上被燒死。」

「我從來沒聽說。」

「那是很久以前了。不過我理解為什麼那個想法會令人這麼憤怒。就算聖人原本是格里沙，也不會削減他們一言一行的奇蹟程度。」

我在椅子上扭動。「塔瑪，我不想當聖人。我不是在努力拯救世界，我只想找到打敗闇之手的方法。」

塔瑪揚起一眉。「重建第二軍團、打敗闇之手、毀滅影淵、讓拉夫卡得以自由——隨妳怎麼稱呼，但是這聽起來都超級像是拯救世界。」

好吧，從她嘴裡說出來確實有些野心勃勃。我啜了一口酒——這和沃夫尼號的上等好酒一比，只是酸溜溜的東西。

「瑪爾想問妳和托亞願不願意加入我的私人護衛隊。」

塔瑪臉上綻開一個美麗的笑容。「真的嗎？」

「反正基本上你們現在就在做這件事，不過，假使你們要從早到晚保護我，就得答應我一件事。」

「什麼我都答應。」她露出燦笑。

「不要再提什麼聖人了。」

第十一章

隨著朝聖者的數量增加，人群越來越難以控制。沒多久，我就不得不坐在馬車裡面。有時瑪爾會陪著我，但大多時候他都選擇在外面騎馬，和托亞、塔瑪一起保護這輛馬車。儘管我渴望有他陪伴，卻也知道這樣做最好。被塞進光鮮亮麗的小珠寶盒向來令他脾氣乖張。

尼可萊只會在進出每個村子的時候來加入，讓我們抵達和啟程的階段處於同進同出的狀態。他聊個不停，總是想出一堆可以打造的新玩意兒——鋪路用的機械、新灌溉系統、自動式划船。他在所有能弄到手的紙張上打草圖，彷彿每天都能想出各種新點子，改善新版本蜂鳥號。

儘管這讓我緊張不已，他仍渴望和我談論第三個增幅物及闇之手。他也不認得插圖中的石拱門，而且不管我們瞇著眼睛死盯書頁多久，聖伊利亞也不可能吐露任何祕密。可是即使這樣，也阻止不了尼可萊進行無止境的推測，設想各個可能捕捉火鳥的地點，或拷問我闇之手的新力量。

「我們就要一起上戰場了，」他說，「以免妳忘記啊——闇之手沒有很喜歡我。我希望呢，不管是什麼優勢，我們都要搶先掌握。」

但是我能說的少之又少。關於闇之手在做什麼，我根本不太瞭解。

「格里沙只能使用或修改本就存在的東西，那和無中生有是完全不同的力量，巴格拉把那稱為『組成世界心臟的一分子』。」

「而妳覺得那就是闇之手在尋找的東西？」

「也許吧，我不知道。我們都有極限。當我們快到極限，就會疲累。但是就長遠而言，使用力量應該會讓我們更強壯才是。然而闇之手召喚虛獸時並不一樣，我認為那麼做很耗精力。」我告訴他闇之手一臉死撐的姿態和那股疲憊。「那沒有給他精力，反而吞噬了他的精力。」

「怎說合理？」

「那就合理了。」尼可萊說，手指在大腿有節奏地連續敲擊，腦中已經開始翻湧各種可能性。

「合理解釋我們為什麼還能活著，我父親仍坐在王座上。如果闇之手可以直接建立一支影子軍團，早就舉兵攻擊了。這樣很好，」他毅然決然說道，「這替我們爭取了時間。」

問題在於這時間到底有多少。我想起在沃夫尼號上抬頭仰望星空時的渴望感受。對於使闇之手腐化的力量，我感到飢渴。就我所知，那力量也可能腐化了莫洛佐瓦。說不定把增幅物聚在一起，將會釋放出這世上前所未見的不幸。

我揉了揉手臂，試圖甩掉籠罩而下的寒意。我不能對尼可萊訴說這些疑惑，而對於我們選擇的手段，瑪爾已經夠不情願了。

「你很清楚我們要對抗的是什麼，」我說，「時間可能根本不夠。」

「歐斯奧塔的防禦力十分強大，它距波利茲那亞很近，最重要的是，它無論離北方或南方邊境都很遠。」

「那對我們有幫助嗎？」

「闇之手能觸及的範圍有限。當我們打殘他的船，他無法送出虛獸追殺我們，就表示他得和他的怪物一起進入拉夫卡。朝東的山脈無法通行，沒有妳，他也無法跨越影淵，所以他一定得從斐優達或蜀邯來追殺我們。無論是從哪個國家，我們都能得到充足的警告。」

「國王和王后也會留下？」

「如果我父親離開首都，就和把國家雙手奉上給闇之手差不多了。除此之外，我不確定他的體力還能不能上路。」

我想起娟雅的紅色柯夫塔。「他還沒痊癒？」

「他們沒讓最糟情況的八卦流出去，但是——沒有，他沒痊癒，我也不覺得他會痊癒。」他交叉雙臂，頭偏一邊。「就一名用毒者而言，妳朋友能力驚人。」

「她不是我朋友。」我說，雖然這話聽在耳中幼稚到不行，而且散發著背叛的氣味。很多事情我都責怪娟雅，但不包含她對國王做的事。尼可萊好像到處都有眼線，我忍不住想，他究竟知不知道自己的父親是怎樣的人。「而且我不覺得她會用毒藥。」

「怎說呢，她對他做了一些事，他的醫士沒有一個能找到解藥，我母親更不讓任何軀使系療癒者靠近他一步。」過了一會兒，尼可萊說，「說老實話，這招很高明。」

我倏地揚起眉毛。「你說試圖殺你父親嗎？」

「闇之手要謀害我父親再容易不過，但如果那麼做，就得賭上庶民和第一軍團全面反叛的風險。如果國王活著，並與外界隔離，就不會有人知道確切發生什麼事。當時導師還在，扮演著值得信賴的顧問，發號施令。瓦斯利則不知道在哪裡花錢買馬買妓女。」他暫停一下，眺望窗外，一根手指沿窗戶的鍍金邊摸去。「我則在海上，直到一切結束了好幾個禮拜才聽到消息。」

我靜靜等待，不確定該不該開口。他定定地注視著經過的景色，臉上表情卻十分疏離。

「新奎比爾斯克的屠殺及闇之手失蹤的消息傳開，一切化為人間煉獄。一批使臣和王宮守衛硬是殺進大宮殿，要求晉見國王。妳知道他們發現了什麼嗎？——我母親，蜷縮在她的起居室，死死抓著那隻老是在吸鼻子的小狗。而拉夫卡的國王亞歷山大三世，獨自一人在臥室中幾乎沒了呼吸，躺在自己的排泄物裡。是我任憑這種事發生的。」

「你怎麼可能知道闇之手在計畫什麼？尼可萊，沒人知道的。」

他彷彿聽不見。「那些遵照闇之手指令控制宮殿的格里沙和闇衛試圖逃亡，在下城被捕。那些人都被處死了。」

我努力壓抑顫抖。「那導師怎麼樣了？」那名祭司和闇之手共謀，搞不好現在還為他做事。但是他在政變前試圖接近我，我總覺得他可能在玩些城府更深的遊戲。

「逃了，沒人曉得他是怎麼辦到，」他的語調冷酷，「但等時機來臨，他必定得為此負責。」

我再次從那副精心打造的假面具下窺見一絲翻湧的殘忍無情。那才是真正的尼可萊．藍索夫嗎？亦或只是另一副偽裝？

「你放娟雅走了。」我說。

「她只是小卒，妳才是大獎。我只能專注在一個人身上。」然後他咧嘴一笑，一掃陰霾，彷佛那片烏雲從未存在。「此外，」他眨了個眼，「她這麼漂亮，拿來餵鯊魚太沒天良了。」

□

乘坐馬車讓我焦躁不安，並因尼可萊刻意放慢步調而灰心不已，忍不住想快點抵達小行宮。但話說回來，這也讓他有機會幫我做好抵達歐斯奧塔的萬全準備。尼可萊十分重視我能否成功擔任第二軍團領導者，這也和他的利益相關。他好像總是有用之不竭的錦囊妙招想傳授給我，數量之多，我簡直難以承受。但我不覺得自己有本錢不理會這些忠告，而且漸漸開始覺得自己彷彿回到小行宮的圖書館，腦中塞滿格里沙理論。

話說得越少，分量越重。

不要爭辯，絕不要迂尊降貴去否認什麼，只要以笑應對侮辱。

「你自己也沒對斐優達船長笑啊。」我指出。

「那不是侮辱，是挑釁。」他說，「要分辨兩者的不同。」

脆弱是種裝束，當他們需要明白你也是人，就穿上去。可是若真的脆弱，則不可外顯。

如果能用石頭當建物，就別只要磚塊。無論眼前有什麼，全都拿來利用。

當領導者意味著無時無刻有人盯著你。

若能讓人願意執行小命令，大命令就不會有問題。

你可以蔑視期待，但不能辜負期待。

「我是要怎麼把這全記起來？」我惱怒地問。

「妳不必想太多，做就對了。」

「說得容易，你打從出生就每天泡在這些格言裡面。」

「我是每天泡在網球場和香檳宴會裡，」尼可萊說，「其餘都靠練習。」

「我沒時間練習！」

「妳可以做到的啦，」他說，「先冷靜。」

我挫敗地發出粗嘎的聲音，恨不得想掐死他。我手指簡直要癢死了。

「噢，讓人一秒發火最快的方法就是叫那人冷靜。」

我真不知道該大笑，還是拿鞋子丟他。

在馬車外面的時候，尼可萊的舉止越來越令人不安。雖然他曉得自己最好修改一下所謂的求婚大計，但他很顯然希望人民認為我們之間有些什麼。每次暫歇，他就變得越來越大膽——站得太近、吻我的手。當我的頭髮被風吹亂，就幫我撥到耳後。

在塔希塔，尼可萊對著大批村民和朝聖者揮手，他們聚集在創立小鎮者的雕像旁。當他扶我回馬車，便伸出手摟我的腰枝。

「請妳不要揍我。」他低聲說，一個使勁把我攬到胸前，吻上我的嘴唇。

群眾爆出瘋狂歡呼，興高采烈的吼聲排山倒海壓來。我還來不及做出任何反應，尼可萊已將我推進馬車陰暗的內部，跟在我後頭溜進去。他一把將門關上，可是我仍聽得見鎮上的人在外面歡呼。有新的詞混在「尼可萊！」「聖阿利娜！」的呼喊中——*Sol Koroleva*，他們喊道，亦即「太陽女王」。

我只能透過馬車窗戶看見瑪爾。他騎在馬背上，在人群邊緣忙得不可開交，確保他們不闖到路上。不過，從他烏雲密布的表情判斷，我想他什麼都聽到了。

我朝尼可萊轉過身，使出全身力氣踹了他的脛骨。他痛得喊出聲音，但即使這樣也難消我心中氣憤，所以我又踹了他一腳。

「好一點了嗎？」他問。

「下次你再搞這種小動作，我不會踢你，」我憤怒地說，「我會把你砍成兩半。」

他從褲子上揮掉幾根線頭。「我不確定這麼做是否明智，恐怕人們不會贊成弒君。」

「小狗狗，你現在還不是國王喔，」我語氣尖銳，「所以不要引誘我。」

「我就不曉得妳為什麼會這麼不開心，妳看大家愛死了。」

「我就不愛。」

他揚起一眉。「可是也不討厭。」

我又踢他一腳。這一次，他的手有如一道閃電咻地溜出來，抓住我的腳踝。如果是冬天，我就會穿靴子，可是我現在穿的是夏天便鞋，他的手指就掐在我光裸的腿上，我的臉瞬間紅燙。

「答應不再踢我，我就答應不再親妳。」他說。

「就是因為你親我，我才會踢你的！」

我試圖抽回腿，但他仍握得死緊。

「答應我。」他說。

「好啦，」我咬牙回應，「我答應你。」

「那就一言為定。」

他放開我的腳，我趕緊把腳縮回柯夫塔底下，希望他看不見我愚蠢的紅臉。

「非常好，」我說，「現在，給我出去。」

「這是我的馬車。」

「我們只有約定不能踢人，沒有禁止我打你巴掌或揍你咬你——或把你砍成兩半。」

他咧嘴一笑。「不怕奧列捷夫懷疑我們到底在裡面搞什麼嗎？」

我擔心的正是這個。「我擔心要是我得和你多相處一分鐘，我可能會吐在我的柯夫塔上。」

「這只是一場戲，阿利娜。我們的結盟越強，對我們兩個就越好。讓瑪爾心煩意亂我很抱歉，但這是必要的。」

「那個吻不是必要的。」

「我是臨場發揮，」他說，「一不小心過頭了嘛。」

「你從來不臨場發揮，」我火大得要死，「你做的每件事都經過精密計算，你換人格的速度就和其他人換帽子一樣。而且你知道嗎，這令人毛骨聳然。你就沒有單純做你自己的時候嗎？」

「我是王子，阿利娜，我無法承擔做自己的代價。」

我怒得吐出一口大氣。

他安靜了一會兒，說：「我……妳真的覺得我這樣令人毛骨聳然？」

難得，他竟然也有懷疑自己的時刻。儘管他做出了那些舉動，我卻真心替他難過。

「三不五時啦。」我承認。

他一手用力抓抓頸子後方，明顯看起來不太自在。然後他嘆了口氣，聳了聳肩。「我是小兒子，大概還是私生的，而且近七年都遠離宮中。我會使勁渾身解數，增加我爭取王位的機率——如果那表示得討好一整個國家，或者含情脈脈看著妳，我就會去做。」

我瞪大眼睛看著他。在「私生」二字之後的任何話我其實都沒在聽了。娟雅曾暗示尼可萊的出身有些八卦，但我很震驚他竟會承認。

他笑著說，「如果妳不學著把心思藏好一點，就永遠沒辦法在宮廷中生存——妳看起來好像剛坐到一碗冷燕麥粥。把嘴巴閉起來啦。」

我立刻喀一聲閉上嘴巴，努力逼自己五官做出愉快表情，結果只是讓尼可萊笑得更用力。

「現在妳看起來則像喝了太多酒。」

我放棄，往後耷倒進座位。「你怎麼有辦法拿這種東西來開玩笑？」

「從孩提時代我就聽過各種竊竊私語。我不會在這輛馬車外講這種事——而且如果別人講，我一定否認——但我根本不在乎自己到底有沒有藍索夫血脈。事實上，基於那些王室近親通婚的習慣，當私生子很可能對我比較加分。」

我搖起頭，他實在太難懂了。看來只要和尼可萊有關，就很難分辨什麼該認真看待，什麼不該。

「王位對你來說為什麼這麼重要？」我問，「為什麼非要走這一遭？」

「讓妳相信我可能是真心關懷這個國家的遭遇，有這麼難嗎？」

「說實話嗎？有。」

他打量著擦得閃亮的靴尖──他到底怎麼把它們弄得這麼亮的？這對我恐怕是永遠的謎。

「我猜我是喜歡修東西吧，」他說，「我向來如此。」

這算不上什麼答案，但是聽來莫名真誠。

「你真的認為你哥哥願意讓位？」

「我希望。他知道第一軍團會跟隨我，而且我不覺得他有勇氣搞內戰。此外，瓦斯利繼承了父親對辛勤工作的厭惡。一旦他理解治理國家要有什麼本事，我覺得他根本逃離首都都來不及。」

「那如果他沒有那麼輕易放棄呢？」

「問題只在你有沒有找到正確的誘因。無論王子或賤民，人人都能被收買。」

又是來自尼可萊．藍索夫金口的智慧小語。我望著馬車窗外，看見瑪爾一面跟著馬車的步調，一面挺直了背脊坐在馬鞍上。

「不是人人。」我低聲說。

尼可萊隨著我的眼神看去。「是人人。阿利娜，即使是妳這位堅定而英勇的戰士，也有價碼。」他轉回頭望著我，榛果色的眼睛若有所思。「而我覺得，我好像正看著它。」

我在座位上不自在地扭動。「你無論什麼都那麼確定嗎？」我挖苦地說，「搞不好我突然覺得很想要這個王位，然後在你睡著時把你悶死。」

尼可萊只是咧嘴一笑。「終於啊終於，」他說，「妳用政客的方式思考了。」

□

最終尼可萊軟化，離開馬車，但我們再過幾小時就要在晚上停下了。我不必特別找瑪爾，因為當馬車門打開時，他就在那兒，伸出一手要扶我下車。廣場已經擠滿朝聖者和其他旅人，全伸長了脖子想將太陽召喚者看得更清楚。可是我真心不曉得自己還有沒有和他說話的機會。

「你在生氣嗎？」他領我走過鵝卵石地時，我悄悄說。我看見尼可萊在廣場的另一邊，已和一群當地顯貴聊了起來。

「氣妳嗎？不會。但是等尼可萊身邊沒有全副武裝的守衛包圍，我和他需要好好談一談。」

「我踢了他——如果這能讓你覺得好一點。」

瑪爾笑出來。「真的嗎？」

「踢了兩腳。有覺得好一點嗎？」

「其實有。」

「今天晚餐我會用力踩他的腳。」這動作完全落在「不能踢」的禁忌之外。

「所以妳沒有小鹿亂撞或意亂情迷，就算倒在王子的懷裡？」

他語氣是開玩笑，但我能從字句底下聽到一絲不確定。

「我好像免疫了，」我回答，「而且，我非常幸運，因為我知道真正的吻應該是什麼感覺。」

我留他獨自站在廣場中央。讓瑪爾臉紅這件事我大概怎麼也看不膩。

□

我們進入歐斯奧塔的前一晚，住在一個小貴族的鄉間宅邸，這裡距離城牆只有幾哩。這地方稍微讓我想起卡拉錫——雄偉的鐵柵欄閘門，通往雅致屋宅的長直通路，房屋兩邊有淺色磚塊蓋成的寬廣側翼。明科夫伯爵顯然很懂如何培植矮種果樹，而且宅邸的走道上全擺了修剪得俐落好看的小灌木，使得滿室瀰漫桃子和李子的甜香味。

我獲得二樓一間優雅的臥室，塔瑪住在毗鄰的房間，而托亞和瑪爾下榻在大廳對面。床上有個巨大盒子在等我；前一週我終於穿壞柯夫塔，申請了新的，裡面是我的新柯夫塔。尼可萊將命令傳回小行宮，從隨處可見金線點綴的深藍絲綢上，我認出格里沙造物法師的手藝。我還以為拿在手裡會很重，然而質化系的巧手使得這塊布料幾乎沒有重量。當我套過頭穿上，它閃爍著光澤，靈動一如光線穿透水面般輕盈。衣服的鉤釦是小小的金色太陽，既優美又顯眼。尼可萊一定會滿意的。

大宅女主人派了女僕來整理我的頭髮。她讓我在梳妝桌前坐下，一面嘖嘖咂嘴，一面對我的打結頭髮大驚小怪，然後將我披肩的長髮固定成一個鬆鬆的髻。她的動作比娟雅溫柔百倍，和她弄出來的絕美成果卻也相差百倍。然而我把這個念頭從腦中拋開。我不願去想娟雅，不願去想我們離開捕鯨船後她會有什麼下場，又或是待在小行宮卻沒她在身邊該有多寂寞。

我謝過女僕，在離開房間前抓起和柯夫塔一起放在盒中的黑色天鵝絨小包。我把小包塞進口袋，確認手銬仍好好藏在袖中，然後下樓去。

晚餐時，所有談話都聚焦在最近的發展、闇之手可能的下落，以及歐斯奧塔發生的事。城市中的難民人滿為患，新來者被拒於門外，還有謠言說下城發生糧食不足的暴動。可是在這閃閃發亮的空間，那一切似乎遙不可及。

伯爵和他的妻子——一個有著灰白鬈髮與暴露得令人憂心的乳溝的臃腫女士——擺出了一桌鋪張菜色。我們用鑲上珠寶的南瓜形杯子喝冷湯，烤羊排厚厚抹上一層醋栗醬，還有浸奶油烤的蘑菇，以及一道我吃得很少的菜——因為後來得知，那是用白蘭地調製的杜鵑鳥。每只盤、每個杯的邊緣都鍍了銀，而且印了明科夫家的紋飾。但是最令人印象深刻的，是在整張桌子中央延展開的裝飾，一座栩栩如生的迷你森林，麻雀雖小，五臟俱全。包含小小的松樹林，蔓生的淩霄花藤，其綻放的花朵不超過指甲大小，還有用來藏放鹽罐的小小屋子。

我坐在尼可萊和拉耶夫斯基上校中間，在那些貴族賓客喋喋不休又歡笑不停、一次又一次為了年輕王子的歸來，及太陽召喚者的健康舉杯敬酒時，我都安靜聽著。我問過瑪爾要不要加入，但他拒絕，選擇和塔瑪、托亞一起在周圍巡邏。儘管我盡力想專注對話，還是忍不住不斷瞥看露台，期望能看到他一眼。

尼可萊一定注意到了，因為他低聲咕噥。「妳不用真的注意聽，但是得看起來一副注意聽的模樣。」

我努力了，雖然我實在沒什麼話可講。儘管我穿了一身閃亮耀眼的柯夫塔，還坐在王子身旁，說到底仍只是個來自無名小鎮的農民。我和這些人不是同一個世界，我也不想。可是我仍在心中悄悄感謝阿娜．庫亞，她教導孤兒如何得體地坐在桌前，還有吃蝸牛時該用哪支叉子。

晚餐後，我們整群被帶到起居室，伯爵和伯爵夫人在他們女兒的豎琴伴奏下引吭高歌。甜點——蜂蜜慕斯，胡桃與糖煮甜瓜，包在雲朵般棉花糖中疊成山的餡餅——放在邊桌，觀賞價值大於食用。有更多酒、更多八卦。他們要求我召喚光，我便在如雷的熱情掌聲中放出一道溫暖光束，照耀裝飾了鑲片的天花板。當一些客人坐下來玩牌時，我以頭疼推託，靜靜逃離那個地方。

尼可萊在通往露台的門口逮到我。「妳應該留下，」他說，「關於宮廷的乏味無聊有多麼千篇一律，這是個不錯的練習。」

「聖人也需要休息的。」

「難道妳打算在玫瑰花叢下休息嗎？」他低頭朝花園瞥了一眼。

「尼可萊，我已經乖乖扮演了優秀的跳舞小熊，現在所有花招都使完，該讓我說晚安了。」尼可萊嘆了口氣。「也許我只是希望能和妳一起離開。晚餐時伯爵夫人一直在桌子底下捏我膝蓋，而且我討厭玩牌。」

「我還以為你是滿分的政客咧。」

「我告訴過妳我討厭坐著不動。」

「那你恐怕得去邀伯爵夫人跳舞了。」我咧嘴一笑，溜進夜色中。

走下露台階梯時，我回頭望。尼可萊仍在門口徘徊。他穿著整套軍裝，胸前橫著淺藍色飾帶，起居室放射出的光映著他的勳章，為他的金髮邊緣鍍上金色。今晚，他扮演光鮮亮麗的王子，但是當他站在那兒，看起來只像個不願獨自回去宴會的孤獨男孩。

我轉回頭，走下蜿蜒階梯，前往下方的下沉式花園。

我沒花多久就找到了瑪爾。他靠著一棵巨大橡樹的樹幹，檢視修剪整齊的草坪。

「有什麼人潛伏在黑暗裡嗎？」我問。

「只有我而已。」

我來到他的身旁，也往樹幹一靠。「你應該和我們一起吃晚餐的。」

瑪爾嗤了一聲。「不用，謝了。就我觀察，妳真是悲慘到不行，尼可萊也沒有多開心。此外，」他瞥了我的柯夫塔一眼，「我要穿什麼呢？」

「你討厭它嗎？」

「它很漂亮，加入妳的嫁妝完美到不行。」我還沒來得及翻白眼，他就迅速抓住我的手。

「我不是那個意思，」他說，「妳看起來很美，打從今晚看到妳的第一眼，我就想這麼說。」

我臉紅起來。「謝謝，每天使用力量是會有幫助的。」

「在寇夫頓，妳額頭沾滿約韃花粉的時候就已經很美了。」

我不自然地扯著一綹頭髮。「這地方讓我想起卡拉錫。」

「是有點，這裡比較誇張——水果弄得那麼小不嚨咚到底要幹麼？」

「大概是給手小不嚨咚的人吧。讓他們不要那麼自卑。」

他笑出來了——是一個真心的笑。我將手伸進口袋，在黑天鵝絨小包裡找東西。

「我有東西要給你。」我說。

「什麼東西？」

我伸出緊握成拳的手。

「猜猜看。」我說。這是我們小時候會玩的遊戲。

「噢，很顯然是毛衣呢。」

我搖頭。

「表演用小馬？」

「不是。」

他伸出手握住我的手、翻過來，輕輕將我手指撥開。

我等著他的反應。當他從我手中拿起那一小枚金色日輪，一邊嘴角扯動上揚。他粗糙的手指掠過我掌心，使得一陣顫意沿著背脊爬上。

「是要給妳私人護衛隊隊長的嗎？」他問。

我緊張地清了清喉嚨。「我……我不想要什麼制服，或任何看起來類似闇之手闇衛的東西。」

好長一段時間，在瑪爾低頭望著日輪時，我們就這樣默然無語地站在那裡。然後他把那東西遞回給我，我的心臟立刻筆直墜落，但仍努力藏起失望。

「妳幫我別？」他問。

我大鬆一口氣，吁了一聲，用手指夾著別針，刺穿他襯衫的左邊衣褶。我嘗試了幾次才別上去。別好後，我退後一步，他抓著我的手，拉過去貼在金色日輪……貼在他的心上。

「就這樣？」他說。

我們現在站得很近，獨自藏在花園中一片溫暖的黑暗裡。這是好幾個禮拜來，我們能擁有的第一個獨處時刻。

「就怎樣？」我重複。音量不比呼吸聲大多少。

「我記得妳還答應我有披風和華麗帽子。」

「我會補給你的。」我說。

「這是在調情嗎？」

「我這是以物易物。」

「很好，」他說，「那我現在先拿訂金了。」

他的聲音很輕，但當他的嘴唇貼上我的，那個親吻不帶任何玩笑意味。他嚐起來十分熱燙，氣味有如公爵花園中剛成熟的梨子。從他用力朝我靠來的口中，我感覺到飢渴。那分渴望之中還有令我陌生的強烈情感，使得躁動不安的火花灼燒過我的全身。

我踮起腳，伸出雙臂抱住他的頸子，感到整副身軀彷彿與他融為一體。他有身為軍人的強壯力量，我也在他臂彎中充分感受到了。當他的手和我下背部的絲綢難分難捨、緊扣著我更靠近他，我深深感受到他手指的力量。他擁抱我的方式有種一發不可收拾且不顧一切的意味，好像他怎麼要我也不夠。

我暈頭轉向，思緒慢下速度，又好像變成液態，但是我聽到某處傳來腳步聲。下一瞬間，塔瑪就從小徑衝了過來。

「有人來了。」她說。

瑪爾立刻和我拉開距離，行雲流水般一個動作將步槍從背帶取下。「來的是什麼人？」

「有一群人在門口想要進來；他們想見太陽召喚者。」

「朝聖者嗎？」我問，試圖讓被親吻弄得七葷八素的腦袋正常運作。

塔瑪搖搖頭。「他們說自己是格里沙。」

「他們已經到了這裡？」

瑪爾一手放在我臂上。「阿利娜，到裡面等，至少先讓我們弄清楚是怎麼回事。」我遲疑著。被人指使得趕快躲起來，一部分的我覺得自己被看輕，可是我也不想犯蠢。門附近某處傳來一聲喊叫。

「不，」我掙脫瑪爾，「如果他們真的是格里沙，你可能會需要我。」

無論塔瑪或瑪爾看起來都不太高興，但他們各自到我兩旁就位，然後急匆匆地在碎石子路上拔足狂奔。

有一群人聚集在宅邸的鐵欄杆門前。要認出托亞再容易不過，他的個頭比任何人都高。尼可萊在最前方，由一群武器出鞘的士兵圍繞，同時還有伯爵自家的武裝男僕。人群聚集在欄杆另一側。但是除此之外我就看不到了。有人憤怒地把門敲出震天響聲，我聽見音量拔高的嚷嚷。

「讓我過去。」我說。塔瑪憂慮地看了瑪爾一眼，我則昂起下巴。如果他們要當我的護衛，就得聽我命令。「還等什麼？我得在情況失去控制前搞清楚到底發生什麼事。」

塔瑪對托亞比了手勢，那名巨人便走到我們前方，輕而易舉以肩膀擠出一條路，穿越人群到了門口。我本來就是小個子，被夾在瑪爾和雙胞胎中間，四面八方都有焦慮不安的士兵推擠著我們，我突然覺得非常難以呼吸。我咬牙壓下驚慌，從許多軀體和背部的縫隙偷看，尋找能窺見尼可萊和門邊某人爭執的空隙。

「如果我們想和國王的走狗講話，就會去大宮殿門口，」一個不耐煩的聲音說，「我們是為了太陽召喚者而來。」

「放尊重點，放血人，」一個我不認得的士兵吼道，「你現在講的可是拉夫卡的王子，更是第一軍團的軍官。」

情況實在不妙。我小心翼翼靠近人群前方，但是，當我看見站在鐵欄杆另一邊的軀使系格里沙，立刻煞停腳步。「費德？」

他那張長臉上綻開笑容，深深一鞠躬。「阿利娜·史塔科夫，」他說，「我只能冀望傳言是真實無誤。」

我生起戒心，細細打量費德的表情。他身邊圍著一群柯夫塔上滿是塵灰的格里沙，大多是軀使系紅，一些元素系藍，再零星點綴一些質化系紫。

「妳認識他？」尼可萊問。

「認識，」我說，「他救了我的命。」曾有一次，費德以肉身擋在我和蜂擁而上的斐優達刺客之間。

他再次鞠躬。「那是我的無上光榮。」

尼可萊似乎不怎麼激賞。「他可以信任嗎？」

「他是逃兵。」尼可萊身旁的士兵說。

門的兩邊各自傳來憤怒低吼。

尼可萊對托亞下指示。「叫所有人後退，確保這些男僕不會誤以為自己有開槍的權力。因為我個人覺得，他們在這些果樹之間待太久，可能太無聊，缺乏娛樂。」他轉回去面對鐵門。「你叫費德是嗎？稍等我們一下。」他把我稍微拉離人群，小聲地說：「所以他可以信任嗎？」

「我不知道。」上次我看到費德是在大宮殿的宴會上──就在我發現闇之手的計畫、逃到運貨馬車後方的幾小時前。我苦苦搜尋腦中記憶，試圖回想他那時候對我說了什麼。「我記得他派駐在南方邊界，是一名高階破心者，不過並不在闇之手的最愛心腹行列。」

「納夫斯基說得沒錯，」他對著憤怒的士兵點點頭，「無論是不是格里沙，他們首要的忠誠應該獻給國王才是。這些人離開崗位，嚴格說來就是逃兵無誤。」

「那並不代表他們就是叛徒。」

「真正的問題在於：他們是不是間諜。」

「那我們要怎麼處置他們？」

「我們可以逮捕他們，進行審訊。」

我陷入思考，皺起眉頭。

「說說看。」尼可萊說。

「我們難道不希望格里沙回來嗎？」我問，「如果我們逮捕每個回來的人，我的軍團就不會剩下多少人能帶領了。」

「別忘記，」他說，「妳將和他們一起用餐、一同做事，睡在同個屋簷下。」

「他們也可以全去幫闇之手做事。」我回頭望著耐心等在門邊的費德。「你認為呢？」

「我認為，這些格里沙可信的程度大概和等在小行宮的那些沒什麼差別。」

「聽起來沒給人多少安慰。」

「一旦我們進入宮殿城牆，所有溝通管道都會遭受密切監聽。如果闇之手聯繫不到，就很難看出他怎麼運用他的間諜。」

我抗拒著想去碰肩上傷疤的衝動，深呼吸一口氣。

「好吧，」我說，「把門打開。我會和費德談談——只和他一個人。今晚其他人可以在宅邸外面紮營，然後在明天我們前往歐斯奧塔時加入。」

「妳確定？」

「我已經沒辦法說自己確定什麼事了。然而，我的軍團需要士兵。」

「非常好，」尼可萊簡明扼要點了個頭，「總之，小心選擇妳要相信的人。」

我意有所指地望了他一眼。「我會的。」

第十二章

費德和我當晚談到夜深，但我們並非獨處。瑪爾、托亞或塔瑪一定都在，持續在旁監視。

費德在東南邊界希可斯克附近服役。當新奎比爾斯克被摧毀的消息傳到前哨，國王手下的士兵突然突襲格里沙，大半夜將他們從床上拽下，搬演一場惺惺作態的審判，說要判定他們是否忠誠。費德便挺身帶領大家逃亡。

「我們本可以把他們全殺了，」他說，「但是我們選擇帶著傷者逃走。」

其他格里沙就沒那麼寬容。當切納斯特和烏林斯克的士兵試圖攻擊第二軍團的成員，發生了一場大屠殺。於此同時，瑪爾和我正登上維黑德號，朝西航行，安然無恙地從我們製造出的混亂中脫身。

「幾週前，」他說，「有消息到處流傳，說你們已經回到拉夫卡，所以可以預期會有更多格里沙來找妳。」

「大概多少？」

「這個難以推測。」

費德和尼可萊一樣，相信一些格里沙已去避風頭，等待秩序重新恢復。但他認為大多數人是去投靠闇之手。

「他就等於力量，」費德說，「也等於安全。這是他們的理解。」

又或者他們認爲自己選的是會贏的那邊。我陰沉地想。但我知道一定不只這樣。我感受過闇之手力量的牽引。不就是因為這樣，朝聖者才會成群靠向假聖人？也是因為這樣，第一軍團才持續為無能的國王出征？有時盲從容易多了。

當費德講完他的故事，我請他們提供他晚餐，並稍作提醒，他可能得準備在黎明時與我們一同動身，前往歐斯奧塔。

「我不曉得我們會受到什麼樣的迎接。」我警告道。

「我們會做好萬全準備的，吾主。」他彎身鞠躬。

我被他對我的稱呼嚇了一大跳。在我心中，這個稱號是屬於闇之手的。

「費德……」當我陪他走到門口，張口欲言，卻遲疑了。我實在不敢相信自己要說出這種話，但是很顯然，我已將尼可萊的教導融會貫通——不管這是好還壞。「我明白你歷經了長途跋涉，但是在明天之前，稍微打理一下。給人好印象非常重要。」

他眼睛連眨都沒眨，只是再次鞠躬，並回應，「遵命，吾主。」然後才消失在夜色中。

很好，我這麼想，下了一個命令，還有幾千個等在後面。

第二天早上，我穿上精心縫製的柯夫塔，和瑪爾與雙胞胎一同走下宅邸樓梯。金色日輪在他們胸膛上熠熠發光，不過他們仍穿著農民的粗布衣。尼可萊也許不會欣賞，但我想模糊掉隔開格里沙和拉夫卡人民之間的那條線。

雖然我們已被警告過，對於拉夫卡將充滿難民與朝聖者有所準備，尼可萊卻難能可貴沒有堅持我得乘坐馬車。他要大家看見我進入城市。不過這不代表他不打算來場華麗表演，護衛和我都騎著美麗白馬，他從軍團中挑出的精銳夾道在兩側，個個佩戴拉夫卡雙鷹紋飾，手執飾有金色日輪的旗幟。

「一如往常十分低調吶。」我嘆了口氣。

「大家太高估『保守就是美德』這種事了。」他邊回答邊躍上一匹斑點灰馬。「現在，讓我們一起去瞧瞧我古色古香的兒時舊家如何？」

那是個暖和的早晨，行進隊列的旗幟在靜止無風狀態中垂垮著，我們緩緩沿維道朝首都行去。往常王室家族會在最酷熱的月份前往位於湖區的夏宮，但歐斯奧塔更好防禦，所以他們選擇蹲踞在該城聲名遠播的雙層牆內。

我們一面前進，我腦中念頭一面亂轉。由於睡眠不足，儘管我十分緊繃，但早晨的暖意外加馬匹穩定的左搖右晃，配上昆蟲低聲嗡鳴，讓我忍不住點頭打起瞌睡。但是，當我們爬到小鎮近郊山丘的最頂峰，我馬上清醒過來。

我看見遠處的歐斯奧塔——那座夢幻城市。它的尖塔抵著無雲的天空，顯得潔白又高低起伏。但在我們和首都中間排列成完美陣式的，是一排又一排全副武裝的人馬。上百名——也許上千名第一軍團的士兵，步兵團、騎兵團、軍官，以及小卒。陽光在他們的劍柄上閃爍，他們的背上豎著步槍。

有個人從中策馬而出，來到他們前方。那人身穿滿是勳章的軍官外套，乘坐在我這輩子見過最巨大的馬上。那都可以載兩個托亞了。

尼可萊看著那名騎士在行列間來回飛馳，嘆著氣說，「啊，」他說，「看來我哥哥來和我們打招呼了。」

我們慢慢騎下山坡，最後停在聚集於此的大批人馬前方。儘管我們擁有白馬，又有閃閃發亮的旗幟，但是這個由野生格里沙和衣衫破爛朝聖者組成的隊伍頓時氣勢盡失。尼可萊輕輕示意馬走上前，他的哥哥便小跑著迎上來。

我在歐斯奧塔看過瓦斯利．藍索夫幾回。他確實長得夠好看，儘管不幸繼承了他父親的短下巴，眼皮也總是垂垂的，讓他看起來總一臉無聊或是喝醉了。然而現在，他似乎讓自己從無止境的恍惚狀態脫了身。瓦斯利在馬鞍上坐得挺直，盡顯傲慢氣息與高貴出身。在他旁邊，尼可萊看起來青澀到不可思議。

我感到一陣尖銳的恐懼。無論在什麼情況下，尼可萊總是一副大局在握，讓人很容易忘記他不過比瑪爾和我多個幾歲，只是個想成為年輕國王的年輕隊長。

距離尼可萊待在宮中已過去七年，我也不認為那段時間他會常見到瓦斯利。但眼前不見感動淚水，沒有高聲招呼。這兩個王子只是跳下馬，簡單且快速地擁抱對方一下。瓦斯利打量我們的隨行人員，別有深意地停在我身上。

「所以這就是你聲稱是太陽召喚者的女孩？」

尼可萊揚起眉毛，他的哥哥真是太會選開場白了。「要證明我的聲稱是不是真的，再容易不過。」他對著我點點頭。

高估「保守就是美德」是不是？我舉起雙手，喚出熾熱光波，以壓倒性的滔滔光芒橫掃聚集於此的士兵。他們紛紛舉起雙手，有幾個人甚至在馬嘶鳴驚退時往後幾步。我讓光退散，而瓦斯利嗤了一聲。

「你沒閒著啊，小弟。」

「小瓦，這你恐怕難以想像。」尼可萊愉快回答。當他說出這個暱稱，瓦斯利噘起了嘴。尼可萊簡直稱得上一本正經，「在歐斯奧塔看到你，我真心訝異，」他繼續說，「還以為你會在卡耶維爾比賽呢。」

「本來是這樣，」瓦斯利表示，「我的天青馬表現優異，但我一聽到你要回家的消息，一心只想回這裡歡迎你。」

「你這麼大費周章，真是太好心了。」

「王子歸鄉絕非小事，」瓦斯利說，「就算只是次子也一樣。」

他想強調什麼再清楚不過，我心中的恐懼也隨之增加。也許尼可萊低估了瓦斯利對於保住繼位資格的野心。我實在不願想像如果尼可萊還犯了其他錯誤，或有什麼計算偏差，對我們代表什麼意義。

可是尼可萊只是笑了笑。我還記得他的忠告：以笑應對侮辱。

「我們這些年紀小的人都學會一課：無論眼前有什麼，全都拿來利用。」他說，然後對行列中一名立正站好的士兵揚起聲音，「皮欽中士，赫倫罕之役時我記得你。如果你能站得像石板一樣挺，腿一定恢復得很好。」

那名中士顯然一臉驚訝。「是的，殿下。」他恭敬地說。

「喊『長官』即可，中士。當我穿著這身制服，就是軍官，不是王子。」瓦斯利的嘴唇再次抽搐。他就像大多貴族子弟一樣，被賦予的是名譽軍銜，兵役是舒舒服服地在遠離敵軍戰線的後方軍官帳篷中完成。但是尼可萊在步兵團服役，親自爭取到那些勳章與軍階。

「是，長官，」那名中士說，「只有在下雨時才有些不便。」

「那我想斐優達人必然日日祈求暴風雨。如果我記得沒錯，你終結了他們不少弟兄的性命。」

「長官，就我印象，您也成績斐然。」那名士兵咧嘴一笑。

我差點笑出來。就這麼一個對話，尼可萊將全場掌控權從哥哥手中奪走。今晚，當士兵聚集在歐斯奧塔的酒館，或者在他們自己兵營中玩牌，這將成為他們的聊天主題：這個王子記得普通士兵的名字，他是一個不論家世貧富，都與他們並肩作戰的王子。

「兄長，」尼可萊對瓦斯利說，「我們去宮殿吧，這樣就能省去這些招呼歡迎。我有一箱克爾斥威士忌等著下肚，還在克特丹發現了匹小馬，十分希望請你給點建議。他們告訴我他是達格連納的子嗣，但我心中存疑。」

瓦斯利努力裝出沒興趣的樣子，卻感覺得到他無法抵抗。「達格連納？他們有文件嗎？」

「來瞧瞧。」

雖然瓦斯利的表情仍充滿警戒，還是對一名指揮官講了幾句話，然後以熟練而從容的姿態躍上馬鞍。這對兄弟再一次來到縱隊前方，我們的隊伍再度移動。

「做得漂亮。」我們經過一列又一列的士兵，瑪爾低聲對我說，「尼可萊一點也不笨。」

「希望如此，」我說，「為了我們好。」

當漸漸接近首都，我看見明科夫的賓客談論的情況。一座由帳篷組成的城市如雨後春筍般沿牆生出，門口更有長長人龍等著要進去。好幾個人正和守衛爭執，無疑是在懇求進城。全副武裝的士兵在古老碉堡上的城垛站崗。就一個處於戰時的國家而言，那是優秀的防禦措施，同時也在在提醒下方民眾最好還是遵守規矩。

不過城門自會為拉夫卡王子敞開，隊列也毫無暫停，穿越人群前進。

許多帳篷和運貨馬車都標上草率繪製的太陽符號，當我們騎過那些臨時建造的帳篷，我聽見如今已熟悉到不行的呼喊：「聖阿利娜。」

做這件事讓我覺得蠢到不行，然而我仍逼自己舉起手招呼，下定決心至少要努力一下。朝聖者發出歡呼、揮手回禮，許多人跑著想跟上我們的隊伍，但是其他難民則沉默地站在路邊，交叉雙臂，臉上充滿質疑神情，甚至公然展現敵意。

他們看到了什麼？我忍不住想。另一個天賦異稟的格里沙。當他們在戶外生火煮食、睡在不願給他們庇護的城市陰影中，這個人，卻將前往山丘上既安全又奢華的宮殿？或者更糟，他們看見的是一個騙子——或詐欺者——一個膽大包天、把自己包裝成在世聖人的女孩？

當終於進入城牆保護之中，我真的感激不已。

一進裡頭，隊列就放慢到龜速。下城人滿為患，人行道上擠滿民眾，他們溢到街道上阻礙交通。商店窗戶全都貼著標示，告訴大家有賣哪些商品，每扇門口都有漫長隊列不斷延伸，尿液和垃圾的臭氣無處不在、揮之不去。我想將鼻子埋進袖中，但要是那麼做，我就得用嘴巴呼吸了。

這裡的人也發出張大了眼歡呼，可是和門外的人相比，他們無庸置疑壓抑許多。

「沒有朝聖者。」我發現了。

「他們不被允許進入城牆內，」塔瑪說，「國王之前逼導師公開承認變節，他的信徒全都不能進歐斯奧塔。」

導師和闇之手共謀篡奪王位，即便他們自那之後切斷了關係，國王仍沒有理由再相信祭司和他那批邪教徒。還有妳——如果真要這麼說的話，我提醒自己，妳才是蠢到大搖大擺跑進大宮殿還冀望獲得仁慈的人。

我們越過寬廣的運河，將下城的喧擾與吵鬧拋在身後。我注意到橋的門房加上了重重防禦，但當我們抵達彼岸，內圍小鎮似乎毫無改變。大道一塵不染，平和寧靜，莊嚴華麗的房屋仍受到悉心照料。我們經過一座公園，裡面有打扮時髦的男女以閒散姿態走在整頓得乾乾淨淨的小路，或在敞篷馬車上呼吸新鮮空氣。由保母照料的孩童玩著擲距骨。有個戴稻草帽的男孩騎著一匹小馬經過，小馬的鬃毛和緞帶一同編成辮子，有個沒穿制服的僕人牽著他的韁繩。

我們經過時，他們紛紛轉頭來看，有的掀起帽子，或用手遮著嘴低語。當他們瞥見瓦斯利和尼可萊，便彎身鞠躬或屈膝行禮。他們真的裡外一致地這樣鎮定且無憂無慮嗎？他們對威脅拉夫卡的危機，或者橋另一邊的動亂真的渾然無覺嗎？我實在猜不出來。但是我更難相信的是，這些人難道真心相信他們的國王能保他們平安？

儘管萬般不願，我們仍很快抵達大宮殿的鍍金門扉。大門鏗鏘一聲在身後關上，讓我彷彿遭尖銳的驚慌感貫穿。上次我通過那扇門，是偷偷摸摸躲在運貨馬車的舞台布景間逃離闇之手，孤獨一人連夜奔逃。

萬一這是陷阱怎麼辦？我突然想。萬一根本不會有任何饒恕怎麼辦？萬一尼可萊打從一開始就不打算讓我帶領第二軍團呢？萬一，他們打算把瑪爾和我銬上鐐銬、扔進某座陰冷牢中呢？停，我斥責自己，妳已經不是那個穿著軍中配給的靴子、膽小如鼠的小女孩了。妳是格里沙，是太陽召喚者。他們需要妳。而且如果妳想，隨時可以直接弄倒這整座宮殿。我挺直背脊，努力穩定心跳。

當我們抵達雙鷹噴泉，托亞扶我下馬。我瞇起眼睛打量大宮殿，它閃爍光芒的白色露台上放滿一層又一層的金色裝飾與雕像——一如記憶中那樣醜得要命又懾人。

瓦斯利將自己的轠繩交給等候在旁的僕役，完全沒回頭看一眼，直朝大理石階梯走去。尼可萊堂堂挺起肩膀。「不要出聲，努力演出悔過的模樣。」他小聲對我們說，再大步躍上階梯，加入他哥哥的行列。

瑪爾臉色蒼白，我在柯夫塔上抹抹濕黏的手，便隨王子走上階梯，將其餘同伴留在身後。進了裡面，我們從一間房走到另一間閃閃發亮的房間，宮殿中的各個大廳悄然無聲，我們的腳步在拋過光的拼花地板上迴盪，每走一步，我的焦慮就更上一層。在通往謁見室的門，我看見尼可萊深呼吸一口氣。他的制服完美無瑕，帥氣的輪廓線條完全像是童話裡走出來的王子。我突然想念起史鐸霍恩那歪七扭八的鼻子和泥綠色的眼睛。

門嘣一聲敞開，男僕大聲宣告，「瓦斯利．藍索夫王子殿下，以及尼可萊．藍索夫大公爵駕到。」

尼可萊說過他們不會宣告我們的名字，可是我們得跟在他和瓦斯利後面。雖然遲疑，我們仍照做，並與兩位王子保持合乎禮儀的距離。

一條淺藍色的長地毯鋪開，延伸整個空間。地毯盡頭有一群衣著高雅的朝臣與顧問，圍著高起的台子晃悠。拉夫卡的國王和王后在最高處，端坐在相稱的金色王座上。

到處不見祭司。我們靠近時，我注意到了這件事。導師向來潛伏在國王身後，可是如今他明顯消失，可是似乎也沒被其他宗教顧問取代。

國王比我上回見到更加病弱。他窄窄的胸膛看起來好像往內凹陷，下垂的小鬍子處處可見灰白，但最大的改變是王后。沒了娟雅幫她塑形那張臉，她好像在幾個月內突然老了二十歲。皮膚失去奶油般的緊緻滑嫩，鼻子嘴巴周圍出現深深皺紋，原本過於鮮艷的虹膜褪了色，變得比較自然，但那藍色也就不再那麼驚艷。然而，儘管我對她確實產生那麼一絲絲憐憫，但只要一想起她怎麼對待娟雅，這感覺立刻消失無蹤。要是她不要對僕人那麼輕蔑，娟雅就不會奮不顧身、全身心靈投入侍奉闈之手。說不定很多事情都會因此不同。

來到平台前時，尼可萊深深鞠躬。「吾王，」他說，「吾后。」

好久好久，時間久到令人焦慮，國王和王后低頭望著他們的兒子，然後，王后心中某個脆弱的部分似乎突然崩斷。她彷彿一團絲綢和珍珠做成的旋風從王座上跳起來，飛也似地衝下樓梯。

「尼可萊！」她緊緊把兒子抱進懷裡，呼喊著。

「母親。（*Madraya.*）」他微笑，也回抱她。

在旁觀看的朝臣竊竊私語，甚至零星聽見掌聲。淚水從王后眼中溢出。那是我第一次見她展現真正的情感。

國王緩慢起身，一名男僕立刻飛奔到他身側攙扶，協助他走下台子階梯。他真的是狀態不佳，而我猛然領悟，繼位一事恐怕會比想像中更快來臨。

「過來，尼可萊，」國王對著他的兒子伸出手，「過來。」

當他的母親鉤住他一隻手，尼可萊便將另一手的手肘伸給父親。然而，他好像沒意識到我們的存在，就這麼舉步走出謁見室。瓦斯利跟在後頭，面無表情，但我沒有錯過他洩露真心的一個噘嘴。

瑪爾和我站在那兒，不確定接下來該怎麼辦。王室一家就這麼離開去團聚，確實是美事一樁。但我們要何去何從？他們沒打發我們離開，但也沒說可以留下。國王的顧問用毫不掩飾的好奇打量我們，同時間，朝臣竊笑著低聲講話。我努力壓下心中焦躁，拚命歪著頭，維持某種我希望看起來很高冷的動作。

分秒緩慢爬過，我飢腸轆轆、精疲力盡，而且相當確定一隻腳整個麻掉，可是我們仍站在那裡等待。某個瞬間，我覺得自己聽到大廳那裡傳來喊叫。也許他們是在爭執要把我們留在這裡站多久吧。

最後——絕對過了快一小時，王室一家回來。國王滿臉笑容，王后臉色蒼白，瓦斯利一臉憤怒。但最顯著的改變是尼可萊。他的態度似乎更從容了，而且重拾我在沃夫尼號上看過的那副神氣活現的模樣。

他們知道了，我領悟，他告訴了他們他就是史鐸霍恩。

國王和王后重回王座，瓦斯利站到國王身後，尼可萊則在王后後方就定位。她伸出手要摸索他的手，而他將手擱在她肩膀上。這才是母親和孩子在一起時該有的模樣。我年紀太大，已經不會因為從不認識的父母感到心痛，但我仍受那個舉止所觸動。

然而國王一開口，我的多愁善感一概驅散。「要領導第二軍團，妳似乎太年輕了。」

他甚至沒喊我名字。我低頭行禮，承認道。「是，吾王（*moi tsar*）。」

「我非常想要立即將妳處死，但我的兒子說，那會讓妳成為殉道者。」我渾身僵硬。導師一定會愛死這處置，當恐懼流竄全身，我不禁這麼想。紅皮書上再添一張美好插圖：聖阿利娜上絞刑台。

「他認為妳可以信任，」國王顫著嗓音，「我則不太確定。妳從闇之手身邊逃走這件事很不像真的，但我無法否認，拉夫卡確實需要妳的力量。」

他一副我是什麼場地管理員或政府官員的語氣，悔過，我提醒自己，並吞下衝到嘴邊尖酸刻薄的回答。

「能侍奉拉夫卡國王是我最大的榮耀。」我說。

要不是國王就愛逢迎拍馬，就是尼可萊在為我求情時表現得可圈可點，因為國王咕噥了一聲，說：「非常好，至少妳可以暫時擔任格里沙的指揮官。」

真有那麼容易嗎？「我……謝謝您，吾王。」我困惑又感激，忍不住結巴了。

「但妳最好給我記得，」他邊說邊對我擺動一根手指。「如果我發現任何證據，抓到妳煽動針對我的反叛，或者和那個變節者有任何聯繫——妳不會得到任何抗辯機會，也不會有審判，我會直接把妳吊死。」他拔高音量，轉為怒氣沖沖的尖聲斥罵，「人們說妳是聖人，但我認為妳不過是個衣衫襤褸的難民。懂了嗎？」

不過是個衣衫襤褸的難民，也是能讓你保住閃亮王座最大的機會，我想，心中湧上令我意外的狂烈憤怒。但我吞下驕傲，盡我所能低頭鞠躬，能多低就多低。闇之手就是這種感覺嗎？被逼著得在放肆的蠢蛋面前低下頭，勉強度日？

國王伸出滿布藍色靜脈的手，不知什麼意思地揮了一下。我們可以退下了。我瞥了瞥瑪爾。尼可萊清清喉嚨。「父親，」他說，「關於追蹤師還有件事。」

「嗯？」國王抬頭瞄了一眼，好像剛剛打了個瞌睡似的。「追……什麼？啊，是，」他用混濁的眼睛注視瑪爾，語氣萬般厭倦，「你拋下了你的崗位，直接反抗指揮官的命令，這是要吊死的大罪。」

我倒抽了一口尖銳的氣。瑪爾在我旁邊突然一動也不動。我腦中冒出一個醜陋的念頭：如果尼可萊想甩掉瑪爾，這麼做確實是不費吹灰之力。

圍在台下的人群傳來興奮的交頭接耳。我到底讓我們陷入了什麼狀況？我張開嘴巴，但還來不及說一個字，尼可萊就開口。

「吾王，」他謙卑地說，「請原諒我，但這名追蹤師確實協助了太陽召喚者，他盡可能幫助她不被王家之敵擒住。」

「假如她真的有陷入這種危險。」

「我親眼看見他拿起武器對抗闇之手，他是一名值得信任的朋友，我也相信他的所有舉動都以拉夫卡的利益為優先。」國王噘起下唇，但是尼可萊繼續緊追不捨。「如果他能待在小行宮，我會比較安心。」

國王皺起眉。很可能已經在想午餐和睡午覺吧，我想。

「孩子，你有什麼話要為自己辯駁？」他問。

「我只是做了我認為正確的事。」瑪爾平靜回答。

「我兒子似乎覺得你有什麼很好的理由。」

「就我看來，每個人都認為自己有很好的理由，」瑪爾說，「然而那仍是擅離職守。」

尼可萊狠狠翻了個白眼，我湧上一股衝動，恨不得用力狂搖瑪爾。就這麼一次，他可不可以不要那麼固執、講話那麼直截了當？

國王眉頭皺得更深，我們靜靜等待。

「非常好，」最後，他說，「那為什麼窩裡還要多一隻毒蛇呢？我判處你不名譽除籍。」

「不名譽？」我衝口而出。

但瑪爾只是鞠了個躬，說：「謝謝您，吾王。」

國王舉起一手，懶洋洋揮了一下。「走吧。」他彷彿在耍脾氣似地說。

我忍不住想留下來據理力爭，但是尼可萊瞪大眼睛，警告地看著我，瑪爾也已打算轉身離開。他在那條鋪了藍色地毯的走道邁開大步，我得急忙小跑才跟得上。

我們一離開謁見室，門在身後關上，我立刻說，「我們去找尼可萊談談，我們可以叫他去拜託國王。」

瑪爾繼續跨著大步，甚至沒有稍停片刻。「那樣做沒有意義，」他說，「我早就知道會是這樣。」

說是這麼說，但我從他垮下的肩膀知道，一部分的他原本還抱著希望。我想抓住他的手，叫他停下，告訴他我很遺憾，告訴他我們無論如何還是能找到方法尋求正義。然而我只是快步跑到他身邊，拚命跟上，並敏銳地意識到男僕在每個門口注視著我們。

我們順著來時路走過宮殿中閃耀奪目的走道，下了大理石階梯。費德和他的格里沙同伴正坐在馬上等待。他們已經盡可能打理乾淨，但是身上色彩鮮艷的柯夫塔卻還是有些破爛骯髒。塔瑪和托亞稍微和他們隔開了距離，我給他們的金色日輪在粗布做的短袖外衣上閃閃發亮。我深呼吸一口氣。尼可萊已盡了全力，現在換我了。

第十三章

迂迴的白色碎石路帶我們穿越宮殿範圍，經過起伏的草坪與一些裝飾性的建物，以及樹籬迷宮高聳的圍牆。向來安靜沉默的托亞卻在馬鞍上扭來扭去，嘴巴抿成惱怒的線條。

「有什麼問題嗎？」我問。

我以為他不會回答，他卻說，「這裡有一股無能的氣味，好像人們個個軟弱可欺。」

我看了這名巨人戰士一眼。「托亞，和你一比，每個人都軟弱可欺。」

但凡與塔瑪這名手足的心情扯上關係，她向來是一笑置之。但讓我驚訝的是，她卻出聲表示，「他說得沒錯，這個地方有種行將就木的感覺。」

他們完全沒能讓我舒緩心情。去謁見室晉見國王已夠讓我緊張不安，我也稍微因為自己對國王產生的怒火嚇了一跳，雖然說——諸聖在上，他根本是活該。那傢伙是個老邁卑鄙的好色之徒，喜歡逼得女性僕役走投無路，更不用說他還是腐敗的領導者，而且在那幾分鐘裡，威脅要處決我和瑪爾。即使只是回想此事，我都能感到另一股尖銳刺骨的憤怒。

進入森林隧道時，我的心臟跳得越來越快。一棵棵樹木彷彿由四面八方壓下，上方的枝椏交織成一片綠色頂蓋。我上回看到時，它們仍只是光禿一片。

我們鑽出隧道，進入明燦陽光中。下方正是小行宮。

我想念它，恍惚之間，我頓悟此事。我想念著它金色圓頂的光芒，詭奇的牆壁上刻著各形各色的野獸；有的是真實存在，有的是想像生物。我想念有如天空般波光粼粼的藍色湖水，不算位於正中央的小島，湖岸邊有如白色斑點的一座座召喚者亭閣。這個地方獨一無二，我沒想到這裡這麼有家的感覺，並因此深深訝異。

可是不是每樣東西都一切如常。到處可見第一軍團的士兵在這裡駐紮，步槍揹在背上。我忍不住想，倘若對上一群堅決的格里沙——破心者、風術士，外加火術士——這能添得上多少幫助呢？然而「不能信任格里沙」這個訊息再清楚不過。

一群灰衣僕役在階梯上等著接手我們的馬匹。

「準備好了嗎？」瑪爾扶我下馬時小聲說。

「我真心希望大家不要再這樣問我了。我看起來是有多沒準備好？」

「妳看起來一副我偷偷把蝌蚪放進妳湯裡，然後妳不小心吞下去的樣子。」

我憋著笑，覺得至少有一小點擔憂飛走了。「謝謝你提醒我喔，」我說，「這份情我大概永遠都無法償還。」

我暫停一下，花點時間將柯夫塔的縐褶撫平，希望腿可以別抖了——然後爬上樓梯，其他人跟在我身後。僕人一把將門打開，我們走進裡頭，經過既暗且冷的入口門廳，來到金色圓頂廳。

這個空間呈巨大的六角形，規模等同大教堂。布滿裝飾雕刻的牆壁鑲嵌了珍珠母，再加上看起來飄浮在上方不可思議高度的巨大金色圓頂。房間正中安置了四張桌子，排成正方，格里沙就在那個地方等待。儘管少了很多人，他們仍謹守分系，或坐或站，按照紅色、紫色和藍色各自聚集成不同的小集團。

「他們對自己的漂亮顏色是真愛呢。」托亞說。

「不要激我，」我小聲說，「說不定我會突然決定讓私人護衛隊穿鮮黃色長外套喔。」

這還是我第一次看見托亞臉上閃過類似害怕的表情。

當我們上前，大部分格里沙都站了起來。這批人非常年輕，而我突然感到一陣不自在，意識到年紀較長或更有經驗的格里沙多半選擇叛逃，投奔闇之手——又或者他們只是比較聰明，懂得離開。

我本來沒預期會有太多軀使系留下。畢竟他們是最高階的格里沙，是最有價值的戰士，處於與闇之手最親近的地位。

然而依舊有不少熟悉面孔。瑟杰就是決定留下的少數破心者之一。瑪麗與娜迪亞和元素系格里沙在一起。我很訝異見到大衛在質化系那桌沒精打采地坐在位子上。我知道他對闇之手抱持疑慮，但即便如此，他仍封起我脖子上的雄鹿項圈。也許就是因為這樣，他才無法與我對視。又或者他只是恨不得快點回他的工坊。

闇之手的黑檀木椅撤走了，那張桌子空蕩蕩無人使用。

第一個上前的人是瑟杰。「阿利娜．史塔科夫，」他語氣緊繃，「我誠心歡迎妳回到小行宮。」然而我意識到他沒有鞠躬。

緊張氣氛膨脹又鼓動，恍如這空間中的某種活物。一部分的我真恨不得將它打碎——其實這麼做再容易不過。我可以微笑一下、哈哈個幾聲，去擁抱瑪麗和娜迪亞。雖然我從沒有真正屬於這裡，依舊能使出精湛演技、裝一下。假裝自己再次成為他們的一員會是某種解脫，可是我想起尼可萊的警告，脆弱是種裝束，於是克制住自己。

「瑟杰，謝謝你，」我刻意將語氣放輕鬆，「我很高興能回來。」

「關於妳的歸來有很多謠傳，」他說，「但妳的死訊也甚囂塵上。」

「怎說呢，如你所見，我還活得好好的。而且，即使在維道上跋涉數週，狀態依舊不算太差。」

「有傳言說妳和國王的次子一同抵達。」瑟杰說。

來了，第一個挑戰。

「沒有錯，」我愉快地說，「他在我力抗闇之手時出手相助。」

一片騷動在整個空間中擴散開來。

「在影淵裡？」瑟杰有點困惑。

「在真理之海上。」我糾正他。群眾中傳來竊竊私語，我舉起一手——令人鬆一口氣的是，他們靜了下來。若能讓人願意執行小命令，大命令就不會有問題。「我有非常多故事能講，還能提供不少情報，」我說，「但是這都可以等。我回歐斯奧塔是有目的的。」

「大家都在講婚禮的事。」瑟杰說。

我想尼可萊一定會非常驚訝。

「我不是回來成為新娘，」我說，「我回來這裡只有一個原因——」這不完全是真話，可是我一點也不打算在擠滿忠誠度未知的格里沙的地方談論第三個增幅物。我深呼吸一口氣，就是這一刻——「我是回來領導第二軍團的。」

所有人立刻開始交頭接耳。有一些歡呼聲，一些憤怒的喊叫。我看見瑟杰和瑪麗交換一個眼神。當整個空間安靜下來，他開口，「我們早有預感。」

「國王同意將指揮權交給我。」暫時交給我。我想，但沒說出口。

又爆開另一波喊叫和竊竊私語。

瑟杰清清喉嚨。「阿利娜，妳是太陽召喚者，我們很感激妳平安歸來，但是妳並沒有資格統領軍事行動。」

「無論有沒有資格，我都有國王的同意。」

「那麼我們會去請求國王。驅使系格里沙位階最高，應該由我們領導第二軍團。」

「話都是你在講，放血人。」

我一聽到那絲滑細柔的聲音就知道誰在說話。可是，當我看見她漆黑如鴉翅的頭髮，心跳依舊亂了一下。柔雅穿越元素系格里沙上前，輕盈的身形包在藍色的夏季絲綢中，襯得她雙眼如寶石般閃閃發亮——不過是睫毛長到令人討厭的寶石。

我用盡全身力氣才不至於轉頭看瑪爾什麼反應。為了讓我在小行宮的生活宛如地獄，這個格里沙使出了渾身解數。她對我冷嘲熱諷，狂講我的八卦，甚至打斷我兩根肋骨——可是她也是許久以前在奎比爾斯克令瑪爾小鹿亂撞的女孩。我不確定他們之間發生過什麼，但我不認為只是聊得熱烈。

「我代表元素系發言，」柔雅說，「我們會追隨太陽召喚者。」

我拚命不要露出驚訝神情。我本以為最不可能支持我的就是她。這人現在是在玩什麼把戲？

「不是所有人。」瑪麗虛弱地發出尖細的說話聲。我知道自己不該驚訝，可是仍相當受傷。

柔雅輕蔑一笑。「好好好，我們都知道不管瑟杰想做什麼妳都會支持他，瑪麗，但是這和大半夜在班雅旁邊幽會可不一樣，我們現在講的是格里沙和全拉夫卡的未來。」

柔雅這樣高調回擊引來幾聲竊笑，瑪麗臉漲得通紅。

「妳夠了吧，柔雅。」瑟杰厲聲說。

一個我沒看過的元素系格里沙上前。他皮膚黝黑，左臉顴骨最高處有一道不明顯的疤。他身上有火術士的刺繡。

「瑪麗說得沒錯，」他說，「妳不能代表我們所有人發言，柔雅。我確實希望元素系格里沙擔任第二軍團領導人，但不該是她。」他彷彿控訴般伸出手指著我。「她甚至不是在這裡長大的。」

「沒錯！」一名驅使系高喊出聲。「她當格里沙根本不到一年時間！」

「格里沙是天生的能力，不是後天的養成。」托亞咆哮。

想也知道，我心裡大嘆一口氣，他當然會選這個時機開口說話。

「你又是誰？」瑟杰問，與生俱來的傲慢性格展露無遺。

托亞伸手去抓他的彎刀。「我是托亞・育・拜特，在這苟延殘喘的宮殿遙遠之處出生長大——而且我非常樂意證明自己擁有停止你心跳的能力。」

「你是格里沙？」瑟杰不敢置信。

「就和你一樣。」塔瑪回答，金眼閃爍光芒。

「那你呢？」瑟杰問瑪爾。

「我不過是個士兵，」瑪爾回答，走來站在我身邊。「她的士兵。」

「我們也是，」費德補充，「我們回到歐斯奧塔侍奉太陽召喚者，而非某個故作姿態的小男孩。」

另一個軀使系站起來。「你只是闇之手倒下時另一個逃跑的懦夫，沒有資格來到這裡，還侮辱我們。」

「那她又怎麼說？」另一個風術士高喊，「我們要怎麼弄清楚她沒和闇之手串通？她幫他摧毀了新奎比爾斯克。」

「還和他同床共枕！」另一人大喊。

絕不要迂尊降貴去否認什麼。尼可萊的聲音在我腦中響起。

「妳和尼可萊・藍索夫到底是什麼關係？」一名造物法師逼問。

「妳和闇之手又是什麼關係？」一個尖銳刺耳的聲音傳來。

「有什麼差別嗎？」我冷冷問道，然而感到自己正逐漸失控。

「當然有關係，」瑟杰說，「我們該如何確定妳的忠誠？」

「你沒有資格質問她！」一名召喚者喊。

「為什麼？」又有療癒者反駁，「因為她是在世聖人嗎？」

「把她丟回她的禮拜堂待著！」有人大喊，「把她和她手下那些烏合之眾趕出小行宮。」

托亞伸手欲拿刀，塔瑪和瑟杰一同舉起雙手。我看見瑪麗抽出她的打火石，感受到屬於召喚法師的旋風掀起我柯夫塔的衣緣。我以為自己做好了萬全準備，能夠面對這些人，卻沒準備好接受洶湧流竄至我全身的怒火。我肩膀上的傷口抽痛，體內的一些什麼掙脫了束縛。

我看著瑟杰那張掛著輕蔑的臉，體內力量伴隨清晰且狂暴的目標逐漸掀起。我舉起一臂。如果他們需要受點教訓，就由我來給他們。想吵架，他們可以踩著瑟杰支離破碎的身體繼續吵。我在空氣中劃出一道弧線，朝他砍去。這把光刃被我的憤怒磨得極其鋒利。

直到最後一秒，一絲理智才穿越我腦中因憤怒造成的嗡鳴混沌。不可以，我突然恐懼地意識到自己要做出什麼，驚慌失措地回過神，趕忙將方向一偏，將斬擊往空中劈去。

響亮的一聲啪震撼整個空間，格里沙紛紛尖叫退散，往牆上貼靠聚集。

日光從頂上那道參差不齊的裂隙傾洩而入，我就像劈開了一顆巨大的蛋，切開了金色圓頂廳。

當所有格里沙驚駭不已、不敢置信地轉頭看我，一陣深沉死寂隨之降下。我吞了口口水，被自己的舉動震撼，因自己差點做出的事嚇破膽。我想起尼可萊的忠告，趕忙堅定立場。我絕對不能被他們看見我的恐懼。

「你們認為闇之手很強大嗎？」我問，被自己語調中的冰冷和清晰嚇了一跳。「你們根本不知道他有何能耐，只有我看過他做出了什麼事，只有我曾與他對峙，並且活下來把事情告訴你們。」就連聽在耳中我都覺得自己像個陌生人。然而我感到自身力量的殘響震顫著貫穿身體，並趁勝追擊。我慢慢轉過來，與每一雙震驚的目光對望。

「我不在乎你們認為我是聖人，或蠢蛋，或闇之手的婊子。如果你們想繼續待在小行宮，就得跟著我；如果不喜歡這樣，今晚就離開，否則我會把你們銬起來。我是一名士兵，也是太陽召喚者，更是你們唯一的機會。」

我大步走過房間，一把將通往闇之手房間的門打開——並因為它沒有上鎖暗自在心中感謝。我在內廳盲目亂竄，不確定自己要去哪兒，但是衷心渴望在被人目睹我狂發抖前離圓頂廳越遠越好。

幸運的是，我找到前往戰情室的路。瑪爾跟在我後面進來，他還沒關上門，我就看到托亞和塔瑪逕自站到崗位上。費德和其他人一定還留在原地。我只希望他們能和其餘格里沙和平共處——又或者他們可能會直接互相殘殺。

我在延伸至最遠牆面的大張拉夫卡古地圖前來回踱步。

瑪爾清清喉嚨。「我覺得剛剛整體而言還不錯。」

我忍不住冒出一個歇斯底里、猶如打嗝的笑聲。

「除非妳本來的打算是讓整座天花板塌在我們頭上，」他說，「如果是那樣，那妳只成功了一半。」

我一點、一點地咬著拇指，持續踱步。「我得吸引他們的注意。」

「所以妳本來就打算那麼做嗎？」

我差點殺了人——我想殺人。不是圓頂就是瑟杰，而如果打中的是瑟杰，要修補就難上百倍。

「不完全是。」我承認。

突然間，我體內一切精力都流光，癱坐在長桌旁的椅子上，雙手掩住臉。「他們全都會離開。」我呻吟著說。

「也許吧，」瑪爾說，「但我不認為。」

我將頭埋進雙臂。「我是想騙誰啊？我根本就做不到。這簡直像什麼白痴笑話。」

「我沒聽到有人笑啊，」瑪爾說，「就一個對自己在做什麼毫無頭緒的人，我得說妳處理得相當好。」

我抬頭瞥他一眼。他靠著桌子，交叉雙臂，唇邊還隱約露出一抹微笑。

「瑪爾，我在天花板開了個洞。」

「一個很有震撼力的洞。」

我噴出一個介於笑和哭之間的聲音。「那下雨時我們要怎麼辦？」

「就像往常那樣，」他說，「努力保持乾爽。」

門上傳來敲門聲，塔瑪探頭進來。「有個僕役想知道妳要不要睡在闇之手的房間。」

我知道自己得這麼做，然而一點也不期待。我用雙手抹臉，勉力將身軀拔離椅子。來到小行宮還不過一小時，我已精疲力盡。「我們去瞧瞧吧。」

闇之手住處就在戰情室的大廳再過去。有個一身炭黑衣服的僕人領著我們，進入一間相對正式的巨大休息室，裡頭有張長桌，還有幾張看起來不怎麼好坐的椅子；每面牆壁都設了一扇雙開門。

「這扇門通往一條能夠帶妳離開小行宮的通道，吾主。」僕人說，作勢指著右邊，接著她指向左邊的門，「這些通往護衛住處。」

我們正對面的門則無須解釋。那門從地板延伸至天花板，黑檀木上雕刻著闇之手的象徵——遮蝕的太陽。

我還沒有作好心理準備面對那玩意兒，於是慢慢踱到護衛的住處，偷看裡面。他們的休息室相對舒適很多，有張可以玩牌的圓桌，幾張塞得太膨的椅子，圍著一個可在冬天保暖的貼瓷小暖爐擺放。我還從另一扇門瞥見一排排雙層床鋪。

「我猜闇之手的護衛比較多吧。」塔瑪說。

「多很多。」我回答。

「我們可以多帶一些來啊。」

「我想過，」瑪爾說，「但我不知道有沒有必要，也不確定能相信誰。」

這我不得不同意。關於托亞和塔瑪，我算是寄予相當大的信心，可是真的能百分之百信得過的人，只有瑪爾一個。

「也許我們應該考慮從朝聖者裡面抽籤。」塔瑪提議，「他們有些之前是軍人，其中一定有不錯的戰士。那些人絕對願意為妳拋頭顱灑熱血。」

「絕對不行，」我回答，「只要讓國王聽見一個人喊一聲『聖阿利娜』，我就會被套上絞索。此外，我也不確定自己想不想把性命交到覺得我無論如何都可以起死回生的人手上。」

「我們就行了。」瑪爾說。

我點點頭。「好。然後……有沒有人能安排一下修理屋頂的事？」

托亞和塔瑪臉上綻開一模一樣的笑容。「不能讓它就那樣維持個幾天嗎？」

「不能，」我大笑出聲，「我不希望整棟建築倒下來壓死我們。去和造物法師談談，他們應該會知道怎麼辦。」我用拇指抹抹橫過掌心的那條隆起疤痕。「但是別讓他們修復得太完美。」我補充。傷痕會是最好的提醒。

我回到主要休息室，喊了靜候在門口的僕人。「我們今晚在這裡用餐，」我說，「能請你去安排些餐點嗎？」

僕人揚起眉毛，然後鞠躬、快步離開。我不禁縮了一下。我應該發號施令，不該問僕人意見。

我讓瑪爾和雙胞胎去討論守夜的安排，自己走過房間，來到黑檀木門前。門把狀似兩道纖細的弦月，材質是看起來像骨頭的東西。當我握住一拉，完全沒發出門鉸鏈的嘎吱聲或刮擦聲，雙開門就這麼悄然無聲地打開。

已有僕人點亮闇之手房間的油燈。我環視整個空間，然後吐出一口大氣——而我根本沒注意到自己憋著呼吸。我是在期待什麼？地牢，埋死人的坑，還是闇之手會吊在樹枝上睡覺？

房間為六角形，深色木牆上刻得滿滿施騰德樹林的錯覺畫。在巨大的頂蓋床上方，穹頂天花板點綴表面精細而滑順的黑曜石，還散布一片片排列成星座的珍珠母。這間房很不尋常，無庸置疑也非常奢華——但也不過是臥室。

架上一本書也沒有，書桌和梳妝桌也沒東西。他的所有物一定都拿走了，很可能燒了或砸成碎片。我想我應該慶幸國王沒把整座小行宮給拆了。

我走到床的一側，撫平枕頭涼涼的布料。得知他有一部分仍和一般人類相同，也會像所有人那樣晚上躺在枕頭上休息，其實還不錯。但我真的有辦法躺在他的床上、在他的屋簷下睡著嗎？

我突然頓悟，意識到這房間聞起來就是他的味道。我甚至從來沒注意到他有自己的氣味。我閉上眼睛、深深呼吸。這是什麼？冬風凜冽的力道、光禿的樹枝，一種「不存在」的氣味，還有夜晚的氣味。

肩上的傷口刺痛，我張開眼睛。房間門關了起來，可是我沒聽到關上的聲音。

「阿利娜。」

我轉過身，闇之手就站在床的另一邊。

我猛地摀住嘴巴，阻止自己尖叫。

這不是真的，我對自己說，這只是另一個幻覺，就像在影淵的時候一樣。

「我的阿利娜。」他輕柔地說。那張面孔是如此美麗、不見疤痕、完美無瑕。我不會尖叫，因爲這不是眞的，而且要是他們跑過來，什麼也不會看到。

他慢慢繞過床鋪，腳步沒發出一點聲音。

我閉上眼睛，用雙掌壓住它們，數到三——但是當我再次睜眼，他就站在我面前。我不會尖叫的。

我往後退一步，感到貼在背後的牆壁，喉嚨不自覺發出一個噎住的刺耳聲音。我不會尖叫的。

他伸出手。他碰不到我的，我對自己說，他的手會像鬼魂一樣直接穿過去。這不是眞的。

「妳無法從我身邊逃離。」他呢喃著說。

他的手指掠過我臉頰。實實在在、如假包換，我感覺得到它們。

恐懼貫穿全身。我伸出雙手，發出帶有沸騰熱度的耀眼光波，在房中熊熊燃燒。闇之手身影消失。

腳步聲在外頭的房間響起，雙開門被一把打開，瑪爾和雙胞胎衝進來，手握武器。

「發生什麼事了？」塔瑪問，掃視空盪的房間。

「沒事。」我逼自己說出口，希望聲音聽起來還算正常。我把雙手收進柯夫塔的衣褶，遮住顫抖。「怎樣？」

「我們看到光，然後——」

「只是這裡有點暗啦，」我說，「黑漆漆的。」

他們注視我良久，然後塔瑪四處打量。「確實是陰森森的，妳可能要考慮重新裝潢。」

「這件事當然在待辦清單上。」

雙胞胎又多環顧房間一眼，便朝門走去，托亞已開始對他手足碎唸晚餐的事。瑪爾站在門口等待。

「妳在發抖。」他說。

我知道這一回他不會叫我解釋，我甚至不該還要他再開口問——他連問都不必問，我應該自己告訴他真相。但我能說什麼呢？說我看到一些東西？說我瘋了？說不管我們逃得多遠都不可能安全？說我殘破得就像那座金色圓頂，可是竄進我腦子的玩意兒可不只是區區太陽的光？

我自然三緘其口。

瑪爾甩了一下頭，就這麼走開。

我獨自一人站在闇之手空蕩蕩的房間中央。

快叫住他，我絕望地想，對他說點什麼，把一切都告訴他。

瑪爾就在不過幾呎距離的地方，在那面牆的另一邊。我可以喊出他的名字、叫他回來、說出一切——說在影淵裡發生什麼事，說我差點對瑟杰做出什麼事，我沒多久前又看到了什麼。然而當我張開嘴，同樣的字句一次又一次從腦海浮現。

我不會尖叫的，我不會尖叫的，我不會尖叫的。

第十四章

第二天，我因為聽到憤怒的話聲而醒來，有一瞬間完全不知道自己身在何方，這片黑暗簡直無懈可擊，只有門下一條細縫透出光線。

接著重回現實。我坐起身，笨手笨腳摸索著床旁牆上的燈，將火光轉強，檢視懸著的深色絲綢床簾、石板地面、充滿雕刻的黑檀木牆壁。我真的非得改造一下不可，這整個房間散發一股令人沮喪的氣氛，讓人真心不想在裡面醒來。只要想到我真的在闇之手的房裡、在他床上度過一晚，就覺得有點怪──而且我甚至看見他站在這個房間。

夠了別再想了。我一把掀開被子，兩腿一晃，從床的側邊下來。我不知道那些幻覺到底是我想像的產物，抑或闇之手為了操弄我使出的攻擊。不管怎樣，這些應該都可以有合情合理的解釋──說不定被虛獸咬到害我感染一些東西。如果因為這樣，那我只要找到治好它的方法即可。又或者，隨著時間過去，影響會慢慢減退。

門外的爭執音量越來越拔高。我好像聽到瑟杰及托亞隆隆響的憤怒說話聲。我匆匆披上擺在床腳的刺繡晨袍，確認藏好腕上的手銬，便趕忙跑去公共休息室。

我差點迎頭撞上雙胞胎。托亞和塔瑪正肩並著肩，阻擋大批憤怒的格里沙闖進我房裡；托亞交叉雙臂，瑟杰和費德拔高分貝據理力爭，塔瑪則不斷搖頭。看到柔雅也和他們在一起，身邊還站著前一天出言挑戰我的深膚色火術士，我有點氣餒。所有人好像都在同時間開口講話。

「怎麼回事？」我問。

瑟杰一看見我，立刻大步上前，手中緊抓著一張紙。塔瑪過來擋他，但我揮手要她讓開。

「沒事的，」我說，「有什麼問題嗎？」可是我早就知道——我認出了自己的筆跡，還有瑟杰拿在我面前甩的那張紙，上頭還殘留著尼可萊給我用來蓋章的金色日輪印鑑。

「這我們不能接受。」瑟杰火大得直噴氣。

我前一天晚上發出訊息，表示將召開戰爭會議。每個格里沙派系都要推舉兩名代表參加。看到他們選了費德和瑟杰，我滿高興的，雖說，當那位年長的格里沙也加入討伐，我的善意立刻被磨損了。

「他說得沒錯，」費德說，「軀使系是格里沙防禦的第一線，我們對於軍事相關事務最有經驗，代表人數應該更多。」

「我們在戰時的付出也一樣有價值。」柔雅強調，面紅耳赤。即便和人鬥氣，她依舊艷光四射。我確實猜想大家會推選她代表元素系，但關於這件事，我當然不會多愉快。「如果會議上有三個軀使系，」她說，「那也應該要有三名召喚者。」

所有人又開始大喊大叫。我發現質化系並沒來這裡發牢騷。身為最低階的格里沙，很可能單是沒被排除在外就很高興了。又或者，他們太專注於自己的工作，不想被打擾。

我還沒有很清醒。我想要的是吃早餐，不是聽人吵架。但我知道這件事非解決不可。我打算採取不同路線——然後他們可能就會知道「不同」的定義是什麼。否則，這件事恐怕在開始之前就將分崩離析。

我舉起一手，他們立刻安靜下來。很顯然，我讓這個效應成功擴散。搞不好他們怕我又要毀了另一片天花板。「每個系兩個格里沙，」我說，「多一個不成，少一個也不行。」

「但是——」瑟杰開口。

「闇之手改變了。如果我們想擁有任何打敗他的希望，也得改變不可。每個系兩個格里沙，」我重複，「而派系也不能再分開坐。你們要坐在一起——一起用餐、一同戰鬥。」

至少我讓他們閉上了嘴。那些格里沙只是站在那兒，瞠目結舌。

「還有，今天開始，造物法師得接受戰鬥訓練。」我做出結論。

我將他們驚駭的表情盡收眼中。他們的表情彷彿我叫他們全赤身裸體衝上戰場。質化系格里沙不被當成戰士看待，所以沒人想費心教他們如何戰鬥。在我看來，這簡直暴殄天物。無論眼前有什麼，全都拿來利用。

「我看得出你們都嚇壞了。」我稍稍嘆了口氣。

由於我恨不得能喝杯茶，所以走到了桌旁。桌上擺著早餐托盤，承著滿滿被蓋著的餐點。我掀起其中一個蓋子。黑麥加鯡魚。還真是一大早就諸事不順啊。

「但是……但是我們一直都是這樣的啊。」瑟杰激動得口沫橫飛。

「妳不能就這樣顛覆好幾百年的傳統。」那名火術士表示抗議。

「我們真的連這個也要吵嗎？」我不耐地問。「我們得對抗超乎想像的古老力量，結果你們在吵吃午餐的時候旁邊要坐誰？」

「那不是重點，」柔雅說，「萬事都有秩序，做事得按照——」

他們全都開始急匆匆地咕噥著強調——傳統啦、事情到底要怎麼做才對啦，要求組織結構，還有大家都該認清自己要在什麼位置。

我用力噹地把蓋子重新蓋回食物上。

「我們就是要這樣做事，」我旋即失去耐心。「再也別給我使什麼軀使系的傲慢、元素系的小團體。還有，不要再給我鯡魚了。」

柔雅張開嘴巴，但三思之後決定閉上。

「現在都給我走，」我厲聲說道，「我想要平靜地吃頓早餐。」

好一陣子，他們只是站在那裡，然後塔瑪和托亞上前，我很震驚格里沙們竟然乖乖聽令，儘管柔雅滿臉惱怒，瑟杰表情陰晴不定，但是他們全逆來順受、離開這個空間。

他們走沒多久，尼可萊就出現在門口，我意識到他一直在大廳那裡偷聽。

「幹得好，」他說，「我們應該永遠紀念今天這個日子——就叫它偉大的鯡魚法令日。」他走進來，將門在身後關上。「雖然有點未盡完美。」

「我沒有你那種開開心心、不關我事的天賦，」我在桌旁坐下，不顧一切撕開一條麵包卷。

「但是『臭臉女王』似乎對我滿有用。」

一名僕人衝上前，從大茶壺倒了杯茶給我。茶真的是燙到讓人心滿意足，我往裡面瘋狂撒糖。尼可萊拉了張椅子，沒經同意就坐下。

「妳真心不打算吃這些？」他說，已將鯡魚堆疊到他盤子上。

「太噁。」我簡明扼要表示。

尼可萊大吃一口。「要是妳吃不了魚，就無法在海上生存。」

「別在我面前裝成可憐兮兮的水手。我有在你船上吃飯的，你忘記了嗎？史鐸霍恩的廚子幾乎沒端上鹽漬鱈魚或硬麵包好不好？」

他哀傷地嘆口氣。「我真心希望能帶波哥斯來。宮裡的廚房似乎覺得食物要是沒浸在奶油中就不算完整。」

「只有王子會抱怨奶油太多。」

「嗯哼，」他若有所思地拍著自己扁平的肚子，「也許這個王家獨有的勇氣，可以讓我散發更多權威。」

我笑出來，但是當門打開、瑪爾進來，我差點跳起來。他一看見尼可萊便停住腳步。

「我怎麼會不曉得你要在小行宮吃飯呢，王子殿下。」他先僵硬地對尼可萊鞠了個躬，然後再對我鞠個躬。

「你不必那樣。」我說。

「他需要。」

「妳看完美王子也這麼說。」瑪爾說，來桌子這裡加入我們。

尼可萊咧嘴一笑。「我有很多綽號，但那恐怕是最精闢的一個。」

「我不知道你起床了。」我對瑪爾說。

「我起床好幾小時了，只是到處晃，想找點事情做。」

「太棒了，」尼可萊說，「我是來發邀請函的。」

「舞會的嗎？」瑪爾問，迅速把剩下的一小點麵包卷從我盤裡捏走。「我真心希望是舞會。」

「儘管我認為你跳起華爾滋必定姿態曼妙——可惜不是。巴拉基列夫附近的林中目擊到野豬，明日將有一隊獵捕小組出發，我希望你加入。」

瑪爾揚起眉毛。「您沒朋友嗎，殿下？」

「不但如此，我還有太多敵人，」尼可萊回答，「但我不會去。我的父母還沒準備好讓我離開視線。我和其中一名將軍談過了，他同意讓你以他的客人身分待下。」

瑪爾往後靠，交叉雙臂。「我懂了——所以我去森林裡閒逛幾天，你則留在這裡。」他邊說邊意有所指地瞥了下我。

我在椅子上不安扭動。我不喜歡這個暗示，但我確實得承認，這麼做明顯像是某種計謀。說老實話，就尼可萊的風格來說有點太明顯了。

「你知道嗎，基於你們早就擁有不朽的愛情，你真的是沒安全感到一個誇張的地步。」尼可萊說，「獵捕小組中會有一些第一軍團最高階的成員，我的哥哥也會在。他是個貪婪的獵人，而我親眼見識到你是拉夫卡最強的追蹤師。」

「我以為我應該要擔任阿利娜的護衛，」瑪爾說，「而不是跟著一堆嬌生慣養的王室成員到處跑。」

「你不在的時候托亞和塔瑪可以擋一下，而且這也是你證明自己用處的好機會。」

非常好，我一面看著瑪爾瞇起眼睛一面想，眞是太棒了。

「那麼殿下，你又做了什麼事來證明自己的用處呢？」

「我是王子，」尼可萊說，「我的工作內容不包含有用，不過，」他補充，「在我不靠帥臉混日子時，我會著手改良第一軍團的武裝配備，並蒐集闇之手下落的情報。有傳言說他進了斯庫左。」

瑪爾和我都不禁豎起耳朵。斯庫左是延伸於拉夫卡與蜀邯大部分邊界間的山脈。

「你認為他在南方？」我問。

尼可萊又扔了另一片鯡魚進嘴裡。「有這可能，」他說，「我本來認為他更可能和斐優達結盟；北方邊界更有價值。但是斯庫左確實是藏身的好地方。如果報告為真，我們就得盡快改為和蜀邯締結聯盟，這麼一來，才能從兩邊陣線舉兵討伐他。」

「你想主動對他發起戰爭？」我訝異地說。

「總比等他變強、主動對我們發動戰爭來得好。」

「我喜歡，」瑪爾儘管心不甘情不願，卻滿心佩服，「闇之手怎麼也想不到。」

我想起來了。雖然瑪爾和尼可萊有諸多不同，先前的瑪爾和史鐸霍恩卻正慢慢建立起友誼。

尼可萊啜了一口茶。「第一軍團還傳出令人不安的消息，似乎有為數不少的士兵找到了信仰、逃隊離營。」

我皺起眉頭。「你的意思不會是——」

尼可萊點點頭。「他們藏在僧院，加入導師的太陽聖人邪教。祭司聲稱妳遭腐敗的君王當成犯人，關了起來。」

「可笑至極。」我說。

「事實上，這聽起來可信度很高，甚至打造出一個皆大歡喜的故事。無須多言，我父親當然很不快。他昨晚勃然大怒，然後加碼導師項上人頭的賞金。」

我忍不住哀嘆。「這真是太糟了。」

「確實，」尼可萊承認，「所以妳理解了吧？妳私人護衛隊的隊長最好立刻在大宮殿裡建立一些盟友關係，這才比較明智。」他轉過頭，敏銳的目光落在瑪爾身上。「而這件事——奧列捷夫——就是你可以發揮用處的地方。就我印象，我的船員愛你愛得不得了，所以搞不好你可以拿起弓箭，展現一下你的手腕——而不是展現嫉妒。」

「我會想想。」

「好孩子。」尼可萊說。

噢！諸聖在上。他就是不喜歡見好就收是不是？

「你最好小心一點，尼可萊，」瑪爾溫和地表示，「王子和普通人一樣，也會流血。」

尼可萊拿掉袖口某顆看不見的塵埃。「是沒錯，」他說，「他們只是穿著比較漂亮的衣服流血。」

「瑪爾——」

瑪爾站起來，椅子刮過地板。「我需要呼吸一點新鮮空氣。」

他大跨步走出門，把那些什麼鞠躬啊頭銜的都忘了。

我把餐巾一丟。「你為什麼要那樣？」我火大地質問尼可萊。「你為什麼要那樣挑釁他？」

「我有嗎？」尼可萊伸手去拿另一個麵包卷。我則認真思考要拿叉子刺穿他的手。

「不要把他逼到極限，尼可萊。失去瑪爾的話，你也會失去我。」

「他得學會這裡的規矩。如果他學不會，就會變成累贅。半調子帶來的風險太高了。」

我顫抖著用雙手搓揉自己的手臂。「我真的很討厭你那樣講話；聽起來和闇之手沒兩樣。」

「如果妳對我們兩人真心有辦識障礙，那我建議，妳就投奔那個不會折磨妳或殺死瑪爾的人——那個人就是我啦。」

「你這麼確定你不會嗎？」我反駁，「如果能讓你更靠近想要的事物，更接近王位，還可以有更大的機會拯救拉夫卡，你確定不會親自帶我上絞刑台？」

我本來以為尼可萊會給我另一個油腔滑調的回應，但他一副我一拳打中他肚子的模樣。尼可萊本來開口要說話，卻又停下，然後搖搖頭。

「諸聖啊，」他說，語調約莫介於迷惘和嫌惡之間。「我還真不知道。」

我無力倒回椅子。他這樣直截了當地承認本該讓我滿肚子火，可是反過來，我卻覺得自己被怒火燒乾。也許是因為他太誠實，也或許是因為我不禁擔心起自己的能耐究竟到什麼程度。

我們無言以對坐在那裡好一會兒。他一手搓磨頸背，然後慢慢站起身。在門口時，他暫停腳步。

「阿利娜，我很有野心，目的也明確……我希望自己仍能分辨得出是非對錯。」他遲疑了一下。「我說會給妳自由，而且不是隨便講講。如果明天，妳決定和瑪爾一起回諾維贊，我會帶妳上船，讓海洋帶著妳去任何地方。」他堅定地與我對視，榛果色的雙眼沒有動搖。「目送妳離開，我絕對不會有任何後悔。」

他走入大廳、消失身影，腳步聲在石子地板上迴盪。

我在那裡坐了一會兒，挑揀著早餐，細細思索尼可萊離開時說的話。然後我逼自己稍微振作精神。此時此刻，我沒有時間悉心研究他有何動機。再過幾個小時戰爭會議就將召開，得討論策略，還有該用什麼方法有效建立對闇之手的防禦。我有很多事情得做、得準備。但首先，我得去個地方。

□

當我將金色搭配藍色的柯夫塔上的太陽狀釦子扣好，不禁無奈地甩了一下腦袋。巴格拉絕對會立刻嘲弄我搬出來的新藉口，而且一秒都不會浪費。我梳了梳頭髮，從闇之手房間的出入口溜出小行宮，橫越宮殿前往湖邊。

我問了個僕人，她說巴格拉在冬季盛宴後沒多久就生了病。在那之後，她就不再收學生。可是我當然知道真相，宴會那晚，巴格拉對我揭露了闇之手的計畫，並幫助我逃出小行宮，接著想辦法幫忙隱瞞我不見的事實，為我爭取時間。只要一想到他發現她的欺瞞會爆發何等憤怒，我肚子裡就好像躺了顆大石頭。

當我從緊張兮兮的女僕那裡逼問完細節，她慌張行了個笨拙的屈膝禮，倉皇逃走。總之巴格拉還活著，也還在這裡。闇之手是可以摧毀一整座小鎮，然而他似乎仍謹守分際，沒對親生母親下殺手。

通往巴格拉小屋的路旁樹莓刺藤蔓生肆虐，夏季林中樹葉的辛辣氣味及濕土壤味道糾結繚繞。我忍不住加快腳步，訝異地發現自己竟然非常想見到她。就算在她脾氣最好的時候，依舊是個嚴厲的老師，外加難搞的女人。可是巴格拉在無人幫助我時伸出援手，而且我很清楚，要想解開莫洛佐瓦第三個增幅物的謎團，除她以外再無別人。

我爬上小屋前的三級階梯，伸手敲門——無人回應。我再敲一次，然後將門推開，因為撲面而來的熟悉熱風瑟縮了一下——巴格拉好像總是覺得冷；接著走進她的小屋，有如被塞進烤爐一樣。

這個陰暗的小房間和我記憶中如出一轍，只有寥寥無幾、最低限度的生活必需品，火焰在貼磚暖爐中怒吼，巴格拉裹著褪色的柯夫塔偎在暖爐邊。看到她並非獨自一人時，我嚇了一跳，有個僕人坐在她旁邊。是個穿著灰色衣服的年輕男孩。我進來時，他站起身，在黑暗中注視著我。

「謝絕訪客。」他說。

「誰下的令？」

聽到我的聲音，巴格拉倏地抬起眼神。

她拿枴杖往地上一砸。「小鬼，滾。」她命令道。

「但是——」

「滾！」她厲聲說道。

她就和以前一樣討人喜歡呢，我謹慎地想著。

男孩慌慌張張橫越房間跑出了小屋，沒有多說一個字。

巴格拉開口時門根本還沒關上。「小聖人，我還在想妳什麼時候才會回到這個地方呢。」

果然，巴格拉用了我最不想聽到的名字叫我。

我已經開始流汗，而且一點也不想靠近火焰，但我還是過去了。我走過房間，坐在僕人離開後空出的椅子上。

我靠近時，她轉身面朝火焰，背對著我。她今天狀態奇佳。我無視她的侮辱。

我安靜地坐在那裡一會兒，不確定該從何說起。「他們告訴我，妳在我離開後就病了。」

「嗯哼。」

雖然我不想知道，仍逼自己發問。「他對妳做了什麼？」

她發出一聲乾笑。「不少不多，半死不活。」

「巴格拉——」

「妳應該要去諾維贊；妳應該消失。」

「我盡力了。」

「妳沒有，妳跑去狩獵，」她冷笑一聲，拐杖往地上一敲。「然後找到了什麼呢？一條妳將要戴一輩子的漂亮項鍊。靠過來點，」她說，「我想知道我勞心費力究竟換來了什麼。」

我順從地靠近。當她轉向我，我不禁倒抽一口氣。

距離上次見到她，如今的巴格拉彷彿蒼老百歲。她的黑髮稀疏花白，凌厲的輪廓線條好像整個糊了，原本繃緊的唇線如今凹陷而軟癱。

但讓我往後一彈的原因是，巴格拉的眼睛沒了。原本該有眼球的地方，現在剩兩個黑洞，在那深不可測的洞裡，陰影盤繞崇動。

「巴格拉。」我幾乎說不出話，伸手想握她的手，但一碰，她就縮回去。

「省省妳的憐憫吧，丫頭。」

「他……他對妳做了什麼？」我的聲音猶如呼吸那般微渺。

她發出另一個刺耳笑聲。「他讓我活在黑暗之中。」

巴格拉的聲音十分有力，但是見她坐在火旁，我領悟她唯一不變的只有這個部分。她本來精瘦結實，有著如同特技演員的俐落身姿。而今那雙老邁的手輕輕顫抖，先前強健的體格現在變得枯瘦而虛弱。

「讓我看看。」她伸出手。我坐著不動，讓她用手摸過我整張臉。那些粗糙生瘤的指頭像是兩隻白色蜘蛛爬在我臉上，對我的眼淚毫無興趣，逕自扭動著朝我下巴爬，直到喉嚨底部。項圈就在那個地方。

「啊，」她低聲說，指尖沿著我脖子上那副粗糙鹿角撫摸。她的嗓音柔和，幾乎帶了些想望。「我真想看看他那頭雄鹿。」

我想轉頭、想別開眼神，不去看她暗潮洶湧的雙眼黑池。然而我拉起袖子，抓住她一隻手。她想抽回來，但我加重力道，將她的手放在我手腕的手銬上。她立刻靜了下來。

「不，」她說，「這不可能。」

她順著海鞭鱗片隆起的脊峰撫摸。

「拉索伊，」她輕聲說，「丫頭，妳幹了什麼好事？」

她的話給了我希望。「妳知道其他的增幅物。」

當她手指死死扣住我手腕，我忍不住瑟縮。「是真的嗎？」她突然問，「他們說他辦得到——他能賦予暗影生命？」

「是真的。」我承認。

她駝著的肩膀甚至更垮了。然後，她甩開我的手臂，好像那是什麼髒東西。「出去。」

「巴格拉，我需要妳的幫忙。」

「我叫妳出去。」

「拜託，我得知道在哪裡能找到火鳥。」

她那張凹陷的嘴微微顫抖。「我背叛過我兒子一次，小聖人。妳憑什麼覺得我會再背叛一次？」

「妳也想阻止他，」我遲疑地說，「妳——」

巴格拉用枴杖重敲地板。「我想阻止他變成怪物！但是現在已經太遲了，不是嗎？這都要謝謝妳啊！如今他越來越不像個人了，現在任何贖罪都沒有救了。」

「也許吧，」我承認，「但是拉夫卡還不至於無藥可救。」

「我為什麼要在意這個可鄙的國家有什麼下場？這世界有這麼美好嗎？讓妳覺得它值得拯救？」

「對，」我說，「而且我知道妳也這樣覺得。」

「丫頭，妳不可能對認識的生物下毒手的。」

「那好！」我說，罪惡感被絕望感壓過。「我是個白痴，是笨蛋，我走投無路——所以需要妳的幫忙。」

「誰都沒辦法幫助妳，妳唯一的希望就是逃。」

「把妳對莫洛佐瓦知道的一切資訊告訴我，」我懇求道，「幫我找出第三個增幅物。」

「我就連該從哪裡開始找火鳥都想不出來，而且就算我知道也不會告訴妳。我現在只想待在暖和的房間裡獨自等死。」

「我也可以奪走這個房間，」我憤怒地說，「和妳的火爐，還有妳乖巧的僕人。到時妳應該就比較願意開口了吧。」

話一離口我就想收回。一股懊悔的羞愧感襲捲。我剛剛真的威脅了一個又老又瞎的女人嗎？巴格拉發出惡毒又響亮的咯咯笑聲。「我懂了，妳真的十分沉醉在力量之中。當力量越大，就會飢渴地想要更多。同類相喚啊，丫頭。」

她的話令我熱辣辣湧上一股恐懼。

「我不是故意的。」我弱弱地說。

「如果妳想違反這世界的規則，不可能不付出代價。那些增幅物本不該存在，沒有任何格里沙應該擁有那種力量。妳已經在改變了。要是找到第三個，還拿來使用，妳就會一點一點完全失去自己。妳想要我幫忙？想知道該怎麼做？忘了火鳥吧。忘了莫洛佐瓦和他那些瘋狂想法。」

我搖頭。「我不能，也不會這麼做。」

她再次轉回火前。「那就隨便妳想怎樣就怎樣，丫頭，我已經受夠這人生，也受夠妳了。」

我是在期待什麼？期待她像見到親生女兒一樣迎接我？像朋友一樣歡迎我？她失去了親生兒子的愛，更犧牲了自己的雙眼，到最後我也令她失望透頂。我想堅持己見，要求她得幫忙；我打算威脅她、花言巧語矇騙她；我也想要雙膝跪地，為她失去的一切及我犯下的每個錯誤懇求原諒。然而，我卻只是做了她一直以來要我做的事——轉身逃跑。

當我踉蹌逃出小屋，差點在樓梯上失足跌倒，那個小男僕就等在樓梯最底下。他伸出手，在我摔倒前扶住我。

我感激地大吸一口新鮮空氣，感到皮膚上汗水冰涼。

「是真的嗎？」他問，「妳真的是太陽召喚者嗎？」

我看見他充滿希望的臉，感到喉中淚水帶來的刺痛。我點點頭，努力微笑。

「我母親說妳是聖人。」

她還相信什麼其他的童話故事嗎？我苦澀地想。

趁著我還沒在他骨瘦如柴的肩膀上痛哭、自取其辱，我趕忙從他身邊逃走，順著狹窄小路匆匆跑開。

當我來到湖邊，便朝其中一座白色石頭做的召喚者亭閣走去。它們不算多大的建物，不過是圓頂狀的遮蔽處，但能讓年輕召喚者在此練習使用天賦，無須害怕炸掉學校屋頂或燒了小行宮。我在亭閣階梯上的遮蔭處坐下，頭埋在手中，拚命逼退淚水，努力穩定呼吸。我是如此確定巴格拉知道火鳥的事，也肯定她會願意幫忙。在這些都告吹之後，我才意識到我對她寄予多大希望。

我順了順大腿上閃閃發光的柯夫塔衣褶，只能努力吞下想哭的感覺。我想過巴格拉會嘲笑我，諷刺我這個小聖人一身上好華服。是說我到底哪根筋出問題，竟然以為闇之手會對他的母親略施慈悲？

而我又為什麼做出那種舉動？我怎麼可以威脅要奪走她所剩無幾的舒適條件？這行為醜陋得令我自己想吐。我可以說自己只是太絕望，但即便如此也無法緩解我的羞愧，或者改變事實真相，因為一部分的我確實想大步衝回她的小屋，親力親為地實現這些威脅，把她拖到太陽底下，從她凹陷又惡毒的口中逼問出答案。我到底是怎麼回事？

我把《聖人生平》從口袋拿出來，雙手拂過磨損的紅色皮革封面。我閱讀它的次數多不勝數，多到能直接翻到聖伊利亞的那張插畫。雖說，現在書頁因為蜂鳥號墜毀而呈現泡過水的樣子。

他究竟是格里沙聖人，還是另一個抵抗不了誘惑的貪婪笨蛋？——像我一樣的貪婪笨蛋。忘了莫洛佐瓦和他那些瘋狂想法。我一指拂過拱門的弧線。這可能沒有任何意義，很可能只是對伊利亞的過去稍加點綴，和增幅物毫無關係。又或者那不過是畫家在炫技。就算我們真的是對的，那確實是某種標的物，它也可能位在任何地方。尼可萊走遍了大半拉夫卡，連他都沒看過。最可能的是，那兒早在幾百年前就倒塌成一堆瓦礫。

湖對面學校的鐘聲響起，年幼格里沙高亢的笑聲從門口衝耳而入，又喊又笑的，等不及要衝進夏日陽光中。儘管前幾個月發生了那些災難，學校仍在上課。可是，如果闇之手真的打來，我就得疏散學校。我絕對不會讓學生擋在虛獸面前。

牛會感受到軛的存在，但鳥會感覺到翅膀的重量嗎？

巴格拉真的對我說過這些話嗎？還是我只是在夢中聽見的？

我站起身，將柯夫塔上的灰塵拂去。我不確定哪個比較讓我訝異——是巴格拉拒絕幫我，還是她看起來多麼滿身瘡痍。她不只是隨便哪個老婦人，而是一個失去希望的女人，而在那些奪走她希望的人之中，也有我的一份。

第十五章

先不管這地方的名稱，我倒是滿喜歡戰情室。我心中的製圖師對那些畫在精細加工過的動物皮革上，有著歐斯柯佛的鍍金燈塔、蜀邯的山上寺廟、悠游在海洋邊緣的美人魚等等怪誕美麗細節的古地圖毫無抵抗能力。

我將聚集在桌邊的格里沙臉孔掃過一遍，有些眼熟，有些面生。然而任何人都可能是間諜——無論是闇之手的，還是國王或導師的。任何一個人都可能在等待將我剷除、奪取權力的機會。

托亞和塔瑪站在外頭不遠處以防萬一，只要喊一聲就能衝進來。可是真正讓我安心的卻是瑪爾的存在。他坐在我右邊，身穿粗布衣服，日輪別在心臟位置。我萬般不願去想他有多快就要踏上打獵之旅，但我得承認，有點事情可分心也許是好事一樁。瑪爾對自己的軍人身分非常自豪，而且，儘管他試圖隱藏，但我知道國王的判決對他來說是一大打擊，而讓他覺得我也有事瞞他，這也毫無幫助。

瑟杰坐在瑪爾右邊，一臉慍怒，雙手交叉在胸前。坐在被棄者護衛旁邊，他不爽得要命，而且我堅持安排一名造物法師坐在我左邊，他也不怎麼開心。畢竟那被認為是相當榮譽的位置。她是一個蘇利女孩，名叫琶雅，我以前沒見過。她有深色的頭髮和接近黑色的眼睛，紫色柯夫塔袖子上的紅色刺繡代表她是鍊化士，亦即專長在化學領域，懂得爆炸粉和毒藥的造物法師。

大衛坐在桌子遙遠那頭，袖口飾以灰色。他能拿玻璃、鋼鐵、木頭、石頭——任何實體物質進行改造。大衛是物轉士，而我知道他是這一派的佼佼者，因為闇之手選了他來鍛造我的項圈。接著是費德，柔雅在他身旁，一如往常穿著元素系藍，並且艷光四射。

柔雅對面坐了帕佛，也就是前天大怒反對我的深膚色火術士。他有細窄的輪廓和缺角的牙齒，每次講話，都會微微咻咻漏風。

會議的第一階段是討論拉夫卡各地前哨基地的格里沙數量，以及那些可能躲藏起來的人。柔雅建議派出信使，散布我回歸的消息，並且針對向太陽召喚者宣示忠誠的格里沙，提供完全且免罪的特赦。我們花了接近一小時討論這份特赦的措辭用字。我知道我一定得拿去給尼可萊，好讓國王批示，所以希望盡可能小心謹慎。最終，我們同意使用「忠於拉夫卡王權及第二軍團」的說法。大家對此好像都不太滿意，所以我相當確定這樣寫就對了。

提出導師問題的人是費德。「他當了漏網之魚那麼久，實在有點讓人不快。」

「他有嘗試聯繫妳嗎？」帕佛問我。

「沒有。」我說。然而我看見他露出質疑表情。

「有人在克斯基和雷沃斯特目擊過他。」費德說，「這個人變得太強大，而且仍可能和闇之手共謀合作。」

「我們得先找到他的下落。」琶雅表示。

柔雅以優雅姿態揮動一手。「這又有什麼意義？他好像吃了秤砣鐵了心，散布太陽召喚者的傳說，宣稱她是聖人。也該是時候讓大家看重我們格里沙了。」

「不是我們格里沙，」帕佛用下巴朝我的方向示意，好像想找架吵。「只有她。」

柔雅聳了聳線條優美的一肩。「那也比辱罵我們都是一群巫師和叛國賊好。」

「骯髒事就讓國王去做，」費德說，「讓他去找導師，處決對方，然後讓他去承受人民的怒火。」

我真不敢相信大家如此冷靜地討論殺人取命，而且不確定自己是否真想要導師的命。那名祭司的確要為諸多事情負責，但我並不認為他還和闇之手同流合污。此外，他給了我《聖人生平》這本書，而這就表示他是可能的情報來源。如果他被抓，我只能冀望國王能稍留他一條小命，讓我訊問一下。

「妳認為他信嗎？」柔雅一面打量我一面問，「相信妳是起死回生的聖人？」

「我不曉得這有什麼差別。」

「這樣說吧，至少這麼一來，我們對於他有多瘋至少能有一些底。」

「我寧可和叛徒作戰，也不想與宗教狂熱者對打，」瑪爾平靜說道。這是他第一次講話。「第一軍團我可能還有一些老朋友，願意向我報點消息。有謠傳說，一些士兵叛逃去加入導師，如果真是那樣，他們一定知道他在哪裡。」

我悄悄看了柔雅一眼。她正用那雙藍到不可思議的眼睛注視瑪爾。她好像會議大半時候都在對他狂眨眼睛……又或者只是我在胡思亂想。她是個強大的風術士，而且很可能是潛在的強大盟友。可是她過去也是闇之手的最愛，這自然讓她變得難以信任。

想到這裡我差點大聲笑出來。我是想騙誰？即使只是和她同坐一個空間，我都恨她恨得牙癢癢。她看起來就像聖人——骨架精巧、頭髮如絲緞般漆黑、完美的肌膚——只差沒有光環了。瑪爾完全沒注意她，但我腹部的抽搐感令我認為他的忽視有點太刻意。我知道，比起柔雅，我還有更重要的事得煩惱。我得統領一支軍隊，四面八方有強敵環伺，但我好像就是阻止不了自己。

我深呼吸一口氣，努力專心。還沒到這會議最難的部分。儘管我只想縮到某個安靜又漆黑的地方躲起來，有些事情仍提出來討論不可。

我環視桌邊，說：「我得讓你們知道我們要對抗的是什麼玩意兒。」

整個空間陷入死寂，好像剛剛敲響了鐘聲，有如剛才發生的一切不過是在裝模作樣，此時此刻，真正的會議才要開始。

一點一點，我將對虛獸的所有知識娓娓道來。關於牠們的力量和體型、子彈和刀刃幾乎傷不了牠們分毫。還有最重要的就是，牠們不怕陽光。

「但妳逃出來了，」琶雅試探地說，「所以至少牠們是可以殺死的。」

「我的力量可以摧毀牠們——至少這招好像能讓牠們無法痊癒。可是這並不輕鬆，我得使出黑破斬，而我不確定自己一回能使出多少次。」我沒提到第二個增幅物，即便我正將它戴在身上，也很清楚我承受不了影子軍團完全體的全面進攻，但我希望先將手銬隱瞞起來——至少現在先這樣。「我們之所以能脫身，是因為尼可萊王子讓我們逃離闇之手的力量範圍。」我繼續說，「牠們似乎得離主人近一點。」

「離多近？」帕佛問。

我看向瑪爾。

「難說，」他回答，「一哩，或兩哩。」

「所以他的力量還是有極限。」費德說，鬆了好大一口氣。

「絕對有。」終於，我傳達了沒那麼絕望的消息。「他得帶領軍團進入拉夫卡，才能對我們出手，那就表示我們會先接到警告，這樣他就會出現破綻。他沒辦法像召喚黑暗那樣直接召喚虛獸。這件事會消耗他的精力。」

「因為那不是格里沙的力量，」大衛說，「那是魔邪（*merzost*）。」

在拉夫卡語中，表示魔法和邪惡生物的字是同一個。基礎格里沙理論闡明，物質是不能憑空造出來的，但那是微物魔法的原則。魔邪則不同，那等於對組成世界心臟一分子的侵蝕。

大衛撥弄著袖子上一根鬆脫的線頭。「那種力量……那種質量一定得來自某個地方——一定是來自於他。」

「但他是怎麼做到的？」柔雅問，「真的有格里沙擁有那種力量嗎？」

「真正的問題在於我們該如何對抗他。」費德說。

話題一轉，變成討論起小行宮的防禦，以及在戰場上面對闇之手可以有什麼優勢。但是我只是一個勁兒看著大衛。當柔雅問到其他格里沙，他才直接看我——而且這是打從我抵達小行宮後，他第一次直視我。好吧，嚴格說不是看我，是看我的項圈。他又轉回去注視桌面，但如果我沒看錯，他好像比先前更不自在。我不禁思考他對莫洛佐瓦知道多少。此外，對於柔雅的問題，我也想知道答案。我不知道自己的訓練夠不夠，又或者有沒有膽量去嘗試，但我總覺得應該有辦法召喚光的士兵，來對抗闇之手的暗影軍團。三個增幅物有沒有可能給我這種力量呢？

我本來想在會議結束後單獨和大衛談，但是一開完會，他就衝出門。那天下午，我想跑去質化系工坊堵他的念頭，全被房裡一疊疊等著我的文件壓得煙消雲散。我花費好幾小時準備格里沙特赦令，並為了讓格里沙企圖在拉夫卡邊界重建第二軍團前哨的資金和糧食充足無虞，簽署數不盡的文件。瑟杰雖然試著處理了些闇之手負責的事務，但是大部分工作似乎仍落得無人解決。

每件事情似乎都以最令人困惑的方式寫就。我將那些本來不過是簡單指示的段落讀了又讀。等到我終於消滅那一大疊的一小角，早就過了晚餐時間——那是我在圓頂廳的第一餐。我其實很想把托盤拿回房間，可是在小行宮確立我待在這裡的資格更加重要。同時，我也想確保我的命令有人會聽，以及格里沙真的打破派系分際、和睦相處。

我坐在闇之手的桌子，盡我所能去認識一些陌生的格里沙，努力不讓他們有任何機會形成新的精英階層。我決定天天找不同的人和我共進晚餐。這是個新招數，但我沒有瑪爾的隨和，更沒有尼可萊的魅力。我們的對話總是生硬尷尬，三不五時冒出令人不自在的死寂。

其他桌的進展似乎也沒多順利。格里沙紅色、紫色和藍色混坐在一起，幾乎一語不發。餐具的鏗鏘撞擊聲在造物法師還沒動工修理的破裂圓頂廳到處迴響。

我不知道到底該大笑還是尖叫，此情此景簡直像我叫他們坐在有翼鷹人旁邊吃晚餐——不過至少瑟杰和瑪麗很滿意。當他們在娜迪亞旁邊摟摟抱抱、卿卿我我，就連娜迪亞都一副想要躲進放奶油的盒子裡。我應該算為他們高興吧，也許也有一點嫉妒。

我在心裡數了數——四十個格里沙，可能五十，而且大多數剛離開學校不久。這軍隊還眞棒呢，我嘆了口氣。我輝煌統治的一開頭還真是不怎麼樣呢。

□

瑪爾同意加入獵捕小組，而我第二天早早起床送他離開，並且意識到我們在小行宮的隱私將會比在路上時更加稀少。我們身邊有托亞、塔瑪，以及總是隨侍在側的僕人，我開始覺得，我們恐怕永遠不會有獨處的時候。

前晚我在闇之手床上睜眼無眠，想著瑪爾在宅邸那兒是怎麼吻我，默默思忖我是否會聽到他敲響我的門——我甚至左思右想考慮要穿越休息室，去敲護衛的住處。但我不確定是誰在值勤，只要想到可能是托亞或塔瑪來應門，我就羞得無地自容。我想最後大概是鎮日的疲勞替我作出了決定，因為下一刻，我就發現已經早上了。

等我抵達雙鷹噴泉，通往宮殿大門的路已擠滿人和馬匹。瓦斯利與他那些貴族朋友穿了一身精心製作的騎士禮服，還有身著亮眼制服的第一軍團軍官，而在他們身後的，則是服裝白金夾雜的大批僕役。

我發現瑪爾正在一批王家追蹤師旁邊檢查馬鞍。由於穿了農民的粗布衣，要認出他再容易不過。他背上有一張嶄新發亮的弓、整袋尾部裝了代表拉夫卡國王的淺藍與金色羽毛的箭。正式的拉夫卡狩獵禁止使用火槍，但我發現好幾名僕人背上都揹著槍，以防他們的貴族主人打不贏這些動物。

「做作得要命，」我從後面朝他走去。「不過是撂倒些野豬，到底是要用上多少人？」

瑪爾嗤了一聲。「這不算什麼好嗎。另一批僕人在黎明前就先動身去紮營了。諸聖就連讓王子等杯熱茶都不允許呢。」

號角吹響，騎士動身，傳來有條不紊的馬蹄達達、馬鐙鏗鏘。瑪爾搖搖頭，紮實地扯了繫馬鞍的帶子一下。「最好是那些野豬都是聾的。」他嘟囔著說。

我打量周遭那些閃亮制服及擦得放光的靴子。「也許我應該把你打扮得更……高調一點。」

「妳知道，孔雀不算在猛禽內是有原因的。」他咧嘴一笑，輕鬆自在且毫無保留，是好久以來我看見的第一個笑容。

能去打獵他很開心，我意識到，雖然滿嘴抱怨，但他很高興。我努力不要太放在心上。

「所以你就像是大褐鷹鴞？」我問。

「一點也沒錯。」

「還是過胖的鴿子?」

「鷹鴞就好了啦。」

其他人紛紛上馬,加入走在碎石子路上的其餘隊伍。

「走吧,奧列捷夫。」一名沙色頭髮的追蹤師喊道。

我突然有些不自在,敏銳地意識到圍在我們周遭的人,接收到他們過於好奇的目光。就算只是來道別,我很可能已破壞了某種不成文規則。

「好吧,」我拍拍他那匹馬的肚子。「好好玩啊,盡量不要射到任何人。」

「瞭解——等一下?不可以射到別人嗎?」

我露出微笑,但有一點硬擠出來。

我們又在那裡站了一會兒,兩人間的死寂無限延伸。我想伸出雙臂將他摟住,臉埋進他頸子,要他承諾會安然無恙,但我沒有。

瑪爾唇邊露出一抹悲傷的微笑,彎身鞠躬。

「吾主。」他說,而我的心臟在胸口猛地一抽。

他爬上馬鞍,踢了一下讓馬前進,便消失在如海水般朝金色大門流去的騎士人潮中。

我心情低迷地走回小行宮。

雖然還早,但是氣候已經開始變暖。當我從林木繁茂的隧道冒出來,塔瑪正在等我。

「他不要多久就會回來的,」她說,「不必這麼悶悶不樂。」

「我知道。」我回答，覺得自己蠢到不行。當我們走過草坪，前往馬廄，我努力擠出笑容。「在卡拉錫，我有個用舊襪子做的娃娃，每次他離開去打獵，我就會和娃娃聊天。也許那會讓我好一點。」

「妳真是個奇怪的小女生。」

「妳還沒見識到呢。所以妳和托亞都玩什麼？」

「敵人的頭顱。」

我見她雙眼閃閃發光，接著兩人都爆笑出聲。

在訓練室，塔瑪和我簡短向波特金打了招呼。這位導師的任務是訓練格里沙做好徒手駁擊的準備。這老傭兵立刻愛上了塔瑪，他們用蜀邯語和對方抱怨扯淡，幾乎講了十分鐘才勉強讓我卡進去，提議訓練造物法師的事宜。

「波特金可以教任何人戰鬥，」他的口音厚重。昏暗光線使得他喉嚨上那條粗陋傷疤散發珍珠般的光澤。「甚至教小女孩打架，瞧瞧？」

「沒錯。」我同意，並因為想起波特金那些讓人累吐的操練，以及我挨他打的次數而瑟縮。

「但是現在小女孩不再是小女孩了。」他邊說邊打量我柯夫塔的金色。「妳回來和波特金一起訓練。不過，不管大女孩或小女孩，我揍起來都一樣。」

「你還真是一視同仁。」我說，在波特金打算讓我瞧瞧他可以多公正之前，急忙催促塔瑪離開馬廄。

我直接從馬廄直接前往另一場戰爭會議，接著只勉強擠出一點時間梳理頭髮、整一整身上的柯夫塔，馬上又回頭前往大宮殿，在國王的顧問向尼可萊簡報歐斯奧塔的防禦狀態時加入。

我覺得我們有如兩個打擾大人的小孩。顧問清楚表現出一副我們在浪費他們時間的姿態，但是尼可萊似乎不為所動。他小心翼翼詢問軍備武器的問題、派駐在城牆周圍的部隊數量，為了預防遭受攻擊而設置的警示系統。沒過多久，顧問原先高不可攀的態度消失，開始誠懇地與他交談，詢問他遠從影淵另一端帶過來的武器，還有該怎麼做出最好的配置。

他讓我簡單描述一下虛獸，以提供讓格里沙也能裝備新武器的充分理由。顧問仍對第二軍團抱有深深質疑。但是，在走回小行宮的路上，尼可萊好像一點也不擔心。

「他們最後還是會改變心意的，」他說，「就是因為這樣，妳才得在場，幫忙消除疑慮，讓他們理解闇之手和其他敵人都不一樣。」

「你覺得他們不知道嗎？」我不可思議地問。

「他們不想知道。如果他們能執拗地認為闇之手可以討價還價，或是被逼服從，就不必面對現況。」

「雖然說我也不能責怪他們。」我陰沉地表示。能談談部隊、城牆和警示什麼的都非常好、非常棒，可是我懷疑面對闇之手的影子士兵時，這能造成什麼差別。

當我們從隧道出來，尼可萊問：「要不要陪我走到湖邊？」

我有點猶豫。

「我答應妳不會突然單膝跪地、創作一首讚揚妳美貌的歌曲。我只是想讓妳看個東西。」

我瞬間臉紅。尼可萊咧嘴一笑。

「妳真的該去找軀使系格里沙，看能不能處理一下妳的臉紅問題。」他邊說邊邁開大步，繞過小行宮前往湖邊。

我實在有點忍不住想跟上去——只是想把他推進湖中會多開心——是說……軀使系真的能處理我的臉紅嗎？我把這個荒謬念頭從腦中甩開。要是哪天我真的去找軀使系處理臉紅問題，大概就會在那天成為小行宮的笑柄。

尼可萊已在碎石路上停下腳步，再走一會兒就會到湖邊了。我過去加入他。他指著遠遠岸邊的一塊湖濱區域，那和學校有一小段距離。「我想在那裡建碼頭。」他說。

「為什麼？」

「這樣我就可以再造蜂鳥號。」

「你真的是靜不下來欸，是不是？你現在要忙的事情還不夠多嗎？」

他瞇著眼睛，眺望閃閃發亮的湖面。「阿利娜，我是真心希望能找到打敗闇之手的方法。可是，如果我做不到，就要有一個能讓妳逃走的手段。」

我望著他。「那其他的格里沙怎麼辦？」

「我愛莫能助。」

對於他的言下之意，我有點難以置信。「我不會逃跑的。」

「不知為何，聽妳這麼說我不意外。」他嘆了口氣。

「那你呢？」我憤怒地說，「難道你打算就這麼飛上天空，丟我們其他人自己面對闇之手？」

「拜託喔，」他說，「妳知道的，我一直想要一個英雄式的葬禮。」他回望湖一眼。「能上場奮戰我非常開心，但我不希望丟下父母任憑闇之手折磨。可以給我兩個風術士訓練嗎？」

「尼可萊，他們不是禮物。」我想到闇之手將娟雅當禮物送給王后的行為。「但我會問有沒有人自願。可是先不要告訴他們是要做什麼的，我不希望其他人因此氣餒。」或者開始爭奪船上的一席座位。「此外，還有一件事，」我說，「我要你為巴格拉留一個位置，她不該再面對闇之手，她受的苦夠多了。」

「這是當然。」他說，然後補充：「我還是認為我們會贏的，阿利娜。」

有人能如此深信，我再高興不過。我鬱悶地想，轉身回到屋裡。

第十六章

大衛又成功在上一場會議後溜走，而在接下來的傍晚，等到我有空到造物法師工坊找他，時間已經相當晚了。我發現他佝著身子趴在一疊藍圖上，手指沾滿墨水。

我逕自坐上他旁邊的一張凳子，清清喉嚨。他抬起頭，嚴肅地眨了眨眼。他極度蒼白，我甚至能看到蔓延在他皮膚上的藍色靜脈紋路。此外，他的髮型還被人剪得一團糟。

但很可能是自己剪的吧。我邊想邊在腦袋裡打了個顫。這就是讓娟雅愛得神魂顛倒的男孩，太令人難以置信了。

他的眼神跳到我頸上的項圈，然後開始玩弄自己桌面上的東西，把它們移來移去，排成一絲不苟的行列，羅盤、石墨鉛筆、筆、五顏六色的墨水、一塊塊透明或鏡面的玻璃。還有我猜是他晚餐的一顆白煮蛋、一頁又一頁的手繪圖和設計圖。那些圖我一點也看不明白。

「你在做什麼？」我問。

他又眨了一下眼睛。「圓盤。」

「啊。」

「鏡射碟，」他說，「拋物線原理。」

「哇，好……好好玩喔。」我勉強說道。

他搔搔鼻子，在鼻梁上留下巨大的藍色污漬。「也許可以用來放大妳的力量。」

「就像我手套裡的鏡子？」我請物轉士幫我重做了。雖說，擁有兩件增幅物的力量，我很可能並不需要鏡子，但是鏡子能讓我集中光束、精確定位，它們賦予我的控制力也帶來某種程度的慰藉。

「類似那樣的。」大衛說，「如果我弄對了，黑破斬就能施展出更大力量。」

「如果弄錯呢？」

「這個嘛，要不是什麼都不會發生，就是使用的人會被炸成碎片。」

「聽起來真是太棒了。」

「我也這麼想。」他說，然而語氣不帶一絲幽默。他再度俯身專注工作。

「大衛，」我說。他抬起頭，嚇了一跳，彷彿完全忘了我在這兒。「我得問你件事。」

頃刻間，他再次望向項圈，然後又回到工作桌。

「你能告訴我一些伊利亞．莫洛佐瓦的事情嗎？」

大衛抖了一下，環視幾乎無人的房間。造物法師大多仍在吃晚餐。他顯然十分緊張，甚至可以說嚇壞了。

他看著桌子，拿起羅盤又放下。

最後，他小聲說：「他們叫他骨匠。」

我全身竄過一陣顫抖，想到奎比爾斯克那兒擺在小販桌上的指骨和脊椎骨。「為什麼？」我問，「是因為他發現的增幅物嗎？」

大衛驚訝地抬起頭。「那不是他發現的，是他做的。」

我不願相信自己聽到了什麼。「魔邪？」

他點點頭。所以就是這樣，柔雅問及哪個格里沙擁有這種力量時，大衛才會看向莫洛佐瓦的項圈。莫洛佐瓦操弄著和闇之手一模一樣的力量。魔法、邪惡生物。

「怎麼做的？」我問。

「沒人知道。」大衛說，又回過頭看了一眼。「黑異教徒在製造出影淵的意外中身亡，他的兒子不再躲藏，現身出面，控制第二軍團，並且摧毀了莫洛佐瓦所有的手記。」

他的兒子？我再次面臨一件事實：知道闇之手祕密的人實在少之又少。黑異教徒從未死去——所謂闇之手一族從來只有一個人，一名絕無僅有的強大格里沙。世世代代以來統領第二軍團、隱藏真實身分。就我所知，他從來沒有兒子，也絕對不可能摧毀像莫洛佐瓦手記這般價值連城的事物。登上捕鯨船時，他說並非所有書籍都禁止合併增幅物。也許，他說的正是莫洛佐瓦的手記。

「他的兒子為什麼要躲起來？」我問，很好奇闇之手到底怎麼捏造出這種謊言。

這回大衛皺起眉，似乎覺得這答案非常顯而易見。「闇之手和他的後裔從來不會同時住在小行宮，被暗殺的風險太高了。」

「我懂了。」我說。這相當合情合理，而在數百年後，我忍不住懷疑還會不會有人質疑這個說法。格里沙確實熱愛傳統，娟雅也不可能是闇之手收歸所有的第一名塑形者。「他為什麼要下令摧毀手記？」

「那上面記錄了莫洛佐瓦針對增幅物做的實驗。黑異教徒就是在試圖重現實驗的中途出了錯。」

我手臂上寒毛直豎。「結果造就了影淵。」

大衛點點頭。「他的兒子將莫洛佐瓦所有手記和文件都燒了。他說那些東西太危險，對任何格里沙來說都是莫大誘惑。就是因為這樣，在會議上我才什麼都不說——我甚至根本不該知道這些東西存在。」

「所以你又是怎麼知道的？」

大衛又環視了一次幾乎空盪的工坊。「莫洛佐瓦是造物法師——搞不好是最初的造物法師——當然也是最強大的。他能打造出前無古人後無來者的物品。」他有些不好意思地聳聳肩。「對我們來說，他就像某種英雄。」

「你對他打造的增幅物還知道些什麼？」

大衛搖搖頭。「關於其他東西是有些傳言，但我唯一聽過的就是雄鹿。」

大衛確實可能從沒看過《聖人生平》。導師說過，曾有一度，所有格里沙孩童來到小行宮都會拿到這本書——但那是很久以前了。格里沙將信念寄託於微物魔法，而就我所知，他們向來懶得在宗教信仰上花時間。迷信，闇之手曾這樣稱呼那本紅書，對農奴的宣教。很顯然大衛沒針對聖伊利亞和伊利亞．莫洛佐瓦多作連想——又或者他想隱藏什麼。

「大衛，」我說，「你為什麼在這裡？你製作了項圈，一定知道他有什麼打算。」大衛吞了口口水。「我知道他用那個方法就能控制妳，項圈可以讓他使用妳的力量。但是我從沒想過、我不認為……那些人全部……」他努力想找出確切詞語。最後，他伸出沾滿墨水的雙手，近乎懇求似地說：「我應該要創造，而非摧毀。」

我想相信他確實低估了闇之手的殘酷，我當然也犯下同樣錯誤，但是他很可能在說謊，或者只是太軟弱。哪個更糟呢？我腦中有個冷酷的聲音這麼問。如果他這次換了邊站，下一次也可以這麼做。這是尼可萊的，還是闇之手的聲音？又或者，只是那個學會了誰都不能信的我說的？

「祝你好運，碟子做得順利。」起身離開時，我說。

大衛皺眉，伏在文件上。「我不相信好運。」

可惜，我想，我們恐怕會需要一點好運。

□

我直接從造物法師工坊走到圖書館，並將晚上大半時間花在那兒，而這簡直像為了接受挫敗進行的練習。儘管被認為是有史以來最偉大的造物法師，但我搜尋到的格里沙歷史，對於伊利亞．莫洛佐瓦多半只有基礎資料。他發明了格里沙鋼鐵，研發製作不會破的玻璃，還有能製造液體火焰的化合物——不過因為太危險，所以做出來才十二小時就摧毀了配方。可是，但凡提及增幅物或骨匠的資料都遭到刪除。

即便如此也無法阻止我次日傍晚再回到那裡，整個人埋進可能找到聖伊利亞的所有宗教文本和參考文獻。一如大多數的聖人傳說，他的殉教故事也是恐怖得令人心情跌到谷底。某天，他家後面的田地有犁翻覆，伊利亞聽到尖叫，跑去幫忙，只見一個人對著死去的兒子啜泣。男孩的身體被刀刃割開，地上被他流出的鮮血浸透。伊利亞讓男孩起死回生——而村民是怎麼感謝他的？他們把他銬上鐐銬，扔進河裡，任憑他被身上鐵鍊的重量拖著沉沒。

細節極度模糊，完全不可考。有時伊利亞是農夫，有時是石匠，有時又是木工。他有兩個女兒——或一個兒子——或根本沒有子嗣。一百個不同村子都宣稱是他殉教的地點。然後呢，他施行的奇蹟還有一個小小的問題，聖伊利亞可能是軀使系的療癒者——這我一點也不懷疑。但是伊利亞．莫洛佐瓦應該是造物法師才對。要是他們根本不是同一人呢？

晚上，玻璃圓頂房間被油燈照亮，這片寂靜是如此深沉，我甚至能聽到自己的呼吸聲。這樣獨自一人待在黑暗中，被眾多書籍包圍，實在很難遏止如脫韁野馬的想像力。但是圖書館恐怕是我最大的希望，所以我繼續努力。某天傍晚，托亞發現我整個人蜷在我最愛的椅子裡，拚命想看懂一段用古拉夫卡語寫的話。

「沒有我或塔瑪陪妳，妳不該在晚上跑來這兒。」他不太高興。

我打了個呵欠，伸伸懶腰。我最可能遇上的危機大概只有櫃子倒在頭上吧。可是我實在累得沒力爭辯。「不會再這樣了。」我說。

「這是什麼?」托亞問，俯身將我腿上那本書看清楚。他個頭實在太巨大，害我一瞬間以為有隻熊來加入讀書會。

「我不確定。我在索引看到伊利亞的名字就拿起來了，但完全看不懂。」

「那是標題列表。」

「你看得懂?」我訝異地問。

「我們是在教堂長大的。」他邊說邊瀏覽著頁面。

我皺起眉。很多小孩都在有宗教信仰的家中長大，可是不代表就讀得懂宗教式的拉夫卡語。

「上面說什麼?」

他一指順著伊利亞名字下方的字句描繪，那雙巨大的手上滿是疤痕，在他的粗布衣袖底下，我看到刺青的邊角探出來。

「不多，」他說，「受敬愛的聖伊利亞，珍貴的聖伊利亞。不過這裡列了幾個城鎮，一些他說施行了奇蹟的地方。」

我坐挺了一點。「說不定可以從那些地方著手。」

「妳應該去搜禮拜堂，我想祭衣室裡應該有些書。」

我經過王家禮拜堂的次數非常多，卻從沒進去過。我把那裡當成了導師的領域，即使他人已不在，我還是不確定自己想不想進去。「那裡長什麼樣?」

托亞聳起巨大的肩膀。「就和所有禮拜堂一樣啊。」

「托亞，」我突然一陣好奇，「你有考慮過加入第二軍團嗎？」

他一臉受到冒犯的表情。「我來到世上的職責不是為了侍奉闇之手的。」而我忍不住想問，那他覺得來到世上的真諦是什麼？但是托亞點了點書頁。「這我可以幫妳翻譯，如果妳想。」他咧嘴一笑。「又或者我可以逼塔瑪來做。」

「好喔，」我說，「謝啦。」

他低下頭，雖然行的只是普通的禮，他仍在我旁邊跪下。可是，他的姿勢中有著一點什麼，令我倏地感到一陣顫抖直上脊椎。

他好像在等待某些東西，我試探地伸出一手，放上他肩膀——我手指一擱上去，他就吐出一口氣。近乎嘆息。

我們在那裡待了一會兒，安安靜靜待在油燈的光圈中，然後他站起來，再次鞠躬。

「我就在門外。」他說，接著一溜煙兒竄入黑暗。

□

第二天早上，瑪爾打獵歸來，我恨不得立刻告訴他一切——我從大衛那裡知道的事、打造新蜂鳥號的計畫、我和托亞的詭異偶遇。

「那傢伙很怪，」瑪爾表示同意，「但是去瞧瞧禮拜堂也不會少一塊肉。」

我們決定一起過去。路上，我催他告訴我打獵的事。

「我們每天大多在玩牌和喝科瓦斯酒，沒做什麼。有個什麼公爵，他醉到昏倒在河裡，差點溺死。僕人抓住他的靴子把人拖出來，但是他一直涉水跑回去，口齒不清地說什麼這是抓鱒魚最好的方法。」

「很糟嗎？」我邊笑邊問。

「其實還好。」他用靴子踢開路上一顆卵石。「大家對妳很好奇。」

「為什麼我覺得我恐怕不會喜歡？」

「有個王家追蹤師很確定妳的力量是演出來的。」

「具體而言我到底要怎麼演這種東西？」

「印象中好像有個什麼複雜的系統結構，鏡子、滑輪，可能還牽涉了點催眠術。後來我聽到一頭霧水。」

我開始咯咯笑。

「這其實不好笑，阿利娜。有些貴族在喝醉的時候把話說白了，他們認為所有格里沙都應該集中抓起來處死。」

「諸聖啊。」我吸了一口氣。

「他們嚇壞了。」

「這也不能當藉口。」我感到怒氣上升。「我們也是拉夫卡人，他們好像把第二軍團為他們做的一切全忘了。」

瑪爾舉起雙手。「我沒有說我同意他們。」

我嘆了口氣，出手用力毆打無辜的樹枝。「我知道。」

「總而言之，我覺得我和他們稍微有了不錯的進展。」

「那你是怎麼辦到的呢？」

「怎說呢，如果你在第一軍團服過役，而且救了他們王子的命，他們就會很喜歡你。」

我揚起一邊眉毛。「你是說在他冒自己生命危險救我們之後？」

「關於一些細節，我可能斟酌了一些。」

「噢，尼可萊一定會愛死的。還有嗎？」

「我對他們說妳恨鯡魚。」

「為什麼？」

「還有妳喜歡李子蛋糕，還有阿娜·庫亞在妳跳進泥潭、毀了春天便鞋時拿鞭子抽妳。」

我縮了一下。「你告訴他們這個幹麼？」

「我想讓妳更像個人，」他說，「當他們看著妳，只會想到太陽召喚者，他們看到的是威脅，另一個和闇之手一樣強大的格里沙。可是我要他們看到某人的女兒──或姊妹──或朋友；我要他們看見阿利娜。」

我喉嚨突然一哽。「你是在練習怎麼變得善解人意嗎？」

「每天每天喔。」他咧嘴一笑，眨了下眼。「但我比較喜歡的說法是『有用處』。」

禮拜堂是歐斯奧塔碩果僅存矗立著的修道院，而且傳說中是拉夫卡第一個國王加冕的地方。與宮殿中其他建築相比，相對儉樸，有著刷白的牆壁和孤孤單單一座鮮藍色圓頂。

裡頭空蕩蕩，並且一副急需大清掃的模樣。教堂長椅全覆蓋著灰塵，屋簷還有鴿子築巢。走在走道上時，瑪爾牽住我的手，我莫名其妙小鹿亂撞。

我們沒在祭衣室浪費太多時間——書架上寥寥無幾的幾本書令人大失所望，只是一堆書頁泛黃碎裂的古老讚美詩。裡頭唯一有點意思的，是祭壇後方一張巨大三聯畫，用色豐富、狂放不羈，三塊巨大鑲版展示出面目親善的十三聖人。我認出了也在《聖人生平》中出現的形象，聖利札貝塔和她的染血玫瑰，佩塔和他仍在燃燒的箭矢——還有聖伊利亞，掛著他的項圈、手銬及斷掉的鐵鍊。

「沒有動物。」瑪爾表示。

「在我印象中，他的畫中從來沒有增幅物，只有鐵鍊。除了《聖人生平》。」只是我不知道原因為何。

三聯圖大部分狀態都很不錯，但伊利亞的那塊版遭水嚴重損壞。因為被霉蓋住，聖人的臉幾乎看不太到，霉味散發的潮濕臭氣也實在難以忍受。我用袖子壓住鼻子。

「一定是哪裡漏水了，」瑪爾說，「這地方真是亂七八糟。」

我仔細看著藏在污垢底下的伊利亞面孔輪廓——又是死路一條。我不想承認，但是我確實一度懷抱很大希望。我再一次感到那股引力，手腕上那空蕩蕩的感覺。火鳥到底在哪裡？

「我們可以在這裡站一整天，」瑪爾說，「但就算這樣，他也不會開口說話。」

我知道他是在開玩笑，心中卻冒出熱辣辣的怒火。雖然我不確定到底是針對他還是我自己。

當我們轉身回走道，我倏地停住腳步——闇之手好整以暇地等在入口昏暗處，就坐在陰影裡的長椅上。

「怎麼了？」瑪爾順我的目光開口問。

我等待著，一動也不動，*看見他*，我無聲乞求。*拜託你看見他*。

「阿利娜？出了什麼問題嗎？」

我深深將手指扣進掌中。「沒問題。」我說，「你覺得我們應該再回去看看祭衣室嗎？」

「感覺不會有多大希望。」

我逼自己露出微笑向前走。「你大概說得沒錯，我只是一相情願。」

我們走過闇之手身邊，他轉過頭來看我們，一根手指壓在唇上，然後低下頭，以嘲弄之姿做了個祈禱動作。

我們走到外頭的新鮮空氣中，遠離禮拜堂的發霉臭氣，我才感覺好一點。但是腦袋仍在瘋狂運轉。又發生了。

闇之手臉上沒有疤痕，瑪爾沒看見他，就表示這不是真的，只是某種幻覺。

可是那晚在他房間，他碰到我了。我的臉頰感覺到他的手指。到底有哪種幻覺做得到這種事？走進林中時我一陣顫抖。這難道是闇之手全新力量的某種表現形式嗎？一想到他也許不知怎麼找到鑽入我腦中的方法，我就嚇得魂不附體。可是其他可能性又更糟。如果妳想違反這世界的規則，不可能不付出代價。我的手臂緊貼身側，感到海鞭鱗片摩擦著皮膚。忘了莫洛佐瓦和他那些瘋狂想法。也許這和闇之手一點關係也沒有；也許，我只是精神失常。

「瑪爾，」我開口，但是不確定想說什麼。「第三個增——」

他豎起一指貼在唇上。這動作和闇之手極為相像，我差點踉蹌摔倒。但下一秒，我就聽到沙沙聲。瓦斯利從林中冒了出來。

除了在大宮殿，我實在不太習慣看到王子，而且有一瞬間，我只是站在那兒，一會兒才從驚訝中回神，趕忙鞠躬。

瓦斯利對我點了個頭示意，完全無視瑪爾——如果他真有看到瑪爾。在瓦斯利眼中，「僕人」似乎是隱形的。

「王子殿下（*Moi tsarevich*）。」我開口致意。

「阿利娜．史塔科夫，」王子露出微笑回應，「妳是否能挪些時間給我呢？」

「這是當然。」我回答。

「我就在小路那邊等。」瑪爾說，惡狠狠地對瓦斯利投去懷疑的目光。

王子看著他離開。「這名逃兵有點搞不清自己的身分，是不是？」

我硬是壓下怒火。「王子殿下，有什麼能為您效勞的？」

「噯，」他說，「稱呼我瓦斯利即可，至少我們私下獨處的時候這樣叫。」

我眨了眨眼。我從沒和王子獨處過，現在也不想。

「妳在小行宮過得還習慣嗎？」他問。

「很習慣，謝謝您，王子殿下。」

「叫我瓦斯利。」

「用這麼非正式的名稱和您交談，我不曉得合不合禮儀。」我拘謹地說。

「妳不是用我弟弟的本名喊他嗎？」

「我是在……特殊情況下認識他的。」

「我知道他的魅力無限，」瓦斯利說，「但妳也應該知道他擅長魅惑他人，而且十分聰明。」

唔，這倒是一點也沒錯。我想，卻只是說，「他的想法相當與眾不同。」

瓦斯利得意地大笑。「妳的社交手腕變得真高啊！真是令人耳目一新。如果再多點時間——儘管妳出身貧寒——必定能學會貴族女子的節制與優雅，這點我毫無疑問。」

「您的意思是我會懂得閉上嘴？」

瓦斯利不置可否地嗤了一聲。我真心得快點結束這場對話，否則絕對會忍不住狠狠「冒犯」他。瓦斯利也許是個笨蛋，依舊具有王子身分。

「絕對不要，」他發出矯情笑聲，「妳的直率頗討人喜歡。」

「謝謝您，」我咕噥著說，「殿下，如果您容許我告退——」

瓦斯利上前擋住我。「我不知道妳和我弟弟達成什麼協議，可是妳一定要明白，他是次子。不管他有何野心，都不會改變這個身分；只有我能讓妳成為王后。」

又來。我在心中大嘆一口氣。「只有國王能冊封王后。」我出言提醒。

瓦斯利揮手打發我。「父親沒多少日子了，我差不多算是統治了拉夫卡。」

這也叫統治？我邊想邊湧上一股惱怒。要是沒有尼可萊對他登基造成威脅，我非常懷疑瓦斯利真的會回歐斯奧塔。不過這回我咬住舌頭。

「就一個卡拉錫孤兒來說，妳爬得很高，」他繼續說，「但還可能爬得更高。」

「王子殿下，我可以向您保證，」我盡可能誠懇地表示，「我沒有這種野心。」

「那麼，太陽召喚者，妳想要什麼呢？」

「現在嗎？我想要去吃午餐。」

他不高興地噘出下唇。有那麼一瞬間，他看起來和他父親如出一轍。然後，瓦斯利露出微笑。

「妳是個聰明的女孩，」他說，「而我認為妳會證明自己有用處。我很期待更進一步熟悉妳這個人。」

「我也求之不得。」我撒謊。

他牽起我的手，將濕潤的嘴唇貼在我指節上。「下次再會，阿利娜．史塔科夫。」

我壓抑想吐的衝動。當他大步走開，我偷偷在柯夫塔上把手擦乾淨。

瑪爾正在林子邊緣等我。

「那是怎樣？」他一臉擔憂地問。

「噢，你知道的，」我回答，「又一個王子，又一個求婚。」

「妳不是認真的吧？」瑪爾不敢置信地笑出來，「他真的一秒都不浪費欸。」

「結盟就是力量。」我模仿尼可萊的莊重語氣。

「我應該對您致上祝賀嗎？」瑪爾問，但語氣不帶挖苦，只有打趣。很顯然，拉夫卡王位繼承人帶來的威脅還沒有自負的私掠船船長來得大。

「你覺得闇之手會需要處理這些玩意兒嗎？像是嘴巴濕答答的王家成員不請自來的求愛？」我悶悶不樂地問。

瑪爾竊笑。

「有什麼好笑的？」

「我只是在想像闇之手被滿身汗的女公爵逼到角落毛手毛腳。」

我嗤了一口氣，然後開始毫無保留大笑。尼可萊和瓦斯利完全不同，真的很難相信他們流著同樣的血。然而，我不由自主想起尼可萊的吻。當他擁我入懷，嘴唇貼在我嘴上那粗糙感。我搖搖頭。

他們也許不同，當我們回頭朝宮殿去，我提醒自己，可是都一樣滿腦子想利用我。

第十七章

夏日氣息變濃厚，將溫暖的熱浪帶來歐斯奧塔。唯一解方只在湖中，或是前往小行宮旁的樺木林樹蔭下班雅裡的冷水池。不管拉夫卡宮廷對格里沙懷抱何等敵意，也阻止不了他們命風術士和浪術士前往大宮殿，召喚徐徐涼風、製造巨大冰塊，為一間間悶熱的房間降溫。這樣用格里沙的能力簡直是暴殄天物，但我太想討國王和王后歡心。畢竟我已經搶走他們好幾個最有價值的造物法師——他們正在努力幫大衛製作那神奇的鏡射碟。

每天早上，我都和格里沙議會見面——有時幾分鐘，有時幾小時——討論情資報告、部隊動向，還有我們從北方和南方邊境聽到的消息。

尼可萊仍希望在闇之手聚集影子軍團、軍力達到最強前率先開戰，但目前為止，拉夫卡的間諜及線人網絡還找不出他的下落。眼下情況越來越可能發展成得在歐斯奧塔進行抵抗。我們唯一的優勢是，闇之手不可能單獨派虛獸來和我們開戰，他得待在他的怪物附近，那就表示他得和牠們一起前來首都。所以，最大的問題在於，他會從斐優達，還是蜀邯進入拉夫卡。

在戰情室，尼可萊站在格里沙議員面前，手勢比畫掛在整面牆上的其中一張巨大地圖。「在上次戰役中，我們奪回這塊領土的絕大部分，」他指著拉夫卡接壤斐優達的北方邊境。「那是一片茂密森林，如果河流沒有凍結，幾乎無法越過，而且所有可通行道路都封鎖了起來。」

「那裡有格里沙派駐嗎？」柔雅問。

「沒有，」尼可萊說，「但有很多斥侯以烏林斯克為基地。如果他從那邊來，我們會得到充分的警告。」

「而且他得應付佩塔索，」琶雅說，「不管他是要直接穿越，還是繞過去，都能為我們爭取一點時間。」這幾週來，琶雅展現大將之風。大衛依舊沉默又焦躁不安，而她似乎很高興能稍微離開工坊。

「我更擔心的是永凍土。」尼可萊說，一手劃過沿茲貝亞上方延伸的邊界。「那裡防禦穩固，不過涵蓋的可是很大一塊領地。」

我點點頭。瑪爾和我曾一起走過那些荒地，我記得那裡感覺起來多麼遼闊。然後我發現自己環顧著這個空間，想找出他的身影，即便我知道他已踏上另一趟打獵。這回是和一批克爾斥狙擊手及拉夫卡外交官同行。

「那要是他從南方過來呢？」柔雅問。

尼可萊示意費德，他站起身，開始帶格里沙走一遍南方邊界弱點位置。這位軀使系格里沙曾派駐希可斯克，十分熟悉該區域。

「要巡查所有從斯庫左山脈出來的山口幾乎不可能，」他陰鬱地表示，「這件事已讓蜀邯突擊隊占有多年優勢，闇之手若從那裡偷溜進來可說再容易不過。」

「這就等同直接朝歐斯奧塔進軍。」瑟杰說。

「得先經過波利茲那亞的軍事基地，」尼可萊點出，「走那裡對我們有利。不管哪一個方向，只要他出兵，我們都會做好準備。」

「做好準備？」帕佛嗤了一口氣。「你是說要對抗一支堅不可摧的怪物軍團？」

「牠們並非堅不可摧，」尼可萊對我點點頭，「闇之手也不是，我很清楚；我射傷過他。」

柔雅睜大眼睛。「你射傷過他？」

「沒錯，」他說，「很不幸，我表現得不夠好，但我絕對會練習改進。」他環視格里沙，在開口說話前先細看每一張憂慮面孔。「闇之手確實強大，但我們也是。他從沒面對過第一和第二軍團攜手合作發揮出的強大力量，又或是我將供應的那種武器。我們會面對並夾擊他，就看哪顆子彈能幸運一發中的。」

倘若闇之手的大批影子軍團把焦點放在小行宮，他就會露出破綻。小單位的重裝格里沙和士兵將以兩哩為距，派駐在首都周圍。戰鬥一旦展開，他們就會包抄闇之手，將尼可萊能集結的所有火力傾囊而出。

就某方面而言，這正是闇之手一直以來畏懼的事。我還記得他是怎麼描述在拉夫卡邊界外打造出來的嶄新軍備武器，以及好久好久以前，他在那座破舊穀倉的坍塌屋頂下對我說的話：格里沙力量的時代已經走到盡頭。

琶雅清清喉嚨。「那麼，在我們殺死闇之手後，那些影子士兵會怎麼樣呢？」

我真想擁抱她。我不知道如果真能撂倒闇之手，虛獸會怎麼樣。牠們可能會消逝於無形，或發狂進入瘋狂狀態——甚至更糟。但她說出口了：在我們殺死闇之手後。雖是試探語氣，雖然恐懼害怕，但聽起來仍非常非常像是——希望。

□

我們將絕大部分努力放在歐斯奧塔的防禦上。這座城市擁有古老的警鐘系統，可在目擊敵人時警示宮殿。在父親的許可下，尼可萊在城市與宮殿圍牆上安裝蜂鳥號那種重型槍砲。儘管格里沙怨聲載道，我仍在小行宮屋頂安裝了幾座。這玩意兒也許無法阻擋虛獸，至少能拖慢腳步。

其他格里沙暫時開始接納造物法師的價值。在火術士出手幫助下，質化系格里沙嘗試製作手榴彈。這東西說不定能製造出夠強大的閃光，以拖延或震懾那些影子士兵。問題在於，得用不會將方圓百呎所有人事物夷平的炸藥來製作。我有時擔心他們恐怕會炸了整座小行宮，直接替闇之手完成任務。而且不只一次，我在餐廳看到袖口燒到或是眉毛烤焦的格里沙。於是，我提議他們嘗試更危險的練習時得到湖邊，然後有以防萬一的浪術士在旁。

尼可萊太沉迷於計畫，堅持一定要參與設計。造物法師努力不搭理他，假意縱容，但很快就發現尼可萊不只是個愛伸手攪和的無聊王子。他不僅理解大衛的想法，也因為長期和野生格里沙共事，能夠輕而易舉用微物魔法的語言和他們溝通。沒有多久，他們似乎忘了他的階級還有被棄者的身分，於是我也常見到他在質化系工坊伏案工作。

我最感不安的，就是軀使系在解剖室那扇塗上紅漆的門後進行的實驗。他們和造物法師合作，嘗試融合格里沙鋼鐵和人骨，這個概念是基於希望讓士兵能承受虛獸的攻擊，但是過程極為痛苦，且有許多瑕疵，受試者的身體往往排拒那些金屬。療癒者盡了全力，仍時不時會聽到第一軍團志願者斷續發出尖叫，在小行宮走道上迴響飄盪。

下午，我則被大宮殿不見盡頭的會議填滿。太陽召喚者的力量是拉夫卡與其他國家締結聯盟的有力籌碼。我也時常被要求在外交聚會中露面，展示力量，證明我本人真的還活著。王后會主辦茶會或晚宴，我則炫耀出場表演。尼可萊時常順道出現，吐出幾句讚揚，厚顏無恥調情幾句，然後像個滿懷愛意的追求者，盡現保護欲，逗留在我椅子旁。

但沒有任何事物比和國王顧問與指揮官進行「策略會議」冗長乏味。國王幾乎不參與，他更喜歡花時間踉踉蹌蹌追在女僕後面，或像隻老貓睡在陽光下。他如果不在，那些顧問就只會無止境地繞圈圈。他們爭執到底該和闍之手握手言和，或者該與之開戰。這些人先是爭論要和蜀邯結盟，接著又說要和斐優達聯手。他們斤斤計較每筆經費的內容，從彈藥的數量，到部隊早餐要吃什麼。然而實在沒有哪件事真的付諸執行或有所結論。

當瓦斯利知道尼可萊和我參與那些會議，即便他多年來無視身為藍索夫後裔的職責，仍立刻堅持也要在場。讓我驚訝的是，尼可萊熱情歡迎。

「真讓我鬆了一口氣，」他說，「拜託告訴我你看得懂這些東西。」他將一疊堆得如山高的帳本推過桌面。

「這是什麼？」瓦斯利問。

「修復切尼茲欣附近一條溝渠的提案。」

「全部文件只為那麼一條溝渠？」

「別擔心，」尼可萊說，「我會把其他的送到你房間。」

「還有？難道不能找個大臣——」

「你也看到父親讓其他人接手統治拉夫卡事務落得何種下場。我們絕對不能放鬆警戒。」

瓦斯利彷彿在捏一條髒兮兮的抹布，小心翼翼從那疊文件拿起最上方的一份。我真是用盡吃奶力氣才沒爆笑出聲。

「瓦斯利以為他可以用我們父親的方式治國，」那天下午稍晚，尼可萊對我吐實，「舉辦晚宴、三不五時應景演講……我絕對會讓他明白，在沒有闇之手或導師下指導棋的情況下治理國家是什麼樣子。」

這計畫聽起來似乎無可挑剔，但沒有多久我就開始壓低音量咒罵那兩個王子。瓦斯利的在場使得會議時間拉到兩倍長。他裝腔作勢，搔首弄姿，每個議題都要發言，誇誇其談愛國主義、戰略，還有一些只有內行人才能一窺其妙的外交手腕。

「我從沒看過有人可以說這麼多話，實際上卻什麼也沒說，」在一次痛苦至極的會議結束後，尼可萊陪我走回小行宮，我怒氣沖沖地表示。「你一定有什麼解決方法的吧？」

「像是？」

「叫他的某隻得獎小馬踢他腦袋一腳。」

「我確定牠們應該很想這麼做，」尼可萊說，「瓦斯利懶惰又愛慕虛榮，而且喜歡走捷徑，但是若想治理國家，絕無輕鬆之路可走。相信我，他很快就會厭倦這一切。」

「也許吧，」我說，「但我很可能在他厭倦前就會無聊到斷氣。」

尼可萊笑出來。「下次帶個隨身酒瓶，他每次改變心意就喝一口。」

我呻吟一聲。「那在會議開完之前我就會醉倒在地了。」

□

有了尼可萊的幫助，我成功從波利茲那亞找來軍備專家，幫助格里沙熟悉現代武器，並訓練他們使用火槍。雖然課程一開始劍拔弩張，不過好像越來越順利了。同時，我們也期望第一和第二軍團間說不定能有友誼萌芽。而在其中，為了在闇之手迫近歐斯奧塔時狙擊他的格里沙搭配一般士兵小組，獲得最長足的進展。他們從訓練任務歸來，帶回滿滿的自己人笑話與新的革命情誼——甚至開始喊對方諾零（*nolniki*），在拉夫卡語中是「零」的意思。因為雙方早已不再嚴格劃分隸屬第一或第二軍團。

我一直很擔心，不曉得波特金會對這些改變作何反應，但他就是有殺人的天賦，不論手段。而且不管什麼理由，只要能和托亞、塔瑪聊武器，他就心滿意足。

因為蜀邯有把格里沙開膛剖肚的不良紀錄，沒多少人能活下來加入第二軍團。波特金確實喜歡用母語講話，也愛雙胞胎的狠勁。他們不像小行宮長大的格里沙，一昧仰賴自身的軀使系能力。反之，破心技巧只是他們令人歎為觀止的武器庫中另一項武器罷了。

「危險的男孩，危險的女孩。」某個早上，波特金如此點評，一面看著雙胞胎和一批軀使系對打。同時間，另一批緊張兮兮的召喚者正等著上場。瑪麗和瑟杰也在，娜迪亞一如往常跟在他們身後。

「搭比搭捱糟，」瑟杰抱怨道。塔瑪打裂了他的嘴唇，結果他現在講話含糊不清。「偶為搭腦公感到傲歉。」

「不會結婚。」當塔瑪將一名倒楣的火術士打倒在地，波特金說。

「為什麼？」我訝異地問。

「她不會，她的手足也不會，」這名傭兵說，「他們就像波特金，為打鬥而生，為戰爭而活。」

三名軀使系奮力衝向托亞，卻在轉眼間一個個倒在地上唉唉叫。我想到托亞在圖書館說過的話，他說他並非為了侍奉闇之手而生。和很多蜀邯人一樣，他選擇成為接受雇傭的士兵，以傭兵和海盜的身分周遊世界。然而他最終仍落腳小行宮。他和他的手足會在這裡待多久呢？

「我喜歡她，」娜迪亞說，若有所思地望著塔瑪，「她無畏無懼。」

波特金笑出聲。「無畏無懼的另一個名字是愚蠢。」

「偶不會在搭面前捉這種哇。」當瑪麗拿濕布去蘸瑟杰的嘴唇，他咕噥道。我發現自己忍不住想笑，於是別開頭。這三個人是怎樣「歡迎」我來到小行宮，至今我記憶猶新。雖然叫我妓女或想把我扔出去的人不是他們，但這幾個人也沒為我辯護。假裝我們有所謂友誼有點太過。此外，在他們身旁我有些無所適從。我們從來沒有多親近，而今身分上的差異更像一條無法填補的大裂縫。

娟雅就不會在意。我突然這麼想。娟雅很瞭解我。她會和我一起大笑，會毫無保留地信賴我。而且，即便有這些閃亮的柯夫塔或頭銜，她也不會因此不敢對我說出心中想法，或勾著我的手臂和我分享八卦。儘管她講了那些謊話，我依舊想念她。

彷彿呼應我的想法，我感到袖子被拉了一下。有個顫抖的聲音問，「吾主？」

娜迪亞不斷換著腳上的重心。「我想……」

「怎麼了？」

她朝著馬廄昏暗的角落轉頭，對一個身穿著元素系藍色、我從沒見過的年輕男孩比畫著。我們發出特赦後，慢慢開始有些格里沙來到這裡，但這個男孩看起來年紀太小，實在不可能在戰場上服役。他緊張地走上前，手指絞著柯夫塔。

「他是阿德理克。」娜迪亞說，一手將他攬住。「我弟弟。」他們確實有相像之處，雖然得稍微找一下。「我們聽說妳打算疏散學校。」

「沒錯。」我把學生送往我知道唯一有宿舍，也有足夠空間容納他們的地方——遠離戰爭的卡拉錫。波特金也會和他們一起去。即使我百般不願失去這麼有能力的士兵，但只有這樣，年輕的格里沙才能繼續向他學習——而且也才有人能照看他們。既然巴格拉不肯見我，我便派了僕人傳達同樣的提議。她沒有回覆，儘管我努力不在意她的不理不睬，但持續被拒於門外依然讓人受傷。

「你是學生嗎？」我問阿德理克，甩開關於巴格拉的念頭。他點了一下頭，而我注意到他堅決收起下巴。

「阿德理克在想……我們在想，是不是能——」

「我想留下來。」他強硬地說。

我倏地揚起眉頭。「你多大？」

「大到可以上戰場了。」

「他今年就會畢業。」娜迪亞幫腔。

我皺起眉頭。他不過比我小幾歲，雙臂卻是瘦骨嶙嶙，頭髮也一片毛亂。

「你和其他人一起去卡拉錫，」我說，「如果你還是想這麼做，不用一年你就能加入。」如果我們還在的話。

「我很厲害，」他說，「我是風術士，我和娜迪亞一樣強，即使沒戴增幅物。」

「這樣太危險——」

「這裡是我的家，我不要離開。」

「阿德理克！」娜迪亞出言斥責。

我舉起一手。「沒事的。」阿德理克似乎有點激動，將雙手緊握成拳。我看著娜迪亞。「妳確定要他留下？」

「我——」阿德理克想說話。

「我在和你姊姊講話。如果你遭到闇之手軍團殺害，會為你哀悼的人是她。」聽到這話，娜迪亞變得蒼白了些，但阿德理克一點也不退縮。我不得不承認他很有膽量。

娜迪亞咬著嘴唇內側，從我看向阿德理克。

「如果妳是害怕讓他失望，那就想想親手埋葬他會是什麼感覺。」我說。我知道這麼說太冷酷無情，但我要他們兩人搞清楚自己作出的到底是什麼請求。

她遲疑著，然後挺起肩膀。「讓他戰鬥，」她說，「我認為他應該留下。如果妳將他送走，一週之後他又會回到大門前。」

我嘆口氣，然後再轉回去看著阿德理克。他已咧開嘴微笑。「不能對其他學生透露半個字，」我說，「我不希望他們也打鬼主意。」我對著娜迪亞伸出一指。「那麼他就是妳的責任了。」

「吾主，謝謝您。」阿德理克鞠躬行禮，低到我懷疑他快摔倒的程度。

而且我已經後悔這個決定了。「讓他回去上課。」

我看著他們爬上山丘朝湖走去，拍拍自己身上的灰塵，走回小訓練室之一，並在那裡發現瑪爾正和帕佛對打。最近，瑪爾越來越少待在小行宮。他從巴拉基列夫回來的下午，各方邀請便接二連三抵達——打獵、自家宴會、釣鱒魚、牌局。所有貴族和軍官似乎都希望能有瑪爾大駕光臨。有時他會一整個下午不見，有時好幾天。這讓我想起在卡拉錫。那時，我會看著他騎馬離開，然後日日在廚房窗戶旁等著他回來。但如果我誠實以對——他不在其實對我更輕鬆。當他待在小行宮，沒辦法多花點時間和他相處令我滿心罪惡。此外，我也痛恨格里沙把他當空氣，或用看待僕人的方式對他頤指氣使。儘管我想念他，仍鼓勵他多外出。

這樣比較好，我對自己說。瑪爾擅離職守來幫我之前，是個擁有光明未來的追蹤師，身邊圍繞著朋友和崇拜者。他不該在門口站崗守衛，或是偷偷縮在邊邊角角，在我從一個會議到下一個會議時扮演盡忠職守的影子。

「我可以看他一整天，」我身後傳來一個聲音，令我整個人僵在原地。柔雅站在那兒。即使氣候炎熱，她好像也不會流汗。

「妳不覺得他散發著卡拉錫的臭味嗎？」我問，想起她曾對我說過的惡毒話語。

「我發現下層階級其實有某種粗獷的吸引力。妳和他玩完後會告訴我一聲吧？」

「妳說什麼？」

「噢？是我搞錯嗎？你們兩個感覺很……親近。但如今妳應該是把眼界設在更高的地方吧？」

我轉向她。「柔雅，妳到底來這裡做什麼？」

「我來上訓練課啊。」

「妳很清楚我是什麼意思，妳到底來小行宮做什麼？」

「我是第二軍團的士兵，我屬於這裡。」

我交叉雙臂。柔雅和我也該把話說清楚了。「妳不喜歡我，也從沒放過任何機會讓我搞清楚。那麼，現在妳為什麼要跟隨我？」

「我有別的選擇嗎？」

「闇之手一定會開開心心歡迎妳回到他懷抱。」

「妳是在命令我離開嗎？」她很努力壓抑一貫的傲慢，但我看得出她很害怕。這讓我有點罪惡感也有點興奮。

「我想知道妳為什麼這麼堅決要留下。」

「因為我不想活在黑暗中，」她說，「因為妳是我們最大的機會。」

我搖頭。「太簡單了。」

她臉漲紅。「難道妳要我低下頭求妳嗎？」

她會願意嗎？我發現自己對此並不排斥。「妳愛慕虛榮，妳野心勃勃；為了博得闇之手注意，妳不擇手段。什麼事情變了？」

「什麼事情變了？」她一時語塞，癟著嘴，在身側捏緊了拳頭。「我有個阿姨住在新奎比爾斯克，還有個姪女。闇之手可以先告訴我他的打算——如果我能先警告她們——」她的聲音岔開，我立刻因自己樂見她的局促感到羞愧。

巴格拉的聲音在我耳邊迴盪：妳眞的十分沉醉在力量之中……力量越大，就會飢渴地想要更多。然而我真的相信柔雅嗎？她眼中的淚光是真的還是演的？她眨眼抑制淚水，惡狠狠地瞪著我。「我還是不喜歡妳，史塔科夫，這輩子都不會喜歡。妳平凡又愚蠢，我也不知道妳為什麼與生俱來那種力量。但妳是太陽召喚者，如果妳能讓拉夫卡自由，我就為妳戰鬥。」

我看著她，陷入長考；我看見她雙頰上熾烈燃燒的兩團豔紅，以及顫抖的嘴唇。

「所以，妳想怎樣？」她說，而我能看得出她花了多大力氣才問出口，「妳要把我趕走嗎？」

我等得久了點。「妳可以留下，」我說，「就目前而言。」

「一切都還好嗎？」瑪爾問。我們甚至沒意識到他已經暫停打鬥了。

轉眼間，柔雅臉上的不安驟然消失，對他露出魅惑人心的笑容。「我聽說你的弓箭技巧出神入化，說不定可以教我一些。」

瑪爾從柔雅再回看到我。「也許等會兒吧。」

「我會期待的喔。」她揚長而去，絲綢發出沙沙聲響。

「剛剛那是怎樣？」我們走上山丘回小行宮時，他問。

「我不相信她。」

好長一段時間，瑪爾什麼也沒說。「阿利娜，」他不自在地開口，「在奎比爾斯克發生的——」

我迅速打斷他。我不想知道他在格里沙帳篷和柔雅做了什麼，那也不是重點。「她是闇之手的心腹，而且一直很討厭我。」

「她可能只是嫉妒。」

「她弄斷我兩根肋骨。」

「什麼？」

「那是意外——應該吧。」我從來沒告訴瑪爾在學會使用力量前我過得多糟，還有那些彷彿沒有盡頭、一敗塗地的孤獨時光。「我只是拿不定主意她的忠誠到底是向著誰。」我揉揉開始緊繃起來的頸背肌肉。「我對誰都拿不定主意。格里沙無法，僕人也無法。誰都可能為闇之手賣命。」

瑪爾看了看周圍。難得一次旁邊好像沒人監視。他衝動地抓住我的手。「格里茨基兩天後要在上城舉辦占卜宴會，和我一起去。」

「格里茨基？」

「他的父親是史帝夫·格里茨基，醃漬物之王——那是全新的貨幣。」瑪爾將那些自命不凡的貴族模仿得維妙維肖。「但他們家在運河旁有座豪宅。」

「我沒辦法。」我想起那些會議、大衛的鏡射碟、學校的疏散行動。我們可能在幾天或幾週內面臨戰爭，這個當下還去參加宴會，感覺不太對。

「妳可以的，」瑪爾說，「只要一、兩小時就好。」

這真心誘人——和瑪爾一起遠離小行宮的諸多壓力、忙裡偷閒。

他一定感覺到我的動搖。「我們就把妳打扮成表演者，」他說，「不會有人知道太陽召喚者大駕光臨。」

宴會、深夜時分、在一天的工作都做完的時候。我不過是少一晚徒勞無功地在圖書館找資料。難道會有什麼損失？

「好吧，」我說，「我們去。」

他立刻綻開令我無法呼吸的笑容。而且這笑容只屬於我——我實在不曉得自己會不會有習慣的一天。

「托亞和塔瑪一定不會喜歡的。」他用警告的語氣說。

「他們是我的護衛，就要聽我的命令。」

瑪爾馬上立正站好，對我行了個複雜的禮。「是的，吾主。」他一派莊重嚴肅。「我們的天職就是服侍您。」

我翻了翻白眼。但當我急忙趕往元素系的工坊，心情遠比這幾週來輕鬆許多。

第十八章

格里茨基大宅位於運河區，這裡被認為是上城最不入流的區域，因為它就在橋旁，與橋另一邊的下層世界也很近。這是一小幢奢華的建築物，一邊毗鄰戰爭紀念碑，另一邊則是聖利札貝塔女修道院的花園。

為了這晚，瑪爾努力弄到一輛馬車，我們和暴躁不安的塔瑪一起塞進狹窄的內部。關於這場宴會，她和托亞咕咕噥噥大聲抱怨超久，但我把話說得很白，表示絕不會讓步。我也要他們發誓保密，我不希望這趟溜出宮殿大門的小旅行傳進尼可萊耳中。

我們全打扮成蘇利占卜家，一身鮮艷的橘色絲綢斗篷，外加雕刻成豺狼模樣、漆成紅色的面具，托亞則留在宮中。即使他從頭到腳蓋起來，個頭還是會吸引太多注意。

瑪爾捏捏我的手，我湧上一股暈陶陶的興奮感。斗篷太暖，令我有點不舒服，臉也因戴了面具發癢，可是我不在乎。我覺得彷彿回到了卡拉錫，我們丟開雜務，不把挨鞭子的風險放在眼裡，就這麼溜去我們的草地。我們會躺在冷冷的草上聽昆蟲嗡嗡鳴叫，看雲朵在頭頂綻開裂縫。這般平靜如今看來似乎遙不可及。

通往醃漬物之王大宅的道路被四輪馬車擠得水洩不通。我們轉進修道院附近一條小巷，這樣比較好混入僕人進出口的表演者中。

下車的時候，塔瑪小心翼翼挪動斗篷。她和瑪爾身上都藏了槍，我也知道在那些橘色絲綢底下，她兩邊大腿都綁上了雙頭斧。

「要是真有人想占卜未來怎麼辦？」我問，又把面具的繫帶拉緊一些，帽兜拉高一點。

「就敷衍一些常聽到的胡說八道，」瑪爾說，「漂亮女人、意外之財、小心數字八。」

僕人入口穿越熱氣蒸騰的廚房，直通房子後方的房間。但我們一走進去，有個人便抓住我手臂——他身上穿的一定是格里茨基家的制服。

「妳是以為自己在這裡做什麼？」他拽了我一下。我看見塔瑪一手探向臀部。

「我——」

「你們三個早該去宴會巡場。」他將我們往房子的主要房間推。「別在一個客人旁邊待太久，也別再讓我抓到你們偷喝酒！」

我點點頭，努力逼自己的心臟別再狂跳。我們連忙前往宴會廳。醃漬物之王砸起錢一點也不手軟。大宅裝飾成蘇利營地，而且是你能想像最華麗頹廢的營地。天花板懸掛幾千盞星星形狀的燈籠，蓋著絲綢的馬車排列成閃耀炫目的商隊、順著房間邊緣繞圈停靠，假的篝火閃動彩色光芒。露台門已大大敞開，夜晚空氣中嗡嗡迴盪指鈸的鏗鏘，以及小提琴如泣如訴的調子。

我看見真正的蘇利占卜家散在人群之中，並意識到戴著豺狼面具的我們一定看起來超詭異。但是賓客似乎都不以為意。他們多半爛醉，在喧鬧的人群中對彼此又笑又喊，或看著就著頭頂上長絲布快速旋轉的特技演員看得目瞪口呆。有些人坐在椅子上搖來晃去，透過金壺中的咖啡占卜自己的命運，其他人則在擺放於露台的長桌用餐，狼吞虎嚥吃著鑲無花果和一碗碗石榴籽，跟著樂聲拍手。

瑪爾偷塞給我一小杯科瓦斯酒，我們在暗暗的露台角落找到張長椅，塔瑪則在不引人注意的距離外守著。我的腦袋靠在瑪爾肩上。只是這樣坐在他身旁，聽著音樂叮叮噹噹、咚咚敲打，我就高興不已。空氣有某種在夜晚綻放的花的濃濃香氣，除此之外則是強烈的檸檬味。我一個深呼吸，覺得過去幾週來某種疲倦與恐懼緩緩消散。我扭動著一腳，從便鞋裡溜出來，用趾頭扣著冷冷的碎石地。

瑪爾調整了一下帽兜，把臉藏好，然後把面具往上推了些，伸出手也幫我調整一下。他靠過來時，我們的豺狼面具口鼻撞在一起。

我笑了出來。

「下次換套裝扮。」他埋怨。

「例如帽子大一點的？」

「搞不好可以直接在頭上罩個籃子。」

兩個女孩搖搖晃晃朝我們走來，塔瑪轉眼間竄到我身邊。我們把面具戴回原位。「幫我們占卜未來！」高個女生要求道，簡直整個人倒在她朋友身上。

塔瑪搖頭，但瑪爾指著一張小桌子，上頭放了藍色搪瓷杯和金壺。

女孩尖叫一聲，倒出一小份量泥巴似的咖啡。蘇利人是用讀杯底殘渣的方式占卜命運。她一口喝完咖啡，皺了皺臉。

我用手肘推推瑪爾身側。現在怎麼辦？

他站起來，走到桌邊。

「嗯哼，」他窺看著杯子裡頭。「嗯哼哼。」

女孩抓住他手臂。「如何如何？」

他揮手叫我過去，我咬牙切齒地俯身去看杯子。

「很糟嗎？」女孩唉了一聲。

「很……很——豪。」瑪爾用我聽過最爛的蘇利口音說。

女孩鬆一口氣，大歎一聲。

「尼會認四一個帥氣的連輕人。」

兩個女孩笑得花枝亂顫直拍手。我實在忍不住。

「塔會是個非常邪惡的稜，」我插嘴。我這口音簡直比瑪爾還糟。如果有真正的蘇利人聽到我說話，可能會送我一個黑眼圈。「尼一定要離這個稜遠遠的。」

「噢。」女孩失望地嘆氣。

「尼一定要嫁個醜八怪。」我說，「還要很回，」我在身前舉起雙臂，比畫出大肚子的模樣。「塔會讓妳該心。」

我聽到瑪爾面具下傳來豬叫。

女孩嗤了一口氣。「我不喜歡這個命運，」她說，「我們去試試看別人。」當她們晃著飄飄裙襬跑開，兩個更醉的貴族補上她們的位置。

其中一人有著鷹勾鼻和肥下巴，另一個彷彿吞的是科瓦斯酒般一舉飲盡咖啡，再碰地一聲把杯子摜在桌上。「好了，」他口齒不清，抽動著鬃毛般豎立的紅鬍子，「我的命運怎麼樣？給我好好講啊。」

瑪爾假裝研究杯子。「尼的未來會非常光明。」

「我的未來已經很光明了。還有呢？」

「呃……」瑪爾閃爍其辭，「尼的老婆會為尼生下三個漂亮的兒子。」

他的鷹勾鼻伙伴爆出笑聲。「哈，那你應該知道兒子絕對不是你的種！」他大聲說。

我本以為另一個貴族會發脾氣，但他只是捧腹大笑，一張紅臉變得更紅。

「那就要恭喜那個男僕了！」他吼道。

「我聽說最優秀的家族都會有私生子。」他朋友哈哈大笑。

「我們也都有狗呀，但我們可不會讓他們上桌！」

我在面具下皺起臉，悄悄懷疑他們是在說尼可萊。

「噢噢我的勞天，」我把杯子從瑪爾手中搶過來。「我的勞天，太悲喪了。」

「什麼什麼？」貴族說，他還在笑。

「尼會禿頭，」我說，「很禿很禿。」

他停下笑聲，不由自主伸出肥嘟嘟的手去摸漸漸稀疏的紅髮。

「而尼，」我指著他朋友，瑪爾警告地推了我的腳一下，但我不理會。「尼會得胯葩。」

「得什麼？」

「胯葩！」我用可怖的語氣宣布，「尼的胯下將會縮小，小到刊不見！」

他面無血色，喉嚨似乎不太舒服。「但是——」

同一時間，宴會廳裡傳來喊叫，還聽見好像有人打翻桌子的巨大鏗鏘聲；我看到兩個人在推來推去。

「我想這應該是離開的信號。」塔瑪說，慢慢領著我們遠離騷動。

我正想抗議，那場互毆就在瞬間白熱化。人們開始又推又擠，爭相朝通往露台的門擠去。音樂停了，而且好像有幾個占卜師也捲入了混亂。我看到人群再過去的地方有輛絲綢馬車翻倒，有人朝我們衝來，一頭撞上這兩個貴族。咖啡壺在桌上翻倒，藍色小杯也無法倖免於難。

「走吧。」瑪爾探往手槍。「從後面離開。」

塔瑪帶路，手中已握了一把雙頭斧。我跟著她走下樓梯，但在離開露台時，我聽到另一個可怕的匡啷聲與女人的尖叫；她被死死地壓在晚宴桌下方。

瑪爾將槍收入皮套。「帶她上馬車。」他對塔瑪喊道。「我隨後跟上。」

「瑪爾——」

「去！我會立刻跟上。」他推擠著鑽進人群，朝被困住的女人跑去。

塔瑪扯著我下花園階梯，走上一條沿大宅側面前往街道的路。離開宴會閃爍的燈火後，周遭伸手不見五指。我放出一小簇柔和光芒，照亮腳下。

「別，」塔瑪說，「這可能是聲東擊西，妳會洩露我們的位置。」

我熄掉光芒，旋即聽見扭打，和很大的噢一聲，然後——一陣死寂。

「塔瑪？」

我回頭往宴會方向看，希望能聽見瑪爾靠近。

我的心臟開始狂跳，並舉起雙手。我實在不想就這樣杵在黑暗中，完全忘了什麼洩露位置的事情。然後，我聽見大門嘎吱響，一雙強壯的手抓住我，將我拖過樹籬。

我放出熾烈如火的光芒，發現自己身在偏離主要花園的石頭庭院，四面圍繞紫杉樹籬，而且我不是一個人。

在看見他之前，我先聞到他的氣味——新翻的土、薰香、發霉——墳墓的氣味。當導師從陰影中走出，我舉起雙手。這名祭司與我記憶中的形象如出一轍，同樣那把粗硬的黑色鬍子，以及死盯不放的目光。他仍穿著代表他身分的棕袍，然而國王的雙鷹已從胸口消失，被金線精緻加工成的日輪代替。

「不准再靠近一步。」我出言警告。

他低頭鞠躬。「阿利娜．史塔科夫，太陽女王。我無意傷害妳。」

「塔瑪在哪裡？要是她受了傷——」

「妳的護衛不會受傷，但我乞求妳聽我說幾句話。」

「你想怎樣？你怎麼知道我在這裡？」

「信徒無所不在，太陽女王。」

「不要這樣叫我！」

「妳的神聖兵團一天一天日益龐大，被妳光芒許下的誓言引來。他們就等著妳現身領導。」

「我的兵團？」我語帶嘲弄，「我看過那些在城牆外紮營的朝聖者——他們貧窮、虛弱又飢餓，人人渴望著你餵給他們的希望碎屑。」

「還有其他的人——士兵。」

「不過又是被你的花言巧語欺騙才相信我是聖人的人，不是嗎？」

「那不是花言巧語，阿利娜．史塔科夫，妳是卡拉錫的女兒，自影淵死而重生。」

「我根本沒死！」我憤怒地說，「我之所以活下來，是因為從闇之手那裡逃走；而我為了逃走，殺了一整沙艇的士兵和格里沙。你有告訴我的信徒這些事嗎？」

「妳的人民在水深火熱之中，只有妳能帶來新世紀的曙光——受聖潔之火淨化的新世紀。」

他眼神狂熱，那團黑色之深邃，我甚至看不見他的瞳仁。但他的瘋狂是真心誠意，抑或是精湛的演出？

「那麼這個新世紀會由誰來統治？」

「當然是妳啊，太陽女王，聖阿利娜。」

「然後你來當我的左右手嗎？我讀了你給我的書，聖人都沒有活很久。」

「跟我走，阿利娜．史塔科夫。」

「我不會跟你去任何地方。」

「若想面對闇之手，妳還不夠強。我可以改變這點。」

我僵在原地。「你還知道什麼？」

「加入我，一切真相都能揭露。」

我走近他，因那股貫穿全身的飢渴與怒火而訝異不已。「火鳥在哪裡？」我以為他會回以困惑表情，或假裝一無所知。然而他卻露出微笑。導師的牙齦黝黑，齒列歪扭雜亂。「祭司，告訴我。」我用命令的語氣說，「否則我會當場把你劈開，讓你的信徒用祈禱的方式再把你拼回去。」在驚愕中，我突然意識到我是認真的。

這是他第一次面露緊張。非常好。難道他以為會面對一個溫良的聖人嗎？

導師舉起雙手，希望我息怒。

「我不知道，」他說，「我發誓。但當闇之手離開小行宮，他並不知道那會是最後一次，所以他留下非常多珍貴物品，一些其他人長久以來以為被摧毀的物品。」

另一股飢渴感劈劈啪啪竄過我全身。「莫洛佐瓦的手記？在你手上嗎？」

「跟我走，阿利娜．史塔科夫，有些祕密確實被深埋了起來。」

他說的可能是真的嗎？還是，他只是想把我交給闇之手？

「阿利娜！」瑪爾的聲音從樹籬另一側某處傳來。

「我在這裡！」我喊。

瑪爾衝進庭院，武器在手，塔瑪緊跟在他身後，她掉了其中一支斧頭，斗篷前襟也沾到血。導師一個轉身，散發著發霉布料的氣味，溜進樹叢。

「等一下！」我大喊，已動身要追，塔瑪怒吼一聲，一個箭步超前我，鑽進樹籬展開追擊。

「我要活捉他！」我對著她已消失無蹤的背影喊道。

「妳沒事吧？」瑪爾邊喘邊來到我旁邊。

我抓住他的袖子。「瑪爾，我想他手上有莫洛佐瓦的手記。」

「他有傷害妳嗎？」

「一個老祭司算不上什麼對手，」我不耐地說，「你聽到我剛說的話了嗎？」

他抽身。「我聽到了。我以為妳遇到了危險。」

「我沒有。我——」

然而塔瑪已經大步回到我們身旁，一臉挫敗。「我不懂，」她邊說邊搖頭，「前一秒他還在，下一秒就消失了。」

「諸聖啊。」我咒罵一聲。

她垂下頭。「請寬恕我。」

我從沒看過她這麼沮喪。「沒事的。」我說，腦子仍不斷在運轉。一部分的我想再回去那條巷子對導師大喊，要他現身；或滿城追緝，直到找出他的下落，把真相從那張塞滿謊言的嘴裡挖出來。我注視著那一整排樹籬，仍能聽見遠在身後的宴會上的喊叫，而在黑暗中某處，修道院的鐘聲開始響起。我嘆了口氣。「我們離開這裡吧。」

我們找到之前留在狹窄小巷等候的馬夫。回宮殿一整路氣氛都緊繃不已。

「那場打架絕非巧合。」瑪爾說。

「一定是，」塔瑪表示同意，輕點著她下巴一道觸目驚心的傷痕。「他知道我們會在。」

「怎麼可能？」瑪爾強調，「沒人知道我們要去。妳告訴尼可萊了嗎？」

「尼可萊和這沒有任何關係。」我說。

「妳怎麼有辦法這麼確定？」

「因為他不會得到任何好處。」我手指壓著兩邊太陽穴。「也許有人看到我們離開宮殿。」

「他要怎麼在不被目擊的情況下進入歐斯奧塔？他怎麼可能知道我們會去宴會？」

「我不曉得，」我疲倦地回答，「他說忠實信徒無所不在，可能某個僕人偷聽到了吧。」

「今晚是我們走運，」塔瑪說，「情況有可能會更糟。」

「我其實沒有真的遇到什麼危險，」我堅持道，「他只是想談談。」

「他說了什麼？」

我對她毫無保留，不過沒有提到莫洛佐瓦的手記。除了瑪爾，我還沒對任何人談起這東西，而關於增幅物，塔瑪已經知道太多了。

「他在培養某種軍隊，」我以此作結，「就是相信我死而復生的那些人；認為我有某種神聖力量的人。」

「有多少？」瑪爾問。

「不曉得，我也不曉得他打算叫那些人做些什麼。叫他們向國王出征嗎？送他們去和闇之手的人馬打仗嗎？我已經要為格里沙負責，不想再往肩上增加一支幫不上忙的被棄者軍團。」

「我們也沒有那麼不堪一擊。」瑪爾說，語氣有點尖銳。

「我不是……我只是說他在利用這些人；他以他們的希望為糧。」

「這和尼可萊讓妳從一個村落招搖到另一個村落，有什麼不一樣嗎？」

「尼可萊沒有告訴大家我不老不死，或者能行使什麼奇蹟。」

「是沒有，」瑪爾說，「他只是任憑他們自己去相信。」

「你為什麼老是要攻擊他？」

「妳為什麼每次都為他說話？」

我轉過身，筋疲力竭又一肚子火，怎麼也無法從腦中呼呼飛旋的思緒突圍。上城被燈照亮的街道在馬車窗外飛逝，剩餘路程，我們默然無語。

回到小行宮，當瑪爾和塔瑪為托亞補上進度，我去換衣服。

瑪爾敲門時我正坐在床上，他將門在身後關上，靠著門環顧四周。

「這房間實在讓人不太愉快，妳不是說要重新裝潢？」

我聳聳肩。我有太多事得擔心，幾乎已習慣了這房間寂靜陰鬱的氛圍。

「妳相信他手上有手記嗎？」瑪爾問。

「我很驚訝他竟然知道這件事。」

他朝床走來，我屈起膝蓋，挪空位給他。

「塔瑪說的沒錯，」他在我腳邊坐下，「情況是有可能更糟。」

我嘆氣。「不過觀光一下，還真多事啊。」

「我實在不該提議這麼做。」

「我也不該附和這提議。」

他點點頭，在地上來回拖拉靴尖。「我很想妳。」他靜靜說道。

這話出口很輕，卻讓我渾身湧上一陣痛苦又愉悅的顫抖。是否，有一部分的我對此心存懷疑？畢竟他這麼常不在。

我摸摸他的手。「我也想你。」

「明天和我一起去打靶練習，」他說，「就在湖邊。」

「我不行。尼可萊和我得與克爾斥銀行家代表團會面，他們想在確定借貸給國王前先看看太陽召喚者。」

「對他說妳生病了。」

「格里沙不會生病。」

「那就對他說妳很忙。」他說。

「我不行。」

「別的格里沙都會花時間——」

「我不是別的格里沙。」這話說出口的語氣比我預想得更尖銳。

「這我知道。」他疲倦地表示，吐出一口大氣。「諸聖啊，我恨這個地方。」

我眨眨眼，因他語調中的強烈情緒訝異不已。「是嗎？」

「我恨宴會，我恨這些人，我恨這裡的一切。」

「我以為……畢竟你好像……不是說快樂，但至少——」

「我不屬於這裡，阿利娜。不要告訴我妳沒意識到。」

我不信，無論去到哪裡，瑪爾都如魚得水。「尼可萊說大家都喜歡你。」

「他們只是覺得我有意思，」瑪爾說，「兩者不能混為一談。」

他把我的手翻過去，描繪著橫過掌心的疤痕。「妳知道嗎？我其實很想念逃亡的生活，甚至是寇夫頓髒兮兮的寄宿小屋，還有在倉庫工作。至少我會覺得自己有在做些什麼，而非浪費時間到處蒐集八卦。」

我不自在地扭動，突然心生防衛。「只要有機會你就往外跑，你也可以不用接受每個邀請。」

他望著我。「阿利娜，我躲得遠遠是為了保護妳。」

「保護我什麼？」我不敢置信地問。

他站起來，焦躁地走過房間。「你覺得大家為什麼邀我參加王室打獵？而且這麼急？——因為他們想知道我和妳的關係。」他轉向我。當他開口，語氣殘酷而充滿嘲弄。「你真的睡了太陽召喚者嗎？和聖人在一起是什麼感覺？她是對追蹤師情有獨鍾，還是每個僕人都上過她的床？」

他交叉雙臂。「我離開是為了拉開和妳的距離、消除那些謠言。此時此刻我甚至不該在這兒。」

我用雙臂環起膝蓋，朝胸口拉近貼緊，臉頰灼燙。「你為什麼不告訴我？」

「我該說什麼？又該在什麼時候說？我幾乎見不到妳。」

「我以為是你想走。」

「我想要的是妳叫我留下來。」

我的喉嚨一陣緊縮，張嘴打算對他說他這麼做並不公平，說我怎麼可能會知道。但這是事實嗎？也許我真的相信瑪爾遠離小行宮比較快樂，又或者，我只是這麼告訴自己。因為這樣一來，他不在我會比較輕鬆，表示又少一個人在旁窺看，想對我有所要求。

「我很抱歉。」我啞著聲音說。

他舉起雙手，彷彿要替自己辯護，又無助地放下。「我覺得妳離我越來越遠，而我不知道怎麼阻止這件事。」

眼淚刺痛雙眼。「我們會找到方法，」我說，「我們會爭取更多時間——」

「不只這樣。打從妳戴上第二個增幅物，就變了一個人。」我的手不由自主飄到手銬上。「當妳劈開圓頂、當妳提到火鳥時那個語氣……那天我也聽到妳和柔雅講話。她很害怕，阿利娜，而妳很享受。」

「也許我真的是，」我的怒火上升——這個感覺比罪惡感或羞恥感好太多了。「那又怎樣？她是什麼德性、這地方給我什麼感受，你根本一無所知。那些恐懼、那些責任——」

「這我知道、都知道，而且我能看出它造成了什麼傷害。可是這是妳自己選的。妳目標清楚，可是我甚至已不曉得自己在這裡幹什麼。」

「不要說這種話，」我兩腳一晃從床上下來，站起身。「我們的確有清楚的目標；我們是為了拉夫卡來到這兒，我們——」

「不對，阿利娜，是妳為了拉夫卡來到這兒——為了火鳥，為了領導第二軍團。」他點了點胸口上的日輪。「我是為了妳才來這裡，妳就是我的旗幟、我的國家。但那好像再也無所謂了。妳有發現嗎？這是好幾個禮拜來我們第一次獨處。」

這分領悟當頭罩下，整個房間似乎安靜得很不自然。瑪爾試探著朝我靠近一步，然後又走了兩大步收近我們之間的距離。他悄悄扣住我的手腕，另一手捧起我的臉，輕輕將我的唇傾向他。

「回來我身邊。」他柔聲說，拉我貼近，但當他碰到我的嘴唇，我眼角餘光看見東西閃過。闇之手站在瑪爾身後，我整個身體僵住。

瑪爾抽身。「怎麼了？」他說。

「沒什麼，我只是……」我的語尾聲音漸弱。我不知道該說什麼。

闇之手還在。「告訴他啊，說當他將妳擁入懷中，妳卻看見了我。」他說。

我緊緊閉上雙眼。

瑪爾垂下雙手，從我面前退開，手捏成拳。「我想這對我來說已經很清楚了。」

「瑪爾——」

「妳應該阻止我的。這麼久以來，我都在這裡做出一堆像蠢蛋的舉止。如果妳不想要我，直接說就行了。」

「不要太難過，追蹤師，」闇之手說，「每個男人都可能被耍。」

「這不是——」我反駁。

「是尼可萊嗎？」

「什麼？不是！」

「那是另一個被棄者嗎，阿利娜？」闇之手嘲弄地說。

瑪爾嫌惡地搖搖頭。「我任憑他將我推開。那些會議、議員討論、晚宴。我讓他逐漸取代我的位置。只是傻傻等著，期望妳會想我，想到願意叫他們『去死吧』。」

我吞了口口水，努力不去看闇之手的冷笑幻象。

「瑪爾，闇之手——」

「我不想再聽到闇之手，或拉夫卡，或增幅物，或是任何這一切。」他的手猛然一劃。「我受夠了。」他一股腦兒轉過身，大步朝門走去。

「等一等！」我追在他身後，想抓住他的手。

他轉過來的速度之快，我差點撞到他身上。「阿利娜，別這樣。」

「你不懂——」我說。

「妳退縮了，妳敢說沒有嗎？」

「那不是因為你的關係！」

瑪爾發出刺耳笑聲。「我知道妳沒有太多經驗，但我吻過的女孩更多，很清楚那代表什麼意思。不用擔心，不會再發生了。」

那些話彷彿打了我一巴掌，他碰一聲將門在身後關上。

我站在那裡，望著關上的門，伸手去碰骨頭做的門把。

妳可以挽回，我對自己說，妳可以讓一切回到正軌。但我只是像結凍一樣站在那兒，瑪爾說的話在耳邊迴盪。我用力咬住嘴唇，忍住使我胸口顫動的哭聲。這樣很好，當眼淚溢出，我想，這麼一來，僕人就不會聽到。一陣痛楚從肋骨之間生起，一陣強烈且尖銳的痛楚如碎片般嵌在胸骨上，岌岌可危地緊貼著我的心臟。

我沒聽見闇之手移動，直到他來到我身旁，我才意識到這件事。他纖長的手指將頭髮從我頸子往後撥，然後停駐在項圈上。當他親吻我的臉頰，嘴唇冷冷冰冰。

第十九章

第二天一早，我在小行宮屋頂逮到大衛，他正是在這裡建造巨大鏡射碟。他在其中一個圓頂的陰影裡弄了臨時工坊，而且已放滿一塊塊亮晶晶的碎片和棄置不用的繪圖。極其微弱的風翻動紙邊。我在一張的邊緣認出尼可萊潦草的筆跡。

「狀況如何？」我問。

「好一點了。」他檢視著最靠近的碟子滑溜溜的表面。「我想我應該弄對曲率了，很快就能進行測試。」

「多快？」我們仍持續收到闇之手下落的報告——不過都相互矛盾。但是，就算他還沒打造完軍隊，也差不多了。

「幾個禮拜。」大衛說。

「那麼久？」

「做得快和做得對，妳自己選一個。」他咕噥。

「大衛，我得知道——」

「我已經把我對莫洛佐瓦所知的一切都告訴妳了。」

「不是他，」我說，「不太算。要是……要是我想拿掉項圈，該怎麼做？」

「拿不掉的。」

「不是現在，但是等我們——」

「不行。」大衛說，完全不看我。「那和其他增幅物不一樣，不能就這麼拿掉。你得打破它，以蠻力破壞它的結構。最後恐怕會是災難一場。」

「有多災難？」

「我沒辦法確定，」他說，「但可以肯定的是，和那比起來，影淵不過像是被紙割到。」

「噢。」我輕輕地說。這麼一來，手銬恐怕也相同。不管我會變成怎樣，如今都沒有回頭路了。我本來希望幻覺是被虛獸咬到的後遺症，也許不知不覺間，這種狀況會隨著傷口慢慢癒合而消失，但是看來是不可能的了。就算成真，我也將永遠透過項圈和闇之手綁在一塊兒。話說回來，我忍不住要想他為什麼沒有決定親手殺了海鞭，讓我們的羈絆更緊密。

大衛拿起一罐墨水，在指間轉動。他看起來很消沉。不只消沉，我想，是心懷罪惡。是他一手打造出這條連結，永永遠遠將鎖鍊套在我頸子上。

我輕輕將墨水罐從他手中拿開。「就算你不做，闇之手也會找別人來做。」

他猛地抽搐一下，動作介於點頭和聳肩之間。我將墨水挪到遠遠桌邊，擺在他緊張畫顯的手指碰不到的地方，轉身離開。

「阿利娜……？」

我停住腳步，回頭看他。他的臉頰漲得通紅，蓬亂頭髮的尖端簡直要冒出熱氣。至少那頭糟糕的頭髮長長了。

「我聽說……我聽說娟雅在船上，和闇之手一起。」

聽到娟雅的名字，我湧上一陣悲傷。所以大衛也並非不在意。

「對。」我說。

「她還好嗎？」他語氣中帶了點期望。

「我不知道，」我承認，「我們逃走的時候她應該還好。」但要是闇之手得知她等同放我們逃走，就不曉得他會怎麼處置她了。我猶豫了一下。「我有求她和我們一起走。」

他臉垮下來。「她卻決定留下？」

「我不覺得她認為自己有選擇權。」我說。真不敢相信自己竟然在幫娟雅找藉口，可是我不想讓大衛看不起她。

「我早該……」他似乎不曉得該如何把這句話講完。

我想說些安慰話語，稍微撫慰他一下。但我以往實在太常講錯話，想不出任何聽起來不會太假的字句。

「我們會盡全力的。」我很沒說服力地表示。

於是大衛看著我，臉上的悔恨再清楚不過。不管我怎麼說，我和他都曉得一個殘酷的真相：我們盡了全力，不斷嘗試，然而到最後，往往不會有任何效果。

□

我陰沉地前往大宮殿的下一場會議。尼可萊的計畫似乎起了作用。儘管瓦斯利仍硬逼自己到議事廳參與我們和大臣的會議，但抵達的時間越來越晚，而且時不時，我會抓到他在打瞌睡。他缺席沒來的那一次，尼可萊把他從床上拖下來，開開心心堅持要他著衣打扮，還說我們缺了他就是不能繼續。明顯宿醉的瓦斯利艱難地撐過會議半途，在桌子主位搖來晃去，接著便飛也似地衝到走廊上，發出超大聲音地吐進一只漆器花瓶。

今天即便是我也很難保持清醒。微風消失殆盡，儘管開了窗，擁擠的議事廳仍悶不透風，簡直到了令人難以承受的地步。會議沉重緩慢地進行，直到一名將軍宣布第一軍團的部隊名單持續減少。因為死亡、逃兵、連年殘酷的戰爭而士兵銳減。此外，由於拉夫卡至少還得再上一次前線，情況十分危急。

瓦斯利懶懶地舉起一手，說：「大家幹麼這樣張牙舞爪？降低入伍年齡不就好了。」

我坐挺了一點。「降到幾歲？」我問。

「十四？還是十五？」瓦斯利說，「現在是幾歲？」

我想到尼可萊和我一路上經過的村莊，那兒的墓地延伸數哩長。「為什麼不直接降到十二算了？」我火大地表示。

「為國奉獻永遠不會太早。」瓦斯利大聲疾呼。

我不知道自己究竟是太累還是太火大，但我還來不及三思，這話就這麼溜出嘴巴。「如果這樣，為什麼規定到十二歲？我聽說小嬰兒也可以是很棒的砲灰。」

國王的那些顧問冒出一陣不贊同的竊竊私語。桌子下方，尼可萊警告似地伸手過來捏我手一下。

「兄長，更早入伍也阻止不了他們逃兵。」他對瓦斯利說。

「那我們就抓逃兵來殺雞儆猴。」

尼可萊揚起眉毛。「你確定被行刑隊一槍斃命會比被虛獸撕成兩半還可怕？」

「如果世上真有虛獸。」瓦斯利出言嘲弄。

我真不敢相信自己的耳朵。

但是尼可萊只是愉快地一笑。「我在沃夫尼號上親眼見過，你不會也說我是騙人的吧。」

「那你一定不會認為背叛國家比老老實實在國王軍團中服役更好吧？」

「我是想說，搞不好這些人只是和你一樣珍惜生命啊。他們裝備不良、補給物不足，心中的希望也微乎其微。如果你讀過報告就會曉得，這些軍官連在隊上維持秩序都有困難。」

「那麼他們就該實施更嚴苛的懲罰，」瓦斯利說，「這麼一來，鄉下人才能理解。」

我已經揍了一個王子，再多一個又如何？我大概從座位起身到一半，尼可萊又把我拉下來。

「他們只能理解兩件事：填飽肚子，以及清楚的指令，」他說，「如果你願意讓我實施先前建議的調整，打開國庫，然後——」

「你不能總是予取予求呀，小弟。」

整個空間的緊繃感一觸即發。

「世界在變，」尼可萊說，語調中有著堅定不移的氣勢。「我們要不跟著變，要不就灰飛煙滅，不留一點痕跡。」

瓦斯利放聲大笑。「我實在難以判定你是在恐嚇我們呢，還是膽小如鼠。」

「而我實在難以判定你是白痴，還是超級大白痴。」

瓦斯利面色轉紫，一股腦兒站起來，雙手碰地往桌上一拍。「闇之手只是凡人，如果你那麼怕面對他——」

「我面對過他了，如果你不怕——如果你們有任何一個人不怕——那是因為你們根本不理解我們要對抗的到底是什麼。」

有幾名將軍點頭，但國王的顧問、歐斯奧塔的貴族與官僚依舊一臉質疑和不悅。對他們而言，戰爭就是閱兵、軍事理論，一些小人偶在地圖上移來移去。如果走到那一步，和瓦斯利站同一陣線的就會是這些人。

尼可萊挺起肩膀，再次拉下演員面具蓋住真正的表情。「兄長，勿忘和平，」他說，「我們都只是為了拉夫卡好。」

但瓦斯利一點也不想被安撫。「如果是為拉夫卡好，最好的方法就是讓藍索夫家的血脈登上王位。」

我大大倒抽一口氣，一陣致命死寂籠罩整個大廳。瓦斯利此舉等於指稱尼可萊為私生子了。

但尼可萊重新恢復鎮靜，現在什麼也動搖不了他。「那麼就讓我們一齊替拉夫卡名正言順的國王祈禱吧。」他說：「好了，我們來收個尾吧？」

會議又再拖拉了一會兒，接著便迎來人人樂見的結尾。走回小行宮的路上，尼可萊安靜得很不尋常。

當我們來到圓頂建築旁的花園，他暫停腳步，從樹籬拔了一片葉子。「我不該那樣失去冷靜，那只會刺激到他的高傲，讓他更不肯讓步。」

「那你為什麼要失控呢？」我問。我是真心好奇。尼可萊竟無法控制情緒，這相當少見。

「我不知道。」他撕碎葉子。「妳發脾氣，我也發脾氣，而且議事廳該死的熱得要命。」

「我不覺得是這個原因。」

「還是消化不良？」他表示。

但我不打算被區區一個玩笑敷衍過去。儘管瓦斯利持反對意見，議會什麼也不太願意做，但是在軟硬兼施下仍產生了神祕難解的效果，尼可萊可以設法促成一些計畫。他讓他們願意救濟逃至影淵沿岸的難民，徵用質化系的核芯布配給，供應第一軍團的主要步兵連——他甚至讓他們把資金轉給一個將農場設備現代化的計畫。這麼一來，農民就不只能做維持生計的物品。雖是小事，可是隨著時間過去，這些改善說不定能讓一切有所不同。

「那是因為你真心在乎這個國家的未來，」我說，「王位對瓦斯利來說只是獎賞，是被他當成最愛的玩具，並出手爭奪的東西。你不是，你會是個好國王。」

尼可萊愣住。「我……」難得一回，他似乎啞口無言。然後他臉上悄悄擴散開一個不自在的害羞笑容，和原先的自信燦笑天差地別。「謝謝。」他說。

當我們又邁開步伐，我嘆了口氣。「你現在是不是要變得很討人厭了？」

尼可萊笑著說。「我早就很討人厭了。」

□

白日變長，太陽持續逗留在很接近地平線的位置，碧麗亞那祭典已在歐斯奧塔展開序幕。即使是在午夜，天空也沒有真正暗下。而儘管對戰爭和岌岌可危逼近的影淵抱持恐懼，這座城市仍慶祝著這永不結束的黃昏。在上城，夜晚充滿歌劇、化妝舞會及奢華的芭蕾舞表演。橋另一邊，喧鬧的賽馬和戶外舞蹈搖撼著下城街道。彷彿不見盡頭的一艘艘遊舫搖曳晃動、行過運河，而在閃爍的薄暮中，緩流的河水猶如鑲上寶石的手鐲腳鍊，圈住首都；掛在上千船首的燈籠將城市照得恍若在熊熊燃燒。

炙熱氣候算是發了慈悲，稍有緩解。宮牆內，大家的精神似乎都好了一點。我仍繼續堅持格里沙系別得混合，而在某個瞬間——我還是不曉得怎麼成功的——原先不自在的靜默變成笑聲與吵鬧聊天。雖然仍可見小圈圈和零星衝突，但在大廳中亦出現了先前沒有的自在熱鬧氛圍。

我很高興——甚至可以說有點驕傲，見到造物法師和元素系格里沙在一只大銅壺旁喝茶，或聽到費德和帕佛在吃早餐時爭論事情——甚至，娜迪亞的弟弟還試圖和年紀比他大，而且百分之百對他毫無興趣的琶雅調情。可是，我覺得自己好像在很遙遠的地方看著他們。

和瑪爾吵架那晚後，我好幾次試著找他講話，他卻總找藉口從我身邊逃開。如果他不是去打獵，就是在大宮殿打牌，或和他的新朋友在下城一些小酒館流連。我看得出他酒喝得更多了。有些早上，他會眼神朦朧，帶著清晰可見的瘀青和傷口，好像剛剛打了場架。可是他仍堅守時間、滴水不漏，勤奮不懈而且嚴守禮儀，一絲不苟地履行護衛職責，無聲地在門口站崗。如果隨我在宮中走動，也會保持著適當距離。

小行宮變成一個非常孤獨的地方。我身邊圍繞著人，卻覺得他們彷彿看不見我，只看得見對我的索求。我很怕顯露猶豫或優柔寡斷。有些時日，我會覺得自己被不斷壓下來的責任與期待消耗到什麼也不剩。

我趕赴會議，和波特金一起訓練，在湖邊度過漫長時光，努力將黑破斬練得駕輕就熟。我甚至吞下驕傲，又去找了巴格拉一次，悄悄期望——就算別的不成，她至少能幫我拓展我的力量。但她仍拒絕見面。

這一切依舊不夠。尼可萊在湖上建造的船在在提醒著我們，目前所做的一切幾乎算是徒勞無功。在某處，闇之手正在集結力量、打造他的大軍。而當他們兵臨城下，不會有槍或炸彈或任何士兵、格里沙有辦法阻止他們——就連我也沒辦法。如果戰況惡化，我們會撤退到圓頂廳，等待波利茲那亞的人前來解圍。門已用格里沙鋼鐵強化，造物法師也開始將所有龜裂和縫隙彌封修補，以防虛獸進入。

我不認為會走到那個地步。關於尋找火鳥的下落，我已窮盡一切努力卻一無所獲。如果大衛無法讓鏡射碟起作用，那麼，當闇之手終於出征拉夫卡，我們不會有別的選擇，只能撤離、逃亡——不斷地逃亡。

一如以往，使用力量除了帶給我自在之外別無他物。每次在質化系工坊或湖岸召喚光，我都覺得右手腕的赤裸有如某種印記。即便從我目前擁有對增幅物的一切認知，也清楚知道它們可能帶來的毀滅，以及會如何為我帶來怎樣不可逆的改變，依舊無法放下對火鳥的飢渴。

瑪爾說得沒錯，這逐漸成了一種執著。夜晚，當我躺在床上，想像闇之手已找到莫洛佐瓦的最後一塊拼圖。他說不定會用金線製成的籠子扣押火鳥。牠會對他唱歌嗎？我甚至不確定火鳥會不會唱歌。有些故事說會。有一個故事說，火鳥的歌聲能哄一整個軍隊進入夢鄉。只要聽到，士兵就會停止戰鬥、放下武器，在敵人臂彎裡平靜睡去。

現在所有故事我都知道了，火鳥會流下鑽石眼淚，羽毛能治癒致死傷口，牠翅膀拍打的縫隙間能窺見未來。我搜遍一本又一本的民間故事、史詩及農民傳說選集，找尋模式或線索。海鞭傳說以白骨路的冰冷水域為中心，但火鳥的故事卻來自拉夫卡和其他每個角落，而且沒有一個能將這生物和聖人牽上關係。

更糟的是，幻覺變得更清楚，也出現得更頻繁。闇之手幾乎日日出現在我面前，通常是在他的房間或圖書館走道，有時會在議會議事時出現在戰情室，或在黃昏我從大宮殿走回來時現身。

「你可不可以放我一個人？」某晚，當我努力想伏案工作，他在我身後徘徊，我忍不住碎唸。過了好久，我不覺得他真會回答，甚至還有時間讓我悄悄希望他會消失，直到我感到他將手放在我肩上。

「那我也會是孤獨一人了。」他說。然後一整個晚上他都不走，直到燈油燒盡，一滴都不剩。我開始習慣看到他在走廊盡頭等著我，或者夜晚就寢時坐在我床邊。若他沒出現，我發現自己竟然心懷期待，或猜想他怎麼沒來——那最讓我心驚膽戰。

比較正向的發展是瓦斯利決定拋下歐斯奧塔，前往卡耶維爾參加小馬的拍賣。當尼可萊在某次同行時告訴我這個消息，我差點高興到嘎嘎亂叫。

「三更半夜打包的，」尼可萊說，「他說會在我生日時趕回來，不過要是他找到理由不回來，我也不意外。」

「你應該盡量不要一臉得意，」我說，「不莊重。」

「我當然有權幸災樂禍啊。」他笑了一聲，我們一面繼續走，他一面吹起我在沃夫尼號上聽到的那支走調曲子，然後清清喉嚨。「阿利娜，雖說妳不是走魅力四射的路線，但是……妳有在睡覺嗎？」

「沒睡多少。」我承認。

「惡夢？」

我確實仍會夢到毀損的沙艇、試圖逃離影淵黑暗的那些人，但讓我夜不成眠的並非這個。

「不算是。」

「啊，」尼可萊說，將雙手往身後一揹。「我注意到妳那位朋友最近把全身心靈都投入了工作，大家都愛他。」

「嗯嗯，」我努力保持輕鬆語調，「瑪爾嘛。」

「他從哪裡學來這種追蹤術的？大家都猜不透他到底是運氣好，還是真的很強。」

「他不是學來的，只是與生俱來這種能力。」

「運氣真好，」尼可萊說，「我從來沒有與生俱來什麼鬼。」

「你是個演技精湛的演員啊。」我挖苦地說。

「真的嗎？」他問，然後靠過來小聲說。「現在我在表演『謙虛』。」

我火大地搖頭，卻又感激尼可萊能講些提振心情的胡話。此外，我更感激他沒有窮追猛打。

□

大衛大概又多花了兩週才讓鏡射碟能夠運作。他一就緒，我便讓格里沙聚集在小行宮屋頂觀看示範。托亞和塔瑪也在，一如往常警戒著，掃描群眾，可是我到處都看不見瑪爾。前晚，我在休息室熬夜，希望能逮到他，親自邀他參與。等我終於放棄並上床睡覺，午夜已經過去很久了。

兩片巨大圓盤設置在屋頂相對側，位於延伸於東西翼圓頂之間的扁平突緣。它們可透過滑輪系統旋轉，分別由一名質化系格里沙及風術士進行操作，這兩人會戴上護目鏡以遮蔽強光。我看到柔雅和琵雅組隊搭配，娜迪亞則和一名物轉士搭檔控制第二個鏡射碟。

好吧，我焦慮地想，就算這件事會一敗塗地，至少他們攜手合作了。再也沒什麼能比咻咻碰碰大爆炸更能建立革命情感。

我在屋頂中央，亦即兩塊鏡射碟正中就定位。

我在一陣驚慌失措中見到尼可萊邀請了宮殿守衛隊隊長前來觀看，此外還有兩名將軍及數名國王顧問。我希望他們不要太期望看到什麼驚天動地的表演。我的力量在全暗狀態下能最完美地呈現，而漫長無盡的碧麗亞那白晝使這變成不可能的任務。我問過大衛，是否該將演示安排得再晚一點，他卻只是搖搖頭。

「如果成功，就會真的非常驚天動地；然後呢，我想要是沒成功，可能就會更驚天動地了。畢竟會爆炸嘛。」

「大衛，你剛才說了個笑話。」

他皺起眉，一頭霧水。「我有嗎？」

在尼可萊的建議下，大衛決定仿效沃夫尼號，以口哨傳遞信號。他吹出一聲尖銳刺耳的哨音，旁觀的人就退到圓頂旁，留給我們足夠空間。我舉起雙手，大衛再次吹響口哨，而我喚出光芒。

光芒有如一道金色狂潮進入我的體內，再從雙手噴射出兩道穩定光束。它們集中於鏡射碟，映出炫目強光。確實讓人驚艷，但不到歎為觀止。

大衛接著又吹口哨，碟子稍微轉動。光在鏡射表面反彈，相乘倍增，然後集中成兩道劃破尚早黃昏的灼熱白矢。

當群眾遮住雙眼，不禁發出「啊——」的聲音。我猜應該不用擔心不夠驚天動地了。光芒劃破空氣，釋放出一波波瀑布般的光芒與四射的熱度，彷彿燃燒過整片天空。大衛吹出第二聲短促的口哨，光束融合成一把有如燒鑄而成的光刀，根本不可能直視。如果黑破斬是我握於手中的刀，這就是一支巨大闊劍。

碟子偏傾，光束下斜。當光劈砍過下方樹林邊緣，將樹頂夷平，人群紛紛驚訝地倒抽一口氣。碟子再更傾斜，光束砍進湖岸，接著是湖本身。一股蒸氣發出清晰可聞的嘶嘶聲，翻騰著升入空中，而且有一瞬間，整個湖面幾近沸騰。

大衛吹了聲驚慌的口哨，我急忙放下雙手。光隨之消失。

我們跑到屋頂邊緣，因為面前景象瞠目結舌——

好像有人拿了剃刀，以乾淨俐落的對角線一刀從林線尖端削向湖岸，砍去樹林頂端。凡光束碰觸之處皆烙下灼熱的溝渠，一路延伸到水邊。

「成功了，」大衛一副暈陶陶，「真的成功了。」

先是一陣停頓，然後柔雅爆出笑聲，瑟杰也加入，接著是瑪麗和娜迪亞。突然間，我們全都在大笑歡呼，就連悶悶不樂的托亞都一把將糊裡糊塗的大衛摟進巨大的懷抱中。士兵擁抱格里沙，國王顧問擁抱將軍，尼可萊拉著戴護目鏡的琶雅在屋頂跳舞，守衛隊隊長忘情地一把將我抱住。我們歡呼尖叫、跳上跳下，彷彿整座宮殿都隨之搖晃。假使闇之手決定打來，恐怕會有一大驚喜等待著虛獸。

「我們快去看！」有人喊。我們衝下樓梯，就像聽見下課鐘聲的孩子般咯咯笑著翻過圍牆。我們衝過金色圓頂廳的大廳，一把將門打開，匆匆忙忙跑下樓梯，衝到外頭。當所有人奔到湖邊，我一個煞車停下。

瑪爾正從樹林隧道走來。

「去吧，」我對尼可萊說，「我等會兒跟上。」

瑪爾走來時一直看著路，不和我有眼神交會。隨著他慢慢靠近，我看到他雙眼中滿是血絲，顴骨上還有觸目驚心的瘀青。

「發生什麼事了？」我問，舉手想碰他的臉。他躲開，迅速瞥了站在小行宮門旁的僕人一眼。

「不小心撞到一瓶科瓦斯酒，」他說，「妳需要什麼嗎？」

「你錯過演示了。」

「我沒在值勤。」

我無視胸口猛地一陣刺痛，繼續說，「我們要去湖邊，想一起來嗎？」

有一瞬間，他似乎有所遲疑，然後搖搖頭。「我只是回來拿點零錢。大宮殿有牌局。」

碎片一個猛擰。「你要不要換個衣服，」我說，「這樣很像沒換衣服就上床睡覺。」可是話一出口，我馬上後悔。但瑪爾似乎不在意。

「搞不好我真的是這樣，」他說，「還有別的事嗎？」

「沒有了。」

「吾主。」他挖苦地鞠了個躬，一跳一跳上階梯，好像恨不得離我遠一點。

我緩步走到湖邊，希望心中的痛某種程度能夠消解。屋頂實驗大捷的喜悅煙消雲散，留我整個人空蕩蕩像座枯井。你想怎麼對井大吼都行，除了回音，不會聽見別的回應。

岸邊，一群格里沙正沿著那道溝渠走，高聲數算長度，語調漸趨得意且興高采烈。那道溝幾乎有兩呎寬，深度也相去不遠，一路延伸到湖水邊緣、土壤燒得焦黑。樹林中，落下的樹頂四散成一堆凌亂的樹枝和樹幹。我伸出手，摸過其中一根切斷的樹幹。木頭表面平滑，利索地劈砍開，摸起來甚至還暖暖的。雖然起了兩小簇火，但浪術士很快將其撲滅。

尼可萊下令將食物和香檳拿來湖邊，傍晚剩下時光，我們都在岸邊度過。將軍和顧問早早離席，但隊長和幾個守衛留下。他們脫掉外套和鞋子，涉水入湖，不要多久，大家便覺得衣服濕不濕都無所謂，直接跳入水中，相互潑水、把對方壓進水中，接著他們還搞了個以中間那座小島為目標的游泳比賽。無庸置疑，浪術士每次都贏，乘大風、破大浪。

尼可萊和他的風術士開放讓大家搭乘他最近剛完成、被命名為翠鳥號的船艦。起先大家都心怕怕，但在第一批勇者歸來、手舞足蹈又喋喋不休描述飛上天空的感受，大家就都想搭了。我本來發誓自己的雙腳再也不要離開地面，最終卻放棄堅持，加入他們。

也許是香檳的緣故，又也許是我知道情況會如何發展，翠鳥號似乎比蜂鳥號更輕盈、優雅。雖然我仍用雙手死死抓著座艙，卻在平穩飛升空中時感到精神一振。

我鼓起勇氣低頭一看，大宮殿綿延起伏的占地在下方延伸，被白色碎石小徑切分為二。我看見格里沙溫室的屋頂、雙鷹噴泉完美的圓、宮殿閘門的閃爍金光。然後，我們從上城的宅邸及又長又直的條條大道遨翔而過。街道上滿是慶祝碧麗亞那的人們。我看見雜耍人和踩高蹺者走在古爾斯基內城區。在其中一座公園，舞者在打了光的舞台上快速旋轉，樂聲從運河上的船隻悠然飄來。

我好想永遠待在上頭，被潮水般翻湧的強風包裹，注視下方那迷你而完美的世界。可是最後尼可萊仍轉動了船舵，讓船緩慢畫出一道弧線下降，帶著我們回到湖邊。

暮色轉深，變為濃厚的紫。火術士點燃湖邊的一堆堆篝火，在幽暗某處，有人調著巴拉萊卡琴的音。我從底下的城鎮聽見煙火咻咻碰碰。

尼可萊和我坐在臨時碼頭盡頭，長褲捲起，兩腿掛在邊緣搖搖晃晃。翠鳥號在旁邊浮沉，白色船帆皆已整備完畢。

尼可萊一腳踢著水，弄出小小水花。「那個鏡射碟改變了一切，」他說，「如果妳能絆住虛獸夠久，我們就能趁機找出闇之手的位置，全面鎖定。」

我噗咚一聲仰躺在碼頭上，將手伸到頭頂，把夜空綻放的紫羅蘭色澤盡收眼底。當我轉過頭，便能輕易認出現已空無一人的學校輪廓，以及它黑漆漆的窗戶。如果可以，我好希望學生能看見鏡射碟多厲害，並感到一絲希望。戰爭將至依舊令人害怕，尤其想到可能真的會有許多人喪生。但至少，我們不會只是在山頂坐以待斃。

「說不定真的有放手一搏的可能。」我有些不敢相信地說。

「不要興奮過了頭呀。我還有更多好消息。」

我呻吟一聲；我知道那個語氣代表什麼意義。「不要說。」

「瓦斯利從卡耶維爾回來了。」

「可以行行好嗎？不如現在就把我淹死。」

「然後我一個人去承擔？才不要。」

「說不定你可以請他戴上嘴套，當作你的生日禮物。」我提議。

「但那樣我們就聽不到他講夏日拍賣各種精采刺激的故事啦。妳應該會喜歡繁殖上等拉夫卡賽馬的花絮吧？」

我哀號一聲。瑪爾應該會在翌日晚上的尼可萊生日晚宴時值勤，也許我可以找托亞或塔瑪代班。此時此刻，我覺得自己恐怕無法承受看他整晚面無表情、立正站崗，特別是再加上瓦斯利的廢話連篇。

「開心一點，」尼可萊說，「搞不好他會再求一次婚呀。」

我坐起來。「你怎麼知道的？」

「如果妳還記得，我也幹了差不多的事。我只是很驚訝他還沒捲土重來。」

「顯然是因為我很少落單。」

「我懂，」尼可萊說，「不然妳以為我為什麼每次會議結束都陪妳走回大宮殿？」

「因為你是我的閃亮好伙伴？」我挖苦道。聽到他的話，我竟湧上一絲失望，我真是太氣自己了。尼可萊非常擅長讓我忘了他做的一切全經過精密計算。

「這個也是啦，」他從水中提起腳，仔細檢視扭動的腳趾。「總之呢，最後他還是會找出時間再問一次的。」

我非常誇張地悲嘆一口氣。「我這樣一介平民，究竟該如何拒絕王子呢？」

「妳之前不是拒絕過嗎？」尼可萊說，仍在打量自己的腳。「此外，妳真的確定想拒絕嗎？」

「你不是認真的吧？」

尼可萊不自在地扭動。「這麼說吧，他是王位的第一繼承人、純正王家血脈，諸如此類。」

「就算瓦斯利養了隻叫盧德米拉的火鳥我都不會嫁給他，而且他是不是純正王家血脈，我根本懶得理。」我注視著他，「你明明說過一點也不在乎那些講你血統的八卦。」

「也許關於這件事，我沒有完全對妳坦白。」

「你？竟然不誠實？我真是太震驚了──尼可萊，我震驚至極、嚇得要命。」

他大笑。「我猜在我遠離宮中時比較容易假裝不在乎。但在這個地方，好像所有人都怕我忘記──尤其是我哥，」他聳聳肩，「向來如此。甚至在我出生前謠言就滿天飛。就是因為這樣，我母親才從不叫我小狗狗，她說那會讓我聽起來像是雜種犬。」

聽到這話我的心揪了一下。我從小到大也被取了超多難聽綽號。

「我喜歡雜種犬，」我說，「牠們的垂耳朵超可愛。」

「我的耳朵可是很高貴的。」

我用一根手指去摸碼頭上滑溜溜的木板。「所以你才離開這麼久嗎？你為什麼變成了史鐸霍恩？」

「我不知道原因是否只有一個，我猜我大概從不覺得自己屬於這裡，所以才努力創造一個能有歸屬感的地方。」

「我也從不覺得自己能融入任何一處，」我承認道，和瑪爾一起除外。我推開那個念頭，卻不禁皺眉。「你知道我最討厭你什麼地方嗎？」

他眨了眨眼，有些驚訝。「不知道。」

「你每次都能說出正確答案。」

「妳不喜歡？」

「我看過你是如何切換不同人格，尼可萊，你總是扮演別人想要的樣子。也許你確實不覺得自己有歸屬感，又或者你只是刻意這樣說，讓我這個窮苦寂寞的孤兒女孩比較喜歡你。」

「所以妳有喜歡我？」

我翻白眼。「有啦有啦，在我不想殺你的時候。」

「好的開始。」

「才不好。」

他轉向我，在非明非暗之間，那雙榛果色眼睛有如琥珀。

「阿利娜，我是私掠船船長，」他平靜地說，「不管想要什麼，我一定要得到。」

我突然意識到他的肩膀與我貼靠，還有他大腿的壓迫感。氛圍暖呼呼，並瀰漫著夏日甜香與燒柴煙氣。

「我想吻妳。」他說。

「你吻過了。」我回答，緊張地笑了笑。

尼可萊扯動嘴唇，露出一抹微笑。「我想再吻妳一次。」他重新修正。

「噢。」我呼吸一口氣。他的嘴與我的唇只有咫尺距離，我的心臟驚慌地開始狂奔猛跳。他是尼可萊。我提醒自己。一切只是算計。我甚至不覺得自己希望他吻我。但是我的自尊仍因遭到瑪爾拒絕而痛苦不已。他不是說自己親過很多女孩嗎？

「我想吻妳。」尼可萊說，「但我不會這麼做——在妳心中真正有我，而不只是為了忘記他之前，我不會這麼做。」

我猛地後退，動作不自然地歪扭站起，臉漲得通紅，難為情到不行。

「阿利娜——」

「至少現在我知道：你不是每次都能說出正確答案。」我咕噥著。

我一把抓起鞋子，跑下碼頭逃走。

第二十章

當我沿著湖岸漫步，刻意離格里沙篝火遠遠的。我不想看見任何人或和任何人說話。我對尼可萊是有什麼期待？消遣？調情？來點能讓我稍稍擺脫心痛的插曲？也許我只是想用卑鄙的方式報復瑪爾，又或者只是走投無路，對誰都可以動心，就連不可信賴王子的虛假之吻我也能接受。

明日的生日晚宴搞得我滿心恐懼。也許我可以找點藉口。我一面踏著重重的步伐走過宮中一面思考。我可以送張漂亮的紙條到大宮殿，滴上封蠟，印上太陽召喚者的正式緘印：

謹致，至高無上的拉夫卡國王與王后陛下，

雖然懷著悲傷的心情，我仍須萬分遺憾地告知您：我無法參加尼可萊·藍索夫王子暨烏達法大公爵的慶生盛宴。

眼下發生了極其不幸的狀況，即是我的摯友，無法忍受看見我和您那位並未親吻我（但我想要他吻我）的兒子在一起。抑或，我希望他不要吻我——抑或我也搞不清楚自己想要什麼。但是，倘若我被迫整晚出席他那愚蠢的生日晚宴，有很大機率導致我最後一頭埋進蛋糕、放聲痛哭。

在此對這再喜悅不過的盛宴致上最誠心的問候。

愚蠢的，阿利娜・史塔科夫

當我抵達闇之手的房間，塔瑪正在休息室看書。我進去時，她抬起了頭。但我的心情一定全寫在臉上，因為她一個字都沒說。

我恐怕是睡不著了。所以，我在床上坐起來，讀著一本從圖書館拿來的書。那是一本羅列了全拉夫卡知名紀念建築的古老旅遊指南。我抱著微薄希望，祈禱它能指引我找到拱門。

我試圖專注，卻發現自己一遍又一遍重讀同個句子。我的腦袋因為香檳糊成一團，雙腳仍因湖水而濕冷。瑪爾可能早就從牌局歸來。要是我去敲他的門，他也應門，我要說什麼？

我把書扔到一旁。我不知道該對瑪爾說什麼。這段時間我真的是不知道了。但也許我可以簡單一點，直接從真相著手。說我感到迷失且困惑，或許還有些失心瘋。我可以說我有時會害怕自己，說我想他想得要命，簡直身體都要痛起來。在我們之間的裂縫再無修復可能之前，我至少得試過。不管之後他對我有何想法，反正也不可能變得更糟。就算再被拒絕，我也能承受，但是我無法忍耐自己連挽回都沒試過。

我偷看休息室一眼。

「瑪爾在嗎？」我問塔瑪。

她搖搖頭。

我嚥下驕傲，問：「妳知道他去了哪裡嗎？」

塔瑪嘆氣。「穿鞋子吧，我帶妳去找他。」

「他在哪裡？」

「馬廄。」

我皺皺眉頭，有些不安，但很快就套上鞋子，跟著塔瑪出小行宮，橫過草坪。

「妳確定要這麼做？」塔瑪問。

我沒回答。不管她要帶我去看什麼，我一定不會喜歡。但我絕對不願意就這樣回房間，拿被單把頭埋起來。

我們一路走下經過班雅的緩坡。馬匹在圍場中嘶鳴，馬廄一片陰暗，但是訓練室大放光明，一片燦亮。我聽到喊叫聲。

最大的訓練室比穀倉稍大，有著泥土地面，四壁擺滿你能想像的所有武器。通常，波特金會在那裡對格里沙學生發派各種懲罰，逼他們進行操練。但是，今晚那兒擠滿了人，大多是士兵，一些些格里沙，甚至還有幾名僕人。他們全都又是喊叫又是歡呼，推來擠去，使出各種手段，想將正中央不明的情況看清楚點。

塔瑪和我神不知鬼不覺穿過那些擠在一起的軀體。我瞥到兩名王家追蹤師，幾個尼可萊步兵團的成員，一群驅使系格里沙，還有柔雅——她正和其他人一同尖叫拍手。

當我瞥到一名風術士，差不多已來到人群前方。有個人舉起雙拳，赤裸著胸膛，沿著觀戰者形成的圈圈昂首闊步。埃斯其，我記起來了，和費德同行的一名格里沙。他是斐優達人，而且看起來也像——藍色眼睛、白金色頭髮、又高又壯，可以將我視線完全遮住。

還不算太遲，我想，現在還能轉過身，假裝妳從沒來到這裡。

我傻在原地一動也不動，我知道自己會看到什麼。但是，當埃斯其移到一旁，我總算看見瑪爾，我依舊嚇得不輕。瑪爾和那個風術士一樣上半身脫得精光，肌肉精實的身體上有著斑斑泥土與汗水。他的指節上有瘀青，血痕從頰上眼下的一條傷口汩汩淌流，不過他渾然無覺。

風術士縱身撲來，瑪爾擋下第一擊，但是下一招正中他腎臟下方。瑪爾悶哼一聲，放低手肘，猛烈一個出手，打中風術士下巴。

埃斯其快速跳出瑪爾的攻擊範圍，以手在空中一劃，嗖地畫出一道弧線。我在一陣驚慌中意識到他進行了召喚。強風呼嘯，撩動我的頭髮。下一瞬間，瑪爾整個人被元素系格里沙的風掃飛離地。埃斯其揮出另一隻手臂，瑪爾的身體一飛衝天，狠狠撞上穀倉的屋頂。他在那裡浮了一會兒，被格里沙的力量釘在木頭橫梁上。接著，埃斯其任他掉下，瑪爾碰地一聲墜落泥土地面，摔得頗重，撼動骨頭。

我不禁尖叫，聲音卻淹沒在群眾的吼叫中。其中一名驅使系大聲對埃斯其吶喊加油，同時間，其他人則對瑪爾狂喊要他站起來。

我往前推擠，雙手中已有光綻放。塔瑪抓住我的袖子。

「他不想要妳幫忙。」她說。

「我才不管，」我喊著，「這不是一場公平的打鬥，那是不可以的！」在訓練室中，格里沙絕不可以使用力量。

「入夜後波特金的規矩就不適用了。瑪爾正在戰鬥，不是在上課。」

我拚命掙脫。與其看瑪爾被打死，不如讓他發我脾氣。

他四肢跪地，拚了命想站起身。在遭受風術士攻擊後，他竟然還能動，我已經十分訝異。埃斯其又一次舉起雙手，空氣滾滾翻騰成一道沙塵旋風。我將光喚來，不在乎塔瑪或瑪爾會說些什麼。可是這次瑪爾一個打滾、閃過氣流，以驚人速度站穩了腳步。

埃斯其臉一沉，環視四周，衡量著手中的選擇。我知道他在考慮什麼——要是他直接全力出擊，恐怕會把在場所有人全打倒，搞不好部分馬廄也會垮掉。我等待著，捏緊手中一絲細微的光線，不確定該如何是好。

瑪爾呼吸粗重，彎著腰，雙手撐著大腿。他恐怕至少斷了一根肋骨，沒斷脊椎算他走運。我期望他能放棄，就這樣待在原地，但他又逼自己直起身，發出吃痛氣音。他轉了轉肩膀，咒罵幾聲，啐出鮮血。然後，在我極度的恐懼中，他曲起手指，挑釁風術士再次上前。群眾傳來歡呼。

「他在幹什麼？」我不禁呻吟，「他會害自己沒命的。」

「他不會有事，」塔瑪說，「我看過他受更重的傷。」

「什麼？」

「如果他夠清醒，差不多每天晚上都在這裡打架。有時不清醒也打。」

「他和格里沙打架？」

塔瑪聳聳肩。「其實他滿強的。」

所以瑪爾晚上就是在做這些？我還記得那些個早上他帶著一身瘀青和傷痕出現。他是想證明什麼？我想到從占卜之夜回來時曾漫不經心說出口的話。我不想再往肩上增加一支幫不上忙的被棄者軍團。

我好希望能把話收回。

風術士一個假動作往左，舉起雙手，進行另一次攻擊。強風掃過圈圈，我看見瑪爾雙腳離地，不禁緊張咬牙，覺得就要眼睜睜看他被拋到最近的一面牆上。可是在最後一刻，他一個旋身，猛地掙脫那道疾風，衝向嚇了一跳的風術士。

瑪爾以雙臂緊鉗埃斯其，扣住這名格里沙的四肢，讓他無法召喚力量。埃斯其發出很大的一聲噢，這名大個子斐優達人放聲咆哮，使盡渾身解數，試圖掙脫瑪爾的束縛，連牙都齜了出來。

我知道這一定也耗損他不少力量，可是瑪爾再加力道，一個移轉，接著便狠狠以額頭撞向對手鼻子，發出令人反胃的啪滋。我還來不及眨眼，他就放開了埃斯其，對著這名風術士的腹部和身側使出一連串強烈重拳。

埃斯其弓起身子，試圖護住自己，並在鮮血不斷從口中狂湧而出時狼狽呼吸。瑪爾轉過身，朝風術士雙腿後方無情地踢出一腳。埃斯其瞬間雙膝跪地，搖搖晃晃，但不知怎麼身體仍挺得直直的。

瑪爾退後幾步，注視著他的成果。群眾又是高呼又是跺腳，尖喊逐漸升溫、瘋狂起來，但瑪爾警惕的目光仍鎖定在跪地的風術士身上。

他打量著對手，放下拳頭。「再來。」他對格里沙說，臉上表情使我渾身竄過一陣冷意。那神情帶有挑釁意味，還有一絲陰沉的滿足感。當他看見埃斯其跪下，究竟看見了什麼？

埃斯其目光呆滯，十分努力才舉起了雙掌。一陣孱弱微風啪啪響，朝瑪爾吹去，群眾之中傳來此起彼落的噓聲。

瑪爾任憑微風吹拂，然後舉步上前。埃斯其不堪一擊的風衰弱消逝，瑪爾以一手貼住風術士的胸口使勁，輕蔑地推了一下。

埃斯其軟倒，巨大的身軀撞上地面，然後整個人蜷成一團，開始呻吟。

周遭爆開嘲弄與得意的高聲尖叫，當紙幣開始一張張地易主，有個歡天喜地的士兵以勝利之姿抓住瑪爾的手腕，高舉過頭。

群眾衝向瑪爾，我也被帶著一起。所有人在同時間說話，大家狂拍他背，把錢塞到他手中，接著柔雅出現在他面前，雙臂一把抱住他脖子，嘴唇貼上他的嘴。我看到瑪爾僵住。

一道波濤洶湧的聲音填滿我耳中，淹沒群眾發出的一切聲響。

把她推開，我無聲懇求，把她推開。

有一瞬間，我以為他會這麼做，但接著他收臂將她抱住，在群眾叫囂歡呼時回吻了她。

我的胃一路往下沉，感覺就像踩上凍結的溪流，卻一腳踏錯，冰塊劈啪一聲突然陷落，然後意識到底下除了一片黑水什麼也沒有。

他稍微和她隔開距離，笑得燦爛，臉頰上仍沾染著血。就在那一刻，他與我四目相交，於是臉唰地變白。

柔雅跟著他的眼神。當她看見我，便大膽地揚起眉毛挑釁。

我轉過身，逼自己穿越人群走回去。塔瑪立刻跟上來。

「阿利娜。」她說。

「不要管我。」

我甩開她。我得到外面去，我得離開所有人。淚水開始模糊視線。我不確定是因為那個吻，還是在那之前的一切，但我不能讓他們看見。太陽召喚者不能哭，尤其不能因為某個被棄者護衛掉眼淚。

話說回來，我又有什麼資格這樣？我不也差點吻了尼可萊嗎？搞不好我可以現在去找他，叫他別管我心裡想著誰，總之吻我就對了。

我跑出馬廄，衝入昏暗中。空氣溫暖而悶滯，我覺得自己幾乎無法呼吸。我大步逃離圍場旁那條光線充足的小徑，直奔樺木林的遮蔽處。

有人扯住我的手臂。

「阿利娜。」瑪爾說。

我把他甩開，加快腳步，基本上和用跑的差不多。

「阿利娜，停下來。」他說，儘管滿身是傷，他仍輕而易舉追上我。

我不理他，一頭衝進樹林。我可以聞到班雅裡頭的溫泉，腳底下樺樹葉刺鼻的氣味。我喉嚨好痛，一心只希望所有人都別來打擾我痛哭——或大吐——也許兩者皆是。

「該死，阿利娜，能不能拜託妳停下來？」

我不能流露出受傷的情緒，所以我決定發火。

「你是我護衛隊的隊長，」我在林子裡跌跌撞撞，「怎麼可以像平民老百姓一樣鬧事打架！」

瑪爾一把抓住我的手臂，將我轉過來。「我就是平民老百姓，」他怒吼，「我不是妳的朝聖信徒，或格里沙，或整晚坐在妳門口無條件愛妳的看門狗，懷抱著微薄希望，乞求妳說不定會需要我。」

「你當然不是，」我激動起來，「你空閒時用來殺時間的活動比這好太多了，例如喝得爛醉然後把舌頭伸進柔雅嘴巴裡面攪和。」

「至少我碰她的時候她不會退縮，」他啐了一口，「妳不想要我，如果她想要，妳有什麼好在乎？」

「我才不在乎。」我說，但這話卻伴著一聲嗚咽。

瑪爾非常突然地放開了我，我差點往後栽倒。他慢慢退離我身邊，雙手抓耙著頭髮，卻因這個動作縮了一下。他用手指試探了探旁邊的皮肉。我真想對他大吼快去找療癒者，同時也想狠揍那道裂口，讓他痛死算了。

「諸聖啊，」他咒罵一句，「我真希望我們從沒來到這裡。」

「那我們就走啊。」我口不擇言，深知自己根本在無理取鬧，但我真的不想管了。「我們一起逃走，今晚就逃，忘了我們有來過這個地方。」

他發出一聲苦澀的狂笑。「妳知道我多想這麼做嗎？我想和妳在一起，不用管階級、城牆或任何擋在我們之間的事物？再一次平平凡凡地在一起？」他搖頭。「但妳不願意，阿利娜。」

「我願意。」眼淚淌下我的臉頰。

「別開玩笑了，妳還是會想辦法跑回來的。」

「我真的不知道怎麼處理這一切。」我絕望地說。

「妳處理不了！」他吼道，「現況就是這樣。妳到底有沒有想過，說不定妳本來就該當上王后，而我本來就該是無名小卒？」

「不是這樣的。」

他大步朝我走來。在暮色之中，晃蕩過他面孔的樹枝陰影散發出詭異氣息。

「我再也不是士兵了，」他說，「我不是王子，我他媽的也很確定自己不是聖人。所以我到底是什麼？阿利娜？」

「我——」

「我到底是什麼？」他低聲問。

現在他靠我靠得很近，藏在汗水與血水底下是我再熟悉不過的草地幽暗翠綠味道。

「我是妳的護衛嗎？」他問。

慢慢地，他一手順著我手臂往下撫摸，從肩膀，到指尖。

「妳的朋友？」

他的左手往下掠過我的另一隻手臂。

「僕人？」

我的嘴唇感覺到他的吐息，心跳在耳旁狂敲。

「告訴我我到底是誰。」他將我拉過去貼近他的身軀，扣住我的手腕。

當他收緊手指，一股震撼傳遍我全身，我不禁雙膝一軟，世界一瞬傾斜，我倒抽一口氣。瑪爾立刻鬆手，有如被火燒到。

他和我拉開距離，極為驚訝。「剛剛是怎麼回事？」

我努力眨眼、甩開暈眩。

「剛剛那到底是什麼鬼？」他又說了一次。

「我不知道。」我的手指仍陣陣刺痛。

他扯動嘴唇笑了笑，卻毫無笑意。「我們兩個的路是不是永遠都會那麼難走？」

我勉力起身，突然一陣憤怒。「沒錯，瑪爾，真的會很難，只要和我扯上關係，路永遠不會好走，也不會多美好，或多舒服自在。我不能就這樣離開小行宮，不能逃跑，或假裝我的本質不是如此。因為要是我這麼做，就會有更多人死掉——我甚至再也不能只是阿利娜；那個女孩已經不在了。」

「我想要她回來。」他粗魯地說。

「我回不去了！」我不禁尖叫，不在乎誰會聽到。「就算你拿掉這個項圈和海鞭的鱗片，也沒辦法把這力量從我身上拔除。」

「那要是我做得到呢？妳會願意放手嗎？妳有可能放棄嗎？」

「不可能。」

這三個字所揭露的真相懸宕在我們之間。我們站在那兒，立於林中黑暗，我感到插在心上的碎片祟動，很清楚當那股痛消失將留下何種痕跡：寂寞、空無，永不痊癒的深刻裂口，那道我曾在闇之手眼中驚鴻一瞥的絕望深淵。

「走吧。」最後，瑪爾說。

「走去哪？」

「回小行宮。我不會把妳留在樹林裡。」

我們默然無語地走上山丘，進了宮殿，來到闇之手的房間。謝天謝地，休息室空無一人。

在房間門口，我轉向瑪爾。

「我會看到他，」我說，「我會看到闇之手——在圖書館、在禮拜堂。蜂鳥號差點在影淵墜毀那次；我房間；你想吻我的那天晚上。」

他目不轉睛地看著我。

「我不知道那到底是幻覺，還是天譴。沒有告訴你是因為我覺得自己可能瘋了，也因為我覺得你已經有點怕我了。」

瑪爾張嘴又閉起，然後再試一次。都到了這個節骨眼，我仍希望他會否認。然而，他只是轉身背對我。瑪爾走過護衛的住處，因為要拿桌上一瓶科瓦斯酒而稍停腳步。他輕輕將門在身後關上。

我準備就寢，緩緩地蓋上床單。但是夜晚太熱，我把被子在腳邊踢成一團。我仰躺著，凝視鑲嵌各個星座的黑曜石穹頂。我想去敲瑪爾的門，對他說我很抱歉，說我把一切弄得一團亂，說我們第一天就該手牽著手、大步走進歐斯奧塔。可是說到底，這樣真的會有差嗎？

對妳和我這樣的人來說，沒有所謂普通的生活。

沒有所謂普通生活。只有戰鬥、恐懼，以及殺得我們措手不及、原因不明的震顫。我花了這麼多年想成為瑪爾渴望的女孩，也許那再也不可能了。

阿利娜，從來沒有像我們這樣的人。以後也不會有。

淚水湧上時灼熱且憤怒。我將臉轉向枕頭，這麼一來就不會有人聽到我在哭。我啜泣著，當我哭到什麼也不剩，便墜入不安穩的睡夢中。

□

「阿利娜。」

瑪爾的嘴唇輕柔掠過我嘴上，蜻蜓點水掠過我太陽穴、眼皮、眉頭，我因此醒了過來。當他俯身親吻我的頸窩，邊桌上搖曳不定的火光映襯他的棕髮。

有一瞬間，我遲疑，困惑了，恍惚惺忪，然後我伸出雙臂，緊緊抱住他，將他拉近。我不在意先前的吵架，或他吻了柔雅，或他丟了我就走，或這一切是如此難以置信。唯一重要的只有他回心轉意了，他回來了，而我不是一個人。

「我好想你，瑪爾，」我對著他耳邊低喃，「真的好想你。」

我的雙臂沿著他背後往上爬，抱住他的頸子。他又吻我，我喜出望外地對著他貼上來的嘴唇歎息，感到他的重量移到我身上，於是撫摸起他雙臂堅實的肌肉。如果瑪爾還和我一起、如果他還愛我，那麼就還有希望。當暖意擴散我全身，我的心臟在胸中狂跳。除了我們的呼吸與身體一同律動的聲響，再無其他。他親吻著我的喉嚨、鎖骨，彷彿欲汲飲我的肌膚。我顫抖著，更往他身上貼。

我想要的就是這樣，不是嗎？找到能修補我們之間裂痕的方式？然而我心中仍劃過一分驚慌。我得看見他的臉，我要知道我們沒事。我捧著瑪爾的臉，偏過他的下巴。當我與他對上眼神，卻驚駭得直往後縮。

我看進瑪爾的雙眼——那雙我甚至比自己的眼睛還熟悉的藍眼——只不過那不是藍的。在殘餘的燈光中，那目光閃爍著石英般的灰。

然後他露出微笑。我從沒在他唇上看過這樣冰冷狡黠的笑容。

「我也想妳，阿利娜。」那聲音——玻璃一般寒涼而滑順。

瑪爾的五官融散成黑影，又再次成形，好似一張從霧中浮出的面孔。蒼白美麗，一綹綹的濃密黑髮，完美的下頷線條。

闇之手溫柔地一手捧住我的臉頰。「就快了。」他低喃。

我放聲尖叫，他消散融入黑暗，不見人影。

我手忙腳亂爬下床，緊緊抱住自己，全身起了雞皮疙瘩，因為恐懼，也因為回想起那股渴望，我身體不禁瘋狂顫抖。我知道塔瑪或托亞一定會衝進來，所以立刻準備好要撒的謊。

「作惡夢了。」我會這麼說，而且會把這句話說得可信又穩當。儘管我胸中的心臟仍轟然跳動，喉中也醞釀著捲土重來的尖叫。

但是房間仍一片寂靜。沒有人來。我站在幾乎伸手不見五指的黑暗中抖個不停。

我一面發抖，一面緩緩吸入淺淺的一口氣，接著又一口。

當我覺得能夠站穩，便披上袍子偷看休息室。空無一人。

我關上門，背緊貼著，注視床上那片亂糟糟的床單。我不要再回去睡——恐怕我再也無法睡著了。我瞥了壁爐架上的鐘一眼。在碧麗亞那時期，日出總是很早，可是要等整座王宮都醒來，還得過好幾個小時。

我翻遍在沃夫尼號上時收起的那疊衣服，抽出一件棕褐色的外套和長圍巾。現在這種天氣要戴圍巾其實太熱，但我才不管。我把外套披在睡衣外面，用圍巾裹住頭頸，套上鞋子。

悄悄走過休息室時，我看見通往護衛住處的門關了起來。如果瑪爾或雙胞胎人在裡面，一定睡得很熟，又或者瑪爾正在小行宮某座圓頂下的某個地方，在柔雅懷中難分難捨。我的心臟不太舒服地抽了一下，決定走左邊的門，急匆匆經過陷入黑暗的大廳，進入外面的靜謐中。

第二十一章

我遊蕩過那片昏暗，經過被大霧覆蓋的寂靜草坪，以及結一層白霜的溫室窗戶。唯一的聲響只有我踩在碎石小徑發出的輕柔嘎扎。早上製作和派送麵包的任務正在大宮殿進行，我便跟著運貨馬車的隊伍出了大門，穿過上城那些鋪鵝卵石的街道。仍有少數飲酒狂歡者在遊蕩，享受著這片曙光。我看見兩名穿著宴會盛裝的人在一張公園長椅上打盹兒；一群女孩在噴泉邊笑邊潑水，裙子掀到膝蓋；有個戴著罌粟花圈的男人坐在人行道邊欄，頭埋在手中，一個戴紙王冠的女孩正在拍他肩膀。我從他們面前經過，無人看見、無人察覺，只是個身披棕褐外套的隱形女孩。

我知道自己在幹蠢事。導師——或闇之手——的間諜很可能在旁監視。任何一刻我都可能被抓，或強行拖走。可是我已經不曉得這對我還重不重要。我得繼續前進，往肺中填滿乾淨空氣，抹去闇之手在我皮膚上留下的感覺。

我摸了摸肩上的疤。即便隔了一層外套我都能感到它的隆起。在捕鯨船上，我問過闇之手他為什麼要讓他的怪物咬傷我。我認為是為了洩恨，讓我留下他的印記。但可能還有其他原因。

那些幻象是真的嗎？他真的出現了嗎？抑或，他是我自己的心靈召喚出的東西？我心中是否落下了某種病灶，才會夢到這種玩意兒？

但我不願意去想，只想繼續走。

我橫越運河。小船在下方水中上下起伏，我聽見橋下某處傳來手風琴氣若游絲的曲調。

我恍惚地飄過門口哨站，進入市集鎮狹窄的街道和凌亂嘈雜中。這兒似乎比之前更擁擠。人們逗留在門前階梯，從門廊溢出。有些人在箱子充當的桌子上玩牌，其他人靠著彼此酣睡。有對情侶在酒館門廊上，跟著只有他們聽得見的音樂慢慢搖曳。

抵達城牆時，我叫自己停下、快點轉身回家。那瞬間我差點笑出來。小行宮算什麼家？對妳和我這樣的人來說，沒有所謂普通的生活。

我的生活將只剩對國家的忠貞，而不是愛；是效忠，而不是友誼。我得權衡每個決定、思量所有行動，並且不相信任何人。那將是只有遠觀的生活。

我知道自己應該回去，卻仍繼續走。過了一會兒，我來到城牆另一邊。我就這樣離開了歐斯奧塔。

帳篷城市大幅成長，現在有上百，搞不好上千人在城牆外紮營。要找出朝聖者不是難事——見到人數變得這麼多，我訝異不已。他們聚集在一座巨大的白色帳篷外，個個面朝東方，等著清晨日出。

那陣聲音開始響起，沙沙低語逐漸增強，恍若禽鳥在空中啪啪振翅。當太陽從地平線探出，將天空照耀成一片蒼藍，聲音又轉成低沉嗡鳴。一直到這時候，我才終於聽出那聲音在說什麼。

聖人啊，聖阿利娜。聖人啊，聖阿利娜。

朝聖者注視破曉，我則注視他們，怎麼也無法從那些希望與期待移開眼神。他們一臉歡欣鼓舞。當太陽的第一道光灑到身上，有些人甚至開始啜泣。

嗡嗚越來越強，高起落下，慢慢轉為令我手臂寒毛直豎的號哭。那聲音有如氾濫溢至河岸的溪水，也像從樹上搖下的蜂窩。

聖人啊，聖阿利娜。拉夫卡的女兒。

太陽灑上皮膚時，我閉上眼，祈禱自己能感覺到些什麼，什麼都好。

聖人啊，聖阿利娜。卡拉錫的女兒。

他們將雙手高舉朝天，現在音量拔高成瘋狂的吶喊，有人放聲哭叫。那些面孔有老有幼、有病弱有強健。然而個個都陌生。

我環顧四周。這不叫希望。我想。這是瘋狂，是飢渴，是需求，是絕望。我感到自己彷彿從恍惚狀態醒覺。我為什麼要來這裡？和宮殿牆內相比，我在這些人之中將更加孤獨。他們沒有任何東西能給我，我也沒有任何東西能提供。

我的腳好痛，並突然意識到自己有多疲倦。我轉過身，回頭在人群中推擠前進，朝城門走去，同時間，吟唱聲已震耳欲聾。

聖人啊，他們吶喊著，太陽女王，利貝德娃斯芭。

雙磨坊的女兒。我在來歐斯奧塔的路上聽過這名號。有座以古老遺跡命名的村莊，就在南方邊界一片既小又不重要的殖民地上。瑪爾也在那附近出生，但我們從沒有機會回去——回去又有什麼意義？我們可能擁有寥寥無幾的家人早就埋於土中，或死於祝融。

聖阿利娜。

我又回憶著來到卡拉錫前我少得可憐的記憶，回想切片的甜菜，手指因此被染紅。我還記得滿是塵土的路，我在某人寬闊的肩上往下看，搖搖晃晃的牛尾巴，我們落在地上的影子。有誰伸手指著磨坊遺跡，那是兩根手指似的細窄岩石，風、雨和時光把它們磨得細細長長，有如一對紡錘。那是我記憶中僅存的畫面，其餘就只有卡拉錫和瑪爾。

聖阿利娜。

我在許許多多身軀之間推擠前進，把圍巾拉得更緊，包到耳朵，努力想隔絕噪音。有個年邁的女朝聖者擋住我的去路，我差點把她撞倒，匆匆伸出手扶穩她，她也緊抓住我，幾乎要失去平衡。

「不好意思，巴雅（babya）。」我用了正式的稱呼。可不能讓人覺得阿娜·庫亞沒把我們教好。我輕手輕腳攙扶她再次站穩。「您沒事吧？」

但她沒有看我的臉——而是注視著我的喉嚨——我馬上舉手蓋住頸子，但是太遲了，圍巾早已鬆開。

「聖人，」那女人呻吟道，「聖人！」她雙膝一跪，抓住我的手，緊貼她滿是皺紋的臉頰。

「聖阿利娜！」

突然之間，我身邊出現許多雙手，抓住我的袖子和外套衣襬。

「別這樣。」我努力想推開他們。

聖阿利娜。呢喃、耳語、號哭、吶喊。我的名字突然聽起來好陌生，有如某種禱詞或外國咒文，不斷叨唸，只求逼退黑暗。

他們簇擁著我，貼得越來越近，推來擠去想靠過來，想伸手碰我的頭髮、皮膚。我聽到什麼東西撕破的聲音，恍然領悟那其實是我外套的布料。

聖人啊，聖阿利娜。

眾身軀貼得越來越緊，又推又擠，相互叫喊，每個人都想更靠近。我的雙腳離開了地面，當一大束頭髮從頭皮上被扯下，我不禁出聲痛喊。他們會把我扯成兩半的。

*就放他們去吧。*突然之間，我的想法清明。一切可以就這樣簡單結束。再也沒有恐懼、責任，再也不會在惡夢中看見毀損的沙艇，或是被影淵吞噬的孩童——再也沒有幻象。我可以從項圈解脫，從手銬解脫，從那快將我壓死的眾人希望重量中解脫。*放他們去吧。*

我閉上眼。這將是我的結局。他們可以在《聖人生平》為我留一個位置，在我頭上也放個金色光環。苦惱的阿利娜、不值一提的阿利娜、瘋狂的阿利娜、利貝德娃斯芭，她在某天早晨於城牆陰影中被撕成碎片。那些人可以在路邊販賣我的骨頭。

有人在尖叫，我聽見憤怒的吶喊，一雙大手將我抓住，我整個人被提到空中。

我張開雙眼，見到一臉陰沉的托亞。他將我抱在懷中。

塔瑪在他身旁，舉起雙掌，緩慢轉動劃出弧形。

「退下。」她警告群眾，我看到一些朝聖者昏昏欲睡地眨著眼，有幾個人就地坐下。她正在放慢他們的心跳，試圖讓眾人鎮靜下來。可是人數實在太多了。某人一個撲上前，塔瑪旋即以風馳電掣的速度抽出雙頭斧。那人在一道紅潮從手臂爆出時大喊一聲。

「再敢靠近，手就不保。」她厲聲說道。

朝聖者的表情瘋狂且失控。

「讓我來。」我想反抗。

托亞不理會我，一路推擠過人群，塔瑪在他周遭繞圈警戒，斧刃半刻未停，持續拓寬路徑。朝聖者呻吟哀哭，大大展開雙臂，拚了命朝我伸來。

「現在，」托亞說，然後又大聲了點。「就是現在！」

他拔腿狂奔，我們朝安全的城牆內衝去時，我的腦袋不斷撞在他胸膛上，塔瑪跟在我們身後。守衛已看見剛剛爆發的動亂，開始關起大門。

托亞強行突進，將擋路的人全數撞開，從兩扇鐵門所剩無幾的狹窄縫隙鑽進去，而塔瑪搶在大門鏗鏘關上幾秒前嗖地一聲隨我們溜進來。另一邊，我聽見身軀碰撞在門上、赤手抓撓、因飢渴而拔高的音量。我仍聽見我的名字。聖阿利娜。

「妳到底在想什麼？」將我放下時，托亞咆哮。

「等會兒再說。」塔瑪簡要地打斷他。

守衛全瞪著我。「帶她離開這裡。」其中一人憤怒吼道。「除非我們走運，不然恐怕就要爆發全面暴動了。」

馬匹已經在等著雙胞胎，塔瑪從市場小攤扯了張毯子披在我肩上。我緊緊抓牢，蓋住脖子、藏起項圈。她跳上馬鞍，托亞粗手粗腳地把我拋到她身後。

在坐立難安的沉默中，我們一路騎回王宮大門。城牆外的動亂還沒擴散到裡頭，我們也只接收到幾個疑惑的眼神。

雙胞胎一個字也沒講，但我看得出他們十分憤怒，而他們絕對有資格生氣。我的行為舉止像個白痴，如今我只能冀望，底下的守衛能在不訴諸暴力之下重新恢復秩序。

然而，在這些驚慌與懊悔中，我突然冒出一個想法。我告訴自己這根本是無稽之談、是一相情願，卻怎麼也甩不掉這念頭。

當我們回到小行宮，雙胞胎打算直接護送我回闇之手的房間，我拒絕了。

「我現在安全了，」我說，「有件事得做。」

他們堅持一路跟我跟到圖書館。

我沒花多久立刻找到想找的東西，畢竟我仍是製圖師。我將書塞在腋下，身旁伴著兩名氣鼓鼓的護衛，回到房間。

令我訝異的是，瑪爾正在休息室等候，坐在桌邊啜飲一杯茶。

「妳去了——」瑪爾才開口，我眼睛還來不及眨，托亞便一把將他抓離椅子、摜在牆上。

「你去了哪裡？」他厲聲對著瑪爾說。

「托亞！」我驚慌喊著，努力想把他的手從瑪爾喉嚨掰開，可是這簡直像是試圖扳彎鐵棍。

我轉頭想向塔瑪求救，她卻往後退，交叉雙臂，就和她的兄弟一樣火大。

瑪爾發出窒息的聲音。他從昨晚就沒換衣服，下巴有鬍碴，散發一身血味和科瓦斯酒味，有如穿了件骯髒外套。

「諸聖啊托亞！拜託你把他放下來！」

有一瞬間，托亞彷彿一心一意要把生命從他身體擰出來，但接著鬆開手指，瑪爾從牆上滑落，咳著嗽，狂喘吸氣。

「輪到你值班，」托亞聲如洪鐘，一指狠戳瑪爾胸口。「你應該和她在一起才對。」

「我很抱歉，」瑪爾啞著嗓子，揉著自己的喉嚨。「我一定是睡著了，我人在旁邊——」

「你人泡在酒瓶裡面，」托亞激動地說，「我都可以在你身上聞到了。」

「我很抱歉。」瑪爾又說，聽起來可憐兮兮。

「抱歉？」托亞收緊雙拳。「我真該把你拆了。」

「要分屍可以晚點再分，」我說，「現在我要你們去找尼可萊，告訴他在戰情室和我會面。我要去換衣服。」

我越過房間，將門在身後關上，努力振作精神。今天道目前為止，我不僅差點掛了，還很可能引發了一場暴動。也許我應該在早餐前對某個東西縱個火。

我洗了臉，換上柯夫塔，然後急忙跑去戰情室。即便我沒找瑪爾來，他仍等在那兒，垂頭喪氣地坐在椅子上。他換過了衣服，但看起來仍亂糟糟一團，眼睛也血紅。他臉上有前晚留下的鮮明瘀青。我進來時，他抬頭看我，什麼也沒說。可不可以至少一次，讓我能好好看著他，心裡不要有受傷的感覺？

我把地圖集放在長桌上，走向占據遠端一整面牆的拉夫卡古地圖。在戰情室所有地圖中，這是目前最古老也最漂亮的。我的手指沿著隆起的斯庫左山脊描繪，那裡亦是標記拉夫卡最南端、與蜀邯毗鄰的山脈，然後順著往下來到西方山麓丘陵。雙磨坊山谷實在太小，沒能標記在這張地圖上。

「你還記得些什麼嗎？」我沒看瑪爾，直接發問。「在卡拉錫以前？」

瑪爾來孤兒院前也沒比我大多少。我還記得他來的那天。當時我聽說又會來一個難民，偷偷希望能是個可以和我一起玩的女生。然而，我得到的是個矮胖的藍眼男孩，而且不管誰和他打賭做什麼他都接受。

「不記得。」因為差點被托亞赤手空拳掐死，他的聲音仍然粗嘎。

「什麼都不記得？」

「我曾經夢過一個金色長髮綁成辮子的女人，她會把辮子像玩具一樣懸在我面前晃。」

「是你媽媽？」

「媽媽、阿姨、鄰居……我怎麼會知道？阿利娜，先前——」

「還有呢？」

他打量了我好久好久，嘆了口氣，說：「我每次聞到甘草，就會想起自己坐在一道門廊，面前有張漆成紅色的椅子，就這樣了。其他的就……」他說著說著就沒了聲音，聳了聳肩。

他無須解釋。記憶是其他孩子才有的奢侈品，卡拉錫的孤兒沒這好運。要心存感激、心存感激。

「阿利娜，」瑪爾再次嘗試，「妳說的關於闇之手的事——」

但是在那瞬間，尼可萊進來了。儘管時間尚早，他全身上下處處都很有王子風範——金髮閃耀、靴子上蠟、耀眼奪目。他細細打量瑪爾的瘀青和鬍碴，揚起眉毛，「我想應該沒人拉鈴叫茶吧？」

他坐下來，長腿在身前伸展。托亞和塔瑪已就定位，但我叫他們關上門一起加入。當他們全聚集在桌旁，我說：「今天早上，我和朝聖者在一起。」

尼可萊倏地抬起頭，原先那個好相處的王子消失無蹤。「我一定是聽錯了吧？」

「我很好。」

「她差點被殺死。」塔瑪說。

「但我沒有。」我補充。

「妳是腦袋壞了嗎？」尼可萊問，「那些人都是瘋子，」他轉向塔瑪，「妳怎麼可以讓她幹出這種事？」

「我沒有。」塔瑪說。

「告訴我妳不是一個人去的。」他對我說。

「我不是一個人去的。」

「她是一個人去的。」

「塔瑪，閉嘴。尼可萊，我告訴你了，我很好。」

「那是因為我們及時抵達。」塔瑪說。

「你們怎麼到那裡的？」瑪爾靜靜地問，「你們怎麼找到她的？」

托亞臉一沉，將巨大的拳頭砰地往桌上一揍。「根本不該由我們找到她，」他說，「應該是你值班才對。」

「好了夠了，托亞，」我尖銳地說，「瑪爾確實不在崗位上，而我本人也完全擁有幹蠢事的能力。」

我深呼吸一口氣。瑪爾一副淒涼悲慘，托亞好像想砸爛幾件家具，塔瑪面無表情，尼可萊則差不多和我之前見過那樣生氣。不過至少我吸引到他們注意了。

我將地圖集推到桌子正中。「那些朝聖者一直用一個名字叫我，」我說，「利貝德娃斯芭。」

「雙磨坊？」尼可萊說。

「那是一座山谷，用山口的遺跡來命名。」

我攤開地圖集，翻到標記的那一頁。上面有一幅描繪西南邊界的精細地圖。「瑪爾和我來自那附近的某處，」我說，手指順著地圖邊緣畫過。「殖民地一路沿著這地區延伸過去。」

我將頁面翻到一張插圖，上頭有一條路，通往一座城鎮星羅棋布的山谷。路兩旁矗立著纖細如紡錘的石柱。

「看起來很不怎樣。」托亞咕噥著說。

「沒錯，」我說，「這些遺跡十分古老。誰知道它們在那裡多久，或者本來是什麼。這座山谷名叫雙磨坊，但說不定其實是某道大門或溝渠的一部分。」我曲起手指，將兩根紡錘牽起來。「或是拱門。」

突有一陣死寂籠罩房間。這座遺跡的前景隱約有個拱門，遠處可見山脈，看起來簡直與《聖人生平》中聖伊利亞背後的景色如出一轍。缺的只有火鳥。

尼可萊將地圖集拉近。「有沒有可能，我們只是看見自己想看的？」

「也許吧，」我承認，「但是很難相信這只是巧合。」

「我們派斥侯過去。」他建議。

「不，」我說，「我想去。」

「如果妳現在離開，先前在第二軍團打造的一切都將功虧一簣。我去吧。如果瓦斯利能跑去卡耶維爾買小馬，那麼我稍微去打個獵應該不會有人在意。」

我搖頭。「火鳥一定得由我親手殺死。」

「我們甚至不確定牠在不在那兒。」

「這有什麼好討論？」瑪爾問，「我們都知道，只有我了。」

塔瑪和托亞交換了個不自在的眼神。

尼可萊清清喉嚨。「我沒有不敬的意思，奧列捷夫，你目前狀態實在不佳。」

「我好得很。」

「你最近沒照鏡子嗎？」

「我想你應該連我的份也一起照了。」瑪爾一記回馬槍，然後一手用力抹過臉龐，看起來前所未有的疲憊。「我實在太累、宿醉太嚴重，沒辦法和你們爭。總之只有我有能力找到火鳥，除了我沒有別人。」

「我和你一起去。」我說。

「不行，」他意外強勢，「我會捉到牠，把牠抓起來，我會把牠帶回來給妳——但是妳不能和我一起去。」

「這太危險了，」我出言抗議，「就算你抓到牠，要怎麼把牠帶回來這裡？」

「叫妳某個造物法師幫我打造個什麼裝備，」他說，「這個做法對所有人最好：妳得到火鳥，我得到自由，離開這個諸聖遺棄之地。」

「你不能一個人上路，你——」

「那就派托亞或塔瑪給我。我們自己行動不但快速，也不會吸引那麼多注意。」瑪爾把椅子往後一推，站了起來。「妳決定，隨妳怎麼安排都可以，」他說話時沒有看我，「告訴我何時動身就好。」

我還來不及提出任何反對，他就走了。

我轉過身，拚命想忍住欲奪眶而出的淚水。我聽到身後的空間慢慢淨空，還有尼可萊低聲對雙胞胎做出指示。

我研究著地圖。波利茲那亞，我們從軍服役的地方；雷沃斯特，我們啟程前往佩塔索的地方；茲貝亞，他第一次吻我的地方。

尼可萊一手放在我肩上。我不知道自己是想甩開，還是轉過去投入他懷中。如果我這麼做，他會有何反應？拍拍我？吻我？對我求婚？

「阿利娜，這是最好的安排。」

我苦澀一笑。「你沒發現嗎？大家只有在相反狀況下才會說這句話。」

他垂下手。「他不適合待在這裡。」

他適合和我待在一起，我想大喊，卻知道這不是真話。我想起瑪爾瘀青的面孔，他像籠中動物那樣來回走動，我想起他啐出一口血，示意埃斯其再繼續打。再來。我想到當我們橫越真理之海時他將我抱在懷中。當我眼中盈滿淚水，地圖便糊成一團。

「讓他去。」尼可萊說。

「去哪？去追著搞不好根本不存在的神話生物？闖進爬滿蜀邯人的山中，踏上一趟沒有結果的追尋？」

「阿利娜？」尼可萊輕輕說，「英雄都是這樣的。」

「我不要他當什麼英雄！」

「他沒辦法改變自己的本色，就像妳也無法強迫自己不當格里沙。」

這分明和我幾小時前說過的話一模一樣，但我不想聽。

「你根本不在乎瑪爾會怎樣，」我憤怒地說，「你只想擺脫他。」

「如果我要讓妳不再喜歡瑪爾，我會讓他留在這裡，就這麼借酒澆愁，繼續做出一些彷彿受傷野獸的愚蠢行為。但是妳真的希望他走上這種人生嗎？」

我顫抖著吸了一口氣。當然不是，我很清楚。瑪爾在這裡過得很悲慘。打從我們來到這裡，他就受盡折磨，但我拒絕去看。我抱怨他老是要我做些做不到的事，可是那個時候我也對他提出同樣要求。我把眼淚從臉上抹掉。和尼可萊爭執毫無意義，瑪爾一直都是士兵，他需要目標，而這裡分明就有一個——如果我願意讓他接受。

而這又有什麼不能承認的？就算我反對，我體內還有另一個聲音——一個貪得無厭、無論如何要求完整的聲音，不斷大吵大鬧著要瑪爾去找火鳥，並且不管付出什麼代價，都堅持要他帶回來給我。我告訴過瑪爾，他認識的那個女孩已經不在，或許他還是在意識到這句話有多真實以前，越早走越好。

我任憑手指掠過雙磨坊的插圖。不過就是兩座磨坊——又或者不只這樣？誰敢說那裡從前只有遺跡，沒有其他東西？

「尼可萊，你知道英雄和聖人最大的麻煩是什麼嗎？」當我闔起書封，走向門口時，我問他。「到最後，他們都會沒命。」

第二十二章

瑪爾躲了我一下午。所以，當他和塔瑪一同出現，護送我去尼可萊的生日晚宴，我驚訝不已。我本預期他會找托亞代班，不過他可能是想彌補先前的失職。

我非常慎重地考慮是否不去比較好，但這麼做似乎沒什麼意義。我想不到什麼合適的理由，而且缺席恐怕只會冒犯國王和王后。

我穿了一件以片片耀眼薄織金絲做成的輕巧柯夫塔，上半身鑲了與頭髮上珠寶成對的召喚者深藍寶石。

當我進入休息室，瑪爾的目光倏地飄到我身上，而我突然想到這顏色穿在柔雅身上恐怕更合適。接著我忍不住覺得自己真夠扯。因為，柔雅可能確實艷光四射，卻不是問題所在。瑪爾要離開了，我要放他走。我們之間的這條裂縫，現在再不能怪別人了。

晚宴在大宮殿一間奢侈華美的宴會廳舉辦，此處因為天花板上那條巨大橫飾刻著戴有王冠的雙鷹，而人稱鷹巢；雕像一邊鷹爪抓著權杖，另一爪則抓了一束用紅、藍和紫色緞帶綑起的黑色箭矢。鷹羽是以真金鍛造，讓我忍不住想到火鳥。

桌邊擠滿第一軍團諸多高階將領和他們的妻子，以及各個重要非凡的藍索夫家族叔伯姑姨和堂表親。王后坐在桌子一頭，儼然一枝包在淺粉紅絲綢中縐巴巴的花朵；對面那頭，瓦斯利落坐在國王旁邊，假裝沒注意他父親正色迷迷盯著一名軍官的年輕妻子。尼可萊在桌子中央位置接待來訪者，我則在他身旁，而他一如往常魅力爆發。

他本希望不要用他名義舉辦任何宴會。畢竟城牆外還那麼多難民在挨餓，這樣感覺不太恰當。但此時可是碧麗亞那，國王和王后似乎怎麼也克制不住自己。全套餐點一共由十三道菜組成，包含一整隻烤乳豬，還有鑄模做成的等身大果凍小鹿。

當送禮的時刻到來，尼可萊的父親送上一顆塗了淺藍釉彩的大蛋，打開後只見一艘精緻的迷你船隻，航行在天青石海洋上。史鐸霍恩的紅狗旗幟在船桅杆上飄揚，小小的槍砲碰碰發射，噗噗放出極小的白色煙團。

整個用餐過程，我都用一邊耳朵聽對話，同時打量瑪爾。國王護衛以固定間隔配置於每面牆，我知道塔瑪就站在身後某處，而瑪爾就在我正對面，僵硬地稍息站定，雙手收在身後，眼神空茫失焦，望著那些不知姓名的僕役。看著他這樣子，簡直像某種折磨。我們才相隔幾呎距離，感覺卻像好幾哩。此外，這豈不是我們來到歐斯奧塔後的縮影嗎？我的胸口正中好似打了一個結，每次望向他，彷彿就扯得更緊。他刮了鬍子，頭髮也經過修整，制服熨燙得俐落整潔，一副厭倦疏離的表情，可是他又像是那個瑪爾了。

貴族紛紛舉杯祝賀尼可萊身體健康，將軍讚揚他帶兵打仗的領導能力和勇氣。我本期待瓦斯利對這些朝他弟弟湧來的祝賀露出輕蔑一笑，他卻一副真心愉快。因為喝了酒，他滿臉紅光，嘴上掛著笑容——那表情只能用沾沾自喜來形容。看來卡耶維爾的旅程令他心情不錯。

我的眼神飛快飄向瑪爾，實在不曉得自己是想哭，還是想站起來對著牆壁猛丟盤子。整個空間太過悶熱，我肩膀上的傷口又開始一下一下發癢。我得拚命壓抑才不至於伸手去搔它。

這眞是太棒了，我沮喪地想，說不定我會在晚宴廳中央看到另一道幻象，例如闇之手從大湯鍋裡爬出來。

尼可萊低下頭小聲說，「我知道我在場一點也不算什麼，但妳不能至少嘗試一下嗎？妳簡直像是下一秒就要爆哭出來一樣。」

「抱歉，」我咕噥道，「我只是……」

「我知道。」他說，在桌子底下輕捏我的手一下。「但那隻果凍小鹿可是為了取悅妳才被宰的呀。」

我努力微笑——我真的很努力。我和坐在右邊那位圓滾滾的紅臉將軍談笑風生，在對面一位長雀斑的藍索夫家男孩隨口聊起他繼承的鄉間宅邸正在修繕時，假裝超級關心。

當調味冰品上桌，瓦斯利站起來，舉起一杯香檳。

「弟弟，」他說，「這麼長的一段時間，你都待在海的另一邊，因此，能在今日舉杯祝賀你的生日，甚至和你一同慶祝，真是太好了。讓我為你及你的健康敬一杯酒，我的弟弟！」

「敬健康！（*Ne zalost!*）」賓客齊聲說，舉起杯子喝一大口，然後談話繼續。

但瓦斯利還沒說完。他用叉子敲敲杯側，發出刺耳的噹噹噹，吸引整個宴會的注意力。

「今日，」他說，「比起我弟弟高貴的出身，其實還有更多事情要慶祝。」

彷彿強調得還不夠，瓦斯利臉上得意笑容來到前所未有的燦爛。尼可萊維持愉快笑容。

「如各位所知，」瓦斯利繼續，「這幾週我一直在奔走。」

「我們毫不懷疑，」紅臉將軍朗聲大笑，「我想你應該很快又會給自己蓋個新馬廄吧。」

瓦斯利的怒目極為冰冷。「我沒有去卡耶維爾，而是前往北方，執行我們親愛的父王交付的一項任務。」

我身邊的尼可萊突然一動也不動。

「經過漫長且艱鉅的談判協商後，我很榮幸在此宣布：斐優達同意加入戰爭，與我們一同對抗闇之手。他們承諾為我們的戰事提供部隊及資源。」

「這可能嗎？」一名貴族說。

瓦斯利一派驕傲，鼓起胸膛。「當然可能。在花費許久時間並付出不少努力後，我們最最凶狠的敵人，搖身一變成為最強大的盟友。」

賓客爆出興奮的交談，國王抿嘴微笑，擁抱他的長子。「敬拉夫卡！（*Ne Ravka!*）」他喊道，舉起香檳。

「敬拉夫卡！」賓客也出聲讚頌。

看到尼可萊皺起眉，我很驚訝。他說過這位兄長偏愛走捷徑，看起來瓦斯利還真的找到了一條。但尼可萊這麼不掩失望和挫折，滿不像他的。

「確實是成就非凡，哥哥，我向你致上敬意。」尼可萊舉杯說道。「我是否能請問一事，他們提供支援想要的是什麼回報呢？」

「他們在討價還價上確實不遺餘力，」瓦斯利邊說邊露出寬大為懷的笑容，「但沒有什麼太過棘手的要求。他們期望獲得在西拉夫卡的港口使用權，並得到我們的協助，維持南方貿易航線的治安，以抵禦贊米海盜。弟弟，我想你對此應該能提供一點協助，對吧？」邊說，他又熱情地呵呵一笑。「他們想要重開北方部分伐木道路，待到闇之手被擊潰。他們也希望與太陽召喚者攜手合作，同心協力逼退影淵界線。」

他對我咧開一個大大的笑容，而我對於他這樣自做主張有些火大。然而這個要求算是合情合理，沒什麼問題。此外，就算是第二軍團的領導者，也同樣是國王的臣民。我點點頭，暗自希望我的姿勢還算有尊嚴。

「哪些道路？」尼可萊問。

瓦斯利敷衍地揮了揮手。「大概在赫倫罕以南，永凍土以西的位置。那裡有烏林斯克的一個要塞，可進行充足的防禦，斐優達人不敢打什麼鬼主意的。」

尼可萊站起來，椅子在拼花地板上刮出巨響。「你什麼時候撤掉封鎖的？路開放了多久？」

瓦斯利皺眉。「這有什麼差——」

「多久？」

我肩上的傷口陣陣抽痛。

「一週多吧，」瓦斯利說，「你不會是擔心斐優達人打算從烏林斯克朝我們進軍吧？河流還要好幾個月才會結凍，在那之前——」

「你都沒有停下來想一想他們為什麼會對伐木道路感興趣嗎？」瓦斯利不在乎地擺擺手。「大概是因為他們需要木材，」他說，「又或者，這對他們某個搞笑樹靈來說神聖不可侵犯吧。」

桌邊冒出一些緊張的笑聲。

「那裡就只有一個要塞在防禦。」尼可萊咆哮。

「那是因為路太窄，塞不下真正的軍隊。」

「兄長，你發動了一場古老的戰爭。闇之手不必大批步兵或是重裝武器，他只需要他的格里沙和虛獸——我們得立刻疏散宮殿。」

「少誇張了！」

「我們唯一握有的優勢只有事前警告，那些路障上的斥侯是第一道防線，等同我們的雙眼，而你把它奪走了。此時此刻，闇之手可能和我們只有幾哩距離。」

瓦斯利悲傷地搖搖頭。「你這是在讓自己出洋相。」

尼可萊雙手狠狠往桌上一拍，菜餚震了一下、發出巨大聲響。「那麼斐優達代表團為什麼不在這裡與你共享榮耀？不來舉杯慶賀這史無前例的結盟關係？」

「他們致過歉了，斐優達人無法立刻上路，是因為——」

「他們之所以不在，是因為這裡即將發生一場大屠殺。他們簽訂協約的對象根本是闇之手。」

「我們得到的情報都說他人在南邊蜀邯境內。」

「你覺得他就沒有間諜嗎？你以為他在我們的網絡中就沒有內奸嗎？他設置了一個三歲小孩都能看出來的陷阱，你就直接走了進去。」

瓦斯利的臉變成紫色。

「尼可萊，這一定——」他的母親試圖反駁。

「烏林斯克的要塞是由一整支軍團在鎮守。」其中一名將軍插嘴。

「聽到沒？」瓦斯利說，「這可以說是最嚴重的一種恐嚇，我絕對不會容忍。」

「一支軍團對抗虛獸大軍？那個要塞的所有人必死無疑，」尼可萊說，「為你的驕傲和愚蠢而犧牲。」

瓦斯利的手倏地伸向劍柄。「小雜種，你太超過了。」

王后驚呼一聲。

尼可萊發出冷酷笑聲。「非常好，兄長，隨你挑釁。這麼做確實有不少好處。看看這一桌，」他說，「所有將軍，所有身分高貴的貴族，大部分的藍索夫血脈，再加上太陽召喚者。在這個夜晚全齊聚一堂。」

桌邊好幾張臉瞬間刷白。

「說不定，」我對面的雀斑臉男孩說，「我們應該考慮——」

「不！」瓦斯利嘴唇顫動。「這只是他自己氣量狹小、心懷嫉妒！他沒辦法忍受我成功。他——」

警鐘響起。起先在遠處，接著來到城牆下，一聲接著一聲，此起彼落，交織和鳴，變成高昂的警告歌聲，迴盪在歐斯奧塔的街道，穿越上城，翻過大宮殿的城牆。

「你雙手把拉夫卡送上給他們。」尼可萊說。

賓客起身，推離桌邊，語無倫次且驚慌失措。

瑪爾立刻來我身旁，軍刀已然出鞘。

「我們得去小行宮。」我想起架設在屋頂的鏡射碟。「塔瑪在哪裡？」

窗戶炸開。

玻璃如雨般撒落在我們身上。我伸出手臂遮臉，賓客紛紛放聲尖叫，相互擠成一團。虛獸拍打著由黑影融鑄的翅膀，蜂擁入內，整個空間充斥昆蟲般的嗡嗡呼嘯。

「帶國王去避難！」尼可萊高喊，拔劍奔至母親身邊。

宮殿守衛個個站在那裡，恍若癱瘓，恐懼到無法動彈。

一道影子將雀斑男孩抓起離地，扔到牆上；他滑落地面，頸骨折斷。

我舉起雙手，但是這個空間太過擁擠，如果使用黑破斬會有危險。

瓦斯利仍站在桌旁，國王縮在他身邊。

「是你幹的！」他對尼可萊尖叫。「是你和那個女巫幹的！」

他高舉軍刀怒吼著衝過來，瑪爾擋在我面前，舉刀擋下這擊。然而瓦斯利還來不及擊落瑪爾的武器，虛獸已將他攫住，把他的手臂連著劍一起從腋窩扯下。他在原地站了片刻，身體搖搖晃晃，血像噴泉一樣從傷口噴出，再噗咚倒地，失去生氣。

王后開始歇斯底里地尖叫。她拚命想上前，使勁全力想碰觸兒子的身體，當尼可萊一把將她撈回來，她一腳在他的血中打滑。

「別這樣。」他以懇求的語氣緊緊抱住她。「他死了，母親，他死了。」

另一批虛獸從窗戶降落，以爪支地，朝尼可萊和他母親走去。

非冒險不可了。我放出兩道灼熱光弧，剖開一頭接一頭的怪獸，差一點點就打到一個害怕得蜷縮在地的將軍。當虛獸降落到他們身上，尖叫與啜泣不絕於耳。

「跟著我來！」尼可萊大喊，趕著母親和父親朝門的方向去。我們跟著守衛一路退進大廳，然後拔腿就跑。

大宮殿爆開一團混亂。驚慌的僕役和下人擠在走廊上，有些人手忙腳亂奔向入口，其他人則衝進房室、將門擋住。我聽到哭號和打破玻璃的聲音，從外頭某處傳來轟然一聲巨響。

希望那是出自造物法師之手，我絕望地想。

瑪爾和我從宮殿衝出來，在兵荒馬亂中跑下大理石階梯。金屬扭轉的刺耳聲響撕裂空氣。我及時順著白色碎石小路望去，只見大宮殿的金色門扉被元素格里沙的風牆從鉸鏈吹飛，穿著色彩鮮明柯夫塔的闇之手格里沙，一波波湧入宮殿中。

我們飛奔而下通往小行宮的路。尼可萊和王家守衛跟在我們身後，被他體虛病弱的父親拖慢速度。

在樹林隧道入口，國王身體一彎，大氣狂喘，同時王后痛哭失聲，緊抱著他的手臂。

「我得把他們帶到翠鳥號上。」尼可萊說。

「最好繞路，」我說，「闇之手一定會先去小行宮；他一定會來找我。」

「阿利娜，要是他抓到妳——」

「去，」我說，「去救他們，救巴格拉。我不會丟下格里沙。」

「把他們帶出去後我就會回來，我保證。」

「以殺人凶手和海盜之名向我承諾？」

他快速輕碰我臉頰。「以私掠船船長之名。」

宮中傳來另一聲爆炸搖撼地面。

「我們快走！」瑪爾喊。

衝進隧道時，我回過頭看見尼可萊映在深紫暮色中的背光身影，忍不住思忖我還有沒有可能再見到他。

□

我肩上的傷口灼燒抽痛，當我們在路上衝刺時，那感受逼得我不禁加快腳步。我的思緒瘋狂旋轉——要是他們能有機會把自己封鎖在主要大廳，要是他們能有時間使用屋頂上的槍砲，如果我可以正好抵達碟子的位置。我們所有的計畫全被瓦斯利的傲慢給摧毀了。

我衝進空地。當我一個煞車停下來，穿著便鞋的腳甚至踢起一些碎石。我不知道是這股衝力的緣故，還是眼前景象，令我不禁雙膝跪地。

小行宮被躁動的陰影團團包圍。每當牠們飛掠過牆壁、朝著屋頂俯衝，就會發出喀喀、颼颼的聲音。階梯上橫陳身軀，遍地都是倒下的人體；前門已大大敞開。

階梯前方的小徑散落破鏡的碎片，側倒在旁的是大衛的一只圓碟遭砸碎的巨大殘骸。有個女孩被壓在下方，護目鏡歪了。是琶雅。兩頭虛獸正伏在圓碟前方，注視自身的殘破倒影。

我帶著純然的憤怒狂吼出聲，釋放一道熾熱怒光，燒過那兩隻怪物。當虛獸灰飛煙滅，尖銳光刃削過圓碟邊緣。

我聽到屋頂上傳來隆隆砲火。還有人活著，還有人在戰鬥。而今鏡射碟只剩一面，雖然不多，卻是我們唯一僅有。

「這裡走。」瑪爾說。

我們切過草坪，從通往闇之手房間的門進去。樓梯底部，一頭虛獸尖聲吼叫著從門口朝我們衝來，將我撞飛。瑪爾揮刀砍牠，怪物搖晃一下，重新成形。

「退後！」我大喊，於是他身子一低，我使出黑破斬劈向那名影子士兵。我一次跨越兩階，心臟怦怦狂跳。瑪爾緊跟著我。空氣中血腥味濃厚，震撼入骨的交火聲不絕於耳。

終於上到屋頂時，我聽見有人高喊：「閃開！」

手榴彈在我們上方高空爆炸，強光灼燒眼皮，巨響令人耳鳴，我們只算勉強閃過。一名軀使系格里沙使用尼可萊的槍砲，有如湍急浪潮般連續對著大批陰影開火，同時間，造物法師不斷添入彈藥。剩下那面鏡射碟周遭圍繞著全副武裝的格里沙，用盡全力不讓虛獸越雷池一步。大衛也在，他用奇怪的姿勢緊握一把步槍，努力堅守陣地。我高舉熾烈耀眼的光束劈裂上方天空，為我們至少爭取幾秒時間。

「大衛！」

大衛用掛在脖子旁的哨子吹出兩聲尖銳哨音，娜迪亞拉下護目鏡，那名物轉士操縱鏡射碟讓它就定位。我一拍不落，立刻舉起雙手，把光源源不絕灌至碟上。口哨吹起，鏡射碟傾斜，一束純粹的光柱從鏡射表面射出。就算沒有第二面鏡射碟，它仍劃破了天空，砍斷虛獸身體，並讓牠們燒燬於無形。

閃耀奪目的光束弧線掃過天空，驅散面前所有黑色身影，持續削弱這批大軍，直到我們能看見碧麗亞那深暗的暮色。當格里沙終於瞥見一抹星光，立時響起歡呼，而我的滿心恐懼總算撥雲見日，窺見一絲微弱希望。

然而一頭虛獸旋即衝破阻礙、躲過光束，一頭撞上鏡射碟，讓它在固定位置上劇烈搖晃。電光火石間，瑪爾已奔赴處置那頭怪物，劈砍戳刺，一群格里沙試圖抓住牠肌肉強健的腿，但那玩意兒反應機敏，瞬間閃開。接著虛獸彷彿從四面八方降下，我看到一隻敏捷地躲過光束，直接竄到碟子後方，鏡面往前翻滾，光一瞬衰弱，接著便閃爍熄滅。

「娜迪亞！」我尖叫道。她和那名物轉士及時從碟子跳開，碟子往側邊翻倒，玻璃砸碎，發出巨響，虛獸再度展開攻勢。

我一次又一次抛出光弧。

「到大廳去！」我大喊，「把門封起來！」

格里沙慌忙逃竄，但不夠快。我聽到一聲喊叫，費德被抓起離地、從屋頂丟下，而我只來得及在短暫一秒間看見他的面孔。我使出一片炫目光束用以掩護，但虛獸不斷擁來。要是我們能有兩面鏡射碟……要是有多一點時間……

瑪爾突然又回到我身邊，手握步槍。「情況不妙，」他說，「我們得離開這裡。」

我點點頭，當天空中那些蠕動的扭曲形體越來越多，我們便朝樓梯撤退。我的腳碰到身後某個軟軟的東西，不慎絆倒。

瑟杰縮著身子靠在圓頂，瑪麗被他抱在懷中；她從頸子到肚臍被整個剖開。

「一個人都不剩了。」他啜泣著，眼淚從臉頰滾滾流下。「一個人都不剩了。」他前後晃動，把瑪麗抱得更緊。我無法直視她；那個有著可愛棕色鬈髮、總傻氣咯咯笑的瑪麗。

虛獸飛掠過屋頂，有如黑色潮水朝我們擁來。

「瑪爾，拉他起來！」我大喊，對著衝我們過來的大批黑影又劈又砍。

瑪爾抓住瑟杰，硬將他從瑪麗身邊拖開。他亂踢掙扎，但我們把他拖進裡頭，碰地將門在身後關上。我們半拖半推地把他弄下樓梯。在第二個樓梯平台，我們聽見屋頂的門在上方炸開，我立即拉高角度，使出一記致命斬擊，冀望著除了樓梯也砍到了其他東西，接著才連滾帶爬跑下最後一塊樓梯平台。

我們拚命衝進主要大廳，門碰一聲在身後關上，同時，格里沙迅速將鎖移到定位。當虛獸試圖破門而入，便傳來咚的巨響，接著又一聲。

「阿利娜！」瑪爾吶喊，我轉身看見另一扇門也被封了起來，但這裡頭仍有虛獸。柔雅和娜迪亞的弟弟背貼牆壁，釋出風術士的強風，將桌椅和壞掉的家具碎片堆疊起來，試圖抵禦不斷進犯的影子士兵。

我舉起雙手，光束化為滋滋作響的繩線，一隻接一隻將虛獸撕開，直到一個也不剩。柔雅放下雙手，一只茶壺發出巨響落地。

每一扇門都能聽到碰碰狂敲和刮門聲。虛獸以爪抓耙木頭，試圖闖入，搜尋所有裂縫或孔隙，意圖滲透。那些嗡嗡喀喀彷彿來自四面八方，但造物法師辦事滴水不漏，那些封條絕對能撐住——至少還能撐一會兒。

我得空環視整個空間。大廳浴血，四壁沾染鮮紅，石頭地面被濡濕。到處都是屍體，一小堆一小堆，紫色、紅色、藍色。

「還有其他人嗎？」我問，怎麼也壓抑不了聲音中的顫抖。

柔雅只是茫然不知所措地搖頭。她的一邊臉頰蓋著好大一片血。「我們本來在吃晚餐，」她說，「然後就聽見警鐘，我們沒時間把門封起來，牠們就……到處都是。」

瑟杰無聲哭泣，大衛一臉蒼白，但還算冷靜；娜迪亞成功到了大廳，一手抱著阿德理克，他儘管渾身顫抖不已，仍一派執拗地揚著下巴。這裡還有三名火術士，再加兩名軀使系——一個療癒者、一個破心者。這就是第二軍團剩下的所有成員。

「有任何人看見托亞和塔瑪嗎？」我問，但沒人看見。他們很可能死了，或根本在這場災難中扮演某種角色。塔瑪身影從宴會廳消失。就我猜想，搞不好從頭到尾他們都是在替闇之手賣命。

「尼可萊可能還沒走，」瑪爾說，「我們可以想辦法去翠鳥號。」

我搖搖頭。如果尼可萊還沒走，那麼他和他的家人大概早就沒命了，搞不好巴格拉也掛了。我腦中突然冒出一個畫面，尼可萊的屍體面朝下浮在湖面，漂在碎成片片的翠鳥號旁邊。

不，我不能這麼想。我還記得第一次見到尼可萊時的印象。我一定要相信，即使碰上這種陷阱，那隻狡獪的狐狸也能逃離。

「闇之手將火力集中在這兒，」我說，「我們可以逃往上城，想辦法從那裡闖出一條生路。」

「我們不可能成功的，」瑟杰絕望地說，「牠們實在太多了。」這是真的。我們早就知道事態可能變成這樣，但本來也預期我們會有更多兵力，以及希望得到來自波利茲那亞的增援。

遠方某處，我們聽見轟然巨響的雷電。

「他來了，」有個火術士哭喊，「諸聖啊，他要來了。」

「他會殺死每一個人。」瑟杰低聲說。

「如果我們走運。」柔雅回答。

雖然這話實在沒什麼幫助，但她說得沒錯。我親眼目睹過他母親雙眼幽深不見底的黑暗，知道闇之手將如何處置叛徒。我想柔雅和其他人恐怕會受到比那更無情的處置。

柔雅試著抹掉臉上的血漬，卻只是讓整張臉越來越髒。「我建議我們想辦法逃到上城，我寧可往守在外面的怪物身上賭一把，也不要坐在這裡等闇之手來。」

「勝率不會太高，」我警告說，痛恨自己給不出什麼希望。「我還不夠強，無法阻擋全部的怪物。」

「至少相較之下比虛獸快，」大衛說，「我建議所有人都投入戰鬥。」我們全轉頭看他，大衛似乎也對自己有些驚訝——然後他聳聳肩，對上我的視線。「我們會全力以赴。」

我環視這一圈人，他們一個接一個點了頭。

我深呼吸一口氣。「大衛，你還有剩下手榴彈嗎？」

他從柯夫塔裡抽出兩根鐵筒。「這是最後兩根。」

「一根拿來用，另一根保留，我來發信號。我一開門，大家就往宮殿大門衝。」

「我和妳一起留下來。」瑪爾說。

我張口欲辯，但就那麼一個眼神，我隨即明白爭執無用。

「不要等我們，」我對其他人說，「我會盡量掩護你們。」另一聲雷擊劃破空氣。

格里沙從死者懷中拔出步槍，來到門口聚集在我身邊。

「好。」我轉身將雙手放在滿是雕刻的門把上，虛獸不斷用身體撞著木頭，而我透過掌心感覺得一清二楚，傷口也一陣灼痛。

我對柔雅點頭，鎖喀地一聲打開。

我一把將門打開並狂吼，「跑！」

大衛以拉高的拋物線將閃光彈扔入暮色，同時間，柔雅颼地以雙臂向上一揚將雷管推得更高，進入風術士的氣流。

「蹲下！」大衛高喊，我們紛紛轉向大廳躲避，緊緊閉上雙眼，雙手護頭，做好迎接爆炸的準備。

爆炸撼動我們腳下的石頭地面。儘管閉著雙眼，仍能透過眼皮感到滔滔烈焰。

我們拔腿狂奔。虛獸被爆炸強光與巨響嚇了一大跳而潰散，但沒多久立刻轉向，回頭朝我們飛來。

「快跑！」我大喊，高舉雙臂放出光組成的熾熱鐮刀，劃破藍紫天空，在瑪爾開火同時，我剖開一隻又一隻的虛獸。格里沙紛紛逃往樹林隧道。

我召喚出雄鹿的所有力氣、海鞭的一切能量，用上巴格拉教過我的所有招數。我汲取光，粹煉成灼熱彎弧，在暗影大軍中劈砍出條條明亮燦爛的路徑。

但牠們真的太多了。闇之手究竟付出了多少代價才培養出這般數量？牠們往前猛撲，軀體祟動扭蠕，好似閃閃發亮的大群甲蟲，手臂直往前伸，尖爪畢露。牠們逼得格里沙從隧道節節敗退，黑色翅膀拍打空氣，扭曲嘴洞大大敞開。

然後，在隆隆槍聲下，四周空氣一瞬甦醒。我左方樹林倏地擁出大批士兵，邊衝刺邊開槍，他們喊出的戰吼使我臂上寒毛直豎。聖阿利娜。

他們朝虛獸衝去，刀劍出鞘，以懾人的凶猛態勢揮砍那些怪物。有些人作農民打扮，有些穿著破爛的第一軍團制服，但每個人身上都有同樣的刺青——我的日輪符號。精細地以墨水繪製在他們側臉上。

只有兩人沒有標記。托亞和塔瑪一馬當先，目光狂野，刃光鑠鑠，吶喊著我的名字。

第二十三章

太陽兵團衝進影子大軍激烈交鋒。步槍兵一次又一次開火，持續逼退虛獸。然而，儘管他們如此勇猛，依舊只是人類，是血肉刀槍與活生生暗影進行較量。虛獸開始將他們一個接一個擊倒。

「去禮拜堂！」塔瑪大吼。

禮拜堂？她是打算對闇之手扔讚美詩嗎？

「我們會被困住的！」瑟杰哭喊著跑向我。

「我們已經被困住了。」瑪爾回答，將步槍甩到背上，抓住我的手臂。「快走！」

我不知道該作何感想，只是也沒有別的選擇。

「大衛！」我吼道，「第二個炸彈！」

他猛力朝虛獸投去，根本不知道在瞄準哪裡，所幸有柔雅在旁協助。

我們竄入樹林，太陽兵團押後。剛剛的爆炸吹出一陣強烈白光，撕裂樹林。

禮拜堂中的燈都點亮，門也大大敞開。我們衝了進去，腳步的回音在長椅間此起彼落，在上了釉的藍色圓頂反彈。

「我們該去哪裡？」瑟杰慌亂喊道。

我們已聽到外頭傳來颼颼與喀喀聲響交織成的嗡鳴，托亞一把將禮拜堂的門關起，卡上沉重的木門。太陽兵團手握步槍，來到窗邊就定位。

塔瑪翻過一張長椅，飛速經過我、躍上走道。「快！」

我疑惑地看著她。跑這麼快是可以去哪裡？

她奔過祭壇，抓住三聯圖其中一個鍍金的邊角。當受潮損壞的鑲板被她一把掀開，我不禁瞠目結舌——裡面露出一個幽深黑暗的通道入口——太陽兵團就是這樣進入宮殿，導師也是這樣從大宮殿逃走的。

「這通到哪裡？」大衛問。

「有差嗎？」柔雅回嘴。

一聲巨大雷響劃破空氣，整幢建築物為之震動。禮拜堂的門炸成碎片，托亞被往後震飛，黑暗蜂擁而入。

闇之手乘著波濤暗影現身，怪物高托著他入場，並呵護備至地讓他踏上禮拜堂地板。

「開火！」塔瑪喊道。

槍聲紛起，虛獸痛苦扭動，轉頭回闇之手身邊，並在子彈擊中身體時扭動著重新成形，一波波陰影無縫接軌替上前一隻的位置，他甚至沒有慢下腳步。

虛獸正從禮拜堂大門爭先恐後闖入，托亞早已起身，武器盡出，衝到我身旁。塔瑪和瑪爾夾在我的兩側，格里沙在我身後排成一列。我舉起雙手、召喚光芒，準備大開殺戒。

「退下，阿利娜。」闇之手說，冷酷的聲線迴盪著傳遍整座禮拜堂，劃破那些噪音與混亂。

「如果退下，我就會饒過他們。」

塔瑪以一斧刮擦著另一邊的斧刃，發出恐怖刺耳的金屬相磨聲作為回答。太陽兵團舉起步槍，我聽見火術士敲響打火石。

「看看妳周圍，阿利娜，」闇之手說，「妳贏不了的，妳只能看著他們死去。只要加入我，我就不會傷他們一根寒毛——無論是妳狂熱的忠心士兵，甚至那些格里沙叛徒。」

我望著禮拜堂中惡夢般的景象，虛獸成群聚在我們上方，在圓頂內擠得滿滿。牠們像是團團軀體和翅膀組成的密雲，簇擁著闇之手。透過窗戶，我看見更多虛獸在暮色天空中飛旋徘徊。

太陽士兵們的表情堅定不移，可是成員已遭到大量削減。其中一人下巴還長著青春痘，刺青下的那張臉看起來恐怕不超過十二歲。這些人亟需他們的聖人行使奇蹟，但那是我給不了的奇蹟。

托亞喀地扳起扳機。

「別開槍。」我說。

「阿利娜，」塔瑪低聲說，「我們還是能把妳弄出去。」

「別開槍。」我重複。

太陽兵團放低步槍，塔瑪也將斧頭收到臀部位置，但仍緊握武器。

「你有什麼條件？」我問。

瑪爾皺眉，托亞搖頭。可我不在乎。我知道那可能只是虛晃一招，但如果真有一絲一毫機會救他們，我就要抓住。

「妳束手就擒，」闇之手說，「這樣他們就可以自由離開，下去那個兔子洞，永遠消失。」

「自由離開？」瑟杰小聲說。

「他在撒謊，」瑪爾說，「他這人沒一句真話。」

「我沒必要撒謊，」闇之手說，「阿利娜本來就想跟我走。」

「她對你才沒有興趣。」瑪爾啐了一口。

「是嗎？」闇之手問，深色頭髮被禮拜堂的燈火照映得閃閃發光。召喚影子大軍畢竟得付出代價。他變得更瘦、更蒼白，但不知為何，他面部的凌厲線條只是變得更美麗。「我警告過了，那個被棄者是永遠無法理解妳的，阿利娜。我說過，他只會恐懼妳，厭惡妳的力量。難道我說錯了嗎？」

「你說錯了。」我的語調穩定，心中的疑惑卻祟動不已。

闇之手搖頭。「妳是無法對我說謊的。要是妳沒有那麼常孤獨一人，妳覺得我有辦法這樣一次又一次去找妳嗎？是妳呼喚了我，而我予以回應。」

我有點難以置信自己聽到了什麼。「你……你真的在？」

「影淵、王宮。昨晚。」

當我想起他壓在我身上的軀體，臉瞬間漲紅，羞恥感竄遍全身，但是隨之而來的還有排山倒海的寬慰感。這真的不是我想像出來的。

「那是不可能的。」瑪爾咬牙切齒。

「追蹤師啊，我永遠能讓不可能變成可能。」

我閉上眼睛。

「阿利娜——」

「我看過妳真正的模樣，」闇之手說，「而且我絕對不會別開眼神——永遠不會。他也能這麼說嗎？」

「你對她一無所知。」瑪爾憤怒道。

「現在就跟我走，這一切——恐懼、不安、流血——就能終止。放他走吧，阿利娜，放他們所有人走。」

「不行。」我說。即便我在搖頭，體內的一些什麼卻高喊著「我願意」。

闇之手嘆了口氣，回頭瞥了眼。「帶她過來。」他說。

一道身影走上前，渾身重重包裹披巾，彎腰駝背，行動緩慢，彷彿每一步都痛苦不堪。巴格拉。

我反胃地感到腹部抽痛。她為什麼非要這麼固執？為什麼她就不能和尼可萊離開？除非，尼可萊也沒有成功逃走。

闇之手將一手放在巴格拉肩上。她瑟縮一下。

「別碰她。」我憤怒地說。

「讓他們瞧瞧。」他說。

她解開披巾，我大大倒抽一口氣，也聽見後面某些人發出呻吟。

那不是巴格拉，我甚至不知道那是什麼。她身上到處是咬痕，還有隆起的黑色血肉，一塊塊永遠無法痊癒的扭曲腫塊——無庸置疑不是出自格里沙或任何人的傑作，而是虛獸留下的印記。然後我看到她髮上褪去的焰火之紅，僅剩的一眼那漂亮的琥珀色。

「娟雅。」我驚呼。

我們站在那懾人的死寂中，我朝她上前一步，然後大衛推開我，走下祭壇階梯。娟雅畏縮著想躲開，拉起了披巾，轉身藏起自己的臉。

大衛慢下腳步，有些猶豫，然後非常溫柔地伸出手碰觸她的肩膀。我看到她背脊不斷起伏，意識到她在哭。

一聲嗚咽不慎從喉中竄出，我捂住嘴。

在這漫長的一日，我目睹了上千恐怖畫面，唯獨這一幕將我擊潰。娟雅像是嚇壞的動物，不斷想躲開大衛。那有著雪花石膏皮膚和優雅雙手、總是光芒四射的娟雅；無論承受多少輕蔑與屈辱，總是將那漂亮的下巴抬得高高，韌性非凡的娟雅；試圖和我建立友誼，鼓起勇氣對我展現仁慈，太過傻氣的娟雅。

大衛攬住娟雅的肩膀，慢慢帶著她回來走道。闇之手也沒阻止他們。

「這場戰爭是妳逼我的，阿利娜，」闇之手說，「要不是妳從我身邊逃走，第二軍團現在就會毫髮無傷，那些格里沙還會活著。妳的追蹤師會安安全全、開開心心待在他的部隊。妳到底要怎樣才滿足？什麼時候才會讓我收手？」

誰都沒辦法幫助妳，妳唯一的希望就是逃。巴格拉說得沒錯，我竟以為自己能對抗他，真是太愚蠢了。我曾試過，卻導致無數人因此喪命。

「妳為了在新奎比爾斯克被殺的人哀悼，」闇之手繼續說，「還有那些死於影淵的人。但在他們之前，為了無數戰爭犧牲奉獻的上千條命呢？那些正在遠方岸邊死去的人呢？只要聯手，我們就能終結這一切。」

合情合理、邏輯正確。就這一次，我認真思量。終結這一切。

都能結束。

嚴格說，我應該因為這想法感到挫敗失望，它卻在我心中填滿奇異的輕鬆感。難道，我心中不是有一部分早知道會有這種結局嗎？

許久之前，當闇之手在格里沙大帳篷無聲無息撫上我手臂，他就掌控了我。我只是現在才明白罷了。

「好吧。」我低喃著。

「阿利娜，不要！」瑪爾憤怒地說。

「你會讓他們離開？」我問，「所有人？」

「我們需要那個追蹤師，」闇之手說，「為了找到火鳥。」

「放他離開，你不能把我們兩個都扣住。」

闇之手稍做暫停，然後點了一下頭。我知道他認為自己能找到方法得到瑪爾，就讓他這樣想吧。總之我不會讓這種事發生。

「我哪裡也不去。」瑪爾咬著牙關。

我轉向托亞和塔瑪。「把他帶走，就算得用扛的。」

「阿利娜——」

「我們不走，」塔瑪說，「我們發過誓。」

「你們要走。」

托亞搖著那顆巨大的腦袋。「我們以生命向妳起了誓，所有人都是。」

我轉頭面向他們。「那就聽我的命令。」我說，「托亞·育·拜特、塔瑪·克·拜特，你們得將這些人帶往安全處。」我喚來光芒，讓它在我周遭燃燒，化為一圈耀眼光環。花拳繡腿，但很能唬住人。尼可萊一定會為我驕傲。「別讓我失望。」

塔瑪眼中含著淚水，與手足一同低頭鞠躬。

瑪爾扣住我的手臂，粗魯地將我轉過來。「妳到底在做什麼？」

「我想這麼做。」我也需要這麼做。無論是犧牲或自私，都無所謂了。

「我不相信妳。」

「我不能拋棄自己的本質，瑪爾，我無法逃離我的未來。我沒辦法把你熟悉的阿利娜帶回來，但我可以給你自由。」

「妳不可以……妳不可以選擇他。」

「其實我沒有多少選擇，這個走向無法避免。」此話不假。我能從項圈、手銬的重量感覺到。這是好幾個禮拜以來，我第一次感到強壯。

他搖著頭。「這樣不對。」瑪爾臉上的表情幾乎將我擊潰——他悵然所失、驚愕不已。像個孤孤單單站在燒燬村莊殘骸中的小男孩。「求求妳，阿利娜，」他輕輕說，「求妳，真的不能這樣結束。」

我一手捧著他臉頰，希望我們之間所剩無幾的某些足以讓他懂我。我踮起腳尖，親吻他下巴的疤痕。

「瑪爾，我這輩子都愛著你，」在淚光中，我呢喃說。「我們的故事永遠不會結束。」我退後，將我深愛的那張臉一切細節記在心中，接著轉身走上走道。我的步伐堅定。瑪爾會擁有自己的人生，他會找到生命目標——而我也得找到我的。尼可萊承諾過我機會，能拯救拉夫卡，還能彌補我做出的一切。他付出過努力，可是只有闇之手的力量才有用。

「阿利娜！」瑪爾喊道。我聽見身後傳來一陣扭打，知道是托亞擒住了他。「阿利娜！」他的聲音有如被從樹芯硬剝下的赤嫩白木。我沒有回頭。

闇之手站在那裡等待，他的影子士兵在周遭盤旋祟動。

我很害怕，但在害怕底下，卻有著飢渴。

「我們一模一樣，」他說，「我們現在沒有同類，未來也不會有。」

這話背後的真相令我恍然大悟。*同類相喚*。

他伸出手，我走入他懷中。

我扣住他的頸背，感到他的頭髮如絲綢般掠過指尖。我知道瑪爾在看，我真心需要他轉頭離開，希望他快點走。我偏過臉龐，迎向闇之手的臉。

「我的力量是你的了。」我低聲說。

當他低頭親吻我的嘴唇，我見到他眼中得意洋洋的勝利神色。當我們雙唇相碰，兩人之間的連結隨即打開。這和幻覺中他以影子型態來找我、碰觸我的感覺截然不同，這感覺非常真實，我幾乎要陷溺其中。

力量奔流過我全身——雄鹿的力量，強壯的心臟在我們兩人體內跳動；被他奪走的生命，我試圖拯救的生命；然而我也感覺到闇之手的力量、黑異教徒的力量，以及影淵的力量。

同類相喚，當蜂鳥號進入異海，我就感覺到了。可是我太害怕，不敢接納。這一次我沒掙扎。我抛去所有恐懼、罪惡、羞恥。我的體內有黑暗，他早就放了進去，而我再也不會否認。有翼鷹人、虛獸，那些都是我的怪物，全部都是。而他，也是我的怪物。

「我的力量是你的。」我重複道，他擁著我的雙臂收緊。「而你的力量，也是我的。」我抵著他的唇說。

我的。這兩個字在我體內產生反響，迴盪過我們兩人。

影子士兵呼呼竄動。

我還記得在那片下著雪的林間空地，當闇之手將項圈套上我脖子、掌控我的力量是什麼感覺。我伸手穿越我們之間的連結。

他驚跳後退。「妳在做什麼？」

我現在知道他為什麼打從一開始不親手殺死海鞭，為什麼不想形成第二個連結。因為他怕。怕我的力量。

我強迫自己越過莫洛佐瓦的項圈打造出的羈絆，一把攫住闇之手的力量。

黑暗溢出，有如黑色墨汁，巨浪滔滔、奔流滾滾，從他體內和掌中綻開成形，化為一頭虛獸，形成雙手、腦袋、利爪與翅膀。我的第一頭邪惡生物。

闇之手試圖脫離我，但我把他抓得更緊，召來他的力量、他的黑暗，一如他曾利用項圈召喚我的光。

又一隻怪物迸出，接著再一隻。當牠猛地脫離闇之手，他放聲大喊。我也感覺到了。我的心臟一陣緊縮，每個影子士兵都撕扯下我的一部分，索取降生於世所需的代價。

「住手。」闇之手啞著嗓子。

虛獸緊張地在我們身邊旋繞打轉，發出喀喀嗡嗡聲響，越來越快。一個接一個，我將我的暗黑士兵捏造成形，我的大軍在周遭逐漸茁壯。

闇之手發出痛喊，我也不能倖免。我們無力地靠著彼此，可是我依舊不鬆手。

「妳會害死我們兩個！」他喊道。

「沒有錯。」我說。

闇之手雙腿一軟，我們一同癱倒跪下。

這不是微物魔法，是魔邪，是某種古老的事物，是組成世界心臟的一分子。駭人至極、沒有限度。無怪乎闇之手總是不知饜足。

黑暗嗡嗡作響、喀喀答答，有如千隻蝗蟲甲蟲，又像飢餓的蒼蠅咔咔動腿、拍振翅膀。虛獸時隱時現、潰散而又成形，狂亂轉動，受到他的怒火與我的狂喜驅策。

另一個怪物，又一個。大量鮮血從闇之手鼻孔中流出，整個空間彷彿地震般搖晃，我意識到自己正在痙攣。我快死了，身上每掙脫出一頭怪物，我就死去一點。

再一會兒，我想，再多一點，只要確定能先把他送下地獄，我再死也不遲。

「阿利娜！」我聽見瑪爾的喊叫彷彿從遠方傳來。他拚命抓著我，將我扯開。

「不！」我大喊，「讓我結束這一切。」

「阿利娜！」

瑪爾抓住我的手腕，我被一陣衝擊貫穿。透過血和黑暗組成的一片模糊，我看見了某種美麗的事物，彷彿透過一扇金門而來。

他猛地將我從闇之手身邊扯開，而我搶在這動作之前，對我的孩子喊出最後也是唯一的囑咐：*摧毀這裡。*

闇之手頹然倒地，黑柱般的怪物在他身旁呼嘯而起，再衝往禮拜堂四壁，打從根本撼動這幢小小的建築物。

瑪爾將我抱在懷中，在走道上奔跑。虛獸狂衝猛撞禮拜堂牆壁，牆上灰泥片片砸碎在地。當藍色圓頂的支撐物紛紛棄守，它開始搖晃。

瑪爾一躍跨過祭壇，衝進通道。濕土和霉味填滿我的鼻孔，還揉合禮拜堂甜甜的焚香氣味。他奔跑著，試圖以速度力抗我釋放出來的大災難。

禮拜堂崩塌時，遠在我們身後某處傳來轟然巨響。這股衝擊貫入通道，一團塵埃和碎片組成的雲霧擊中我們，力道幾乎等同掀起的巨浪。瑪爾往前飛，我從他懷中滾出來，世界在我們周圍崩塌。

□

我聽到的第一個聲音是托亞轟隆隆的低沉說話聲。我沒辦法講話也無法尖叫，只感到疼痛與地心引力無時無刻地拉扯。之後我會得知，他們努力搶救我好幾個小時，把空氣吹進我肺裡，努力止住狂流的血，修補最嚴重的幾處骨折。

我在意識中飄進飄出，嘴巴很乾，腫得自行閉上。我非常確定自己咬到了舌頭，然後我聽見塔瑪在下指令。

「把剩下的隧道也毀了，我們能離這裡多遠就多遠。」

瑪爾。

他在哪裡？埋在那些瓦礫底下了嗎？我不能讓他們把他丟下。我拚命想用嘴形說出他的名字。

「瑪爾。」他們真能聽見我嗎？我的聲音聽在耳裡悶悶的，也不太對勁。

「她很痛，要讓她昏睡嗎？」塔瑪問。

「我不想冒險讓她的心臟再次停止跳動。」托亞回答。

「瑪爾。」我重複。

「保持通往修道院的路暢通，」塔瑪對某人說，「只能希望他會以為我們跑到了那裡。」

修道院，聖利札貝塔，格里茨基大宅。我無法梳理腦中思緒，只是不斷拚命說出瑪爾的名字。可是我無法開口，那股痛楚再次一股腦兒湧上。要是我失去他怎麼辦？如果我有足夠的力氣，一定會尖叫出聲、大聲怒喝。然而，我只是沉入黑暗之中。

□

當我甦醒，世界在身下搖晃。我想起在捕鯨船上醒來那次，而在那恐怖的一瞬間，我真的以為自己在船上。我睜開眼，看見高高上方有土、有石頭，我們正行經一座巨大的山洞，我仰躺在某種擔架上，被兩個人高高扛在肩膀。

要保持清醒著實困難。我這輩子大多時候都渾身是病又虛弱不堪，卻從沒體驗過這種程度的疲憊。我好像一具空殼，被掏空刮淨，連點屑屑都不剩。此時此刻，只要隨便一陣風鑽入地底、吹拂我們，我大概會被整個吹散，一點也不剩。

即便我體內每根骨頭、每條肌肉都尖叫反對，我仍拚命轉過了頭。瑪爾也在。他躺在另一張擔架上被扛著，和我只有幾呎。他正注視著我，好像一直在等我醒來。他伸手過來。

我擠出積蓄的少許力氣讓手越過擔架邊緣。當我們指頭相碰，我聽見一聲啜泣，意識到自己在哭。我因為鬆一口氣而落下淚來，因為我總算不必一輩子揹負害死他的重擔。然而，深藏在感激底下，卻有一根銳利的憤怒之刺。我恨恨地啜泣，因為我竟然還得活著。

□

我們走了好幾哩，有的通道狹窄，他們甚至得將我的擔架放到地上，滑過岩石表面；有的隧道挑高寬敞，大得至少能容納十輛乾草貨車。我不知道我們這樣走了多久。在地底下是感受不到日夜交替的。

瑪爾比我早恢復，一瘸一拐走在擔架旁邊。隧道倒塌時他受了傷，但是格里沙治好了他。然而我所遭受、承擔的，他們的力量並不能治療。

某個時刻，我們在垂下一排排鐘乳石的洞穴停下腳步。我聽見抬我的其中一人稱這裡為蟲嘴。他們放下我時，瑪爾也在，在他攙扶下，我勉強能靠著洞穴牆壁坐起來。即使只是這樣都令我頭暈目眩。當他用袖口輕搽我鼻子，我看到自己在流血。

「很慘嗎？」我問。

「實在不太好。」他承認，「朝聖者提到一個叫什麼白大教堂的地方。我想我們是要去那裡。」

「他們要帶我去找導師。」

他張望了一下洞穴。「他就是用這個方法在政變後逃出大宮殿，也是因為這樣，才撐這麼久都沒被抓到。」

「還有在占卜宴會神出鬼沒。記得嗎？大宅就在聖利札貝塔修道院旁邊。塔瑪直接將我帶到他面前，然後放他逃走。」我聽見自己虛弱語調中蘊含的苦澀。

慢慢緩緩，我昏沉的腦袋將一切拼湊起來。只有托亞和塔瑪知道宴會的事，也是他們安排導師和我見面。那天早上，我差點引發暴動，他們早就待在朝聖者之中，在那裡和忠實信徒一起凝望日出。就是因為這樣，他們才能這麼快把我救出來，而塔瑪一懷疑可能會有危險，便立刻從鷹巢消失。雖然我很清楚能有格里沙存活，雙胞胎和太陽兵團功不可沒，但他們的謊言依舊令人受傷。

「其他人怎麼樣了？」

瑪爾望向蜷縮在陰影中那群衣衫襤褸的格里沙。

「他們知道手銬的事，」他說，「他們嚇壞了。」

「火鳥呢？」

他搖搖頭。「我想還沒。」

「我很快就會告訴他們的。」

「瑟杰狀態不太好，」瑪爾繼續說，「我想他還處於驚嚇狀態，其他人好像還能勉強撐著。」

「娟雅呢？」

「她和大衛落在隊伍最後。她沒辦法走太快，」他遲疑一下，「朝聖者叫她拉茲弗薛亞。」殘破者。

「我得找一下托亞和塔瑪。」

「妳得休息。」

「現在就要，」我說，「拜託你。」

他站起來，但有所遲疑。當他再次開口，聲音十分沙啞。「妳應該先說妳打算那麼做。」

我別開眼神。我們之間的距離似乎比之前更加遙遠。*我很努力想放你自由，瑪爾。離開闇之手，離開我。*

「你應該讓我解決他的，」我說，「應該讓我死。」

當我聽見他腳步聲漸行漸遠，便逕自垂下頭。我聽見自己氣喘吁吁，短淺地呼吸。當我使勁渾身解數睜開眼皮，托亞和塔瑪正跪在我眼前，低著頭。

「看著我。」我說。

他們照做。托亞的袖子捲了起來，我看見他壯碩的前臂上那枚醒目的太陽印記。

「為什麼不直接對我說？」

「如果這樣，妳絕對不會讓我們靠那麼近。」塔瑪回答。

確實。即便是現在，我都不確定該對他們作何感想。

「如果你們相信我是聖人，為什麼不讓我死在禮拜堂？要是我註定在那時殉難怎麼辦？」

「那妳就真的會死，」托亞毫無遲疑，「我們就不會及時在瓦礫堆中找到妳，或有辦法把妳救活。」

「是你在對我發誓之後，讓瑪爾回來找我。」

「是他掙脫了。」塔瑪說。

我揚起一邊眉毛。要是瑪爾真能掙脫托亞的箝制，太陽就會打西邊出來。

托亞垂著腦袋，聳起巨大的肩膀。「請寬恕我，」他說，「我無法成為阻擋他的人。」

我嘆了口氣。他還真是一名虔誠的戰士。

「你們侍奉的是我嗎？」

「是的。」他們異口同聲地說。

「不是祭司？」

「我們侍奉的是妳。」托亞說，嗓音隆隆作響。

來。

「這個以後就會知道了。」我咕噥道，揮手要他們離開。他們起身欲走，但我又把他們叫回來。「有些朝聖者用殘破者來稱呼娟雅，警告他們一聲。如果他們再這樣叫，割了他們舌頭。」

他們眼睛眨也沒眨，毫無瑟縮，鞠了躬後離開。

□

白大教堂是由雪花石膏石英打造的洞穴，空間巨大，那閃閃發光的象牙色洞窟搞不好能容下一整座城市。此處四壁潮濕，叢生著蘑菇、鹽百合及星星形狀的毒蕈。這地方深埋在拉夫卡底下，位於禮拜堂北方某處。

我想站著和祭司會面，所以，當我們被帶到他面前，我緊抓著瑪爾的手臂，努力隱藏為了站得挺直、又不要渾身顫抖得付出多少努力。

「聖阿利娜，」導師說，「終於，妳來加入我們了。」

然後，穿了一身襤褸棕袍的他噗咚跪地，親吻我的手、我的衣襬，又高聲喚來忠誠信徒，足足有上千人聚集在洞穴內部。當他開口，整個氛圍恍若顫動。「我們將會起義，建立一個新的拉夫卡，」他吼道，「一個不再有暴君、不再有國王的國家！我們會從地底擁出，化為正義浪濤，驅逐黑影！」

在我們下方，朝聖者吟唱著「聖阿利娜」。

岩石上有許多個內鑿空間，那些房室閃耀著象牙白，還有閃閃發光的細細銀礦脈。瑪爾扶我到我房間，讓我小口小口吃下甜豆粥，並幫我帶來一瓶清水，裝滿洗臉盆。石頭裡直接嵌了一面鏡子。當我看見自己的模樣，不禁發出一小聲驚呼，沉重的水瓶砸碎在地。我的皮膚死白，繃緊包裹住突出的骨頭；我的雙眼青腫而無神，頭髮完全變成白色，有如一堆脆弱易損的雪花。

我用指尖去碰鏡子，瑪爾在倒影中與我對上眼。

「我應該先警告妳一聲的。」他說。

「我看起來像個怪物。」

「更像凱提卡。」

「木靈會吃小孩。」

「只有在肚子餓的時候。」他說。

我努力微笑，想抓牢我們之間幽微的渺小溫暖。但我注意到他站離我很遠，雙臂揹在身後，像一名立正站好的護衛。他誤解了我眼中的閃閃淚光。

「會好起來的，」他說，「只要妳再度開始使用力量。」

「當然。」我回答，從鏡子面前別開臉，感到疲憊和痛楚深陷進骨髓。

我有些遲疑，然後對導師安排在門口的人馬投去意味深長的一眼。瑪爾舉步上前。我很想將臉頰緊貼在他胸口，感覺他用雙臂緊擁著我，聆聽他心臟充滿人性而穩定的跳動聲。可是我沒有。

我反而以幾乎不動嘴唇的方式低聲說，「我試過了，」我悄聲說，「有點不太對勁。」

瑪爾皺眉。「妳沒辦法召喚嗎？」他猶豫地問。他聲音裡的——是恐懼嗎？還是希望？或擔憂？我猜不出來。我從他身上感覺到的只有戒心。

「可能是我太虛弱，或我們跑到地底下太深的位置——我不曉得。」

我看著他臉上的表情，想起在樺木林中發生過的爭執。當他問我有沒有可能放棄當格里沙。不可能，我那時說。不可能。

絕望感排山倒海湧來，深濃而黑暗，沉重得有如壓在身上的土壤。我不想說出那些話，不願放任隨我走過這漫長黑暗地下的恐懼獲得話語權，可是我仍逼自己說出口。「光怎麼也喚不來，瑪爾。我的力量沒了。」

之後

女孩又夢到了船，但這一回，它們飛了起來。它們擁有帆布做成的白色翅膀，還有隻眼神精明的狐狸站在船舵後方。有時，狐狸會變成王子，親吻她的嘴唇，並給她一頂鑲了珠寶的王冠。有時牠是一頭紅色的地獄獵犬，口鼻冒泡，在她逃亡時緊追不捨。

不時，她會夢到火鳥。火鳥用火焰做成的翅膀抓住她，在她燃燒時將她緊緊扣住。

即便沒說出口，她也早就知道闇之手活了下來，她又一次一敗塗地。他被他的格里沙救走，現正坐在纏繞陰影，被他的怪物大軍包圍的王位上統治拉夫卡。他究竟有沒有因她在禮拜堂中做的事削弱幾分？她不曉得。他活了很久，與她相比，他更習慣這些力量。

他的闇衛大舉進犯修道院和教堂，拆下磁磚、挖遍地底尋找太陽召喚者。他們高額懸賞、凶狠脅迫，女孩再一次成為通緝目標。

祭司發誓她在這有如祕密地圖般錯綜複雜、散布拉夫卡各處的通道網絡中絕對安全。有些人宣稱，這些隧道是由忠實信徒的大軍花了上百年，使用鋤子和斧頭一點一滴挖掘出來。其他人則表示這是怪物的手筆，一條巨蟲吞吃了土壤、石頭、樹根和碎石，挖出這些地下道路，通往某古老聖地，這裡仍存在於被人稍微遺忘的禱詞中。然而女孩只曉得，沒有哪裡能讓他們永遠安全。

她看著自己的跟隨者的面孔，老人、年輕女子、小孩、士兵、農夫、罪犯。眼中所見卻都是屍體，只是更多闇之手會算在她身上的死者。

導師啜泣，呼天搶地感謝太陽召喚者還活著，感謝她再次得到寬恕、小命尚在。然而女孩在導師狂亂而深沉的目光中看見另一個真相：比起活著的聖人，死的殉難者比較不棘手。

忠誠信徒的祈禱在男孩和女孩周圍升起，於地底下迴響倍增，在白大教堂的高聳石牆上到處反彈。導師說這裡是聖地，是他們的避風港，是聖殿，是他們的家。

男孩搖搖頭。如果他看到監牢，不可能認不出來。

他當然搞錯了。從導師注視女孩拚命想站起來的眼神，女孩知道——從心中每一聲脆弱的怦怦心跳中聽見——這地方不是監牢，而是墳墓。

但是女孩多年來都是隱形人，早就過慣鬼魂的生活，習於躲避這世界、躲避她自己。她比任何人都明瞭遭到長久埋藏的事物擁有何等力量。

晚上，她會聽見男孩在她房間外踱步，與金色眼睛的雙胞胎一同守望。她安靜無聲地躺在床上，數著自己的呼吸，努力伸向地表尋找光芒。她想起損壞的沙艇、新奎比爾斯克，還有歪倒的教堂牆壁上擠得滿滿、用紅色寫下的名字。她想起倒在金色圓頂下那一小堆、一小堆的人；瑪麗被剖開的身體；曾救過她一命的費德。她聽到朝聖者的歌聲和講道，想起有翼鷹人和蜷縮在黑暗中的娟雅。

女孩碰了碰頸子上的項圈與手腕上的手銬。這麼多人想讓她成為王后，而今，她領悟自己的命運不僅爾爾。

闇之手對她說過，自己的使命就是統治。他已得到了王位，還有一部分的她。他想要就拿去吧。不管是為了生者或逝者，她都要討回這筆債。

她將崛起。

《太陽召喚2　圍城風暴》完

致謝

致謝最大的問題在於，它很容易變成一份適合用瀏覽的超長名單。但為了讓一本書誕生，需要很多很多人，他們值得被看見，所以請各位多包容。（如果變得有點無聊，我建議可以大聲用唱的，找朋友幫你beatbox，我等你。）

身為新人作者，你很快會意識到你的經紀人得如何多才多藝，她得是外交官、心理治療師、律師。有的時候還要負責吵架。我是多麼幸運才能找到集所有特質於一身、超級了不起的Joanna Volpe。大大感謝New Leaf Literary and Media的整個團隊，包含Pouya Shahbazian、Kathleen Ortiz和Danielle Barthel。

我的編輯Noa Wheeler無庸置疑是微物魔法的達人。她這裡推推、那裡戳戳，問一些你不想聽的問題，然後到最後的最後，你會看見你的故事搖身一變，成為一個好非常多的成品，簡直和魔法沒兩樣。

我想感謝Macmillan/Holt Children的每個人。我愛這令人肅然起敬、超強超厲害的公司，能成為其中一分子，我非常驕傲。特別感謝Jean Feiwel和Laura Godwin，她們為了這個系列一次又一次付出努力。還有氣場超強的Angus Killick、迷人的Elizabeth Fithian、永遠完美的Allison Verost及Jon Yaged，龐克搖滾精神依舊。Ksenia Winnicki，我的迷妹朋友，妳不眠不休聯絡各個部落客：Lizzy Mason和Kate Lied催生Fierce Reads巡迴開跑上路。Kathryn Bhirud和Karen Frangipane為《影與骨》做出超棒的宣傳片（孩子，經典鉅作就是這樣幹的啊）。我萬分感謝Rich Deas、April Ward、Ashley Halsey、Jen Wang和Keith Thompson，你們將書化為藝術。還有Mark von Bargen、Vannessa Cronin及銷售部門每一位將我的書送到大家手上的美好同伴。

現在來談談我的軍團：thisblueangel.com勇敢又美麗的Michelle Chihara；Joshua Joy Kamensky，他用音樂、智慧和善良賦予我力量；Morgan Fahey，一位敢於提出大膽要求的大膽女子——同時也是個寬容的讀者，兼了不起的戰時參謀。sunsetandecho .com的Sarah Mesle，她非常瞭解小說結構、故事和核心，以及將上述幾項元素相容結合的每一種方法。Liz Hamilton（又名Zenith Nadir of Darlings Are Dying），做書和做雞尾酒的能力無人能出其右。Gamynne Guillote以耐心和準確無誤的眼光賦予格里沙的獨特魅力生命。此外，我也要對以下各位獻上我的愛：Peter Bibring、Brandon Harvey、Dan Braun、Jon Zerolnik、Michael Pessah、Heather Repenning、Corey Ellis、William Lexner及無旗兄弟會（特別是Andi和Ben Galusha、Lady Narcissa、Katie Rask、Lee和Rachel Greenberg、Xray the Enforcer、Blackfyre、Adam Tesh，還有the Mountain Goat）、Books on the Nightstand的Ann Kingman、E. Aaron Wilson和Laura Recchi、Laurie Wheeler、HebelDesign .com的Viviane Hebel、David Peterson、Aman Chaudhary、Tracey Taylor和Romi Cortier。我和格里沙三部曲所走的每一步，都有這些人在背後支持，他們在我心中的分量和喜愛，我筆墨無法形容。在此，我還想特別對以下人說：Rachel Tejada、Austin Wilkin與Ray Tejada，他們用無止境的

創意和支持，幫助我拓展整個格里沙宇宙。

還有幾位超級天才，也讓不可能變成好像不可能——討人喜歡的Heather Joy Kamensky為我提點解析大衛的鏡射碟個中原理；John Williams幫我建造蜂鳥號，Davey Krieger針對航海相關段落給予建議——無論上船、造船，或任何與此相關的部分（雖說要是他看到我有多自由發揮，可能會驚恐萬分）。

大大感謝Pub(lishing) Crawl各位激勵人心的女士——特別是Amie Kaufman、Susan Dennard及Sarah J. Maas。還有Jacob Clifton、Jenn Rush、Erica O’Rourke、Lia Keyes、Claire Legrand、Anna Banks（大膽！）Emmy Laybourne和the Apocalypsies。有幾位強大作者早早挺身支持這套三部曲——Veronica Roth、Cinda Williams Chima、Seanan McGuire、Alyssa Rosenberg，以及無可取代的Laini Taylor。最後是我在洛杉磯的團隊，特別是Jenn Bosworth、Abby McDonald、Gretchen McNeil、Jessica Morgan、Julia Collard、Sarah Wilson Etienne、Jenn Reese和Kristen Kittscher。各位姊妹，如果沒有妳們，我必定會痛苦萬分。謝謝妳們讓我（大多時候）保持神智正常。

我要將這本書獻給母親，可是她也該獲得額外的感謝。如果沒有她幫忙看稿、給我鼓勵，持續供應我海苔當零食，我絕對無法寫完《圍城風暴》的第一份草稿。她是最了不起的媽媽，更是超棒的朋友。急躁、壞脾氣、膽大妄為。這是我們之間的語言。

對於下列偉大的人：讚賞《太陽召喚》並用力推銷給朋友、顧客及倒楣經過的路人的書店、圖書館員和部落客們，我永遠欠你們一份情。

最後最後，給我最棒的讀者，謝謝你們的每封電子郵件、每則推特、每個動圖。是你們讓我每天都充滿感謝。

莉・巴度格

格里沙

第二軍團成員
微物魔法專家

SIEGE AND STORM

Corporalki　軀使系

The Order of the Living and the Dead 死生法師團

Heartrender　破心者

攻擊、紅色柯夫塔黑色刺繡

Heaeler　療癒者

治療、紅色柯夫塔灰色刺繡

Tailor　塑形者

已知只有娟雅、紅色柯夫塔藍色刺繡

☼

Etherealki　元素系

The Order of Summoners　召喚法師團

Squaller　風術士

藍色柯夫塔銀色刺繡

Inferni　火術士

藍色柯夫塔紅色刺繡

Tidemaker　浪術士

藍色柯夫塔淺藍刺繡

☼

Materialki　質化系

The Order of Fabrikators　造物法師團

Durast　物轉士

處理物質、紫色柯夫塔灰色刺繡

Alkemi　鍊化士

處理化學、紫色柯夫塔紅色刺繡

下集預告

太陽召喚

3

毀滅新生

Ruin and Rising

完

闇之手的恐怖統治開始——

而阿利娜和她的同伴們被導師困在充滿隧道的地底，更失去了太陽召喚者的力量。不過她的目標在遠處，找到第三個增幅物——火鳥，並希望尼可萊還活著……

Coming soon.

國家圖書館出版品預行編目資料

太陽召喚2 圍城風暴／莉．巴度格（Leigh Bardugo）著；
林零譯.——初版.——台北市：蓋亞文化，2025.06
冊；公分.——（Light; 35）
譯自：Siege and Storm
ISBN 978-626-384-200-7（平裝）.——

874.57　　114006699

Light 035

太陽召喚 2 圍城風暴

作　　者　莉．巴度格（Leigh Bardugo）
譯　　者　林　零
裝幀設計　莊謹銘
編　　輯　章芳群
總 編 輯　沈育如
發 行 人　陳常智
出 版 社　蓋亞文化有限公司
地址：台北市103承德路二段75巷35號1樓
電話：02-2558-5438　傳真：02-2558-5439
電子信箱：gaea@gaeabooks.com.tw
投稿信箱：editor@gaeabooks.com.tw
郵撥帳號　19769541　戶名：蓋亞文化有限公司
法律顧問　宇達經貿法律事務所
總 經 銷　聯合發行股份有限公司
地址：新北市新店區寶橋路二三五巷六弄六號二樓
電話：02-2917-8022　傳真：02-2915-6275
港澳地區　一代匯集
地址：九龍旺角塘尾道64號龍駒企業大廈10樓B&D室
電話：+852-2783-8102　傳真：+852-2396-0050
初版一刷　2025年06月
定　　價　新台幣 480 元
Published and Printed in Taiwan

ISBN／978-626-384-200-7